T0243900

EL TRONO DEL PRISIONERO

EL TRONO DEL PRISIONERO

HOLLY BLACK

Traducción de Aitana Vega Casiano

Argentina – Chile – Colombia – España
Estados Unidos – México – Perú – Uruguay

Título original: *The Prisoner's Throne*
Editor original: Little, Brown and Company,
una división de Hachette Book Group, Inc
Traducción: Aitana Vega Casiano

1.ª edición: junio 2024

ISBN: 978-84-19252-73-9
E-ISBN: 978-84-10159-22-8
Depósito legal: M-9.900-2024

Fotocomposición: Urano World Spain, S.A.U.

Impreso por: Rodesa, S.A. – Polígono Industrial San Miguel
Parcelas E7-E8 – 31132 Villatuerta (Navarra)

Impreso en España – *Printed in Spain*

Para Joanna Volpe, que, como su apellido sugiere, tiene toda la astucia y el encanto de los zorros.

Conocí al orador de amor una noche en la cañada.
Era más apuesto que todos nuestros apuestos jóvenes,
sus ojos más negros que la endrina, su voz más dulce
que el canto de las gaitas del viejo Kevin
más allá de Coolnagar.
Me dirigía al ordeño
con el corazón libre y henchido.
¡Qué dolor! ¡Cuánto dolor!
Esa hora amarga la vida me drenó;
lo creí un amante humano,
creí que sus labios en los míos eran fríos,
y el aliento de la muerte sopló dentro
de mí en su abrazo.
No sé por dónde vino,
no dejó ninguna sombra atrás,
pero todos los susurros se mecieron
bajo un viento feérico.
El zorzal cesó su canto,
la niebla nos rodeó,
y nos aferramos al otro,
dejando al mundo en el olvido.

ETHNA CARBERY,
El orador de amor.

SEIS SEMANAS ANTES DEL ENCARCELAMIENTO

Oak metió las pezuñas en los pantalones de terciopelo.

—¿Te he hecho llegar tarde? —preguntó lady Elaine desde la cama, con la voz pintada de perversa satisfacción. Se incorporó con el codo y soltó una risita—. Pronto no tendrás que acatar todas sus órdenes.

—Ya —dijo Oak, distraído—. Solo las tuyas, ¿verdad?

Ella volvió a reír.

Con el jubón a medio abrochar, intentó desesperadamente recordar la ruta más rápida para llegar a los jardines. Había querido ser puntual, pero se le había presentado la oportunidad de comprobar el alcance de la traición que perseguía.

«Te prometo que te presentaré al resto de mis socios», le había dicho ella, mientras deslizaba los dedos bajo su camisa al tiempo que la desabrochaba. Te impresionará cuán cerca del trono podemos llegar…

Se maldijo a sí mismo, al cielo y al mismo concepto del tiempo. Salió corriendo por la puerta.

—¡Date prisa, sinvergüenza! —le gritó una de las lavanderas de palacio—. No quedará nada bien si empiezan sin ti. ¡Y péinate!

Intentó aplastarse los rizos mientras los criados se apartaban del camino. Daba igual cuánto creciera, en el palacio de Elfhame, Oak siempre sería el mismo chiquillo travieso y despeinado que engatusaba a los guardias para que jugaran a partir la castaña con castañas de Indias y robaba pastelitos de miel de las cocinas. Faerie atrapaba a sus habitantes en ámbar, por lo que, si no eran cautelosos, podían pasar cien años en un perezoso parpadeo. Por ello, pocos notaban cuánto había cambiado el príncipe.

Aunque en ese momento se parecía bastante a su yo más joven, corriendo por los pasillos, los cascos repiqueteando contra la piedra. Se apartó hacia la izquierda para evitar chocar con un paje que llevaba un montón de pergaminos, giró a la derecha para no derribar una mesita con una bandeja de té encima y estuvo a punto de chocar con Randalin, un anciano miembro del Consejo Orgánico.

Para cuando llegó a los jardines, estaba sin aliento. Entre jadeos, contempló las guirnaldas de flores y a los músicos, los cortesanos y los festejantes. Ni rastro aún del rey ni de la reina supremos. Lo que significaba que aún tenía una oportunidad de abrirse paso hasta el frente sin que nadie se diera cuenta.

Sin embargo, antes de que pudiera escabullirse entre la multitud, su madre, Oriana, lo agarró por la manga. Su expresión era severa y, dado que su piel era siempre blanca como la de un fantasma, no costaba ver el rubor de la ira en sus mejillas. Les otorgaba un color que combinaba con el tono rosado de sus ojos.

—¿Dónde estabas? —Llevó los dedos al jubón de Oak para arreglarle los botones.

—Perdí la noción del tiempo —reconoció.

—¿Haciendo qué?

Sacudió el polvo del terciopelo. Después, se lamió el pulgar y frotó una mancha en la nariz de su hijo.

Él le sonrió con cariño y la dejó que se preocupara. Si lo seguía viendo como a un niño, no indagaría más a fondo en los líos en que se metía. Desvió la mirada hacia la multitud para buscar a su guardia. Tiernan se iba a enfadar mucho cuando comprendiera la totalidad del plan de Oak. Pero destapar una conspiración valdría la pena. Lady Elaine había estado a punto de decirle los nombres de los demás implicados.

—Deberíamos acercarnos al estrado —le dijo a Oriana y le dio la mano para apretársela.

Ella le devolvió el gesto con fuerza para reprenderlo.

—Eres el heredero de todo Elfhame —dijo, por si se le había olvidado—. Ya va siendo hora de que te comportes como alguien que podría gobernar. Nunca olvides que debes inspirar tanto miedo como adoración. Tu hermana no lo ha olvidado.

Oak miró hacia la gente. Tenía tres hermanas, pero sabía a cuál se refería.

Le ofreció el brazo, como un galante caballero, y su madre se dejó aplacar lo suficiente para aceptarlo. Oak mantuvo una expresión grave para complacerla. No le fue difícil, pues cuando dio el primer paso, los reyes supremos aparecieron en un lado del jardín.

Su hermana Jude llevaba un vestido del color rojo intenso de las rosas, altas aberturas a ambos lados para que no le restringiera el movimiento. No portaba ninguna espada a la cintura, pero sí el pelo recogido en sus habituales cuernos. Oak estaba casi seguro de que escondía una hoja pequeña en uno de ellos. Llevaría algunas más cosidas al vestido y sujetas bajo las mangas.

A pesar de ser la reina suprema de Elfhame, con todo un ejército a su entera disposición y docenas de Cortes a sus órdenes, seguía actuando como si tuviera que resolver todos los problemas por sí misma, y no había mejor forma de resolverlos que mediante el asesinato.

A su lado, Cardan vestía de terciopelo negro, adornado con plumas aún más negras que brillaban como si las hubiera arrastrado un vertido de petróleo. La oscuridad de sus ropajes resaltaba los pesados anillos que decoraban sus dedos y la gran perla que le colgaba de una de las orejas. Le guiñó un ojo a Oak y él le devolvió la sonrisa, a pesar de su intención de permanecer serio.

Cuando avanzó, la multitud se separó para dejarlo pasar.

Sus otras dos hermanas estaban entre la gente. Taryn, la gemela de Jude, tenía agarrado con fuerza a su hijo de la mano, en un intento de distraerlo del correteo en el que sin duda habría estado enfrascado unos minutos antes. A su lado, Vivienne reía con su pareja, Heather. Vivi señalaba a los feéricos entre el público y le susurraba al oído. A pesar de ser la única de sus tres hermanas que era feérica, era a la que menos le gustaba vivir en Faerie. No obstante, se mantenía al día de los cotilleos.

El rey y la reina supremos se situaron ante su corte, bañados por la luz del sol poniente. Jude le hizo una seña a Oak, como habían practicado. Se hizo el silencio en los jardines. Miró a ambos lados, a las ninfas aladas y las nixes de agua, los astutos gnomos y los siniestros espectros, los kelpies y los troles, los gorros rojos que apestaban a sangre seca, las selkies, los faunos y los cambiaformas, los trasgos y los demonios, las brujas y los arbóreos, los caballeros y las cortesanas aladas con vestidos andrajosos. Todos los súbditos de Elfhame. Todos sus súbditos, supuso, dado que era el príncipe.

Ni uno solo temía a Oak, a pesar de los deseos de su madre.

Ninguno le tenía miedo, a pesar de la sangre que manchaba sus manos. Que los hubiera engañado a todos con tanta facilidad lo asustaba incluso a él.

Se detuvo frente a Jude y a Cardan e hizo una reverencia poco pronunciada.

—Todos los aquí presentes somos testigos —comenzó Cardan. Los bordes dorados de sus ojos brillaban, su voz era suave, pero potente—. Oak, hijo de Liriope y Dain, de la estirpe de los Greenbriar, es mi heredero, y si yo fuera a dejar atrás este mundo, él gobernará en mi lugar y con mi bendición.

Jude se agachó para recoger un aro de oro de la almohada que le tendía un paje duende. No era una corona, aunque lo era en cierta manera.

—Todos los aquí presentes somos testigos. —Su voz era fría. Nunca se le había permitido olvidar que era mortal cuando era una niña en Faerie. Ahora que era reina, ella no había dejado que la gente se relajara del todo a su alrededor—. Oak, hijo de Liriope y Dain, de la estirpe de los Greenbriar, criado por Oriana y Madoc, mi hermano, es mi heredero, y cuando yo abandone este mundo, él gobernará en mi lugar y con mi bendición.

—Oak —dijo Cardan—. ¿Aceptarás esta responsabilidad?

No, anhelaba decir. *No hace falta. Los dos gobernaréis para siempre.*

Pero no le había preguntado si quería la responsabilidad, sino si la aceptaría.

Su hermana había insistido en nombrarlo heredero en una ceremonia formal ahora que había alcanzado la edad para gobernar sin un regente. Podría haberse negado, pero les debía tanto a todas sus hermanas que le resultaba imposible negarles nada. Si una de ellas le pidiera el sol, más le valdría averiguar cómo arrancarlo del cielo sin quemarse.

Por supuesto, nunca le pedirían nada parecido. Querían que estuviera a salvo, que fuera feliz y bueno. Querían darle el mundo y al mismo tiempo evitar que le hiciera daño.

Por eso era imperativo que nunca descubrieran lo que tramaba.

—Sí —dijo Oak. Tal vez debería haber pronunciado algún discurso o hacer algo para parecer un futuro rey más apto, pero la mente se le había quedado completamente en blanco. No obstante, debió de ser suficiente con eso, pues un instante después le pidieron que se arrodillara. Sintió el frío metal en la frente.

Después, los suaves labios de Jude le rozaron la mejilla.

—Serás un gran rey cuando estés listo —susurró.

Oak sabía que tenía con su familia una deuda tan grande que nunca podría pagarla. Mientras los vítores se elevaban a su alrededor, cerró los ojos y prometió que lo intentaría.

Oak era un error viviente.

Diecisiete años atrás, el anterior rey supremo, Eldred, se había llevado a la bella y cautivadora Liriope a la cama. Nunca había sido famoso por su fidelidad y había tenido otras amantes, incluida Oriana. Las dos podrían haber sido rivales, pero se convirtieron en grandes amigas, que paseaban juntas por los jardines reales, sumergían los pies en el Lago de las Máscaras y bailaban juntas en círculo en las fiestas.

Liriope ya tenía un hijo y pocas hadas son bendecidas dos veces con descendencia, así que se sorprendió cuando se descubrió embarazada de nuevo. También se sintió en conflicto, pues había tenido otros amantes y sabía que el padre del niño no era Eldred, sino su hijo favorito, Dain.

Toda su vida, el príncipe Dain había planeado gobernar Elfhame después de su padre. Se había preparado para ello y había creado lo que bautizó como su Corte de las Sombras. Sombras, un grupo de espías y asesinos que solo respondían ante él. Había intentado acelerar su ascenso al trono, envenenando a su padre poco a poco para robarle vitalidad hasta que abdicara. Por ello, cuando Liriope se quedó embarazada, Dain no pensaba permitir que un desliz estropeara sus planes.

Si Liriope daba a luz al hijo de Dain y su padre lo descubría, Eldred tal vez elegiría a otro de sus hijos como heredero. Era mejor que tanto la madre como el niño murieran para que el futuro de Dain quedara asegurado.

Envenenó a Liriope cuando Oak aún estaba en el útero. Las setas lepiotas causan parálisis en pequeñas dosis, pero, en cantidades más grandes, el cuerpo se ralentiza como un juguete con la pila descargada, cada vez más lento, hasta que deja de moverse por completo. Liriope murió y Oak habría muerto con ella si Oriana no lo hubiera arrancado del cuerpo de su amiga con un cuchillo y sus propias suaves manos.

Así fue como Oak vino al mundo, cubierto de veneno y sangre. Con un corte en el muslo porque la hoja de Oriana había profundizado demasiado. Aferrado a su pecho con desesperación para sofocar sus berridos.

No importaba cuán alto riera ni cuán alegre fingiera estar, nunca ahogaría ese conocimiento.

Oak sabía lo que desear el trono le hacía a la gente.

Nunca sería así.

Después de la ceremonia tuvo lugar, por supuesto, un banquete.

La familia real comía en una larga mesa parcialmente oculta a la vista bajo las ramas de un sauce llorón, no muy lejos de donde festejaba el resto de la Corte. Oak se sentó a la derecha de Cardan, en un lugar de honor. Su hermana Jude se repantingaba en su asiento, en la cabecera opuesta de la mesa. Con la familia se comportaba de manera totalmente distinta a como lo hacía delante del pueblo feérico, como una artista al bajarse del escenario, aún con el disfraz puesto.

Oriana estaba a la derecha de Jude. También era un puesto de honor, aunque Oak no estaba seguro de que ninguna de las dos se sintiera especialmente feliz por tener que relacionarse con la otra.

Oak tenía un montón de hermanas, Jude, Taryn, Vivi, y ninguna estaba más emparentada con él que Oriana o el gran general exiliado, Madoc, quien las había criado. Aun así, seguían siendo su familia. Las únicas dos personas de toda la mesa que eran parientes consanguíneos suyos eran Cardan y el niño que se revolvía en la silla a su derecha: Leander, el hijo de Taryn con Locke y medio hermano de Oak.

Un surtido de velas cubría la mesa y habían atado flores a las ramas colgantes del sauce llorón, junto con relucientes piezas de cuarzo. Formaban un hermoso cenador. Probablemente lo habría apreciado más si hubiera sido en honor de otra persona.

Se dio cuenta de que había estado tan ensimismado que se había perdido el comienzo de una conversación.

—No disfruté siendo una serpiente y, sin embargo, parece que estoy condenado a que me lo recuerden toda la eternidad —decía Cardan. Los rizos negros le enmarcaban la cara y sostenía en alto un tenedor de tres puntas, como para enfatizar su argumento—. El exceso de canciones no ha ayudado, ni tampoco su longevidad. ¿Cuánto ha pasado? ¿Ocho años? ¿Nueve? La verdad es que el ánimo de celebración de todo el asunto ha sido excesivo. Cualquiera diría que nunca he hecho nada más popular que sentarme en la oscuridad en un trono y morder a la gente que me molestaba. Eso podría haberlo hecho siempre. Podría hacerlo ahora.

—¿Morder a la gente? —replicó Jude desde el otro extremo de la mesa.

Cardan le sonrió.

—Sí, si es lo que les gusta.

Chasqueó los dientes al aire para demostrarlo.

—A nadie le interesa eso —dijo Jude y sacudió la cabeza.

Taryn puso los ojos en blanco mirando a Heather, que sonrió y bebió un sorbo de vino.

Cardan levantó las cejas.

—Podría probarlo. Un mordisquito. Solo para comprobar si alguien escribe una canción sobre ello.

—Bueno —dijo Oriana y miró a Oak desde su lado de la mesa—. Lo has hecho muy bien ahí arriba. Me ha hecho imaginar tu coronación.

Vivi disimuló una risita.

—No quiero gobernar nada y menos Elfhame —recordó Oak.

Jude mantuvo una expresión cuidadosamente neutral en un impresionante alarde de fuerza de voluntad.

—No hay por qué preocuparse. No tengo pensado estirar la pata y Cardan tampoco.

Oak se volvió hacia el rey supremo, que se encogió de hombros con elegancia.

—Cuesta mucho con estas botas, son muy pesadas.

Cuando Oak tenía la edad de Leander, Oriana no quería que fuera rey. Sin embargo, los años la habían vuelto más ambiciosa en su nombre. Tal vez incluso había empezado a pensar que Jude le había robado su derecho de nacimiento en lugar de salvarlo de él.

Esperaba que no. Una cosa era destapar conspiraciones contra el trono, pero si descubría que su madre formaba parte en uno, no sabía lo que haría.

No me hagas elegir, pensó con una ferocidad que lo inquietó.

Era un problema que se resolvería solo. Jude era mortal. Los mortales concebían hijos con más facilidad que las hadas. Si su hermana tenía un bebé, desplazaría su derecho al trono.

Mientras lo consideraba, miró a Leander de reojo.

Tenía ocho años, era adorable y lucía los ojos de zorro de su padre. Del mismo color que los de Oak, ámbar con mucho amarillo. El pelo oscuro como el de Taryn. Leander tenía casi la misma edad que Oak cuando Madoc había conspirado para conseguirle la corona de Elfhame. Cuando Oak miró al niño, vio la inocencia que sus hermanas y su madre debían de haber intentado proteger. Le produjo una sensación desagradable, una mezcla de ira, culpa y pánico.

Leander se dio cuenta de que lo estaban observando y tiró de la manga de Oak.

—Pareces aburrido. ¿Quieres jugar a algo? —preguntó, haciendo uso de la astucia de un niño que ansía presionar a alguien para que lo divierta.

—Después de cenar —dijo Oak tras una mirada a Oriana, que ya parecía bastante incómoda—. Tu abuela se enfadará si montamos un espectáculo en la mesa.

—Cardan juega conmigo —dijo Leander, evidentemente bien preparado para la discusión—. Y es el rey supremo. Me enseñó a hacer un pájaro con dos tenedores y una cuchara. Luego nuestros pájaros se pelearon hasta que uno se deshizo.

Cardan era un espectáculo andante y no le importaría que Oriana lo regañara. Sin embargo, Oak se limitó a sonreír. A menudo había sido un niño en una mesa de adultos y recordaba lo aburrido que le había parecido. Le habría encantado hacer peleas con pájaros hechos de cubiertos.

—¿A qué otros juegos has jugado con el rey?

Aquello dio paso a un excesivamente largo catálogo de malos comportamientos, desde arrojar setas a las copas de vino de un extremo de la mesa al otro hasta doblar las servilletas para hacer sombreros o ponerse caras raras el uno al otro.

—Y me cuenta historias divertidas de mi padre, Locke —concluyó.

Al oír eso, la sonrisa de Oak se petrificó. Apenas recordaba a Locke. Sus recuerdos más claros eran de la boda de Locke con Taryn, e incluso esos tenían que ver sobre todo con cómo Heather se había convertido en un gato y se había enfadado mucho. Había sido uno de los momentos que habían hecho que Oak se diera cuenta de que la magia no era divertida para todo el mundo.

Pensando en ello, miró a Heather al otro lado de la mesa, con una repentina necesidad de asegurarse de que estuviera bien. Llevaba el pelo recogido en trenzas finas con extensiones de un vibrante rosa sintético entretejidas. Unos reflejos rosados brillaban en su piel oscura. Intentó captar su atención, pero estaba demasiado ocupada estudiando a una diminuta sílfide que intentaba robar un higo del centro de la mesa.

Desvió la mirada hacia Taryn. La esposa y asesina de Locke enganchaba una servilleta de encaje en la camisa de Leander. No sería de extrañar que Heather se sintiera nerviosa al sentarse a aquella mesa. La familia de Oak estaba empapada en sangre, todos y cada uno de ellos.

—¿Cómo está papá? —preguntó Jude de sopetón y levantó las cejas.

Vivi se encogió de hombros y señaló a Oak con la cabeza. Había sido el último en ver a su padre. De hecho, había pasado mucho tiempo con él durante el último año.

—Evitando meterse en líos —dijo Oak, y esperó que no quisiera indagar más.

Tras la cena, la familia real volvió a reunirse con la Corte. Oak bailó con lady Elaine, que le dedicó su sonrisa de gata que se ha tragado un ratón y sigue hambrienta mientras le susurraba al oído que iba a organizar una reunión para dentro de tres días con algunas personas que creían en «su causa».

—¿Seguro que podrás hacerlo? —preguntó y Oak sintió su aliento caliente en el cuello. Una espesa melena pelirroja le colgaba por la espalda en una única trenza gruesa, con mechones decorados con rubíes entretejidos. Llevaba un vestido adornado con hilos de oro, como si ya estuviera ofreciéndose para convertirse en su reina.

—Nunca he considerado a Cardan como pariente, pero a menudo he resentido lo que me arrebató —la tranquilizó. Y si se estremecía un poco al tocarla, ella interpretaría que se debía a la pasión—. He estado a la espera de una oportunidad como esta.

Y ella, que lo malinterpretó justo como él esperaba, sonrió en su piel.

—Y Jude no es tu verdadera hermana.

Oak le devolvió la sonrisa, pero no respondió. Sabía lo que quería decir, pero le era imposible darle la razón.

Lady Elaine se marchó al final del baile, tras un último beso en la garganta.

Estaba seguro de que podría hacerlo. Aunque la llevaría inevitablemente a la muerte y no estaba nada seguro de lo que eso supondría para él.

Ya lo había hecho antes. Cuando echó un vistazo alrededor, no pudo evitar notar la ausencia de aquellos a quienes ya había manipulado y luego traicionado. Miembros de tres conspiraciones que había desbaratado en el pasado, engañando a sus miembros para que se volvieran unos contra otros, y contra él. Habían acabado en la Torre del Olvido o en la guillotina por sus crímenes, sin saber siquiera que les había tendido una trampa.

En aquel jardín lleno de víboras, él era una planta carnívora, que les hacía señas para que se tropezaran. A veces, una parte de él quería ponerse a gritar: *Miradme. Mirad lo que soy. Mirad lo que he hecho.*

Como atraído por los pensamientos autodestructivos, su guardaespaldas, Tiernan, se le acercó con una mirada acusadora y las cejas muy juntas. Llevaba una armadura con bandas de cuero y el escudo de la familia real prendido en una capa corta sobre un hombro.

—Estás llamando la atención.

Las conspiraciones a menudo eran tonterías, ilusiones combinadas con la escasez de intrigas palaciegas interesantes. Chismes, demasiado vino y poco sentido común. Sin embargo, tenía la sensación de que aquella era diferente.

—Va a organizar la reunión. Ya casi ha terminado.

Tiernan dirigió una mirada hacia el trono y el rey supremo recostado en él.

—Lo sabe.

—¿Qué sabe? —Oak sintió que le daba un vuelco el estómago.

—¿Exactamente? No estoy seguro. Pero alguien ha oído algo. El rumor es que quieres clavarle un cuchillo en la espalda.

Oak bufó.

—No se lo va a creer.

Tiernan lo miró con incredulidad.

—Sus propios hermanos lo traicionaron. Sería un tonto si no lo creyera.

Oak volvió a centrar su atención en Cardan y esa vez el rey supremo lo miró a los ojos. Enarcó las cejas. Había desafío en su mirada y la promesa de una crueldad desapasionada. *Comienza el juego.*

El príncipe se dio la vuelta, frustrado. Lo último que quería era que Cardan lo considerara un enemigo. Debería acudir a Jude. Intentar explicárselo.

Mañana, se dijo. Cuando no le estropeara la velada. O al día siguiente, cuando fuera demasiado tarde para que le impidiera reunirse con los conspiradores y así aún podría cumplir sus objetivos. Cuando supiera quién estaba detrás de la conspiración. Después de eso, haría lo de siempre, fingir pánico. Les diría a los conspiradores que quería dejarlo. Les daría razones para que temieran que fuera a contarles a los reyes supremos lo que sabía.

Un intento de asesinato contra él era por lo que planeaba que los atraparan, más que por traición. Porque los múltiples atentados contra la vida de Oak le permitían conservar su reputación de descuidado. Nadie adivinaría que él había hundido la conspiración deliberadamente, lo que le despejaba el camino para hacerlo de nuevo.

Y Jude no tendría por qué saber que se había puesto en peligro, ni esa vez ni las anteriores.

A menos, claro, que tuviera que confesarlo todo para convencer a Cardan de que no iba a por él. Sintió un escalofrío al pensar en lo horrorizada que estaría Jude, en cuánto disgustaría a toda su familia. Su bienestar era lo que todos usaban para justificar sus propios sacrificios, sus propias pérdidas. Al menos Oak era feliz, al menos Oak había tenido la infancia que nosotros no, al menos Oak...

Oak se mordió el interior de la mejilla con tanta fuerza que sintió el sabor de la sangre. Tenía que asegurarse de que su familia nunca se enterase de en qué se había convertido. Una vez capturados los traidores, Cardan se olvidaría de sus sospechas. Quizá no hiciera falta decirle nada a nadie.

—¡Príncipe! —Vier, el amigo de Oak, se liberó de un grupo de jóvenes cortesanos para pasarle un brazo por el hombro—. Aquí estás. Ven a celebrarlo con nosotros.

Él apartó sus preocupaciones con una risa forzada. Era su fiesta, al fin y al cabo. Así que bailó bajo las estrellas con el resto de la Corte de Elfhame. Se divirtió. Desempeñó su papel.

Una ninfa se acercó al príncipe, con la piel verde como un saltamontes y unas alas a juego. Iban con ella dos amigas que le rodearon el cuello con los brazos. Sus bocas sabían a especias y vino.

Pasó de una pareja a otra a la luz de la luna, girando bajo las estrellas. Riéndose de tonterías.

Una sluagh se pegó a él, con los labios pintados de negro. Oak le sonrió mientras se dejaban arrastrar a otra danza en círculo. Su boca tenía la dulzura de las ciruelas maduras.

—Miradme a la cara y soy alguien —le susurró al oído—. Miradme la espalda y no soy nadie. ¿Qué soy?

—No lo sé —admitió él y un escalofrío le recorrió los hombros.

—Vuestro espejo, alteza —respondió y su aliento le hizo cosquillas en el cuello.

Luego se escabulló.

Horas más tarde, Oak regresó dando tumbos al palacio, con la cabeza dolorida y un mareo que volvía sus pasos irregulares. En el mundo de los mortales, a los diecisiete años, el alcohol era ilegal y, en consecuencia, algo que se escondía. Aquella noche, sin embargo, se esperaba que bebiera en cada brindis: vinos oscuros como la sangre, otros verdes efervescentes y una dulce bebida púrpura que sabía a violetas.

Incapaz de discernir si ya tenía resaca o si algo aún peor estaba por llegar después de que durmiera, decidió intentar encontrar aspirinas. Vivi le había dado una bolsa de Walgreens a Jude a su llegada, que estaba casi seguro de que contenía analgésicos.

Trastabilló hacia los aposentos reales.

—¿Qué se supone que hacemos aquí? —preguntó Tiernan y agarró al príncipe del codo cuando tropezó.

—Busco un remedio para lo que me aflige —dijo Oak.

Tiernan, taciturno en los mejores momentos, enarcó una ceja. Le hizo un gesto con la mano.

—Guárdate tus ocurrencias, habladas y no habladas.

—Alteza —concedió Tiernan, con evidente crítica.

El príncipe señaló a la guardia que estaba frente a las habitaciones de Jude y Cardan, una ogresa con un solo ojo, armadura de cuero y el pelo corto.

—Ya se ocupa ella de mí a partir de aquí.

Tiernan dudó. Pero querría visitar a Hyacinthe, aburrido, enfadado y ansiando la huida, como había hecho todas las noches desde que lo habían embridado. A Tiernan no le gustaba dejarlo mucho tiempo solo, por muchas razones.

—Si estás seguro…

La ogresa se irguió más.

—La reina suprema no se encuentra en sus aposentos.

Oak se encogió de hombros.

—No importa.

Le sería más fácil llevarse las cosas de Jude sin que ella estuviera presente para burlarse de su estado. Y aunque a la ogresa no parecía gustarle, no le impidió pasar a su lado, empujar una de las puertas dobles y entrar.

Los aposentos de los reyes supremos estaban decorados con tapices y brocados que representaban bosques mágicos que ocultaban bestias aún más mágicas y la mayoría de las superficies estaban cubiertas de gruesas velas sin encender. Serían de su hermana, que no veía en la oscuridad como los feéricos.

Oak encontró la bolsa de Walgreens tirada en una mesa pintada a un lado de la cama. Volcó el contenido sobre la manta bordada de un sofá bajo.

Había tres frascos de ibuprofeno de marca blanca. Abrió uno, atravesó el precinto de plástico con el pulgar y sacó tres cápsulas.

Había un alquimista en el castillo que le daría una poción de sabor horrible si el dolor se volvía insufrible, pero a Oak no le apetecía que le hicieran preguntas ni entablar conversación mientras le preparaban la cura. Se metió las píldoras en la boca y las tragó en seco.

Ahora lo que necesitaba era mucha agua y llegar a la cama.

Se balanceó un poco y empezó a meter el contenido de nuevo en la bolsa. Mientras lo hacía, se fijó en un paquete de pastillas en una funda de papel. Con curiosidad, le dio la vuelta y parpadeó sorprendido al ver que se trataba de un medicamento con receta. Anticonceptivos.

Jude solo tenía veintiséis. Muchos jóvenes aún no querían tener hijos a los veintiséis. O no querían tenerlos nunca.

Claro que la mayoría no tenía que asegurar una dinastía.

A la mayoría tampoco le preocupaba dejar a su hermano pequeño fuera de la línea de sucesión. Esperaba no ser la razón por la que Jude tomaba esas pastillas. Pero incluso si él no era la única razón, no podía dejar de pensar que era al menos una de ellas.

Perdido en ese lúgubre pensamiento, oyó pasos en el vestíbulo. Oyó la voz de Cardan, aunque no distinguió las palabras.

Presa del pánico, Oak se apresuró a meter todos los medicamentos en la bolsa de la farmacia, la arrojó sobre la mesa y se escabulló debajo. La puerta se abrió un segundo después. Las puntiagudas botas de Cardan repiquetearon en las baldosas, acompañadas por las suaves pisadas de Jude.

En cuanto el vientre de Oak tocó el suelo polvoriento, se dio cuenta de lo tonto que estaba siendo. ¿Por qué esconderse, si ni Jude ni Cardan se habrían enfadado por encontrarlo allí? Era su propia vergüenza por estar invadiendo la intimidad de su hermana. La culpa y el vino se habían combinado para volverlo idiota. Sin embargo, sería aún más absurdo salir ahora, así que se quedó tumbado junto a una zapatilla abandonada y cruzó los dedos para que se marcharan antes de que le dieran ganas de estornudar.

Su hermana se sentó en uno de los sillones con un gran suspiro.

—No podemos pagar un rescate por él —dijo Cardan en voz baja.

—Ya lo sé —espetó Jude—. Fui yo quien lo envió al exilio. Lo sé perfectamente.

¿Hablaban de su padre? ¿De un rescate? Oak había estado con ellos la mayor parte de la noche y no habían mencionado nada parecido. Pero ¿a quién más había exiliado su hermana que le importara lo suficiente como para pagar un rescate? Entonces recordó la pregunta de Jude en la cena. Tal vez no pretendía preguntarle por Madoc. Tal vez había sido un intento de averiguar si alguien sabía algo.

Cardan suspiró.

—Que nos sirva de consuelo que no tenemos lo que lady Nore quiere, aún si fuéramos a dejarnos chantajear.

Jude abrió algo fuera de la línea de visión de Oak. Se arrastró un poco para conseguir un ángulo mejor y vio la caja de ramas entretejidas que sostenía en la mano. Enredada entre sus dedos había una cadena, que atravesaba un orbe de cristal. En su interior, algo rodaba inquieto.

—El mensaje habla del corazón de Mellith. ¿Alguna especie de artefacto antiguo? Creo que busca una excusa para retenerlo.

—Si no lo creyera imposible, pensaría que es culpa de tu hermano —dijo Cardan con sorna y Oak casi se golpeó la cabeza contra el marco de madera de la mesa por la sorpresa de oír su nombre—. Primero quiso que fueras indulgente con aquella reinecilla de dientes afilados y ojos de loca. Luego quiso que perdonaras al exhalcón que le gusta a su guardaespaldas por haber intentado asesinarme. Sería una coincidencia demasiado grande que Hyacinthe viniera de manos de lady Nore, que hubiera pasado tiempo con Madoc y no tuviera nada que ver con su secuestro.

Las palabras estaban impregnadas de desconfianza, aunque Cardan sonreía. Sin embargo, su desconfianza apenas tenía importancia al lado del peligro que corría su padre.

—Oak se ha mezclado con la gente equivocada, eso es todo —dijo Jude con cansancio.

Cardan sonrió y un rizo de pelo negro le cayó sobre la frente.

—Se parece a ti más de lo que quieres ver. Es inteligente. Ambicioso.

—Si lo que ha pasado es culpa de alguien, es mía —dijo Jude tras otro suspiro—. Por no haber ordenado la ejecución de lady Nore cuando tuve la oportunidad.

—Te distraerían las canciones obscenas sobre serpientes —dijo Cardan con ligereza, dejando atrás la conversación sobre Oak—. La generosidad de espíritu no es habitual en ti.

Guardaron silencio un momento y Oak se fijó en el rostro de su hermana. Escondía algo privado y doloroso. Por aquel entonces, no sabía lo cerca que había estado de perder a Cardan para siempre y quizá también de perderse a sí misma.

Con la mente ralentizada por la bebida, siguió atando cabos. Lady Nore, de la Corte de los Dientes, tenía retenido a Madoc. Y Jude no iba a intentar recuperarlo. Oak quería salir de debajo de la mesa y suplicarle. *No podemos dejarlo allí. No podemos permitir que muera.*

—Se rumorea que lady Nore está creando un ejército de criaturas hechas de palos, piedras y nieve —murmuró Jude.

Lady Nore pertenecía a la antigua Corte de los Dientes. Tras aliarse con Madoc e intentar robar la corona de Elfhame, la Corte se había disuelto. A sus mejores guerreros, incluido el amado de Tiernan, Hyacinthe, los habían convertido en pájaros. A Madoc lo habían enviado al exilio. Y lady Nore se había visto obligada a jurar lealtad a la hija que había atormentado, Suren. La reinecilla de dientes afilados que había mencionado Cardan.

Oak sintió el rubor de una emoción desconocida al pensar en ella. Recordaba haber huido a su bosque y el rasgueo de su voz en la oscuridad.

Su hermana continuó.

—Tanto si lady Nore desea utilizarlos para atacarnos a nosotros o al mundo de los mortales como si solo quiere que se enfrenten entre sí por diversión, debemos detenerla. Si nos demoramos, tendrá tiempo suficiente para acumular fuerzas. Pero atacar la fortaleza implicaría la muerte de mi padre. Si actuamos contra ella, él morirá.

—Podemos esperar —dijo Cardan—. Pero no mucho.

Jude frunció el ceño.

—Si pone un pie fuera de esa Ciudadela, la degollaré con mis propias manos.

Cardan se trazó una dramática línea en la garganta y luego se desplomó con un gesto exagerado, con los ojos cerrados y la boca abierta. Se hizo el muerto.

Jude frunció el ceño.

—No te burles.

—¿Te he dicho alguna vez lo mucho que te pareces a Madoc cuando hablas de asesinar? —dijo Cardan y abrió un ojo—. Porque te pareces mucho.

Oak esperaba que su hermana se enfadara, pero se rio.

—Será lo que te gusta de mí.

—¿Que seas aterradora? —preguntó y su acento se volvió exageradamente grave, casi un ronroneo—. Me encanta.

Se agachó hacia él, apoyó la cabeza en su hombro y cerró los ojos. Los brazos del rey la rodearon y Jude se estremeció una vez, como si dejara caer algo.

Al observarla, Oak volvió sus pensamientos a lo que sabía que sucedería. Lo protegerían de la información de que su padre estaba en peligro, como el inútil hijo menor que era.

Interrogarían a Hyacinthe. O lo ejecutarían. Probablemente ambas cosas, una después de la otra. Era posible que lo mereciera. Oak sabía, aunque su hermana aún no, que Madoc había hablado con el antiguo halcón muchas veces en los últimos meses. Si Hyacinthe era responsable, lo degollaría él mismo.

Pero ¿qué pasaría después? Nada. No habría ayuda para su padre. Lady Nore ganaría tiempo para reunir al ejército que Jude había descrito, pero antes o después Elfhame iría a por ella. Cuando llegara la guerra, nadie se salvaría.

Tenía que actuar pronto.

El corazón de Mellith. Eso era lo que lady Nore quería. No estaba seguro de poder conseguirlo, pero aunque no pudiera, no significaba que no hubiera forma de detenerla. Aunque no había visto a Suren en años, sabía dónde estaba, y dudaba que nadie más en la Corte Suprema lo supiera. Habían sido amigos una vez. Además, lady Nore le había hecho un juramento. Tenía el poder de comandar a su madre. Una palabra suya pondría fin a todo el conflicto antes de que comenzara.

La idea de buscar a Wren le provocaba una emoción que no quería analizar demasiado, borracho y alterado como ya estaba. En cambio, prefirió planear cómo usaría el pasadizo secreto para escabullirse de la habitación de su hermana cuando estuviera dormida, cómo interrogaría a Hyacinthe mientras Tiernan se aprovisionaba. Cómo iría al Mercado de Mandrake y le sonsacaría más información sobre ese corazón milenario a Madre Tuétano, que lo sabía casi todo de todo.

La conspiración tendría que esperar. Tampoco podían actuar sin un candidato al trono a la espera.

Oak salvaría a su padre. Tal vez nunca pudiera reparar a su familia, pero intentaría compensar lo que ya les había costado. Intentaría estar a su altura. Si se iba, si convencía a Wren, si lo conseguían, Madoc viviría y Jude no tendría que tomar otra decisión imposible.

Todos le habrían prohibido ir, por supuesto. Por eso, antes de que tuvieran la oportunidad, ya se había ido.

1

El frío de la prisión carcome los huesos de Oak y el hedor del hierro le raspa la garganta. La brida le aprieta las mejillas y le recuerda que está encadenado a una obediencia que lo ata con más firmeza que cualquier cadena. Sin embargo, lo peor de todo es el temor a lo que ocurrirá a continuación, un temor tan grande que desea que lo que tenga que ser suceda ya para dejar de temerlo.

A la mañana siguiente de que lo encerrasen en una celda en las mazmorras de piedra bajo la Ciudadela de la Aguja de Hielo de la antigua Corte de los Dientes, un sirviente le trajo una manta forrada de piel de conejo. Una gentileza que no supo interpretar. Sin embargo, por mucho que se envuelva con ella, rara vez entra en calor.

Dos veces al día le traen comida. Agua, a menudo con una capa de hielo en la superficie. Sopa, lo bastante caliente para que se sienta cómodo durante una hora. A medida que pasan los días, teme que, en lugar de aplazar su tormento, así como alguien aparta el bocado más delicioso del plato para dejarlo para el final, simplemente se hayan olvidado de él.

Una vez, creyó advertir la sombra de Wren, que los observaba desde la distancia. La llamó, pero no le respondió. Quizá nunca había estado allí. El hierro le nubla la mente. A lo mejor solo vio lo que estaba desesperado por ver.

No había hablado con él desde que lo había enviado allí. Ni siquiera había usado la brida para darle órdenes. Ni siquiera para regodearse.

A veces grita en la oscuridad, solo para recordar que aún puede hacerlo.

Las mazmorras están construidas para ahogar los gritos. Nadie acude.

Hoy grita hasta quedarse ronco y se desploma contra la pared. Ojalá pudiera contarse a sí mismo una historia, pero le es imposible convencerse de que es un valiente príncipe que sufre un revés en una audaz aventura, ni el tempestuoso y desventurado amante del que tantas veces se ha disfrazado en el pasado. Ni siquiera consigue verse como el hermano e hijo leal que pretendía ser cuando se marchó de Elfhame.

Sea lo que fuere, desde luego no es un héroe.

Las fuertes pisadas de un guardia resuenan por el pasillo y Oak se levanta. Uno de los halcones. Straun. El príncipe lo ha oído antes en las puertas, quejándose, sin darse cuenta de que su voz viaja lejos. Es ambicioso, le aburre el tedio de montar guardia y está ansioso por demostrar su valía ante la nueva reina.

Wren, cuya belleza Straun admira.

Oak lo odia.

—Tú —dice el halcón cuando se acerca—. Cállate antes de que te calle yo.

Ah, Oak lo comprende. Está tan aburrido que quiere hacer algo.

—Solo intento darle a la mazmorra una atmósfera más auténtica —dice—. ¿Qué es un lugar como este sin los gritos de los atormentados?

—Te tienes en mucha estima, hijo del traidor, pero no sabes nada del tormento —dice Straun y patea las barras de hierro con el tacón de la bota, lo que las hace repicar—. Pero pronto. Pronto lo descubrirás. Deberías conservar los gritos.

Hijo del traidor. Así que no solo está aburrido, sino que le guarda rencor a Madoc.

Oak se acerca lo suficiente a las barras como para sentir el calor del hierro.

—¿Es que Wren tiene pensado venir a torturarme?

Straun bufa.

—La reina tiene cosas más importantes que hacer. Se ha ido al Bosque de Piedra a despertar a los reyes trol.

Oak lo mira, sorprendido.

El halcón sonríe.

—Pero no te preocupes. La bruja de la tormenta sigue aquí. Tal vez ella venga a buscarte. Sus torturas son legendarias.

Tras esas palabras, se marcha de nuevo hacia las puertas.

Oak se derrumba en el frío suelo, furioso y desesperado.

Tienes que escapar. El pensamiento lo golpea con fuerza. *Tienes que encontrar una manera.*

Pero no es fácil. Las barras de hierro queman. La cerradura es difícil de forzar, aunque ya lo ha intentado con un tenedor. Lo único que consiguió fue partir una de las púas y asegurarse de que, a partir de entonces, le sirvieran la comida solo con cucharas.

No es fácil escapar. Sin embargo, después de todo, tal vez Wren vaya a visitarlo.

Oak se despierta en el suelo de piedra de la celda con un zumbido en la cabeza y el aliento condensando el aire. Parpadea confundido, aún medio sumergido en el sueño. Rara vez consigue dormir profundamente con tanto hierro alrededor, pero eso no es lo que lo ha despertado esta noche.

Una potente ola de magia inunda la Ciudadela, procedente de algún punto al sur, y los envuelve en un poder inconfundible. Entonces la tierra tiembla, como si algo enorme se moviera sobre ella.

Cae en la cuenta de que el Bosque de Piedra está al sur de la Ciudadela.

El temblor no proviene de algo que se mueva sobre la tierra, sino de algo que ha salido de ella. Wren lo ha hecho. Ha liberado a los reyes trol de su cautiverio subterráneo.

Ha roto una antigua maldición, tan antigua que para Oak parecía entretejida en la trama misma del mundo, tan implacable como el mar y el cielo.

Casi cree oír el crujido de las rocas que los aprisionaban. Fisuras que se extienden como telarañas por ambas rocas desde dos direcciones a la vez. Olas de fuerza mágica que fluyen desde esos centros gemelos, lo bastante intensas como para que los árboles cercanos se partan y que las frutas azules envueltas en hielo se esparzan por la nieve.

Se imagina a los dos antiguos reyes trol surgiendo de la tierra, estirándose por primera vez en siglos. Altos como gigantes, se sacuden todo lo que ha crecido sobre ellos durante su letargo. Tierra y hierba, árboles pequeños y rocas les llueven de los hombros.

Wren lo ha hecho.

Y como se supone que debería ser imposible, el príncipe no tiene ni idea de lo que sería capaz de hacer a continuación.

Como es poco probable que vuelva a conciliar el sueño, repasa los ejercicios que Fantasma le enseñó hace mucho tiempo para que siguiera practicando mientras estaba atrapado en el mundo mortal.

Imagina que tienes un arma.

Estaban en el segundo piso de Vivi, en un balconcito metálico. Dentro de la casa, Taryn y Vivi cuidaban de Leander, que estaba aprendiendo a gatear. Fantasma había preguntado por el entrenamiento de Oak y no le había servido la excusa de que tenía solo once años, tenía que ir al colegio y no podía ponerse a blandir un sable largo en el jardín comunitario sin que los vecinos se asustaran.

¡Venga ya!

Oak se había reído, creyendo que el espía estaba de broma.

Fantasma conjuró la ilusión de una espada de la nada, con la empuñadura decorada de hiedras. El hechizo era tan bueno que Oak tuvo que fijarse con mucha atención para notar que no era real.

Tu turno, príncipe.

Le había gustado hacer su propia espada. Era enorme y negra, con una empuñadura roja brillante cubierta de caras demoníacas. Parecía la espada del personaje de un anime que había estado viendo y se sentía como un tipo duro al sostenerla en las manos.

La visión de la espada de Oak había hecho sonreír a Fantasma, pero no llegó a reírse. En vez de eso, empezó a hacer una serie de ejercicios e instó al chico a que lo siguiera. Le dijo al príncipe que debía llamarlo por su nombre de no espía, Garrett, ya que eran amigos.

Haz esto, le dijo Fantasma. Garrett. *Cuando no tengas nada más.*

Probablemente se refería a nada más con lo que practicar. Aunque ahora mismo, Oak no tiene nada y punto.

Los ejercicios lo calientan lo suficiente como para sentirse medianamente cómodo cuando se envuelve la manta alrededor de los hombros.

El príncipe lleva encarcelado tres semanas, según las cuentas que ha hecho en el polvo bajo el solitario banco. Tiempo suficiente para repasar todos los errores que ha cometido en su desafortunada aventura. Tiempo suficiente para reconsiderar una y otra vez lo que debería haber hecho en el pantano después de que la bruja de espinas se volviera hacia él y le hablara con su voz áspera:

¿Acaso no conocías lo que ya tenías, príncipe de los zorros? Qué divertido, buscar en la lejanía el corazón de Mellith cuando camina a tu lado.

Al recordarlo, Oak se levanta y se pone a dar vueltas; sus pezuñas repiquetean inquietas contra la piedra negra. Debería haberle dicho la verdad. Debería habérsela dicho y aceptar las consecuencias.

En lugar de eso, se convenció a sí mismo de que guardar el secreto de sus orígenes la protegería, pero ¿era cierto? ¿O la verdad era que la había manipulado, como manipulaba a todos en su vida? Al fin y al cabo, era lo que se le daba bien: los trucos, los juegos, la ausencia de sinceridad.

Su familia debe de estar aterrada. Confía en que Tiernan haya logrado llevar a Madoc de vuelta a Elfhame sano y salvo, sin importar lo que el general gorro rojo quisiera. Sin embargo, Jude se enfurecería con su guardia por haber dejado atrás a Oak y aún más con Madoc, si descubría cuánto de todo aquello era culpa suya.

Cardan quizá se sintiera aliviado de librarse de Oak, pero eso no impediría a Jude trazar un plan para recuperarlo. Jude ha sido despiadada por él antes, pero esta es la primera vez que la posibilidad lo asusta. Wren es peligrosa. No es alguien a quien se deba contrariar. Ninguna de las dos lo es.

Recuerda la presión de los afilados dientes de Wren en el hombro. El tanteo nervioso de su beso, el brillo de sus ojos húmedos y cómo le había pagado su reacia confianza con engaños. Una y otra vez en su mente, reproduce la traición en su cara al comprender el enorme secreto que le había ocultado.

No importa si mereces estar en sus mazmorras, se dice a sí mismo. *Tienes que salir de aquí.*

Sentado en la oscuridad, escucha a los guardias jugar a los dados. Han abierto una jarra de un licor de enebro particularmente fuerte para celebrar el logro de Wren. Straun es el más escandaloso y borracho del grupo, y el que más monedas pierde.

Oak se queda dormido y se despierta cuando oye unas pisadas suaves. Se levanta sobre sus pezuñas y se acerca todo lo que puede a los barrotes de hierro.

Una chica huldu aparece con una bandeja y la cola agitándose tras de sí.

La decepción le provoca un nudo en el estómago.

—Fernwaif —dice y los ojos de la joven se alzan para mirar los suyos. Nota la cautela en ellos.

—Recordáis mi nombre —dice ella, como si fuera un truco. Como si los príncipes tuvieran la capacidad de atención de un mosquito.

—Por supuesto que sí.

Él sonríe y, después de un momento, ella se relaja notablemente y deja caer los hombros.

No habría notado esa reacción antes. Después de todo, las sonrisas debían tranquilizar a la gente. Pero quizá no tanto como lo hacían las de él.

Tal vez no puedas evitarlo. Tal vez lo hagas sin saberlo. Esas habían sido las palabras de Wren cuando le había dicho que ya no usaba sus poderes como orador de amor, su habilidad de gancanagh. Se había ceñido a las reglas que Oriana le había dado.

Claro que sabía qué decir para gustarle a alguien, pero se había convencido a sí mismo de que eso no era lo mismo que entregarse a la magia, que no era lo mismo que hechizar a los demás.

Sin embargo, sentado en la oscuridad, ha recapacitado. ¿Y si el poder se filtra de él como un miasma? ¿Como un veneno? Tal vez no había seducido a tantos conspiradores mediante su astucia ni su compañerismo, sino al valerse de un poder al que no podían resistirse. ¿Y si era una persona mucho peor de lo que creía?

Como para demostrarlo, aprovecha su ventaja, mágica o no. Ensancha la sonrisa para Fernwaif.

—Eres una compañía muy superior a la del guardia que me trajo la comida ayer —dice con total sinceridad, pensando en un trol que ni siquiera lo miró. Que derramó la mitad del agua en el suelo y luego le sonrió con unos dientes agrietados.

Fernwaif resopla.

—No creo que eso sea un gran cumplido.

No lo era.

—¿Quieres que te diga que tienes el pelo como el oro y los ojos como zafiros?

Ella suelta una risita y Oak ve que tiene las mejillas sonrosadas mientras saca los cuencos vacíos de la ranura del fondo de la celda y los sustituye por la nueva bandeja.

—Mejor que no.

—Puedo hacerlo mejor —dice—. Así tal vez tendrías la amabilidad de contarme algún cotilleo que alegre la fría monotonía de mis días.

—Sois un bobo, alteza —dice la chica al cabo de un momento y se muerde un poco el labio inferior.

Su mirada se desvía mientras evalúa los bolsillos de su vestido en busca del peso de las llaves. El rubor de sus mejillas se acentúa.

—Lo soy —reconoce Oak—. Tan bobo como para haberme metido en este lío. Me pregunto si podrías llevarle un mensaje a tu nueva reina.

Ella aparta la mirada.

—No me atrevería —dice y él sabe que no debería insistir más.

Recuerda la advertencia de Oriana cuando era niño. *Un poder como el que tienes es peligroso,* le había dicho. *Puedes saber qué es lo que los demás más ansían oír. Si se lo dices, no solo querrán escucharte. Llegarán a desearte por encima de todas las cosas. El amor que inspira un gancanagh… algunos lo anhelarán desde lejos. Otros harán pedazos el gancanagh para asegurarse de que nadie más lo tenga.*

Cometió un error cuando fue por primera vez a la escuela en el mundo de los mortales. Se sentía solo allí, así que, cuando hizo un amigo, quiso conservarlo. Y sabía cómo. Era fácil, solo tenía que decir las cosas correctas. Recuerda el sabor del poder en la lengua, expulsando palabras que ni siquiera entendía. Fútbol y Minecraft, elogios a los dibujos del niño. No eran mentiras, pero tampoco se acercaban a la verdad. Se divertían juntos; correteaban por el patio, empapados en sudor, o jugaban a videojuegos en el sótano del chico. Se divertían, hasta que se dio cuenta de que, cuando estaban separados, aunque solo fuera por unas horas, el niño no hablaba. No comía. Se limitaba a esperar a volver a ver a Oak.

Con ese recuerdo en la mente, avanza con paso tambaleante y fuerza una sonrisa que espera que parezca real.

—Verás, deseo hacerle saber a tu reina que anhelo su placer. Estoy a sus órdenes y ansío el momento en que venga para hacérmelas cumplir.

—¿No queréis que os rescaten? —Fernwaif sonríe. Ahora es ella la que se burla de él—. ¿Debo informar a mi señora de que estáis tan domesticado que puede dejaros salir sin peligro?

—Dile... —dice Oak y se esfuerza por disimular el asombro ante la noticia de que Wren ha regresado a la Ciudadela—. Dile que es un desperdicio tenerme abandonado en esta penumbra.

Fernwaif ríe. Los ojos le brillan como si Oak fuera el héroe romántico de un cuento.

—Me pidió que viniera hoy —confiesa la joven huldu en un susurro.

Suena esperanzador. Lo primero que ha oído en mucho tiempo.

—Entonces deseo que tu informe sobre mí sea favorable —dice y hace una reverencia.

Las mejillas de la chica siguen sonrosadas por el placer cuando se marcha con pasos ligeros. Oak se fija en cómo se le mueve la cola bajo las faldas.

Espera hasta que la pierde de vista antes de agacharse e inspeccionar la bandeja; una empanada de champiñones, una tarrina de mermelada, una humeante tetera entera con una taza y un vaso de agua de nieve derretida. Una comida más rica de lo habitual. Y, sin embargo, se da cuenta de que tiene poco apetito.

Solo piensa en Wren, a quien tiene motivos para temer y a quien desea de todos modos. Quien podría ser su enemiga y un peligro para todas las personas a las que ama.

Golpea con la pezuña la pared de piedra de la celda. Luego va a servirse una taza de té de agujas de pino antes de que se enfríe. El calor de la tetera en las manos le devuelve suficiente movilidad en los dedos como para pensar que, de haber contado con otro tenedor, hubiera tratado de forzar otra vez la cerradura.

Esa noche, se despierta con la visión de una serpiente que se arrastra por la pared, con un cuerpo de metal negro enjoyado y reluciente. Una lengua bífida de color esmeralda saborea el aire a intervalos regulares, como un metrónomo.

Del sobresalto, retrocede hasta los barrotes y el hierro le quema los hombros. Ha visto criaturas como esa antes, forjadas por los grandes herreros de Faerie. Valiosas y peligrosas.

Lo asalta la paranoia de que el veneno sería una forma sencilla de resolver el problema de que lo retenga un enemigo de Elfhame. Si estuviera muerto, no habría razón para pagar un rescate.

Duda que su hermana lo permitiera, pero hay quienes se arriesgarían a burlarla. Grima Mog, la nueva gran generala, sabría exactamente dónde encontrar al príncipe, pues ella misma había servido a la Corte de los Dientes. Tal vez estuviera deseando que empezara la guerra. Y, por supuesto, respondía ante Cardan tanto como ante Jude.

Por no mencionar que siempre existía la posibilidad de que Cardan convenciera a su hermana de que Oak suponía un peligro para ambos.

—Hola —susurra a la serpiente con recelo.

Abre la boca lo suficiente para que le vea los colmillos plateados. Los eslabones de su cuerpo se mueven y un anillo brota de su garganta y cae al suelo. Oak se agacha y lo recoge. Un anillo de oro con una piedra de color azul oscuro, desgastada por el uso. Su anillo, un regalo de su madre el día de su decimotercer cumpleaños, olvidado en su tocador porque ya no le cabía en el dedo. La prueba de que aquella criatura había sido enviada por Elfhame. Prueba de que se suponía que debía confiar en ella.

—*Prínssssipe* —dice—. En tress díass, debéiss estar lissto para el ressscate.

—¿Rescate?

Así que no ha venido a envenenarlo.

La serpiente se limita a mirarlo con ojos fríos y brillantes.

Muchas noches ha deseado que alguien viniera a buscarlo. Aunque quería que fuera Wren, no habían sido pocas las veces que había imaginado a Bomba haciendo un agujero en la pared para sacarlo de allí.

Sin embargo, ahora que la posibilidad es real, se sorprende de lo que siente.

—Dame más tiempo —dice, sin importarle que sea ridículo negociar con una serpiente de metal y aún más ridículo hacerlo por su propio encarcelamiento, solo para tener la oportunidad de hablar con alguien que se niega a verlo—. Dos semanas quizá. Un mes.

Si pudiera hablar con Wren, podría explicárselo. Tal vez no lo perdonaría, pero si veía que no era su enemigo, sería suficiente. Solo convencerla de que no tenía que ser la enemiga de Elfhame ya sería algo.

—Tress díasssss —vuelve a decir la serpiente. O el encantamiento es demasiado simple para descifrar sus protestas o le han indicado que las ignorase—. Esstad lisssto.

Oak se coloca el anillo en el dedo meñique y observa cómo la serpiente sube por la pared. A mitad de camino hacia el techo, se da cuenta de que el hecho de que no la hayan enviado para envenenarlo a él no significa que no vaya a envenenar a nadie.

Salta al banco y la agarra por el extremo de la cola. De un tirón, la desprende de la pared, cae contra su cuerpo y se le enrosca en el antebrazo.

—*Prínsssipe* —sisea. Cuando abre la boca para hablar, Oak se fija en los agujeritos en las puntas de sus colmillos plateados.

Tras asegurarse de que no lo pueda atacar, la retira con cuidado de su brazo. Luego, con la cola firmemente aferrada, la golpea contra el banco de piedra. Oye el crujido de las delicadas piezas mecánicas. Una gema sale volando. También un trozo de metal. Vuelve a golpearla contra el banco.

Brota un sonido que le recuerda al silbido de una tetera y sus espirales se retuercen. Vuelve a golpear el cuerpo metálico con fuerza dos veces más, hasta que queda destrozado e inmóvil.

Se siente aliviado y terriblemente mal al mismo tiempo. Tal vez no estuviera más viva que un corcel de hierba, pero le había hablado. Parecía viva.

Se desploma en el suelo. Dentro de la criatura de metal encuentra un frasco de cristal, ahora roto. El líquido del interior es sanguinolento y coagulado. Seta lepiota. El único veneno con pocas probabilidades de hacerle daño. Una agradable prueba de que su hermana no lo quiere muerto. Quizá Cardan tampoco.

La serpiente está flácida en sus manos, sin magia. Tiembla al pensar en lo que podría haber pasado si hubieran enviado a la criatura a visitar a Wren antes de buscarlo a él en las prisiones. O si su mente adormecida por el hierro se hubiera dado cuenta del peligro demasiado tarde.

Tres días.

No le queda tiempo que perder, para tener miedo ni para urdir planes. Debe actuar, y rápido.

Oak escucha el cambio de guardia. En cuanto oye la voz de Straun, aporrea los barrotes hasta que el halcón se acerca. Tarda un buen rato, pero menos de lo que tardaría si no estuviera de mal humor por haberse pasado la noche bebiendo y perdiendo dinero a los dados.

—¿No te he dicho que te callases? —ruge el halcón.

—Me vas a sacar de esta celda —dice Oak.

Straun se para y después suelta un bufido, pero con un ápice de desconfianza.

—¿Te has vuelto loco, principito?

Oak extiende la mano. Una colección de piedras preciosas descansa en su palma arañada. Pasó la mayor parte de la noche arrancándolas del cuerpo de la serpiente. Cada una vale diez veces lo que Straun ha perdido apostando.

El halcón resopla con disgusto, pero no consigue disimular el interés.

—¿Pretendes sobornarme?

—¿Funciona? —pregunta Oak y camina hasta el borde de la celda. No está seguro de si es la magia la que lo impulsa o no.

Casi contra su voluntad, Straun se acerca. Bien. El príncipe huele la acidez del licor de enebro en su aliento. Tal vez todavía esté un poco borracho. Aún mejor.

Oak cuela la mano derecha entre los barrotes y la levanta para que las gemas capten el tenue brillo de la luz de la antorcha. Desliza la otra mano también, más abajo.

Straun le golpea con fuerza el brazo. Su piel choca con la barra de hierro de la celda y se quema. El príncipe aúlla mientras las gemas caen al suelo y la mayoría se desperdigan por el pasillo entre las celdas.

—No me creías ni la mitad de listo que tú, ¿verdad?

Straun se ríe mientras recoge las joyas, sin haberle prometido nada.

—Es cierto —admite Oak.

Straun escupe delante de la jaula del príncipe.

—Ninguna cantidad de oro ni de joyas te salvará. Si mi reina del invierno quiere que te pudras aquí, así será.

—¿Tu reina del invierno? —repite Oak, incapaz de contenerse.

El halcón se muestra un poco avergonzado y se da la vuelta para volver a su puesto. Oak se da cuenta de que es joven. Mayor que él, pero no por mucho. Más joven que Hyacinthe. No debería sorprenderle que Wren le causase tanta impresión.

No debería molestarle ni provocarle unos celos feroces. En lo que debería concentrarse es en la llave que tiene en la mano izquierda. La que le quitó de la presilla del cinturón cuando Straun le golpeó el brazo derecho. Afortunadamente, el halcón es exactamente tan listo como Oak había supuesto.

La llave entra con suavidad en la cerradura de la celda. Gira tan a la perfección que casi parece recién engrasada.

No es probable que Straun vuelva a verlo, por mucho que golpee los barrotes. Se sentirá pagado de sí mismo. Que lo disfrute.

El príncipe levanta un trozo de tela que se ha arrancado de la camisa y empapado en el veneno de seta lepiota que ha recuperado de la serpiente. Luego se aleja por el pasillo y su respiración forma nubes en el aire frío.

Fantasma le enseñó a moverse con sigilo, pero nunca se le ha dado muy bien. La culpa la tienen sus pezuñas, pesadas y duras. Hacen ruido en los peores momentos. Aun así, se esfuerza por deslizarlas sobre el suelo para minimizar el sonido.

Straun protesta con otro guardia afirmando que los demás son unos tramposos y se niega a jugar más a los dados. Oak espera a que uno de los dos se marche a por más provisiones y escucha con atención los pasos de las botas que se alejan.

Después de asegurarse de que solo haya un guardia, intenta abrir la puerta. Ni siquiera está cerrada. Supone que no hay razón para que lo esté cuando solo hay un prisionero y lleva una brida que lo obliga a ser obediente.

Oak se mueve rápido, tira de Straun hacia atrás y le cubre la nariz y la boca con la tela. El guardia forcejea, pero sus movimientos se ralentizan al inhalar el hongo. El príncipe lo sujeta en el suelo hasta que queda inconsciente.

El siguiente paso es acomodar el cuerpo para que, cuando vuelva el otro guardia, le parezca que se ha quedado dormido.

Le cuesta dejarle la espada en la cadera, pero la ausencia del arma lo delataría casi con toda seguridad. Sin embargo, sí se lleva la capa que encuentra colgada en un gancho junto a la puerta.

2

Oak sube las escaleras con cuidado.

Tiene la sensación surrealista de encontrarse dentro de un videojuego. Ha jugado bastantes, sentado en el sofá de Vivi. Se arrastraba por habitaciones pixeladas que se parecían más a la fortaleza de Madoc donde había crecido que cualquier otro lugar del mundo mortal. Recuerda estar apoyado en el hombro de Heather, con el mando en las manos. Matando gente y escondiendo los cuerpos.

«Qué juego más malo, feo y violento», había dicho Vivi. «La vida no es así».

Jude, que estaba de visita, había enarcado las cejas y no había dicho nada.

Recuerda haber seguido a Wren por los gélidos pasillos. Matando gente. Escondiendo los cuerpos.

Hay más visitantes en la Ciudadela ahora que entonces; irónicamente, eso hace que sea más fácil pasar desapercibido. Hay muchas caras nuevas, feéricos vecinos que acuden a descubrir la naturaleza de la nueva señora y ganarse su favor. Nisses bien vestidas, cortesanos huldu que se reúnen en pequeños grupos y comparten chismorreos. Los troles se observan unos a otros y algún que otro selkie merodea por los rincones, recopilando información de un poder emergente para llevarla de vuelta a Inframar.

Le es imposible pasar inadvertido con las ropas desgastadas y mugrientas, por no hablar de las correas de la brida de Grimsen que le aprietan las mejillas. Se mantiene entre las sombras, se sube la capucha de la capa y se mueve deliberadamente despacio.

Después de haberse criado rodeado de sirvientes en la fortaleza de su padre en Faerie y de haber pasado luego a no tener ninguno cuando vivió en el mundo mortal, el príncipe es muy consciente de lo que se necesita para mantener en funcionamiento un castillo como aquel. De pequeño, se acostumbró a que la ropa sucia desapareciera del suelo y volviera a aparecer en el armario, limpia y colgada. Sin embargo, cuando tuvo que empezar a bajar con Vivi y Heather las bolsas de ropa sucia al sótano de su bloque de pisos e introducir monedas de veinticinco centavos en una máquina, junto con detergente y suavizante, comprendió que alguien debía de haber estado llevando a cabo un trabajo similar para él en Faerie.

Y alguien lo haría en la Ciudadela, lavaría las sábanas y los uniformes. Oak se dirige a las cocinas, pensando que las llamas de los hornos probablemente se usen también para calentar las cubas de agua necesarias para limpiar las telas. El fuego sería más fácil de mantener confinado en los sótanos de piedra y en la primera planta de la Ciudadela.

Oak agacha la cabeza, aunque los sirvientes apenas lo miran. Se mueven con prisa por los pasillos. Está seguro de que el lugar no cuenta con el personal suficiente.

Pasa veinte tensos minutos deambulando con sigilo antes de que un cambio en la humedad del aire y el olor a jabón le revelen la ubicación de la zona seca. Abre la puerta de la sala con cautela y se siente aliviado al comprobar que no hay ningún criado lavando. Tres cubas humeantes descansan sobre el suelo de roca negra. Hay ropa de cama, manteles y uniformes sucios sumergidos en ellas. Sábanas limpias cuelgan de cuerdas suspendidas.

Oak se quita la ropa sucia y la deja caer en el agua antes de meterse él también.

Se siente un poco tonto al meterse desnudo en una cuba. Si lo descubren, sin duda tendrá que interpretar el papel del príncipe atontado y despreocupado, tan vanidoso que se ha escapado de su cautiverio para darse un baño. Sería el colmo de la vergüenza.

El agua jabonosa solo está tibia, pero le resulta deliciosamente caliente después de haber pasado tanto frío durante tanto tiempo. Se estremece de placer y los músculos de sus extremidades se relajan. Sumerge la cabeza y se restriega la piel con las uñas hasta que se siente limpio. Quiere quedarse allí, flotando en el agua cada vez más tibia. Por un instante, se permite hacerlo. Mira el techo de la sala, que también es de piedra negra, aunque más arriba, las paredes, el suelo y el techo son de hielo.

Y Wren se encuentra en algún lugar entre ellos. Si pudiera hablar con ella, aunque fuera solo un momento…

Sabe que es un pensamiento ridículo y, sin embargo, no puede evitar sentir que los dos se comprenden de una forma que podría trascender la poco favorable situación actual. Se enfadará cuando hable con ella, por supuesto. Y él merecerá su enfado.

Tiene que decirle que lamenta sus actos. No está seguro de lo que pasará después.

Tampoco está seguro de lo que dice sobre él que encuentre esperanza en el hecho de que Wren lo haya conservado. No todo el mundo consideraría un gesto romántico que lo arrojaran a una mazmorra, pero Oak prefiere al menos considerar la posibilidad de que lo haya metido allí porque quiere algo más de él.

Algo que no sea, por ejemplo, despellejarlo y dejar su cadáver putrefacto para que lo escarben los cuervos.

Con esa idea en mente, sale chapoteando de la bañera.

Entre los uniformes que se están secando, hay uno que parece que le quedará bien; desde luego, mejor que el que encontró manchado de sangre y usó para entrar en palacio semanas atrás. Está húmedo, pero no tanto como para llamar la atención, y solo le aprieta un poco en el pecho. A pesar de todo, así vestido y con la capucha levantada para ocultarle el rostro, podría salir sin más por la puerta de la Ciudadela, como si fuera a patrullar.

Wren se lo tendría merecido por no haber ido nunca a verlo, ni siquiera para usar la brida y ordenarle que se quedara quietecito.

No está seguro de lo lejos que podría llegar en la nieve, pero aún tiene tres de las piedras preciosas de la serpiente. Tal vez pueda sobornar a alguien para que lo lleve en su carruaje. Incluso, si no quisiera arriesgarse, podría ir a buscar su propia montura en los establos, ya que Hyacinthe fue quien le robó a Damisela y el exhalcón es ahora el segundo al mando de Wren.

De una forma o de otra, sería libre. Libre para no necesitar que lo rescatasen. Libre para intentar disuadir a su hermana de cualquiera que sea el plan homicida que se le ocurra contra la Ciudadela. Libre para regresar a casa y volver a portarse como un inútil, a compartir la cama con cualquiera que sospechara que podría planear un ataque político, a ser otra vez un heredero que no quiere heredar nunca.

Y para no volver a ver a Wren.

Por supuesto, tal vez no llegara junto a Jude a tiempo de hacerle saber que vuelve a ser libre y detener así cualquier plan que ella pusiera en marcha. Cualquier asesinato que su gente pudiera cometer en su nombre. Luego, por supuesto, estaría la cuestión de lo que Wren hiciera en represalia.

Tampoco sabe cómo detener a ninguna de las dos si se queda aquí. No cree que nadie sepa cómo detener a Jude. Y Wren tiene el poder de la aniquilación total. Puede romper maldiciones y destrozar hechizos sin apenas esfuerzo. Hizo pedazos a lady Nore como si fuera una criatura de palo y esparció sus entrañas por la nieve como si nada.

Solo ese recuerdo debería ser suficiente para empujarlo a salir de la Ciudadela tan rápido como las piernas se lo permitan.

Se cubre la cara con la capucha y se dirige hacia el gran salón. Verla aunque sea un instante es casi más una obligación que una decisión.

Siente las miradas de los cortesanos; cubrirse la cara con una capucha es, cuanto menos, inusual. Mantiene la vista desenfocada y los hombros hacia atrás, aunque el instinto le pide a gritos que les devuelva la mirada. Pero va vestido como un soldado y un soldado no se daría la vuelta.

Es más difícil cruzarse con halcones y saber que podrían verle pezuñas y hacerse preguntas. Pero no es el único que tiene pezuñas en Faerie. Por otro lado, todos los que saben que el príncipe de Elfhame está en la Ciudadela creen que está bien encerrado.

Sin embargo, nada de eso hace que sea menos tonto al entrar en la sala del trono. Cuando todo salga mal, no tendrá a nadie a quien culpar más que a sí mismo.

Entonces ve a Wren y el anhelo lo atraviesa como una patada en el estómago. Se olvida del riesgo. Se olvida de los planes.

En algún lugar entre la multitud, un músico toca el laúd. Oak apenas lo oye.

La reina de la Ciudadela de Hielo está sentada en su trono, con un sobrio vestido negro que deja al descubierto sus hombros de color azul pálido. Su pelo es una masa azur alborotada, con algunos mechones recogidos y otros trenzados con ramas negras. En la cabeza luce una corona de hielo.

En la Corte de las Polillas, Wren se había encogido ante las miradas de los cortesanos al entrar en la fiesta de su brazo, como si la atención le picara en la piel. Había encorvado el cuerpo para parecer más pequeña. Ahora cuadra los hombros y su actitud es la de alguien que no considera a nadie de la sala una amenaza, ni siquiera a Bogdana. Le viene a la mente un recuerdo de cuando era más joven. Una niña con una corona cosida a la piel, las muñecas atadas por cadenas que se le enhebraban entre los huesos y la carne. Ni rastro de miedo en su rostro. Aquella niña era aterradora, pero a pesar de lo que pudiera parecer, también estaba aterrada.

—La delegación de brujas ha llegado —gruñe Bogdana—. Dadme los restos de los huesos de Mab y restaurad mi poder para que pueda dirigirlas de nuevo.

La bruja de la tormenta está ante el trono, en el lugar de los solicitantes, aunque nada en ella indica sumisión. Lleva un largo sudario negro, hecho jirones en algunas partes. Mueve los dedos con expresividad mientras habla, barren el aire como si fueran cuchillos.

Detrás de ella hay dos feéricos. Una anciana con garras de ave rapaz en lugar de pies (o pezuñas) y un hombre envuelto en una capa. Solo se le ve la mano, que está cubierta por lo que parece un guante dorado con escamas. O tal vez su propia mano esté cubierta de escamas y sea dorada.

Oak parpadea. Conoce a la mujer con pies de ave rapaz. Es Madre Tuétano, que opera en el Mercado de Mandrake, en la isla de Insmire. Madre Tuétano, a quien el príncipe acudió al principio de su misión para pedirle consejo. Ella lo envió a ver a la bruja de espinas para buscar información sobre el corazón de

Mellith. Trata de recordar ahora, semanas después, si le había dicho algo entonces que pudiera haberlo puesto en el camino de Bogdana.

Los cortesanos están repartidos por la sala. Chismorrean y sus voces le dificultan oír la suave respuesta de Wren. Oak se acerca y roza con el brazo a una nisse. Ella lo mira con expresión de fastidio y él se aparta.

—¿No he sufrido ya suficiente? —pregunta Bogdana.

—¿Me hablas a mí de sufrimiento? —No hay nada en la expresión de Wren que indique debilidad, sumisión o timidez. Es la despiadada reina del invierno.

Bogdana frunce el ceño, quizás un poco nerviosa. Oak también se siente intranquilo.

—Cuando los tenga, recuperaré mi poder, yo, que una vez fui la primera de las brujas. A eso renuncié para asegurar tu futuro.

—¿Mi futuro?

Oak nota que Wren tiene las mejillas hundidas. Está más delgada y los ojos le brillan con un destello febril.

¿Habrá estado enferma? ¿Será por la herida que se hizo en el costado cuando la alcanzó una flecha?

—¿No tienes el corazón de Mellith? —espeta la bruja de la tormenta—. ¿No eres ella misma, renacida en el mundo gracias a mi magia?

Wren no responde de inmediato y deja que el momento se alargue. Oak se pregunta si Bogdana se habrá dado cuenta alguna vez de que el intercambio que hizo llegó a arruinar la vida de su hija, mucho antes de que la condujera a su horrible muerte. Por lo que cuenta la bruja de espinas, Mellith debió de sentirse muy desgraciada siendo la heredera de Mab. Y puesto que Wren tiene al menos parte de los recuerdos de Mellith, además de los suyos propios, tiene muchas razones para odiar a la bruja de la tormenta.

Bogdana está jugando un juego muy peligroso.

—Tengo su corazón, sí —dice Wren despacio—. Así como parte de una maldición. Pero no soy una niña, ni mucho menos tu hija. No creas que vas a poder manipularme tan fácilmente.

La bruja resopla.

—Sigues siendo una niña.

La mandíbula de Wren se tensa.

—Soy tu reina.

Bogdana no la contradice.

—Necesitas mi fuerza. Y necesitas a mis compañeras si esperas continuar como hasta ahora.

Oak se tensiona ante las palabras y se pregunta qué significarán.

Wren se levanta y los cortesanos se vuelven a mirarla mientras las conversaciones se acallan. A pesar de su juventud y su baja estatura, detenta un gran poder.

Sin embargo, Oak se da cuenta de que se balancea un poco antes de agarrarse al brazo del trono. Tiene que obligarse a erguirse.

Algo va muy mal.

Bogdana ha hecho esta petición ante una multitud en lugar de en privado y se ha denominado a sí misma la artífice de Wren. La ha llamado «niña». Ha amenazado su soberanía. Ha traído a dos de sus amigas brujas. Han sido actos desesperados y agresivos. Wren debe de haberle dado largas durante mucho tiempo. Aunque también es posible que la bruja de la tormenta haya pensado que estaba atacando en un momento de debilidad.

La primera entre las brujas. No le gusta la idea de que Bogdana sea más poderosa de lo que ya es.

—Reina Suren —dice Madre Tuétano y se adelanta con una reverencia—. He recorrido un largo camino para conoceros y entregaros esto.

Abre su palma. En el centro, hay una nuez blanca.

Wren vacila, ya no tan distante como parecía un momento antes. Oak recuerda la sorpresa y la alegría que se reflejaron en su rostro cuando le compró un simple adorno para el pelo. No le han hecho muchos regalos desde que la arrancaron de su hogar mortal. Madre Tuétano ha sido inteligente al traerle un obsequio.

—¿Para qué sirve? —Una sonrisa asoma a las comisuras de los labios de Wren, a pesar de todo.

La sonrisa de Madre Tuétano se ladea un poco.

—He oído que habéis viajado mucho últimamente y que habéis pasado mucho tiempo en bosques y pantanos. Romped la nuez, recitad este poema y aparecerá una cabaña. Juntad las dos mitades de nuevo con otro verso y volverá a su cáscara. ¿Queréis una demostración?

—Creo que no es necesario conjurar un edificio entero en mitad de la sala del trono —dice Wren.

Algunos cortesanos se ríen.

Madre Tuétano no parece molesta en absoluto. Se le acerca y deposita la nuez blanca en su mano.

—Recordad las palabras, entonces. Para conjurarla, decid: *El cansancio nos asola y descansar es nuestro afán. Cáscara rota, tráeme una casita de roca sin par.*

La nuez en la mano de Wren da un pequeño respingo al oír las palabras, pero luego vuelve a quedarse quieta.

Madre Tuétano continúa hablando.

Y para hacerla desaparecer: *Así como estas palabras resuenan y dos mitades se vuelven una, regresa esta casa a su cáscara con premura.*

—Es un regalo muy considerado. Nunca he visto nada igual.

Las manos de Wren se enroscan alrededor de la nuez con un ademán posesivo que contradice la ligereza de su tono. Oak piensa en el refugio que se había construido con ramas de sauce en su bosque y se imagina lo bien que le habría venido tener un lugar sólido y seguro donde dormir. Un regalo muy bien pensado, sin duda.

El hombre se adelanta.

—Aunque no me gusta que me superen, no tengo nada tan bonito que daros. Pero Bogdana me ha convocado aquí para ver si puedo deshacer lo que...

—Ya basta —dice Wren, con la voz más áspera que Oak le ha oído jamás.

Frunce el ceño y desea que hubiera dejado terminar al hombre. Aunque era interesante que, después de todas las cosas condenatorias que le había permitido decir a Bogdana, lo que fuera que el hombre quería deshacer era lo único que ella no quería que oyera la Corte.

—Niña —advierte Bogdana—. Si mis errores se pueden deshacer, déjame que lo haga.

—Me hablas de poder —dice Wren—. Y aun así supones que permitiré que me despojes del mío.

Bogdana comienza a hablar otra vez, pero cuando Wren desciende del trono, los guardias la rodean. Se dirige hacia las puertas dobles del gran salón y deja atrás a la bruja de la tormenta.

Pasa junto a Oak sin mirarlo.

El príncipe la sigue hasta el vestíbulo. Observa cómo los guardias la acompañan hasta el pie de su torre y comienzan a ascender.

Los sigue, siempre en la retaguardia, mezclado con la masa de soldados.

Cuando casi han llegado a los aposentos de la reina, ralentiza el paso para quedarse atrás. Entonces abre una puerta al azar y entra.

Por un segundo, se prepara para oír un grito, pero la habitación está, afortunadamente, vacía. La ropa cuelga en un armario abierto. Hay alfileres y cintas esparcidos por una mesa baja. Uno de los cortesanos debe de alojarse allí y Oak ha tenido mucha suerte de que no lo descubriera.

Por supuesto, cuanto más espere, más suerte necesitará.

Aun así, no puede irrumpir en las habitaciones de Wren ahora. Los guardias aún no se habrán marchado. Y sin duda habrá sirvientes atendiéndola, por muy pocos que haya en el castillo.

Oak camina en círculos e intenta mantener la calma. El corazón se le acelera. Piensa en la Wren que ha visto, tan distante como la estrella más fría y lejana del cielo. Ni siquiera es capaz de concentrarse en la habitación en la que se oculta, que debería recorrer de arriba abajo para encontrar un arma o una máscara o algo útil.

En lugar de eso, cuenta los minutos hasta el momento que considera que será lo más seguro posible adentrarse en los aposentos de Wren, dado el peligro inherente a su plan impulsivo. No encuentra ningún guardia en el vestíbulo, lo cual no lo sorprende, teniendo en cuenta la estrechez de la torre, pero sí muy conveniente. No se oye ninguna voz que salga del interior.

Lo que sí lo sorprende es que, cuando gira el pomo, la puerta se abre.

Entra en sus aposentos y espera la ira de Wren. Pero solo lo recibe el silencio.

En una pared hay un sofá y una bandeja con una tetera y tazas en la mesita de enfrente. En una esquina, a su lado, descansa la corona de hielo sobre una almohada encima de una columna. El otro lado de la habitación lo ocupa una cama con cortinas que representan enredaderas espinosas y flores azules.

Se acerca y aparta la tela.

Wren duerme, su pálido cabello cerúleo esparcido por las almohadas. Oak recuerda cuando se lo cepilló en la Corte de las Polillas. Recuerda la maraña salvaje y cómo se había quedado muy quieta mientras la tocaba.

Sus ojos se mueven inquietos bajo los párpados, como si ni siquiera se sintiera segura en sueños. Tiene la piel vidriosa, como si hubiera sudado o estuviera helada.

¿Qué se ha estado haciendo a sí misma?

Se acerca un paso, sabiendo que no debería. Alarga la mano, como si fuera a rozarle la mejilla con los dedos. Como si quisiera demostrarse a sí mismo que es real, que está ahí, viva.

No la toca, por supuesto. No es tan tonto.

Pero, como si sintiera su presencia, Wren abre los ojos.

3

Wren mira a Oak y él le dedica lo que espera que interprete como una sonrisa arrepentida. Su expresión sobresaltada se suaviza en una de desconcierto y otra emoción que le cuesta más diferenciar. Wren levanta la mano y Oak se inclina sobre una rodilla, para que ella pueda rozarle la nuca con los dedos. Se estremece cuando lo toca. La mira a los ojos de color verde oscuro e intenta interpretar sus sentimientos en los pequeños cambios de su semblante. Cree distinguir un anhelo que coincide con el suyo.

Los labios de Wren se separan en un suspiro.

—Quiero… —empieza Oak.

—No —dice ella—. Por el poder de la brida de Grimsen, arrodíllate y guarda silencio.

La sorpresa hace que intente apartarse y levantarse, pero no puede. Sus dientes se cierran para aprisionar las palabras que ya no es capaz de pronunciar.

Su propio cuerpo se vuelve contra él y es una sensación horrible. Ya estaba sobre una rodilla, pero su otra pierna se dobla sin que él lo decida. Cuando sus pantorrillas golpean el suelo helado, comprende, como nunca antes había hecho, el horror que

Wren sentía ante la brida. La necesidad de control de Jude. Nunca ha conocido esa clase de impotencia.

Su boca se curva en una sonrisa, pero no es un gesto agradable.

—Por Grimsen, te ordeno que hagas exactamente lo que yo diga de aquí en adelante. Permanecerás de rodillas hasta que te indique lo contrario.

Debería haberse marchado cuando había tenido la oportunidad.

Wren se levanta de la cama y se pone una bata. Camina hasta donde él está arrodillado.

Oak le mira el pie enfundado en una zapatilla. Echa un vistazo al resto de su cuerpo. Un mechón de pelo azul claro le cae sobre una mejilla llena de cicatrices. Tiene un ligero halo rosa en los bordes internos de los labios, como el envés de una caracola.

Cuesta imaginarla como era cuando comenzaron su aventura, una chica asilvestrada que parecía la encarnación viva del bosque. Salvaje, valiente y amable. Ahora no hay timidez en su mirada. Tampoco amabilidad.

La encuentra fascinante. Siempre se lo ha parecido, pero no es tan tonto como para decírselo. Y menos en ese momento, cuando le tiene miedo.

—Te has tomado muchas molestias para volver a verme, príncipe —dice Wren—. Tengo entendido que me llamaste desde tu celda.

Gritó por ella. Gritó hasta que se quedó ronco. Sin embargo, incluso si se le permitiera hablar, decírselo solo agravaría sus incontables errores.

Wren continúa:

—Qué frustrante debe de ser no tener a todo el mundo ansioso por cumplir tus deseos. Qué impaciente debes de haberte sentido.

Oak intenta impulsarse sobre las pezuñas.

Ella debe de notar cómo flexiona los músculos con impotencia.

—Qué impaciente eres aún. Habla, si lo deseas.

—He venido aquí a disculparme —dice tras una respiración que espera que lo ayude a estabilizarse—. Nunca debí ocultarte lo que sabía. Desde luego, no algo de tal calibre. Por mucho que pensara que te protegía, por muy desesperado que estuviera por ayudar a mi padre, no tenía derecho. Te he hecho mucho daño y lo lamento.

Pasa un largo momento. Oak se centra en su zapatilla, pues no está seguro de si soportaría mirarla a la cara.

—No soy tu enemigo, Wren. Y si me arrojas de nuevo a las mazmorras, no tendré oportunidad de demostrarte cuánto me arrepiento de mis actos. Así que, por favor, no lo hagas.

—Bonito discurso.

Wren camina hasta la cabecera de la cama, donde una larga cuerda cuelga de un agujero perforado en la pared de hielo. Le da un fuerte tirón. En algún lugar muy por debajo, se oye el débil tintineo de una campana. Después, el retumbe de unas botas por las escaleras.

—Ya estoy embridado —dice Oak, cada vez más ansioso—. No hace falta que me encierres. No puedo hacerte daño a menos que me lo permitas. Estoy totalmente a tu merced. Y cuando me escapé, vine directamente a tu lado. Déjame arrodillarme a tus pies en la sala del trono y contemplarte con adoración.

Los ojos verdes de Wren son duros como el jade.

—¿Y permitir que pases todas las horas que estés despierto buscando una manera inteligente de escabullirte de mis órdenes?

—Tengo que matar el tiempo de alguna manera —dice—. Entre los momentos de adoración, por supuesto.

Le tiembla la comisura del labio y Oak se pregunta si ha estado a punto de hacerla sonreír.

Se abre la puerta y entra Fernwaif, con un guardia detrás. Oak lo reconoce como Bran, que de vez en cuando se sentaba a la mesa de Madoc cuando él era niño. Parece horrorizado al ver al príncipe de rodillas, vestido con el uniforme de un guardia bajo una capa robada.

—¿Cómo...? —comienza Bran, pero Wren lo ignora.

—Fernwaif —dice—. Haz venir a los guardias responsables de las mazmorras.

La chica huldu inclina la cabeza y, tras una mirada cautelosa a Oak, sale de la habitación. Habría sido demasiado esperar que estuviera de su lado.

Wren desvía la mirada hacia Bran.

—¿Cómo es que nadie lo ha visto paseando por la Ciudadela? ¿Cómo es posible que se le haya permitido entrar en mis aposentos sin que nadie se diera cuenta?

El halcón se acerca a Oak. La furia de su mirada es en parte consecuencia de la humillación.

—¿Qué traidor te ha ayudado a escapar? —exige Bran—. ¿Desde cuándo planeas asesinar a la reina Suren?

El príncipe bufa.

—¿Es eso lo que pretendía? Entonces, ¿por qué, teniendo en cuenta todo lo que le quité a ese necio de Straun y lo que me llevé de la lavandería, no me molesté en robar un arma?

Bran le da una rápida patada en el costado.

Oak se traga el quejido de dolor.

—¿Esa es tu inteligente réplica?

Wren levanta una mano y ambos la miran, guardando silencio.

—¿Qué debo hacer contigo, príncipe de Elfhame? —pregunta.

—Si quieres que sea tu mascota —dice Oak—, no hay razón para devolverme a mi corral. Mi correa es muy segura, como ya has demostrado. Solo tienes que tensarla.

—Crees saber lo que es estar bajo el control de otro porque te he dado una única orden que te has visto obligado a obedecer —replica ella, con la voz acalorada—. Podría hacerte una demostración de lo que se siente al no ser dueño de ninguna fracción de ti mismo. Después de todo, debes ser castigado. Te has escapado de mi prisión y has venido a mis aposentos sin mi permiso. Te has burlado de mis guardias.

Una sensación de frío se instala en las tripas de Oak. La brida es incómoda y las correas le aprietan las mejillas, pero no duele. Al menos, todavía no. Sabe que seguirá apretándola cada vez más y que, si la lleva el tiempo suficiente, le cortará las mejillas como a Wren. Si la lleva más tiempo que ella, acabará formando parte de él. Invisible para el mundo e imposible de quitar.

Para eso se hizo. Para que Wren fuera eternamente obediente a lord Jarel y lady Nore.

Ella odiaba esa brida.

—Te concedo que no sé lo que se siente al verse obligado a seguir las órdenes de otra persona una y otra vez —dice Oak—. Pero no creo que quieras hacerle eso a nadie. Ni siquiera a mí.

—No me conoces tan bien como crees, heredero de Greenbriar —dice—. Recuerdo tus historias, como aquella en la que usaste un hechizo contra tu hermana mortal y la hiciste golpearse a sí misma. ¿Te gustaría sentirte como se sintió ella?

Eso se lo había confesado cuando Wren le ganó un secreto en un juego con tres zorros plateados, tirados en el barro a las afueras del campamento de guerra de la Corte de los Dientes. Otra cosa que tal vez no debería haber hecho.

—Me abofetearé a mí mismo de buena gana, si así lo deseas —ofrece—. No hace falta que me lo ordenes.

—¿Y si, en vez de eso, te obligo a ponerte de rodillas para que me hagas un banco en el que sentarme? —pregunta Wren con ligereza, pero sus ojos reflejan furia y algo más, algo oscuro que recorre su cuerpo como un animal al acecho—. ¿O comer porquería del suelo?

Oak no duda de que habrá visto a lord Jarel exigir esas acciones a otros. Espera que nunca se lo hayan ordenado a ella.

—¿Suplicar por besar el dobladillo de mi vestido?

El príncipe no dice nada. Nada de lo que diga lo ayudará.

—Arrástrate hasta mí.

Los ojos de Wren brillan febriles.

De nuevo, el cuerpo de Oak se mueve sin su permiso. Se encuentra retorciéndose por el suelo, con el vientre pegado a la alfombra. Se sonroja de vergüenza.

Cuando llega hasta ella, la mira con rabia. Lo ha humillado y apenas ha empezado. Tenía razón cuando le dijo que no entendía lo que se sentía. No había contado con la vergüenza, la furia contra sí mismo por no ser capaz de resistirse a la magia. No había contado con el miedo a lo que le podría hacer a continuación.

Oak desvía la mirada hacia Bran, que permanece rígido y quieto, como si temiera llamar la atención de Wren. El príncipe se pregunta hasta dónde llegaría ella si el halcón no estuviera presente.

Hasta dónde va a llegar de todos modos.

Entonces se abre la puerta.

Straun entra, junto con un guardia que lleva una armadura de batalla y tiene una cicatriz en la parte más ancha de la nariz. Le resulta familiar, pero Oak no logra situarlo; debe de haber servido con Madoc, pero no ha ido mucho a su casa. A Straun parece que le cuesta moverse y el guardia con la cicatriz da la impresión de querer matarlo.

El primero da un paso adelante y se arrodilla.

—Reina del invierno, sabed que lo único que siempre he deseado es serviros...

Ella levanta una mano para evitar la súplica que estaba a punto de desarrollarse.

—El príncipe me ha engañado suficientes veces como para saber lo astuto que puede llegar a ser. Pero ahora su majestad no volverá a ser embaucada.

—Os haré un nuevo juramento —declara—. Nunca...

—No hagas juramentos que no estés seguro de poder cumplir —dice Wren a Straun, lo cual es un consejo mejor de lo que se merece. Aun así, parece escarmentado.

Oak se levanta sobre las pezuñas, ya que no le había ordenado que se quedara tumbado. Wren apenas le dedica una mirada.

—Ata las muñecas del prisionero —dice al guardia con la cicatriz.

—Como ordenéis, mi reina. —Tiene la voz ronca.

Camina hacia Oak y le sujeta los brazos en la espalda con brusquedad. Le coloca las ataduras y las aprieta hasta que le incomodan. Oak tendrá las muñecas doloridas cuando regrese a su celda.

—Estábamos decidiendo cuál sería la mejor manera de disciplinar al príncipe —dice Wren.

Straun y el otro guardia se muestran mucho más felices ante esa idea. Oak está seguro de que, después de sufrir el castigo de la Corte Suprema por su traición, tenía que resultarles al menos un poco satisfactorio ver a un príncipe de Elfhame derrotado. Y eso era antes de que él mismo les diera razones para tenerle rencor.

Wren se vuelve a mirarlo.

—Tal vez debería hacerte ir al gran salón mañana y ordenarte que soportes diez azotes con un látigo de hielo. La mayoría apenas aguanta cinco.

Bran se muestra preocupado. Tal vez quiera verlo humillado, pero no esperaba ver derramada la sangre del hijo de Madoc. O tal vez lo inquieta que, si en algún momento tienen que devolver al príncipe, Elfhame lo quiera de una pieza. Sin embargo, Straun parece encantado ante la perspectiva de que sufra.

El pavor y la humillación le revuelven las tripas. Ha sido un tonto.

—¿Por qué no azotarme ahora? —pregunta, con un desafío en la voz.

—Pasar una noche temiendo lo que vendrá por la mañana es un castigo en sí mismo. —Wren hace una pausa—. Sobre todo ahora que sabes que tu propia mano puede volverse contra ti.

Oak la mira directamente a los ojos.

—¿Por qué me retienes, Wren? ¿Soy un rehén al que rescatar? ¿Un amante al que castigar? ¿Una posesión a la que encerrar?

—Eso es lo que intento averiguar —dice ella con amargura. Se vuelve hacia los guardias—. Llevadlo a su celda.

Bran se acerca a él y el príncipe forcejea para zafarse de su agarre.

—Oak —dice Wren y le aprieta la mejilla con los dedos. Él se queda inmóvil bajo su contacto—. Ve con Straun. No te resistas. No lo engañes. Hasta que vuelvas a estar confinado, seguirás estas órdenes. Luego permanecerás en mis prisiones hasta que te mande llamar. —Le dirige al príncipe una mirada severa y retira la mano. Se vuelve hacia los soldados—. En cuanto esté en su celda, los tres podéis ir a ver a Hyacinthe y explicarle cómo habéis permitido que el príncipe se os escapara ante vuestras narices.

Hyacinthe. Un recordatorio de que la persona a cargo de los guardias odia a Oak más que al resto de ellos juntos. Como si le hicieran falta más miserias.

—¿Mandarás a buscarme? —pregunta el príncipe, como si le quedara alguna opción para negociar. Como si tuviera elección.

Como si su cuerpo no fuera a obedecer a su propia voluntad—. Solo has dicho que tal vez harías que me azotaran.

Straun lo empuja hacia la puerta.

—Buenas noches, príncipe de Elfhame —dice Wren mientras lo sacan de la habitación.

Oak consigue mirar atrás una vez. Sus miradas se cruzan y siente la tensión de algo entre los dos. Algo que bien podría ser terrible, pero de lo que de todos modos desea más.

4

El guardia de la cicatriz en la nariz sigue a Straun y a Oak por las escaleras. Bran va detrás. Durante un rato, ninguno habla.

—Llevémoslo a la sala de interrogatorios —dice el guardia, en voz baja—. Hagamos que pague por los problemas que nos va a causar. Saquémosle algo de información para compensarlo.

Oak se aclara la garganta en voz alta.

—Soy una posesión valiosa. La reina no os agradecerá que me rompáis.

La comisura de la boca del guardia se levanta.

—¿No me reconoces? Aunque, claro, ¿por qué ibas a hacerlo? Solo soy otro de los hombres de tu padre, uno más que luchó, sangró y casi murió para sentarte en el trono. Todo para que nos lo echases en cara.

Yo no quería el trono. Oak se muerde el interior de la mejilla para no gritar las palabras. No servirá de nada. En vez de eso, se queda mirando la cara del hombre de la cicatriz, los ojos oscuros y el pelo castaño que le cubre la frente. Se fija bien en la propia cicatriz, que le tira de la boca hacia arriba, como si tuviera el labio perpetuamente curvado.

—Valen —dice antes de que Oak recuerde su nombre. Uno de los generales que habían hecho campaña con Madoc durante años. No era un amigo. Habían competido por el puesto de gran general y Valen nunca había perdonado a Madoc por haber ganado. Madoc debió de prometerle algo extraordinario para que traicionara al rey supremo.

Oak veía claro que, una vez al lado de Madoc, Valen no estaría dispuesto a volver a la milicia de Elfhame con el rabo entre las piernas. Y ahora está aquí, después de haber pasado quizá nueve años como halcón. Sí, tiene bien claro que Valen lo desprecia. Tal vez incluso más que Hyacinthe.

—Yo era un niño —dice el príncipe.

—Un crío malcriado y desobediente. Aún lo eres. Pero eso no me impedirá sacarte hasta la última gota de información.

Straun vacila y se vuelve hacia Bran, que sigue lo bastante atrás como para no haber oído el plan.

—¿No nos meteremos en un lío mayor? El príncipe ha dicho...

—¿Ahora aceptas órdenes de un prisionero? —espeta Valen—. Tal vez todavía le eres leal a su padre, a pesar de que te haya abandonado. ¿O a la Corte Suprema? Tal vez crees que tomaste la decisión equivocada al no jurar lealtad a ese niñato serpiente malcriado y a su concubina mortal.

—¡No es verdad! —exclama Straun, ofendido. Una buena jugada de manipulación. Valen lo ha hecho sentir como si tuviera que probarse a sí mismo.

—Entonces vamos a atarlo —dice con una sonrisa torcida.

Oak estaría dispuesto a apostar que él es el soldado que se quedó con el dinero de Straun jugando a los dados.

—Te está provocando... —consigue decir Oak, antes de que lo empujen con brusquedad hacia adelante. Por supuesto, le han ordenado que no se resistiera.

—¿Qué pasa? —pregunta Bran con el ceño fruncido.

—El chico es un bocazas —dice Valen. Bran entrecierra los ojos con sospecha, pero no hace más preguntas.

Bajan y pasan de largo de las mazmorras. Por más que Oak intenta contenerse, su cuerpo se mueve como un autómata, como uno de los soldados de palo que lady Nore había creado a partir de los huesos de Mab. El corazón le retumba en el pecho y el pánico le domina todo el cuerpo.

—Escucha —intenta de nuevo—. Lo que sea que estés pensando...

—Cierra la boca —dice Valen y le da una patada en la parte posterior de la pierna.

—Esta no es la dirección correcta —dice Bran, que por primera vez parece darse cuenta de lo lejos que han descendido.

Oak espera que haga algo. Que les ordene que se detengan. Sería vergonzoso que lo salvara, pero lo preferiría a lo que sea que Valen tenga planeado.

—Necesitamos información —dice el guardia de la cicatriz—. Algo que entregarle a la reina para no quedar como unos necios. ¿Crees que no van a degradarte? ¿A humillarte? Se nos ha escapado a los tres.

Bran asiente despacio.

—Supongo que no es mala idea. Y tengo entendido que las salas de interrogatorio están bien equipadas.

—Apenas os hace falta atarme. Os contaré cómo robé la llave, cómo entré en su torre, todo. —Sin embargo, Oak nota que no quieren que los convenza—. Os...

—Silencio.

Straun lo empuja lo bastante fuerte como para que pierda el equilibrio con los brazos a la espalda.

El príncipe cae con fuerza sobre el suelo de piedra y se golpea la cabeza.

Valen se ríe.

Oak se levanta. Tiene un corte justo encima de la ceja izquierda y la sangre le gotea sobre el ojo. Como tiene las manos atadas, no puede limpiársela. Flexiona un poco las muñecas para probar las ataduras, pero no ceden.

La furia lo ahoga.

Unos cuantos empujones más y llega al final del pasillo, a una habitación que nunca había visto, con unas esposas sujetas a una mesa de piedra negra e instrumentos para un interrogatorio en una vitrina. Straun y Valen le presionan la espalda contra la losa. Le cortan las ataduras de las muñecas y, por un momento, queda libre.

Desesperado, intenta forcejear, pero se da cuenta de que no puede, no mientras la magia de la brida lo retenga más firmemente de lo que nunca podrían los soldados. *Ve con Straun. No te resistas. No lo engañes.* No le queda otra que permitir que le esposen las muñecas y luego los tobillos.

No se molesta en fingir que no tiene miedo. Está aterrorizado.

—Hyacinthe lleva años soñando con torturarme. —El príncipe no puede evitar que le tiemble un poco la voz—. No se me ocurre nada que pueda contarte que haga que te perdone por haberte saltado la fila.

Bran entrecierra los ojos con una ligera confusión al analizar la expresión humana y se muestra un poco más preocupado.

—Tal vez deberíamos…

Valen empuña la pequeña ballesta de mano que lleva en la cadera.

—¡Bran! —grita Oak en señal de advertencia.

El halcón va a por su espada y la desenvaina en un solo movimiento fluido, pero la saeta de Valen le atraviesa la garganta antes de que pueda dar ni un paso.

Ve con Straun. No te le resistas. No lo engañes. Hasta que vuelvas a estar confinado, seguirás estas órdenes.

Ahora que está confinado, por fin puede resistirse. Tira de las ataduras, se retuerce y patalea, grita todas las obscenidades que se le ocurren, pero, por supuesto, es demasiado tarde.

Bran cae pesadamente al suelo y dos saetas más se le clavan en el pecho.

No parece una buena jugada. No parece inteligente y a Oak no le gusta la idea de que Valen pueda estar lo bastante desesperado o paranoico como para tomar decisiones sin sentido estratégico. No es ningún aficionado. Debe de haber creído de verdad que Bran estaba a punto de traicionarlo.

—Bloquea la puerta —dice Valen a Straun.

Straun lo hace, pasando por encima del cuerpo de Bran. Respira con dificultad. Si le hubieran pedido que eligiera bando, tal vez habría escogido el del soldado caído. Pero nadie se lo va a pedir ahora.

—Bien —dice Valen y se vuelve hacia el príncipe—. Ahora tú y yo vamos a tener por fin una conversación.

Oak es incapaz de reprimir el escalofrío que lo recorre al oír esas palabras. Lo han envenenado y apuñalado muchas veces a lo largo de su corta vida. *El dolor es pasajero*, se dice. Lo ha soportado antes, huesos rotos, sangrar y sobrevivir. El dolor es mejor que estar muerto.

Se dice muchas cosas.

—Me parece un poco grosero estar tumbado durante todo esto —dice, pero su voz no suena tan tranquila como esperaba.

—Hay muchas formas de herir a un feérico —dice Valen, ignorando las palabras del príncipe mientras se coloca un guante de cuero marrón—. Pero el hierro frío es la peor de todas. Quema la carne como un cuchillo candente derrite la manteca.

—Un tema de conversación sombrío, pero si es lo que te apetece hablar, tú eres el anfitrión de esta pequeña reunión. —Oak intenta sonar relajado, despreocupado. Ha oído a Cardan hablar así en muchas ocasiones y siempre desarma al público. Espera que le funcione ahora.

La mano de Valen cae con fuerza sobre la comisura de su boca. Es más una bofetada que un golpe, pero escuece. Saborea la sangre donde un diente le corta el labio.

Straun suelta una carcajada. Tal vez piense que la tortura será una venganza apropiada por haberlo hecho quedar como un tonto. Sin embargo, con el cuerpo de Bran a los pies del guardia, Straun es efectivamente tonto si se cree a salvo.

Aun así, la estrategia que siempre le ha funcionado mejor a Oak es parecer un inútil irresponsable y ahora más le vale bordarlo. Tiene que ser el niño mimado que Valen espera.

Al menos, hasta que se le ocurra algo mejor.

—Hablemos de lo que hará tu hermana —dice Valen, sorprendiendo a Oak al no molestarse en hacerle ninguna pregunta sobre su huida—. ¿Dónde planeabas reunirte con sus fuerzas después de escapar de tu celda y asesinar a la reina?

Inteligente por su parte asumir la culpabilidad y solo presionar para obtener detalles. Inteligente, pero equivocado.

Con las criaturas de palo hechas pedazos, los halcones son toda la fuerza del ejército de Wren. Eso le deja a Valen espacio para ascender en las filas, ya que estas son escasas, pero también lo pone en peligro. Sea lo que fuere lo que Elfhame envíe a la Ciudadela, sus halcones y él tendrán que hacerle frente.

Oak comprende que eso es lo que quiere por encima de todo. Poder. Lleva fraguando ese deseo durante tanto tiempo como ha estado maldito. Ser el líder militar de Wren lo habría apaciguado un poco, pero ella lo rechazó y ahora está más hambriento que nunca.

—Siento decepcionarte, pero no tengo forma de comunicarme con mi hermana —dice Oak. Es bastante cierto, después de haber aplastado a la serpiente.

—No esperarás que me crea que ibas a asesinar a la reina y luego huir por la nieve, esperando lo mejor —espeta Valen.

—Me alegro de que no lo pienses, aunque Bran ciertamente lo hizo —dice Oak y evita mirar al cadáver en el suelo—. Nunca quise hacer daño a Wren y mucho menos asesinarla.

Straun frunce el ceño ante la familiaridad con la que se dirige a ella; «Wren», en lugar de «reina Suren» o «reina del invierno» o cualquier otro título extravagante que crea que queda mejor.

¿Straun se cree de verdad que tiene alguna oportunidad con ella? No parece ser muy avispado. Puede que a ella le guste eso, aunque Oak considere que es soso como un sapo.

Valen estudia el rostro del príncipe, tal vez notando los celos que siente.

—¿Y tampoco tenías intención de huir?

Oak no está seguro de cómo responder. No está seguro de poder explicar sus intenciones, ni siquiera a sí mismo.

—Lo estaba considerando. La cárcel no es agradable y a mí me gustan las cosas agradables.

Valen pone una mueca de disgusto. Es justo lo que espera de un príncipe de Elfhame, vanidoso, quisquilloso y poco acostumbrado al sufrimiento de ningún tipo. Cuanto más se acerque Oak a ese personaje, más podrá ocultarse.

—Aunque congelarse tampoco es especialmente agradable.

—¿Así que drogaste a Straun y te escapaste de las prisiones, sin ningún plan? —dice Valen despacio, incrédulo.

Oak no puede encogerse de hombros, atado como está, pero hace un gesto que pretende mostrar despreocupación.

—Algunas de mis mejores ideas me vienen en el momento. Y me di un baño.

—Tiene que saber algo —dice Straun, preocupado por que se hayan arriesgado tanto para nada. Preocupado, sin duda, por el cadáver del que será difícil deshacerse sin que nadie se dé cuenta.

Valen se vuelve hacia Oak y le aprieta la mejilla con un dedo.

—El príncipe conoce a su hermana.

Oak suspira con dramatismo.

—Jude tiene un ejército. Tiene asesinos. Controla las Cortes de otros gobernantes que le han jurado fidelidad. Tiene todas las cartas en la mano y podría desplegar la que quisiera. ¿Quieres que te diga que, en un duelo, gira el pie adelantado hacia adentro cuando ataca, lo que te daría una oportunidad? No creo que consigas acercarte lo suficiente como para que esa información te sea útil.

Los ojos de Straun se entrecierran mientras medita.

—¿Gira el pie adelantado?

Oak le sonríe.

—Nunca.

Valen saca un cuchillo de hierro del armario y presiona con la punta el hueco de la garganta de Oak.

El príncipe contiene un grito mientras todo su cuerpo se sacude de dolor.

Straun se estremece a pesar de su anterior impaciencia. Luego aprieta la mandíbula y se obliga a mirar mientras la piel del príncipe se llena de ampollas.

—¡Ay! —dice Oak, y pronuncia la palabra lenta y deliberadamente con una voz quejumbrosa, a pesar de lo mucho que le quema el hierro caliente en la garganta.

Straun se sobresalta y se le escapa una risotada. Valen retira el cuchillo, furioso.

Es fácil dejar a alguien en ridículo si estás dispuesto a hacerte el tonto.

—Vete —grita Valen y le hace un gesto a Straun—. Vigila al otro lado de la puerta. Avísame si viene alguien.

—Pero… —intenta protestar.

—Mejor haz lo que te dice —interviene Oak. Respira con dificultad porque, a pesar de su actuación, la presión del hierro es una agonía—. No querrás acabar como Bran.

Straun mira al suelo un segundo con expresión culpable, luego se vuelve hacia Valen. Sale.

Oak lo observa con sentimientos encontrados. Le quedan pocas opciones y ninguna es buena. Puede seguir pinchando a Valen, pero es probable que eso le cueste el pellejo. Sin embargo, ahora que Straun no está, podría intentar una táctica diferente.

—Tal vez pueda darte algo más valioso que impresionar a Hyacinthe, pero necesitaría algo a cambio.

Valen sonríe y deja que el cuchillo oscile sobre la cara de Oak.

—Bogdana me ha contado que has heredado la lengua retorcida de tu madre.

El príncipe necesita de toda su concentración para no mirar la hoja. Se obliga a mirar a los ojos al halcón.

—A Bogdana no le caigo bien. Dudo que tú le gustes mucho tampoco. Pero quieres el puesto de Hyacinthe y sé muchas cosas sobre él, sus vulnerabilidades, las formas en las que es probable que falle.

—Dime una cosa —dice Valen y se cierne sobre él—. ¿De dónde sacaste el veneno que usaste con Straun?

Mierda. Es una muy buena pregunta. Oak piensa en la serpiente enjoyada. Imagina cómo quedará si trata de explicarlo.

—Creía que no me hacía falta torturarte para que me dijeras lo que quiero saber.

Valen gira el cuchillo de modo que la punta se acerque al ojo de Oak. Él lo mira y ve el borde de una de las correas de la brida reflejado en la hoja. Un recordatorio de que Wren no ha autorizado este interrogatorio, que no sabe nada. Ella no necesitaría torturarlo para sacarle información. Con la brida, solo tendría que preguntar. No podría negarse más de lo que podría impedir los latidos de su propio corazón.

Por supuesto, si le importaría o no que Valen le hiciera daño era otra cuestión. Le gustaba pensar que sí, aunque solo fuera por orgullo. Después de todo, diez azotes con un látigo de hielo no parecerían un gran castigo si otra persona ya le había sacado un ojo.

Aunque preferiría no perder el ojo. Aun así, lo único que tiene a su favor es su encanto, y esa es un arma de doble filo.

—Me has preguntado por mi hermana y tienes razón. La conozco. Sé que es probable que envíe a alguien a negociar mi regreso. Piense lo que piense de mí, soy valioso para Elfhame.

—¿Pagaría un rescate? —Valen se lame los labios. Oak ve claramente su deseo, un hambre de gloria y oro y todas las cosas que le fueron negadas.

—Sin duda —coincide—. Pero poco importa si Wren no accede a entregarme. Lo que mi hermana ofrezca podría haber sido suyo desde el principio, junto con la Ciudadela, como recompensa por haber eliminado a lady Nore.

Valen tuerce la boca en una sonrisa severa.

—Pero parece que has enfadado tanto a la reina Suren como para que prefiera humillarte a su propio ascenso.

Eso le duele, porque es incómodamente cierto.

—Tú podrías hacer un trato con la reina suprema.

La punta del cuchillo de hierro le presiona la mejilla, como una cerilla encendida en la piel. Oak se sacude de nuevo, como una marioneta en sus hilos.

—¿Qué tal si respondes a la pregunta sobre el veneno y después ya discutiremos qué tratos puedo hacer?

El pánico inunda a Oak. Se va a negar a hablar. Y van a torturarlo hasta que se rinda y hable de todos modos. En cuanto Hyacinthe se entere de lo de la serpiente, se lo contará a Wren, y ella creerá que Oak es su enemigo, diga lo que diga para defenderse. Y sea cual fuere el plan de su hermana, se volverá exponencialmente más letal.

Pero después de suficiente dolor y suficiente tiempo, cualquiera diría casi cualquier cosa.

Tal vez pueda hacerse tanto daño que no sea posible continuar con el interrogatorio. Es un plan terrible, pero no se le ocurre otra idea. Difícilmente puede sonreírle a Valen como hizo con Fernwaif y que eso baste para persuadirlo de que lo deje salir de las mazmorras.

A menos que…

Hace mucho tiempo que no usa su lengua retorcida, como la llamaría Bogdana. Su verdadero poder de gancanagh. Dejar que su boca hable por él, que las palabras salgan sin necesitar su voluntad. Decir las cosas correctas de la manera correcta en el momento correcto.

Es aterrador, como dejarse llevar en una lucha de espadas y permitir que el instinto tome el control, sin estar del todo seguro de qué sangre acabará manchándole las manos.

Sin embargo, lo que Valen vaya a hacerle a continuación es más aterrador. Si Oak logra escapar de esta habitación de una pieza y sin poner a nadie que le importe en peligro, ya se planteará el resto después.

Por supuesto, parte del problema es que su poder no es solo persuasión. No puede hacer que alguien haga lo que él quiere. Solo puede convertirse en lo que esa persona anhela y esperar que sea suficiente. Peor aún, nunca está seguro de lo que eso será. Una vez que se deja llevar, su boca forma las palabras y él tiene que lidiar con las consecuencias.

—Los troles del Bosque de Piedra tienen seta lepiota. No es difícil de encontrar. Olvídate del veneno. Piensa en tu futuro —dice Oak y su voz suena extraña, incluso para sus propios oídos. Hay un zumbido por debajo y nota una vibración en los labios, como el aguijón de la electricidad. Ha pasado mucho tiempo desde que ha tocado ese poder, pero se despliega perezoso ante su llamada—. ¿Solo quieres el mando del ejército de lady Wren? Estabas destinado a mucho más.

Los ojos de Valen se dilatan; los iris se ensanchan como platos. Frunce el ceño con confusión y niega con la cabeza.

—¿Los troles? De ahí sacaste el veneno.

A Oak no le gusta lo ansioso que está el encantamiento, ahora que ha despertado. Con qué facilidad fluye a través de él. Ya había sentido retazos de esta magia antes, pero desde que era niño no se había permitido notar toda su fuerza.

—Estoy más cerca del centro del poder que nadie de la Ciudadela —dice—. Madoc ha caído en desgracia y a muchos en la Corte Suprema no les gusta que nuestros ejércitos estén bajo el mando de Grima Mog. Muchos te preferirían a ti. ¿No es eso lo que realmente quieres?

—Esa posibilidad está perdida. —Las palabras de Valen no son desdeñosas. Suena asustado por sus propias esperanzas. El cuchillo de hierro desciende tanto en su mano enguantada que parece correr el riesgo de quemarse el muslo con la punta.

—Has vivido nueve años como halcón —dice Oak y arrastra las palabras por la lengua—. Fuiste lo bastante fuerte como para no dejarte aplastar bajo esa carga. Eres libre y, sin embargo, si no tienes cuidado, quedarás atrapado en una nueva red.

Valen lo escucha como fascinado.

—Te diriges hacia un conflicto con Elfhame, mas no tienes un ejército de palo y piedra ni autoridad de mando. Pero conmigo, las cosas podrían cambiar. Elfhame podría recompensarte en lugar de castigarte. Yo podría ayudarte. Desátame y te daré lo que mereces desde hace mucho.

Valen se apoya en la pared y respira con dificultad mientras sacude la cabeza.

—¿Qué eres? —pregunta con un temblor en la voz y un mar de deseo en la mirada.

—¿Qué quieres decir? —Las palabras salen de la boca de Oak sin el encanto del basilisco.

—¿Qué me has hecho? —gruñe Valen y una chispa de ira le calienta los ojos.

—Solo estamos hablando. —Oak busca desesperadamente la aspereza melosa de su voz. Está demasiado asustado para encontrarla. No está acostumbrado a usarla.

—Te voy a hacer sufrir —promete Valen.

De vuelta al primer y peor plan de Oak entonces. Esboza su sonrisa más despreocupada.

—Casi te tenía. Casi eras mío.

Valen le da un cabezazo en la cara. El cráneo del príncipe choca contra la losa a la que está atado. Le duele entre los ojos y siente como si la cabeza le traqueteara encima del cuello.

El puño de Valen cae sobre él a continuación y Oak considera una victoria que el tercer golpe sea lo bastante fuerte como para dejarlo inconsciente.

5

Oak sueña con un zorro rojo que también es su hermanastro, Locke.

Están en un bosque a la hora del crepúsculo y hay siluetas que se mueven en las sombras. Las hojas crujen como si los animales se asomaran entre los árboles.

—Esta vez la has cagado —dice el zorro mientras trota junto al príncipe.

—Estás muerto —le recuerda Oak.

—Sí —coincide el zorro que también es Locke—. Y tú estás a punto de acompañarme.

—¿Por eso has venido?

Oak baja la vista a sus pezuñas embarradas. Tiene una hoja pegada a la punta de la izquierda.

La nariz negra del zorro olfatea el aire. Su cola es una llama vacilante tras él. Sus patas avanzan con paso firme por un camino que Oak no puede ver. Se pregunta si lo estará llevando a un sitio al que no quiere ir.

Una brisa trae olores de sangre vieja y seca y aceite para engrasar armas. Le recuerda el olor de la casa de Madoc, de su hogar.

—Soy un embaucador, como tú. Estoy aquí porque me divierte. Cuando me aburra, me iré.

—No soy como tú —dice Oak.

No es como Locke, aunque tengan el mismo poder. Locke era el maestro de festejos, que se llevó a su hermana Taryn a su palacio, donde bebió vino y se vistió con hermosos vestidos y estuvo más triste de lo que nunca la había visto.

Locke creía que la vida era un cuento y que él era el responsable de introducir el conflicto. Oak tenía nueve años cuando Taryn lo asesinó, poco antes de que cumpliera diez. Le gustaría decir que no sabía lo que había hecho, pero lo sabía. Ninguno intentaba ocultar la violencia. Para entonces, estaban acostumbrados a que el asesinato fuera siempre una opción sobre la mesa.

Por aquel entonces, sin embargo, no era consciente de que Locke era su medio hermano.

Ni de hasta qué punto era una persona terrible.

El zorro abre la boca y saca una lengua rosada. Estudia a Oak con unos ojos que se parecen alarmantemente a los suyos.

—Nuestra madre murió cuando era solo un niño, pero aún la recuerdo. Tenía el pelo largo, rojo y dorado, y siempre estaba riendo. Todos los que la conocían la adoraban.

Oak pensó en Hyacinthe, cuyo padre había amado demasiado a Liriope y se había suicidado por ello. Pensó en Dain, que la había deseado y luego la había asesinado.

—Tampoco soy como nuestra madre —dice.

—Nunca la conociste —dice el zorro—. ¿Cómo sabes si eres como ella o no?

No tiene respuesta. No quiere ser como ella. Quiere que la gente lo quiera una cantidad normal.

Aunque es cierto que quiere que lo quieran.

—Vas a morir como ella. Y como yo. Asesinado por tu propia amante.

—No voy a morir —responde el príncipe, pero el zorro se escabulle y se desliza entre los árboles.

Al principio su brillante pelaje lo delata, pero entonces las hojas se vuelven escarlata, pasan al dorado y luego al marrón marchito. Caen en una gran ráfaga que parece arremolinarse alrededor del príncipe. Y en el temblor de las ramas, oye una risa.

6

Oak no sabe cuánto lleva tumbado en las frías baldosas de piedra, perdiendo y recuperando la conciencia. Sueña con cazar serpientes que brillan con piedras preciosas mientras se deslizan por la noche, con chicas de hielo cuyos besos le enfrían las quemaduras. Varias veces piensa que debería arrastrarse hacia su manta, pero la mera idea de moverse le provoca dolor de cabeza.

Sea lo que fuere lo que el príncipe pensaba de sí mismo antes, por muy hábil que se considerara para evadir trampas y reírse en la cara del peligro, ahora ya no se ríe. Habría estado mejor sentado en su celda, esperando. Habría estado mejor si hubiera salido corriendo a la nieve. Se arriesgó y perdió, espectacularmente, que es casi lo único que puede decir a su favor; al menos fue espectacular.

El cambio de sombras hace que se dé cuenta de que hay alguien delante de la celda. Angustiado, levanta la vista. Por un momento, el rostro de la mujer aparece frente a él y piensa que tiene que ser otra pesadilla.

Bogdana.

La bruja de la tormenta lo mira desde arriba y una melena salvaje le corona la cabeza.

Lo mira con unos ojos negros que brillan como lascas de ónice húmedo.

—Príncipe Oak, nuestro invitado de honor. Temía que hubieras muerto ahí dentro —dice y patea con el pie una bandeja para pasarla por debajo de la puerta de la celda. En ella descansa un cuenco de sopa aguada con escamas flotando, junto a una jarra de vino de olor agrio. No le cabe duda de que la bruja ha elegido la comida personalmente.

—Anda, hola —dice Oak—. Qué visita tan inesperada.

Ella sonríe con malicioso regocijo.

—No se te ve muy bien. He creído que una comida sencilla sería de tu agrado.

Se empuja hasta conseguir sentarse y hace caso omiso del martilleo de su cabeza.

—¿Cuánto tiempo he estado inconsciente? —Ni siquiera está seguro de cómo ha vuelto a las prisiones. ¿Se habría visto obligado Straun a arrastrarlo hasta allí, después de que Valen se diera cuenta de que no iba a despertar pronto? ¿Lo habría traído Valen, por si acaso nunca despertaba?

—¿Tienes que ir a algún sitio, príncipe de Elfhame? —pregunta Bogdana—. Por supuesto que no.

Oak se lleva una mano al pecho. La herida de la garganta ha formado una costra. Siente el latido desbocado de su corazón bajo la palma. No puede llevar mucho tiempo dormido, ya que Wren no ha mandado a nadie todavía para que lo arrastre ante la Corte para azotarlo.

Bogdana ensancha la sonrisa.

—Bien. Porque he venido a decirte que destriparé personalmente a todos los sirvientes que reclutes, si vuelves a intentar utilizar a alguno para escapar de tu celda.

—Yo no… —empieza Oak.

La bruja suelta una risa áspera, más parecida a un gruñido.

—¿La chica huldu? No esperarás de verdad que me crea que no la tienes comiendo de tu mano. ¿Que no está bajo tu hechizo?

—¿Crees que Fernwaif me ayudó a escapar? —pregunta, incrédulo.

—¿Sientes remordimientos ahora, cuando ya es demasiado tarde? —La bruja de la tormenta curva los labios—. Conocías los riesgos cuando la utilizaste.

—La chica no ha hecho nada. —Fernwaif, que creía en el romance, a pesar de vivir en la Ciudadela de lady Nore. Quien esperaba que aún estuviera viva—. Le quité la llave a Straun, porque es un tonto, no porque lo reclutara.

Bogdana observa su expresión, alargando el momento.

—Suren intercedió por Fernwaif. Está a salvo de mí, por el momento.

Oak suspira aliviado.

—Seré todo lo desagradable que quieras con los sirvientes de la Ciudadela a partir de ahora. Espero que podamos dar el asunto por zanjado.

Bogdana lo mira con el ceño fruncido.

—El asunto no estará zanjado hasta que los Greenbriar hayan pagado su deuda conmigo.

—Con nuestras vidas, bla, bla, bla, sí, ya me lo sé.

El dolor y la desesperación han vuelto imprudente al príncipe.

Los ojos de la bruja de la tormenta brillan con el reflejo de la luz. Golpea el hierro de los barrotes con las uñas como si quisiera meter la mano dentro y acuchillarlo con ellas.

—Deseas algo de Suren, ¿verdad, príncipe? Quizá sea que no estás acostumbrado a que te rechacen y no te sienta bien. Tal vez veas la grandeza en ella y quieras destruirla. Tal vez de verdad te sientas atraído por ella. Sea como fuere, hará que el momento en que te muerda la garganta sea aún más dulce.

Oak no puede evitar pensar en su sueño y en el zorro caminando a su lado, profetizando su perdición. No puede evitar pensar en muchas otras cosas.

—Ya me ha mordido antes, ¿sabes? —dice con una sonrisa—. No estuvo tan mal.

Bogdana parece enfurecerse por el comentario, lo que lo satisface en buena medida.

—Me alegra que sigas bien encerrado, mi pequeño cebo —dice la bruja, con los ojos relucientes—. Si fueras menos útil, te arrancaría la piel de los huesos. Te haría sufrir de formas que ni te imaginas.

El hambre en sus palabras lo inquieta.

—Alguien se te ha adelantado.

Oak se apoya en la parte blanda de su brazo.

—Aún respiras —dice la bruja de la tormenta.

—Si de verdad te preocupaba que estuviera muerto —responde él, recordando lo primero que le dijo cuando se acercó a la celda—, entonces debía de tener muy mal aspecto.

Tal vez haya estado inconsciente más tiempo del que sospecha. ¿Aún falta un día para que Elfhame actúe? ¿Ya está en marcha? Le hubiera gustado que la serpiente de metal hubiera sido más específica sobre los planes de Jude. *Tresss díasss* no es suficiente información.

—No necesito que dures mucho —dice Bogdana—. Es al rey supremo a quien quiero.

Oak resopla.

—Suerte con eso.

—Tú eres mi suerte.

—Me pregunto qué pensará Wren —dice y trata de disimular su incomodidad—. La estás utilizando igual que lord Jarel y lady Nore. Y llevas planeando hacerlo desde hace mucho tiempo.

Un rayo chispea en los dedos de Bogdana.

—Mi venganza también es la suya. Le robaron la corona y el trono.

—Ahora tiene una corona y un trono, ¿no? —espeta Oak—. Y parece que tú eres la única que podría hacer que los perdiera, otra vez.

La mirada que le dedica la bruja de la tormenta podría hacerle hervir la sangre.

—Por lo que hizo Mab, veré el final del reinado de los Greenbriar —dice—. Crees que conoces a Suren, pero no es así. Su corazón es el de mi hija muerta. Nació para causar la ruina de tu familia.

—La conozco lo suficiente como para llamarla Wren —dice Oak y observa cómo los ojos de la bruja de la tormenta brillan con una malicia más profunda—. Y no siempre hacemos aquello para lo que hemos nacido.

—Come, muchacho —dice Bogdana y señala la asquerosa comida que le ha traído—. No me gustaría verte ir al matadero hambriento.

No es hasta horas más tarde cuando los pasos de tres guardias lo despiertan de otro sueño a medias, cuando Oak se da cuenta de que tal vez esas últimas palabras fuera literales. Todavía le duele la cabeza lo suficiente como para plantearse quedarse tumbado y dejar que hagan con él lo que quieran, pero entonces decide que, si va a morir, al menos lo hará de pie.

Se levanta cuando llegan. Cuando abren la puerta de la celda, usa la punta de la pezuña para volcarse el cuenco de sopa en las manos. Luego golpea con él en la cara al primer guardia.

El hombre cae. Oak arroja al segundo de una patada contra los barrotes de hierro y, en un momento de vacilación del tercero, se lanza a por la espada caída del primero.

Antes de que llegue a atraparla, un garrotazo lo golpea en el estómago y lo deja sin aire.

Antes del hierro, era más rápido. Antes de que se le agarrotaran los músculos. Antes de que Valen le golpeara la cabeza varias veces. Hace solo unas semanas, habría llegado a la espada.

Están apiñados en la entrada de la celda, lo cual es su principal ventaja. Solo puede atacarlo uno a la vez, pero los tres tienen las armas desenvainadas y Oak apenas cuenta con sus manos y sus pezuñas. Incluso el cuenco está tirado en el suelo, partido por la mitad.

Aun así, se niega a que lo arrastren de nuevo a la sala de interrogatorios. El pánico lo domina al pensar en que Valen vuelva a torturarlo. En el azote de un látigo de hielo. En las uñas de Bogdana arrancándole la piel.

El segundo guardia, el que chocó con los barrotes, arremete contra él con la espada. Pero el espacio es pequeño, demasiado para asestar una buena estocada, y eso lo ralentiza. Oak se agacha y embiste al primer guardia, que ha conseguido ponerse en pie. Lo empuja y ambos caen sobre las frías baldosas de piedra de la prisión. El príncipe intenta levantarse, pero el tercer guardia lo golpea con el garrote entre los omóplatos. Vuelve a caer pesadamente sobre el segundo. Le quita la daga que lleva en el cinturón, la desenvaina y rueda sobre la espalda, listo para arrojarla.

Mientras lo hace, siente un cambio familiar en su mente. El bloqueo de todos los demás pensamientos, la separación de sí mismo. Es un alivio dejarse llevar, permitir que el futuro y el pasado desaparezcan y convertirse en alguien sin esperanza ni miedo más allá del momento presente. Alguien para quien solo existe y existirá esta pelea.

Sin embargo, también le preocupa, porque cada vez que le ocurre, se siente menos dueño de lo que hace cuando está fuera de sí. ¿Cuántas veces se ha encontrado ante un cuerpo, con la ropa, la cara, la espada y las manos salpicadas de sangre, sin recordar nada de lo ocurrido?

Lo hace pensar en el poder del gancanagh, en todas las advertencias que ya no parece capaz de escuchar.

—¡Oak! —grita Hyacinthe.

El príncipe deja caer el brazo con la daga. De algún modo, el grito del exhalcón lo hace volver en sí. Tal vez sea la familiaridad de su desprecio.

Cuando no lo vuelven a golpear, se desploma en el suelo, respirando con dificultad.

El otro guardia se levanta.

—Quiere que cenes con ella —dice Hyacinthe—. Tengo que limpiarte.

—¿Wren? —El sentido del tiempo de Oak sigue muy confuso—. Creía que iba a hacer que me castigaran.

Hyacinthe levanta ambas cejas.

—Sí, Wren. ¿Quién si no?

El príncipe se vuelve hacia los guardias, que lo fulminan con la mirada. Si hubiera pensado con más claridad, se habría dado cuenta de que no tenía motivos para intentar asesinarlos. No tenían por qué trabajar para Valen o Bogdana, ni llevarlo necesariamente a su perdición. Probablemente se habría dado cuenta antes si no le doliera tanto la cabeza. Si la bruja no hubiera ido a amenazarlo.

—Nadie mencionó lo de la cena —protesta Oak.

Uno de los guardias, el del garrote, resopla. Los otros dos mantienen el ceño fruncido.

Hyacinthe se vuelve hacia ellos.

—Buscad algo que hacer. Yo escoltaré al príncipe.

Los guardias se marchan; uno de ellos escupe en el suelo de piedra antes de salir.

—Te lo advierto —dice Oak—. Si también has venido a golpearme, tendrás que hacerlo muy fuerte para que tenga algún efecto encima de la hinchazón y los moratones que ya me están saliendo.

—Deberías considerar optar de vez en cuando por la sabiduría y morderte la lengua —dice Hyacinthe y le tiende una mano para ponerlo en pie.

Por un momento, el príncipe está seguro de que va a abrir la boca y decir algo que no le hará ninguna gracia al exhalcón. Algo que probablemente no tendrá ninguna gracia.

—Es poco probable, pero no hay que perder la esperanza —dice mientras se deja levantar. Se tambalea un poco y se da cuenta de que, si intenta agarrarse a algo, tendrá que apoyar la mano en los barrotes de hierro. Se siente mareado—. Si quieres regodearte, adelante.

Hyacinthe esboza una sonrisa.

—Tienes lo que mereces, príncipe de Elfhame. Estás recibiendo lo mismo que una vez repartiste.

Oak no puede refutarlo. Se mantiene erguido por pura fuerza de voluntad y respira hondo hasta asegurarse de que va a seguir erguido.

—Bueno, vamos —dice Hyacinthe—. A menos que quieras que te lleve.

—¿Llevarme? Qué oferta tan encantadora. Puedes llevarme en brazos como a la doncella de un cuento.

El soldado pone los ojos en blanco.

—Más bien te cargaría al hombro como un saco de grano.

—Entonces supongo que prefiero caminar —dice Oak y espera ser capaz de hacerlo. Se tambalea detrás de Hyacinthe. Recuerda que una vez fue su prisionero y piensa en la justicia poética de la situación—. ¿Vas a atarme las manos?

—¿Es necesario? —pregunta él.

Por un momento, Oak cree que se refiere a la brida. Pero entonces se da cuenta de que Hyacinthe simplemente le está ofreciendo la oportunidad de subir las escaleras sin ataduras.

—¿Por qué eres...?

—¿Un captor más benévolo de lo que tú nunca fuiste? —termina Hyacinthe con una corta risa—. Tal vez sea mejor persona.

Oak no se molesta en recordarle que intentó asesinar al rey supremo y que, si él no hubiera intercedido, lo habrían ejecutado o enviado a la Torre del Olvido. No importa. Es muy posible que ninguno de los dos sea una persona particularmente buena.

Avanzan por el pasillo, entre antorchas encendidas. Hyacinthe lo observa con detenimiento y frunce el ceño.

—Tienes magulladuras y es demasiado pronto para que provengan de la pelea que acabo de ver. Esas quemaduras de hierro tampoco son recientes y tienen la forma y el ángulo equivocados para estar causadas por los barrotes de la celda. ¿Qué te ha pasado?

—Soy un milagro de la autodestrucción —dice Oak.

Hyacinthe deja de caminar y cruza los brazos. La pose es tan parecida a la que suele adoptar Tiernan que el príncipe está seguro de que es una copia, aunque el exhalcón no sea consciente de ello.

Quizá sea eso lo que lo empuja a hablar, la familiaridad del gesto. O tal vez sea que está muy cansado y no menos asustado.

—¿Conoces a un tipo llamado Valen? Un antiguo general. El cuello grueso. ¿Con más ira que sentido común?

Hyacinthe frunce el ceño y asiente despacio.

—Quiere tu puesto —dice Oak y echa a andar de nuevo.

Hyacinthe lo alcanza.

—No veo qué tiene eso que ver contigo.

Llegan a las escaleras y suben, dejando atrás las mazmorras. La luz del sol lo golpea en la cara y le hace daño en los ojos, pero solo siente gratitud. No estaba seguro de si volvería a ver el sol.

—Tal vez te haya contado que un soldado llamado Bran ha desertado. No es verdad. Está muerto.

—Bran está…. —empieza Hyacinthe y luego baja la voz a un susurro—. ¿Está muerto?

—No me mires así —responde Oak en voz baja—. Yo no lo he matado.

Los guardias flanquean una entrada unos pasos más adelante y, por consenso tácito, ambos se mantienen en silencio. Los hombros del príncipe se tensan al pasar a su lado, pero no hacen nada por detener su avance. Por primera vez, al entrar en un pasillo de techos altos, es libre de mirar alrededor a la Ciudadela sin peligro de que lo descubran. Percibe el aroma de la cera derretida y la savia de los abetos. También pétalos de rosa, piensa. Sin el persistente hedor del hierro, le duele menos la cabeza.

Entonces la mirada del príncipe encuentra una de las grandes paredes de hielo translúcido y tropieza.

Como a través de una ventana, se ve el paisaje más allá de la Ciudadela y a los reyes trol moviéndose por él. Aunque distantes, son mucho más grandes que las rocas del Bosque de Piedra, como si aquellas enormes moles no representaran más que la parte superior de sus cuerpos y el resto hubiera estado enterrado bajo tierra. Estos troles son más grandes que ningún gigante que Oak haya visto en la Corte de Elfhame, o en la Corte de las Polillas. Observa cómo se tambalean por la nieve, arrastrando enormes trozos de hielo, y recalcula mentalmente los recursos de Wren.

Están construyendo un muro. Un escudo defensivo de kilómetros de ancho alrededor de toda la Ciudadela.

En menos de un mes, entre su propio poder recién descubierto y sus nuevos aliados, Wren ha hecho que la Corte de los Dientes fuera más formidable e imponente de lo que nunca lo fue durante el reinado de lord Jarel. Sin embargo, cuando piensa en ella, no puede evitar recordar la oscuridad bajo sus ojos y el brillo febril que emiten. No se saca de la cabeza la convicción de que algo va mal.

—Wren no tiene muy buen aspecto —dice—. ¿Ha estado enferma?

Hyacinthe frunce el ceño.

—No esperarás que traicione a mi reina y te cuente sus secretos.

La sonrisa de Oak es afilada.

—Así que hay un secreto que contar.

Hyacinthe frunce más el ceño.

—Soy un prisionero —insiste Oak—. Me tengas encadenado o no, no puedo hacerle daño, y no lo haría si pudiera. Te he advertido sobre Valen. Sobre Bran. Creo que he demostrado al menos un ápice de lealtad.

Hyacinthe exhala un suspiro y se vuelve a mirar a los reyes trol más allá del cristal helado.

—¿Lealtad? Me parece que no, pero voy a contártelo porque quizá seas la única persona que pueda ayudar. El poder de Wren le supone un precio terrible.

—¿Qué quieres decir? —pregunta el príncipe.

—La está carcomiendo —explica Hyacinthe—. Y va a tener que seguir usándolo, una y otra vez, mientras tú estés aquí.

Oak abre la boca para pedir más explicaciones, pero en ese momento se cruzan con un grupo de cortesanos, todos pálidos y de expresión fría. Sus miradas se deslizan sobre él como si su mera visión fuera una ofensa.

—Ve a la torre más a la izquierda —dice Hyacinthe.

Oak asiente e intenta no dejarse perturbar por el odio en sus ojos. La torre hacia la que se dirige es, irónicamente, la misma en la que quedó atrapado el día anterior.

—Explícate —dice.

—Lo que hace no es solo desatar, es deshacer. Enfermó después de lo que le hizo a lady Nore y su ejército de criaturas de palo. Le ha dejado marca. Después Bogdana insistió en que volviera a usarlo para romper la maldición del Bosque de Piedra, porque va a necesitar a los troles si Elfhame nos ataca. Pero la propia Wren está hecha de magia y, cuanto más deshace, más se descompone ella misma.

Oak recuerda la tensión en su rostro cuando miraba hacia abajo desde el estrado del gran salón, los huecos bajo sus pómulos cuando dormía.

Había asumido que Wren no visitaba las mazmorras porque no quería verlo por desinterés o enfado. Sin embargo, tal vez no hubiera ido porque estaba enferma. Por mucho que sepa lo peligroso que es mostrarse débil delante de su recién formada Corte, es posible que considere que es igualmente arriesgado parecerlo delante de él.

Y si deja de usar su poder…

No importa lo peligrosa que sea la magia, a Oak no le cuesta imaginar que Wren cree que, si no la usa, no podrá conservar el trono. Esta era una tierra de huldus, nisser y troles, acostumbrados a inclinarse solo ante la fuerza y la ferocidad. Seguían a lady Nore, pero estaban dispuestos a coronar a Wren, su asesina, como su nueva reina.

Tal vez Wren esté dispuesta a empujarse más allá de sus límites para mantener ese apoyo. Para demostrar que es digna. ¿Acaso Oak no ha visto a su hermana hacer precisamente lo mismo?

¿Sabes qué es lo que realmente les impresionaría?, sugiere su mente, que no le es de mucha ayuda. *Atreverse a ensartar al heredero de Elfhame.*

—Esta noche, en la cena, convéncela de que te deje marchar —dice Hyacinthe—. Y si no lo consigues, vete. Lárgate. Escapa de verdad esta vez y llévate tu conflicto político contigo.

Oak pone los ojos en blanco ante la suposición de que salir de las prisiones le fuera fácil y que podría haberlo hecho en cualquier momento.

—Podrías aconsejarle que me dejase marchar. A menos que tampoco confíe en ti.

Hyacinthe vacila, sin morder el anzuelo.

—Confiaría menos en mí si supiera que estamos teniendo esta conversación. Quizá sabiamente, dudo de que confíe en nadie. Todos los feéricos de la Ciudadela tienen sus propios objetivos.

—Yo soy el último en la lista de personas de las que aceptaría un consejo —dice Oak—. Como bien sabes.

—Sabes persuadir a la gente.

Es un comentario mordaz, pero el príncipe aprieta los dientes y se niega a ofenderse. Por muy incisivo que sea, también es la verdad.

—Sería mucho más fácil si no llevara la brida.

Hyacinthe lo mira de reojo.

—Te las arreglarás. —Deben de haberlo informado de la orden que recibió. Permanecerás en mis prisiones hasta que te mande llamar.

Oak suspira.

—Y mientras tanto, deja de buscar pelea —dice Hyacinthe, lo que hace que el príncipe quiera pelearse con él—. ¿No hay ninguna situación en la que no sientas el impulso de empeorarla?

Oak sube los escalones de la torre, pensando en la cena que le espera con Wren. La idea de sentarse frente a ella en una mesa le resulta surrealista, como si formara parte de sus sueños inquietos e invadidos por zorros.

Llegan a una puerta de madera con dos cerraduras en el exterior. Hyacinthe adelanta al príncipe para introducir una llave en una y luego en la otra.

Una llave. Dos cerraduras. Oak toma nota. Ninguna es de hierro.

La habitación a la que acceden está bien decorada. Hay sofás dispuestos sobre una alfombra que parece mucho más suave que nada que haya visto en semanas. En la chimenea relucen llamas azules. Parecen calientes y, sin embargo, cuando acerca la mano a la pared de hielo que hay sobre el fuego, no percibe nada que indique que se esté derritiendo. Donde la alfombra no cubre el suelo, está recubierto de piedra. Si no prestaras atención, costaría darse cuenta de que estás en un palacio de hielo.

—Una prisión mucho más elegante —dice Oak y se apoya en uno de los postes de la cama. Mientras se movía, no estaba mareado, pero al pararse lo invade la inmensa necesidad de apoyarse en algo.

—Vístete —dice Hyacinthe y le señala unos ropajes tendidos sobre la cama. Sostiene la llave en la palma de la mano y la coloca sobre la repisa de la chimenea—. Si no logras convencerla, quizá te interese saber que hay un cambio de guardia al amanecer. También te he dejado un libro en esa mesa. Es literatura mortal. Tengo entendido que te gustan esas cosas.

Oak se queda mirando la llave mientras Hyacinthe se marcha. Una parte de él quiere descartarlo como un truco, una forma del exhalcón de demostrar que el príncipe no es digno de confianza.

Se vuelve hacia la ropa que le han dejado y luego al colchón que hay debajo, relleno de plumón de ganso o quizá de plumas de pato. El deseo de tumbarse es abrumador, de permitir que su palpitante sien descanse sobre una almohada.

Respira hondo y se obliga a recoger el libro que le ha indicado Hyacinthe. Es una novela de tapa dura con sobrecubiertas titulada *Magia para Dummies*. Hojea las páginas y rememora la vez que hizo desaparecer y reaparecer una moneda delante de Wren. Recuerda sus dedos rozándole la oreja, su risa sorprendida.

Debería haberla dejado marchar aquella noche. Dejarla que se llevara la maldita brida, que se subiera al autobús y se fuera, si eso era lo que quería.

Pero no, tenía que presumir. Ser listo. Manipular a todos y a todo, tal como le habían enseñado. Tal como su padre lo había manipulado para que fuera allí.

Con un suspiro, vuelve a mirar el libro con el ceño fruncido. No parece haber nada dentro. No está seguro de lo que significa, excepto que Hyacinthe lo considera un tonto. Por si acaso, vuelve a pasar las páginas, esta vez más despacio.

En la 161, encuentra un tallo de hierba cana casi completamente seco.

Los guardias lo esperan en el vestíbulo cuando sale de la habitación, vestido con la ropa que le han dado.

El jubón es de una tela plateada que parece resistente y rígida, como si tuviera hilos de plata entretejidos. Tiene los hombros un poco más anchos y el torso un poco más largo que el dueño original, de modo que le aprieta aún más que el uniforme de soldado. Los pantalones son negros como un cielo sin estrellas y tienen que subírselos un poco debido a la curvatura de su pierna encima de las pezuñas.

No les dice nada a los guardias y sus rostros se mantienen sombríos mientras lo escoltan hasta un comedor de techos altos, donde lo espera su nueva reina.

Wren está en la cabecera de una larga mesa, con un vestido de algún material que parece negro y luego plateado, dependiendo de la luz. Lleva el pelo apartado del rostro azul pálido y, aunque no lleva corona, los adornos de su pelo sugieren lo contrario.

Parece una aterradora reina de las hadas, que lo invita a una última cena de manzanas envenenadas.

Oak se inclina.

Wren lo mira, como si intentara decidir si el gesto es una burla o no. O tal vez solo esté inspeccionando sus magulladuras.

Desde luego, él sí nota lo frágil que parece. Le ha dejado marca.

Hay algo más. Algo que debería haber notado en sus aposentos, cuando le dio las órdenes, pero estaba demasiado asustado como para pensar. Hay cierta actitud defensiva en su postura, como si estuviera preparándose para su ira. Después de haberlo tenido prisionero, cree que la odia. Tal vez siga enfadada con él, pero es obvio que espera que él esté furioso con ella.

Y cada vez que Oak se comporta como si no lo estuviera, piensa que la está manipulando.

—Hyacinthe me ha dicho que te muestras reacio a explicar cómo te has herido —dice.

Oak no necesita mirar hacia las puertas para fijarse en los guardias. Los ha visto nada más entrar. Sin conocer sus lealtades, no se atreve a mencionar a Valen, ni siquiera a Straun, sin despojar a Hyacinthe del elemento sorpresa. ¿Lo sabía ella? ¿Era una farsa escenificada para su beneficio? ¿O se trataba de otra prueba?

—¿Qué me dirías si te dijera que me aburría tanto que me ha dado por golpearme en la cara?

Su boca se convierte en una línea aún más sombría.

—Nadie creería esa mentira, aunque pudieras decirla.

La cabeza de Oak se inclina hacia delante y no puede evitar que la desesperación se filtre en su voz. Es un mal comienzo y, sin embargo, realmente parece incapaz de resistirse a empeorarlo.

—¿Qué mentira te creerías?

7

Wren se tensa. Oak nota cómo se esfuerza por contenerse, por transformar su habitual timidez en frialdad. Él solo siente admiración, excepto por la parte en la que esta nueva reina podría decidir en cualquier momento que no es más que una espina clavada que hay que extirpar.

—¿Debo aconsejarte sobre la mejor manera de engañarme? —dice ella y Oak sabe que ya no hablan solo de sus moratones.

Se aproxima al extremo opuesto de la mesa. Un criado se acerca y le aparta la silla. Mareado, se deja caer en el asiento, consciente de que el gesto probablemente dé la sensación de que está de mal humor.

No sabe qué decir.

Piensa en la Corte de las Polillas, cuando le dijeron que Wren lo había traicionado, cuando parecía seguro que lo había hecho. Que lo había usado como estaba acostumbrado a que lo usaran. Que lo había besado para distraerlo de su verdadero propósito. Se había sentido furioso con ella, pero también consigo mismo por ser un tonto. Lo bastante enfadado como para dejar que se la llevaran.

Más tarde, al descubrir todos los detalles de la situación, lo atenazaría un pánico terrible. Porque lo había traicionado, pero lo había hecho para liberar a aquellos a quienes consideraba injustamente encarcelados. Y lo había hecho sin ningún beneficio estratégico o personal en mente; se había puesto en peligro por feéricos y mortales a los que apenas conocía. Igual que antes ayudaba a todos los mortales que hacían tratos engañosos con los feéricos de su ciudad.

No había descubierto sus razones antes de permitir que se la llevaran. Recuerda la incómoda mezcla de rabia y miedo por lo que pudiera pasarle, el horror de no estar seguro de poder salvarla de la reina Annet.

Se pregunta si el único motivo de la cena sería que Wren descubriera sus heridas y le diera lástima. Sin duda se sentía traicionada, pero la traición no impedía sentir otras cosas.

—Tengo algo de experiencia con el engaño —admite.

Ella frunce el ceño ante la inesperada confesión y se sienta también.

Otro sirviente vierte vino negro en una copa que tiene delante, tallada en hielo. Oak la levanta y se pregunta si habrá forma de saber si el líquido que contiene está envenenado. A algunos sabe identificarlos por el sabor, pero muchos son insípidos o tienen un sabor lo bastante sutil que queda enmascarado por otros más aromáticos.

Piensa en Oriana, que pacientemente lo alimentaba con un poco de veneno junto con leche de cabra y miel cuando era un bebé, enfermándolo para que mejorara. Bebe un sorbo tentativo.

El vino es fuerte y sabe a algo parecido a grosellas.

Observa que Wren no ha tocado su copa.

Tengo que demostrarle que confío en ella, se dice, aunque no está del todo seguro de hacerlo. Después de todo, no sería la primera persona que lo atrae que intentara matarlo. Ni siquiera sería la primera persona a la que ama que lo intentara.

Aparta el pensamiento. Levanta la copa con un saludo y bebe un trago. Wren se lleva por fin la copa a los labios.

Trata de que no se le note el alivio.

—Una vez te pregunté si de verdad te gustaría ser reina. Parece que has cambiado de opinión. —Consigue mantener un tono distendido, aunque sigue sin entender por qué está sentado aquí y no a los pies de un látigo de hielo.

—¿Ha cambiado la tuya? —pregunta ella.

Oak sonríe.

—¿Debería? Dime, majestad, ¿cómo es lo de ocupar un trono y vivir rodeada de exigencias respecto de tu tiempo y tus recursos? ¿Te gusta tener cortesanos a tu entera disposición?

Su sonrisa se vuelve amarga.

—Sabes bien, príncipe, que sentarse a la cabecera de la mesa no significa que tus invitados no vayan a discutir sobre las raciones de sus platos, la disposición de las sillas o el lustre de la plata. Tampoco significa que no conspirarán por tu asiento.

Como si fuera parte del discurso, dos sirvientes huldu entran en la habitación y depositan el primer plato ante ellos.

Finas rodajas de pescado frío en un plato de hielo con un poco de pimienta rosa en grano. Elegante y frío.

—Como tu invitado, tengo pocas quejas —dice Oak y levanta el tenedor—. De hecho, estoy a tu entera disposición.

—¿Pocas quejas? —repite ella y enarca una ceja azul pálido—. ¿Las prisiones eran de tu agrado?

—Preferiría no volver a ellas —admite—. Pero si tuviera que quedarme allí para estar aquí, entonces no me quejaré en absoluto.

Un leve rubor aparece en las mejillas de Wren y vuelve a fruncir el ceño.

—Me preguntaste qué quería de ti. —Lo mira desde el otro lado de la mesa con sus ojos verde musgo. Siempre le pareció un verde suave, pero ahora su mirada es severa—. Pero lo único que importa es que quiero tenerte. Y te tengo.

Aunque parece una confesión, pronuncia las palabras como una amenaza.

—Pensaba que creías que no podía haber amor mientras uno de los dos estuviera atado. ¿No es eso lo que le dijiste a Tiernan?

—No necesitas amarme —dice ella.

—¿Y si lo hiciera? ¿Y si lo hago? —Oak ha proclamado su amor antes, pero aquello parecía un juego y esto es puro dolor. Tal vez sea porque Wren lo ve y lo conoce de verdad como nadie más lo ha hecho. La ilusión tras la que se esconde es mucho más fácil de amar que lo que hay debajo.

Wren se ríe.

—¿Y si...? No me vengas con juegos de palabras, Oak.

Él siente un sofoco de vergüenza, al darse cuenta de que eso era justo lo que estaba haciendo.

—Tienes razón. Déjame ser claro. Te...

—No —lo corta, con la voz caldeada por la contramagia, y una de las frutas de la bandeja se reduce a pulpa y semillas. Una de las fuentes se vuelve plata fundida, atraviesa el hielo de la mesa y cae al suelo en hilillos brillantes, enfriándose por el camino.

Wren parece tan sorprendida como él, pero se recupera deprisa y se levanta. Un mechón de pelo azul se le ha soltado y le cae por la cara.

—No creas que me sentiré halagada porque me consideres una mejor oponente y, por lo tanto, me plantees un acertijo romántico más intrincado de resolver. No necesito declamaciones de tus sentimientos. El amor se pierde y yo estoy harta de perder.

Oak se estremece y piensa en lady Nore y lord Jarel. Aunque lo que había entre ellos no era amor en absoluto, sí incluía algo de amor. Piensa en las antiguas reinas de la Corte de los Dientes, sumergidas en los muros helados del Salón de las Reinas. Eso suponía querer poseer a una persona y no estar dispuesto a dejarla marchar, ni siquiera en la muerte. Asesinar cuando decidías que había llegado el momento de reemplazarlas, para poder conservarlas.

No había creído que Wren fuera capaz de ansiar poseer a alguien de esa manera y no quería creerlo ahora.

Pero puede que ella piense, después de haberlo arrojado a una mazmorra y haberlo abandonado allí, que son enemigos. Que tomó una decisión movida por la ira que no puede revocarse. Que diga lo que diga, siempre la odiará.

Tal vez llegue a odiarla, con el tiempo. Se culpa a sí mismo de muchas cosas y está dispuesto a soportar mucho, pero su resistencia tiene un límite.

—¿Quizá podrías quitarme la brida, al menos? —pregunta—. Me quieres. Puedes tenerme. Pero ¿me besarás aunque la lleve puesta? ¿Volverás a sentir las correas de cuero contra la piel?

Un escalofrío la recorre mientras vuelve a tomar asiento y Oak sabe que al menos ha conseguido marcarse ese tanto.

—¿Qué harías para liberarte de ella? —pregunta.

—Dado que puedes usar la brida para obligarme a hacer cualquier cosa, lo lógico sería que no hubiera nada que no estuviera dispuesto a hacer para quitármela.

—Pero no es así. —Su expresión es astuta y Oak recuerda a cuántos mortales ha visto hacer tratos engañosos con feéricos.

Le dedica una sonrisa precavida.

—Haría mucho.

—¿Aceptarías quedarte aquí conmigo? —pregunta ella—. Para siempre.

Piensa en sus hermanas, en su madre y en su padre, en sus amigos, y en la idea de no volver a verlos. No volver a pisar nunca el mundo de los mortales ni caminar por los pasillos de Elfhame. No se lo imagina. Sin embargo, tal vez podrían visitarlo; tal vez, con el tiempo, podría persuadirla...

Wren nota la vacilación en su rostro.

—Ya me parecía.

—No he dicho que no —recuerda él.

—Apuesto a que estabas pensando en una forma de retorcer el lenguaje a tu favor. Prometer algo que sonara a lo que te pedía, pero que tuviera un significado totalmente distinto.

Se muerde el interior de la mejilla. No era eso en lo que estaba pensando, pero al final se le habría ocurrido.

Oak apuñala un trozo de pescado y se lo come. Está picante y lo han condimentado con vinagre.

—¿Qué harás cuando la Corte Suprema te exija que me devuelvas?

Ella lo mira con contención.

—¿Qué te hace pensar que no lo han hecho ya?

Oak piensa en todos los consejos de guerra a los que la arrastraron con una cadena de plata en la antigua Corte de los Dientes. Sabe bien lo que supone un conflicto con Elfhame.

—Si me dejas hablar con mi hermana... —empieza.

—¿Le hablarías bien de mí? —Hay desafío en su voz.

Antes actuaba siempre a la defensiva. Su objetivo era protegerse, pero así no se puede ganar.

Estoy harta de perder.

Ve en la cara de Wren su deseo de barrer el tablero.

Piensa en Bogdana, delante de su celda, diciéndole que es al rey supremo a quien quiere.

¿Era todo parte del plan de la bruja de la tormenta? Las lecciones de su hermana y de su padre le vienen a la mente en una confusa maraña, pero ninguna sirve para su situación.

—Podría persuadir a Jude para que nos dejara un poco más de tiempo para resolver nuestras diferencias. Aunque admito que será más difícil con la brida en la cara.

Wren da otro sorbo de vino.

—No puedes detener lo que está por venir.

—¿Y si prometo volver si me dejas ir? —pregunta Oak.

Lo mira como si estuvieran compartiendo una antigua broma.

—No esperarás que caiga en un truco tan simple.

El príncipe piensa en la llave encima de la repisa, en la posibilidad de escapar.

—Podría haberme ido.

—No habrías llegado lejos.

Suena muy segura.

Traen otro plato. Este está caliente, tanto que el plato humea y el lateral de la copa de vino helado empieza a brillar al derretirse. Corazones de ciervo asados al fuego, con una salsa de bayas rojas debajo.

Se pregunta si Wren ha planeado la progresión de la comida. Si no es así, alguien en las cocinas tiene un sentido del humor verdaderamente sombrío.

Oak no levanta el tenedor. No come carne, pero no está seguro de si comería esto aunque no fuera así.

Ella lo observa.

—Deseas ser mir consejero. Sentarte a mis pies, dócil y servicial. Aconséjame entonces: deseo que me obedezcan, aunque no puedan amarme. Tengo pocos ejemplos de reinas que me puedan servir de modelo. ¿Debería gobernar como la reina Annet, que ejecuta a sus amantes cuando se cansa de ellos? ¿Como tu hermana? Me han dicho que el mismísimo rey supremo llama a su forma de diplomacia *el camino de los cuchillos*. O tal vez debería ser como lady Nore, que aplicaba una crueldad arbitraria y casi constante para mantener a raya a sus seguidores.

Oak aprieta la mandíbula.

—Creo que se te puede obedecer y amar. No te hace falta gobernar como nadie más que como tú misma.

—¿Amor, otra vez? —dice Wren, pero la mueca de su boca se suaviza.

Una parte de ella debe de sentir miedo por volver a estar en la Ciudadela, por ser soberana de aquellos contra los que había luchado apenas unas semanas antes, por haber estado enferma, por que se le exija más de su poder. Sin embargo, no se comporta como si tuviera miedo.

Oak mira las cicatrices de sus mejillas desde el otro lado de la mesa, causadas por llevar la brida durante mucho tiempo. Contempla sus ojos oscuros como el musgo. Lo invade un sentimiento de impotencia. Todas las palabras se le enredan en la boca, aunque está acostumbrado a que le salgan con facilidad, a que se deslicen por la lengua.

Le diría que quiere quedarse con ella, que quiere volver a ser su amigo, que quiere sentir sus dientes en la garganta, pero ¿cómo va a convencerla de que es sincero? E incluso si lo creyera, ¿de qué serviría, dado que sus deseos no la han mantenido a salvo de sus maquinaciones?

—Nunca he fingido sentimientos que no fueran reales —consigue pronunciar.

Wren lo observa, con el cuerpo tenso y la mirada perdida.

—¿Nunca? En la Corte de las Polillas, ¿de verdad habrías tolerado mi beso si no pensaras que me necesitabas en tu misión?

Él resopla, sorprendido.

—Claro que lo habría *tolerado*. Lo volvería a hacer ahora mismo.

Un ligero rubor aparece en las mejillas de Wren.

—Eso no es justo.

—Esto es absurdo. Seguro que te diste cuenta de que me gustó —dice Oak—. Incluso me gustó cuando me mordiste. En el hombro, ¿recuerdas? Es posible que todavía tenga algunas marcas de las puntas de tus dientes.

—No seas ridículo —replica ella, molesta.

—Qué injusto —dice él—. Con lo que me gusta ser ridículo.

Los sirvientes vienen a recoger los platos. La comida del príncipe está intacta. Ella se mira el regazo y aparta la cara lo suficiente para ocultarle su expresión.

—¿De verdad esperas que me crea que te gustó que te mordieran?

Se encuentra en una posición en la que tantas veces ha puesto a otros, contra la pared. Un sofoco le sube por el cuello.

—¿Y bien? —insiste.

Oak le sonríe.

—¿No querías que lo disfrutara ni siquiera un poco?

Durante un largo momento, el silencio se extiende entre ellos.

Llega el último plato. Otra vez frío, hielo raspado en una pirámide de copos, recubierto de un fino sirope rojo como la sangre.

Se lo come e intenta no estremecerse.

Unos minutos después, Wren se levanta.

—Volverás a la habitación de la torre, donde confío que permanecerás hasta que vuelva a convocarte.

—¿Para arrojarme a tus pies como un premio de guerra? —pregunta, esperanzado.

—Eso podría entretenerte lo suficiente como para evitar que hicieras travesuras. —Una sonrisa casi imperceptible se dibuja en su boca.

Oak aparta la silla, se acerca a ella y le tiende la mano. Se sorprende cuando ella se lo permite. Tiene los dedos fríos.

Wren mira hacia los guardias. Un halcón pelirrojo se adelanta. Pero antes de soltarle la mano, Oak se lleva el dorso a los labios.

—Mi señora —dice y cierra los ojos un instante cuando su boca le roza la piel. Se siente como si intentara cruzar un abismo sobre un puente de cuchillas. Un paso en falso y caerá en un mundo de dolor.

Sin embargo, Wren solo frunce un poco el ceño, como si esperara encontrar burla en su mirada. Retira la mano con el rostro ilegible mientras los guardias conducen al príncipe a la puerta.

—No soy la persona que crees que soy —dice con palabras atropelladas.

Él se vuelve a mirarla, sorprendido.

—La chica que conociste. Dentro de ella siempre hubo una gran rabia, un vacío. Ahora eso es todo lo que soy. —Wren parece desdichada, con las manos juntas frente a sí. Sus ojos reflejan tormento.

Oak piensa en Mellith y en sus recuerdos. En su muerte y en el nacimiento de Wren. En cómo lo mira ahora.

—No me lo creo —dice.

Ella se vuelve hacia uno de los guardias.

—De camino a sus aposentos, aseguraos de pasar por el gran salón —ordena.

Uno de los halcones asiente, desconcertado. Los guardias escoltan a Oak y lo conducen por el pasillo. Al pasar junto a la sala del trono, ralentizan el paso lo suficiente como para que pueda echar un vistazo al interior.

Contra el hielo de la pared, como si fuera una pieza de decoración, cuelga el cuerpo de Valen. Por un momento, Oak se pregunta si será obra de Bogdana, pero el halcón no está desollado ni expuesto como las demás víctimas de la bruja de la tormenta.

Tiene la garganta cortada. Un espantoso collar de sangre seca a lo largo de la clavícula. Tiene la ropa rígida, como almidonada con el líquido rojo. Se ve la abertura de la carne, cortada limpiamente con un cuchillo afilado.

El príncipe mira hacia atrás, en dirección al lugar donde ha cenado con Wren.

Cuando notó su relicencia a nombrar al responsable de sus magulladuras, ya lo sabía. Hyacinthe debió de transmitirle sus palabras. Tal vez lo hubiera hecho mientras el príncipe se vestía para la cena.

No es que no haya presenciado asesinatos antes. En Elfhame, ha visto muchos. Sus propias manos no están limpias. Sin embargo, al mirar al halcón muerto, expuesto de esa forma, reconoce que, incluso sin los recuerdos de Mellith, Wren ha sido testigo de escenas mucho más aterradoras y crueles que nada que él haya visto jamás. Y tal vez, en algún rincón dentro de ella, empieza a comprender que puede ser todas las cosas que una vez la asustaron.

8

Oak era un niño cuando Madoc fue exiliado al mundo de los mortales y, sin embargo, dijeran lo que dijeran, sabía que había sido culpa suya.

Sin él, no habría habido guerra. Ningún plan para robar la corona. No habría habido familias enfrentadas.

Al menos no han ejecutado a tu padre por traición, le dijo Oriana cuando se quejó porque no podía verlo. Oak se rio, pensando que era una broma. Cuando se dio cuenta de que podría haber pasado de verdad, la idea de ver morir a Madoc mientras él observaba, impotente y sin poder impedirlo, atormentó sus pesadillas. Decapitado. Ahogado. Quemado. Enterrado vivo. Sus hermanas, con el rostro sombrío. Oriana, llorando.

Aquellos malos sueños hicieron que no ver a Madoc le resultara aún más duro.

No es buena idea ahora, le decía Oriana. *No queremos que parezca que no somos leales a la corona.*

Así que vivió con Vivi y Heather en el mundo de los mortales, fue a la escuela de mortales y, durante el tiempo que pasaba en la biblioteca, buscaba compulsivamente nuevos y horribles detalles de todo tipo de ejecuciones. A veces, Jude o Taryn lo visitaban en el piso. Su madre iba a menudo. De vez en cuando, aparecía alguien como Garrett o Van para instruirlo en el manejo de la espada.

Nadie creía que tuviera verdadero talento para ello.

El problema de Oak era que tomaba la esgrima como un juego y no quería hacer daño a nadie. Los juegos tenían que ser divertidos. Después de muchas reprimendas, entendió que la lucha con espadas era un juego mortal y siguió sin querer hacer daño a nadie.

No todo el mundo tiene que ser bueno matando, le dijo Taryn y miró con mordacidad a Jude, que agitaba un juguete sobre la cabeza del pequeño Leander como si fuera un gato dispuesto a darle un zarpazo.

A veces, después de sus pesadillas, salía a hurtadillas y miraba las estrellas en el jardín del complejo residencial. Echaba de menos a su madre y a su padre. Echaba de menos su antigua casa y su antigua vida. Luego se adentraba en el bosque y practicaba con la espada, aunque no sabía para qué.

Unos meses después, Oriana finalmente lo llevó a ver a Madoc. Jude no puso objeciones ni se lo impidió. O no lo sabía, lo cual era poco probable, o había mirado para otro lado, reacia a prohibir las visitas, pero incapaz de permitirlas oficialmente.

Sé amable con tu padre, le advirtió Oriana. Como si Madoc estuviera enfermo, en lugar de exiliado, aburrido y enfadado. Pero si algo le había enseñado su madre era a fingir que todo iba bien sin mentir abiertamente.

Oak se sintió tímido al estar frente a su padre después de tanto tiempo. Madoc tenía un apartamento en la planta baja de un edificio antiguo de ladrillo junto al paseo marítimo. No era exactamente como el de Vivi, ya que estaba amueblado con mobiliario de su hogar en Elfhame, pero era claramente un espacio para mortales. Había una nevera y una cocina eléctrica. Oak se preguntó si su padre estaría resentido con él.

A Madoc parecía preocuparle sobre todo que su hijo se ablandara.

—Esas chicas siempre te mimaban —dijo su padre—. Y tu madre también.

Como había nacido envenenado y había sido un bebé enfermizo, a Oriana le preocupaba constantemente que Oak se excediera o que alguna de sus hermanas fuera demasiado brusca con él. Él odiaba esas preocupaciones. Siempre se escapaba y se columpiaba de los árboles o montaba en poni, desafiando sus órdenes.

Sin embargo, después de meses separado de su padre, se avergonzaba de todas las veces que había seguido sus deseos.

—No soy muy bueno con la espada —soltó.

Madoc enarcó las cejas.

—¿Y eso por qué?

Oak se encogió de hombros. Sabía que Madoc nunca lo había entrenado como a Jude y a Taryn, desde luego no como a la primera. Si él hubiera aparecido con los mismos moratones con los que ella solía aparecer, Oriana habría enfurecido.

—Muéstramelo —dijo Madoc.

Así fue como terminó en el césped de un cementerio, con la espada en alto, mientras su padre caminaba a su alrededor. Oak repasó los ejercicios, uno tras otro. Madoc lo golpeaba con el mango de una fregona cuando se equivocaba de posición, pero no era algo frecuente.

El gorro rojo asintió.

—Bien. Sabes lo que haces.

Esa parte era cierta. Todos se habían asegurado de ello.

—Me cuesta golpear a la gente.

Madoc rio, sorprendido.

—Pues eso es un problema.

Oak puso mala cara. Por aquel entonces, no le gustaba que se rieran de él.

Su padre vio su expresión y negó con la cabeza.

—Hay un truco —dijo—. Uno que tus hermanas nunca aprendieron del todo.

—¿Mis hermanas? —preguntó Oak, incrédulo.

—Tienes que liberarte de la parte de tu mente que te retiene —explicó Madoc, un instante antes de atacar. El mango de la fregona del gorro rojo alcanzó a Oak en el costado y lo tiró a la hierba. Por las condiciones de su exilio, Madoc no podía empuñar un arma, así que improvisaba.

Oak levantó la cabeza, sin aliento. Pero cuando su padre barrió el palo de madera hacia él, rodó hacia un lado y bloqueó el golpe.

—Bien —dijo Madoc y esperó a que se levantara antes de volver a golpear.

Se enfrentaron así, una y otra vez. Oak estaba acostumbrado a luchar, aunque no con tanta intensidad.

Aun así, su padre lo fue desgastando, golpe a golpe.

—Toda la habilidad del mundo no sirve de nada si no me atacas. —Al cabo de un rato, gritó—: Basta. ¡Alto!

Oak dejó caer la espada, aliviado. Cansado.

—Te lo he dicho.

Pero su padre no parecía dispuesto a dejarlo correr.

—Te dedicas a bloquear mis golpes en lugar de buscar aperturas.

Los bloqueo a duras penas, pensó Oak, pero asintió.

El gorro rojo estaba a punto de rechinar los dientes.

—Necesitas más fuego en la sangre.

Oak no respondió. Había oído a Jude decirle cosas parecidas muchas veces. Si no devolvía los golpes, moriría. Elfhame no era un lugar seguro. Tal vez no existieran los lugares seguros.

—Tienes que apagar la parte de ti que piensa —dijo Madoc—. La culpa. La vergüenza. El deseo de gustar a los demás. Lo que sea que se interponga en tu camino, tienes que extirparlo. Arrancártelo del corazón. Cuando desenfundes la espada, aparta todo eso y ¡ataca!

Oak se mordió el labio; no estaba seguro de que le fuera posible. Le gustaba gustar.

—En cuanto desenvainas, ya no eres Oak. Y debes seguir así hasta que termina el combate. —Madoc frunció el ceño—. ¿Y cómo sabrás que ha terminado? Porque todos tus enemigos estarán muertos. ¿Entendido?

Oak asintió y lo intentó. Se obligó a olvidarlo todo, excepto los pasos del combate. Bloquear, desviar, golpear.

Era más rápido que Madoc. Más descuidado, pero más rápido. Por un momento, sintió que lo estaba haciendo bien.

Entonces, el gorro rojo lo atacó con fuerza. Oak respondió con una ráfaga de rechazos. Por un momento, creyó localizar una oportunidad de colarse en las defensas de su padre, pero dudó. Las pesadillas aparecieron ante él. En vez de eso, desvió con más fuerza.

—Alto, niño —dijo Madoc y se detuvo, la frustración claramente reflejada en su rostro—. Has dejado pasar dos oportunidades obvias.

Oak, que solo había visto una, no dijo nada.

Madoc suspiró.

—Imagina que divides tu mente en dos partes: el general y el soldado de infantería. Cuando el general da una orden, el soldado no tiene que pensar por sí mismo. Solo tiene que cumplir las órdenes.

—No es que esté pensando en que no quiero atacarte —dijo Oak—. Es que no quiero hacerlo.

Su padre asintió con el ceño fruncido. Entonces levantó el brazo de repente y la parte plana del mango de la fregona golpeó a Oak con tanta fuerza que lo tiró al suelo. Por un momento, se quedó sin aire.

—Levántate —dijo Madoc.

En cuanto lo hizo, volvió a echársele encima.

Esa vez iba en serio y, por primera vez, Oak tuvo miedo de lo que pudiera pasar. Los golpes eran lo bastante fuertes como para magullarlo y demasiado rápidos como para detenerlos.

No quería hacer daño a su padre. Ni siquiera estaba seguro de poder hacerlo. Se suponía que su padre tampoco debería ser capaz de hacerle daño de verdad.

A medida que los golpes se sucedían sin tregua, sentía que las lágrimas le escocían en los ojos.

—Quiero parar —dijo y las palabras salieron en un gemido.

—¡Entonces contraataca! —gritó Madoc.

—¡No! —Oak tiró la espada al suelo—. Me rindo.

El mango de la fregona lo alcanzó en el vientre. Cayó con fuerza y se arrastró hacia atrás, fuera del alcance de su padre. Aunque por poco.

—¡No quiero hacer esto! —gritó. Sentía las mejillas húmedas.

Madoc avanzó para acortar la distancia que los separaba.

—¿Quieres morir?

—¿Me vas a matar? —preguntó Oak, incrédulo. Se trataba de su padre.

—¿Por qué no? —dijo Madoc—. Si no te defiendes, alguien te acabará matando. Mejor que sea yo.

Eso no tenía sentido. Sin embargo, cuando el mango de la fregona lo golpeó en un lado de la cabeza, empezó a creérselo.

Oak miró su espada, tirada en la hierba. Se impulsó sobre los cascos y corrió hacia ella. Le dolía la mejilla. Le dolía el vientre.

No estaba seguro de haber sentido nunca tanto miedo, ni siquiera cuando estaba en el gran salón con la serpiente que se acercaba a su madre.

Cuando se volvió hacia Madoc, tenía la vista borrosa por las lágrimas. De algún modo, eso le facilitó las cosas. No tenía que ver claramente lo que estaba pasando. Sintió cómo se deslizaba hacia ese estado de semiinconsciencia. Como las veces que soñaba despierto de camino a la escuela y llegaba sin acordarse de haber seguido el recorrido. Como cuando se entregaba a la magia de gancanagh y dejaba que convirtiera sus palabras en miel.

Igual que en esos momentos, salvo porque además estaba lo bastante enfadado como para darse a sí mismo una única orden: gana.

Igual que en esos momentos, salvo porque, cuando parpadeó de vuelta a la realidad, se encontró con la punta de la espada casi en la garganta de su padre, retenida solo por el extremo medio astillado del mango de la fregona. Madoc sangraba por un corte en el brazo que Oak no recordaba haberle causado.

—Bien —dijo Madoc mientras respiraba con dificultad—. Otra vez.

9

Cuando Oak regresa a la habitación de la torre, dos criados lo están esperando. Uno tiene cabeza de búho y los brazos largos y desgarbados. El otro tiene la piel del color del musgo y unas pequeñas alas como las de una polilla.

—Tenemos que prepararos para la noche —dice uno y señala una bata.

Después de semanas vistiendo los mismos harapos, es demasiado.

—Estupendo. Ya me encargo yo —dice Oak.

—Es nuestro deber asegurarnos de que estéis bien atendido —dice el otro sirviente, ignorando las objeciones del príncipe mientras le coloca los brazos en la posición necesaria para quitarle el jubón.

Oak se deja hacer. Permite que lo desnuden y le pongan la bata. Es de un grueso satén azul, forrada en oro y lo bastante cálida como para que no le disguste del todo el cambio. Le resulta extraño haber pasado semanas como un prisionero y que de repente lo traten como a un príncipe. Mimado e intimidado igual que lo sería en Elfhame, sin que le confíen la responsabilidad de llevar a cabo tareas básicas por sí mismo.

Se pregunta si harán lo mismo con Wren. Si se lo permitirá. Piensa en la seda áspera de su pelo deslizándose entre sus dedos.

Lo único que importa es que quiero tenerte.

Durante las largas semanas que pasó en prisión, soñaba con que le dijera esas palabras. Sin embargo, si Wren solo deseaba que fuera un objeto bonito sin voluntad propia, tendido a sus pies como un sabueso perezoso, llegaría a odiarlo. Con el tiempo, también la odiaría a ella.

Se acerca a la repisa y recoge la llave. Siente el metal frío en la palma de la mano.

Si quiere más de él, si lo quiere a él, entonces tendrá que confiar en que, si se va, volverá.

Respira hondo y camina hacia la cama. La bata es cálida, pero no lo será cuando reciba el azote del viento. Busca la manta más gruesa y se envuelve los hombros con ella como una capa. Después, con un tallo de artemisa en la mano, abre la puerta y se asoma al pasillo.

Ningún guardia espera. Supone que Hyacinthe se ha asegurado de ello.

Procura hacer el menor ruido posible que le permiten sus pezuñas mientras se dirige a las escaleras y comienza a ascender. Sube por la estructura en espiral evitando los rellanos, hasta que por fin llega a lo alto del parapeto. Sale al frío y contempla el paisaje blanco que se extiende a sus pies.

Tan alto como está, llega a ver más allá de la enorme, y aún inacabada, muralla de los troles. Entrecierra los ojos cuando distingue lo que parece una llama parpadeante. Y luego otra. Un sonido le llega con el viento. Metálico y rítmico, al principio suena como una lluvia torrencial. Luego, como el retumbar inicial de los truenos.

Bajo él, detrás de las almenas, los guardias se gritan unos a otros. Deben de haber visto lo que sea que Oak esté viendo. Hay un revuelo de pasos.

Cuando oye el lejano estruendo de una corneta, identifica por fin lo que ha estado mirando. Soldados que marchan hacia la Ciudadela. La serpiente prometió que en tres días alguien lo rescataría. Lo que no esperaba era que fuera todo el ejército de Elfhame.

Camina de un lado a otro sobre el frío parapeto. El pánico le impide concentrarse. *Piensa*, se dice a sí mismo. *¡Piensa!*

Podría usar el corcel de hierba para volar hasta ellos, suponiendo que supieran que era él y no lo derribaran del cielo. Sin embargo, una vez allí, ¿entonces qué? Habían ido para una guerra y no era tan tonto como para creer que darían media vuelta y se irían a casa sin más una vez que él estuviera a salvo.

No, una vez que estuviera a salvo, no tendrían ninguna razón para contenerse.

Ha crecido en la casa de un general, así que tiene cierta idea de lo que es probable que ocurra a continuación. Grima Mog enviará a un grupo de jinetes para parlamentar con Wren. Exigirán verlo y ofrecerán unas condiciones de rendición. Wren las rechazará y posiblemente deshará a los mensajeros.

Tiene que hacer algo, pero si aparece por allí con la brida incrustada en las mejillas, acabará con toda esperanza de paz.

Cierra los ojos y valora las opciones. Todas son terribles, pero la audacia de una lo atrae particularmente.

¿No hay ninguna situación en la que no sientas el impulso de empeorarla?

El príncipe espera que Hyacinthe no tenga razón.

No tiene mucho tiempo. Deja caer la manta y baja los escalones, sin preocuparse por el ruido que hagan sus pezuñas al golpear el hielo. Cualquier guardia que lo escuche sin duda tendrá problemas mayores.

A mitad de la escalera de caracol, casi choca con un nisse de pelo verde como el apio y unos ojos tan pálidos que casi no tienen color. El hada lleva una bandeja con tiras de venado crudo

dispuestas en un plato junto a un cuenco de algas guisadas. So-
bresaltado, da un paso atrás y pierde el equilibrio. La bandeja se
cae, el plato se rompe y las algas salpican los escalones.

El terror en la cara del nisse deja claro que el castigo por se-
mejante percance en la antigua Corte de los Dientes habría sido
terrible. Sin embargo, cuando se da cuenta de a quién tiene delante, se asusta aún más.

—Se supone que no debéis salir de vuestras habitaciones
—dice.

Oak observa la carne cruda.

—Supongo que no.

El nisse empieza a alejarse y baja un escalón mientras mira
atrás con una actitud nerviosa que sugiere que está a punto de
salir corriendo. Antes de que lo haga, Oak le tapa la boca con la
mano y empuja la espalda del feérico contra la pared mientras él
se resiste al agarre del príncipe.

Necesita un aliado, uno dispuesto.

Se odia a sí mismo por ello, pero el príncipe alcanza al poder
de melosidad que se despereza lánguidamente a su llamada. Se
inclina para susurrar al oído del nisse.

—No quiero asustarte —dice y su voz le suena extraña en
sus propios oídos—. Y no pretendo hacerte daño. Cuando vinis-
te aquí, apuesto a que fue por un mal trato.

Así era en la casa de Balekin. Y no creía que nadie eligiera
quedarse trabajando para lord Jarel y lady Nore si tuviera otra
opción.

El nisse no responde. Sin embargo, algo en su expresión y en
su postura le indica que lo han castigado antes, que ha terminado
malherido más de una vez. No es de extrañar que tenga miedo de
Oak.

—¿Qué prometiste? Puedo ayudarte —pregunta y aparta la
mano despacio. Su voz aún vibra.

El nisse se relaja y apoya la cabeza en la pared.

—Los mortales encontraron a mi familia. No sé qué se pensaron que éramos, pero mataron a dos de nosotros y capturaron a un tercero. Yo escapé y vine al único lugar donde sabía que podría recuperar al amante al que se habían llevado, la Ciudadela de la Aguja de Hielo. Prometí que, si me lo devolvían, entregaría mi lealtad a la Ciudadela hasta que alguien de la familia real considerara que ya había saldado mi deuda y me despidiera.

Oak deja escapar un gemido. Es el tipo de trato desesperado y tonto que él asocia con los mortales, pero los mortales no son los únicos que sienten desesperación o que pueden ser tontos.

—¿Eso fue lo que prometiste exactamente? —De nuevo, su voz ha perdido la fuerza de la melosidad. Se ha distraído demasiado para mantenerla, demasiado interesado en lo que quiere recordar para decir lo correcto.

El nisse hace una mueca.

—Nunca lo olvidaré.

Oak recuerda cómo es ser un niño e imprudente con la magia. Piensa en Valen y en cómo se enfureció cuando se dio cuenta de que Oak lo estaba hechizando.

Cuando habla, siente que el aire se espesa.

—Soy de la familia real. No a la que te referías, pero no lo especificaste, así que debería poder liberarte de tu deuda. Pero necesito tu ayuda. Necesito a alguien que me haga de mensajero.

Oak siente el instante en que sus palabras calan, como un pez que muerde un gusano, solo para que un anzuelo se le hunda en la mejilla.

Recuerda la sensación de su cuerpo al traicionarlo, la sensación de sus miembros resistiéndose a su voluntad. Aquí no hay nada de eso. Es la oportunidad que el nisse ha estado buscando.

—Los dos podríamos meternos en un buen lío —dice y dirige una mirada nerviosa hacia las escaleras.

—Podríamos —reconoce Oak con su voz habitual.

El nisse asiente despacio y se separa de la pared.

—Dime qué quieres que haga.

—Primero, necesito otra cosa que ponerme.

El nisse levanta las cejas.

—Sí, ya, te parezco vanidoso —dice Oak—. Pero me temo que aún tengo que descubrir dónde guardan la antigua ropa de lord Jarel.

El nisse se estremece.

—¿Os la pondríais?

Probablemente la bata que lleva Oak ya había pertenecido en su día a lord Jarel, así como lo que le dieron para que se lo pusiera en la cena. No había habido tiempo de encargar ropajes completamente nuevos y no le quedaban bien. Y si se los habían traído, bien podría buscar más por sí mismo.

—Echemos un vistazo. ¿Cómo debería llamarte?

—Daggry, alteza.

—Te sigo, Daggry —dice Oak.

Es más fácil moverse por la Ciudadela con un sirviente que puede adelantarse para explorar e informarle de qué caminos están despejados. Llegan a un almacén y se meten dentro antes de que nadie los vea.

—Esto está muy cerca de mi alcoba —dice Daggry—. Por si deseáis visitarme allí esta noche.

Oak curva los labios, aunque la culpa lo ahoga.

—No creo que ninguno de los dos tenga mucho tiempo para dormir.

Piensa en la advertencia de su madre: *Si se lo dices, no solo querrán escucharte. Llegarán a desearte por encima de todas las cosas.*

—No —dice Daggry—. No proponía dormir.

La estrecha habitación está llena de baúles, apilados al azar unos sobre otros. En ellos, el príncipe encuentra ropa untada con lavanda seca y saqueada para arrancarle los adornos de oro y perlas. Los hilos cuelgan sueltos donde han cortado botones y ribetes. Se pregunta si lady Nore habría vendido las piezas que faltaban antes de descubrir el valor de los huesos que había robado de las catatumbas bajo Elfhame. Antes de que Bogdana empezara a susurrarle al oído para instarla a seguir el camino que llevaría a Wren de vuelta a las garras de la bruja de la tormenta.

Encuentra papel y tinta, libros y plumas de búho. En el fondo del baúl, desentierra algunas armas dispersas. Son baratas y planas, y algunas están picadas o arañadas tras extraer las gemas de las empuñaduras. Levanta una daga pequeña y la mantiene prácticamente oculta en la palma de la mano.

—Voy a escribir una nota —dice.

Daggry lo observa con inquietante impaciencia.

Oak saca papel, plumas y tinta, se apoya en uno de los cofres y garabatea dos mensajes. La pluma de búho le mancha los dedos y le hace ansiar tener un rotulador permanente.

—Lleva la primera a Hyacinthe —dice—. Y la segunda al ejército que espera más allá del muro.

—¿El ejército de la Corte Suprema? —dice el nisse con un chillido.

Oak asiente.

—Ve a los establos de la Ciudadela. Allí encontrarás mi caballo. Se llama Damisela. Tómala y cabalga tan rápido como puedas. Cuando llegues al ejército, diles que tienes un mensaje del príncipe Oak. No dejes que te envíen de vuelta con una respuesta. Diles que no sería seguro para ti.

Daggry frunce el ceño, como si meditara todo lo que le ha dicho.

—¿Y estaréis agradecido?

—Mucho —asiente Oak.

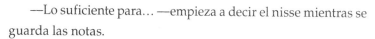

—Lo suficiente para… —empieza a decir el nisse mientras se guarda las notas.

—Como miembro de la familia real, considero que el tiempo que has servido es una justa recompensa por lo que se te entregó y te libero de tus servicios en la Ciudadela —dice Oak al nisse, asustado por el ronroneo grave de su propia voz, como el de un gato. Lo asusta la mirada de gratitud y anhelo del nisse, que es casi como un latigazo.

—Haré lo que me habéis pedido —dice el feérico mientras se marcha y cierra la puerta tras de sí.

Oak se frota la cara un momento, sin saber si debería avergonzarse de lo que ha hecho y, en caso afirmativo, hasta qué punto. A la fuerza, aparta la confusión de la culpa. Ha tomado sus decisiones. Ahora debe vivir con ellas y esperar que hayan sido acertadas.

El ejército de Elfhame está en peligro por su culpa. Planean hacerle daño a Wren por su culpa. Quizás esté a punto de morir por su culpa.

Se quita la bata y se pone un traje más regio, agradecido por la altura de lord Jarel. Aun así, la ropa todavía le queda un poco corta y le aprieta en el pecho.

Qué rápido creces, recuerda que le decía la madre de Heather. *Me acuerdo de cuando podía levantarte*. Se sorprende de lo mucho que le duele el recuerdo, ya que la madre de Heather sigue viva, sigue siendo amable y lo dejaría dormir en su habitación de invitados siempre que quisiera. Claro que eso dependerá de que salga vivo de la Ciudadela.

A veces piensa que no le conviene demasiado indagar en sus sentimientos. De hecho, en este momento, no debería ni acercarse a ellos.

Se pone un jubón azul, enhebrado con plata, y luego unos pantalones a juego. El dobladillo se rasga un poco al pasar la pezuña izquierda por la pernera, pero no se nota demasiado.

Se esconde la daga en la cintura y espera no necesitarla.

Aún puedo arreglar las cosas. Es lo que se dice a sí mismo una y otra vez. Tiene un plan y tal vez sea loco y desesperado, incluso un poco presuntuoso, pero podría funcionar.

A pesar del frío, solo encuentra dos capas en el montón de ropa. Rechaza la que está forrada de piel de foca porque teme que podría ser de una selkie. Le queda la otra, forrada de piel de zorro, aunque no le gusta mucho más.

Oak se cubre la cara con la capucha y se dirige al Salón de las Reinas, donde ha citado a Hyacinthe. La sala resuena y está vacía; mientras espera, contempla a las dos mujeres congeladas entre las paredes, antiguas esposas de lord Jarel. Antiguas reinas de la Corte de los Dientes. Sus ojos fríos y muertos parecen vigilarlo.

El príncipe pasea por la habitación, pero pasan los minutos y no aparece nadie. Su aliento humea en el aire mientras escucha con atención por si oye pasos.

Al amanecer, a través del hielo ondulado, ve a unos jinetes que atraviesan la brecha en el muro de hielo. Avanzan retumbando hacia la Ciudadela con estandartes ondeando tras ellos en corceles mágicos cuyos cascos se deslizan ligeros sobre la corteza helada de la nieve.

Su plan, que reconoce que era inestable desde el principio, parece tambalearse.

—¿Por qué sigues aquí? —pregunta una voz ronca.

Durante un largo instante, el príncipe se queda sin aliento. Cuando logra serenarse, se vuelve hacia Hyacinthe.

—Si huyo de la Ciudadela con esta brida, a nadie al mando le importará lo que diga. Creerán que estoy en poder de Wren. Tendré aún menos influencia sobre el ejército de la que tengo, que ya es poca. Con Grima Mog a la cabeza y las órdenes dadas por mi hermana, estarán ansiosos por entrar en batalla.

—Solo te quieren a ti —dice Hyacinthe.

—Tal vez, pero una vez que me tengan, ¿qué es lo siguiente que querrán? Si estoy a salvo, no tendrán razones para no atacar. Ayúdame a ayudar a Wren. Quítame la brida.

Hyacinthe resopla.

—Conozco bien las palabras de mando. Podría usarlas para ordenarte que abandonases la Ciudadela y te entregases a Grima Mog.

—Si me envías con la brida puesta, nadie creerá jamás que no estamos en guerra —dice Oak.

Hyacinthe se cruza de brazos.

—¿Se supone que debo creer que estás del lado de Wren en este conflicto? ¿Que ella es tu única motivación para escapar?

Oak desearía poder decirlo. Desearía incluso creer en unos bandos claros con unas fronteras definidas. Tuvo que renunciar a ellos cuando su padre se enfrentó a su hermana.

—Incluso si Wren logra deshacer todo el ejército de Elfhame, desmoronarlos tan fácilmente como podría arrancar las alas de una mariposa, le pasará factura. Le hará daño. La enfermará más.

—Eres su príncipe —dice Hyacinthe con sorna—. Buscas salvar a tu propia gente.

—¿Qué tal si no muere nadie? Intentémoslo —espeta, en voz tan alta que resuena en la habitación.

Hyacinthe lo mira durante un largo rato.

—De acuerdo. Te quitaré la brida y te dejaré intentar lo que sea que estés planeando, siempre y cuando prometas que no le harás daño a Wren y aceptes hacer algo por mí.

Por mucho que lo desee, Oak sabe que no debe dar su palabra sin oír las condiciones. Espera.

—Pensaste que era un tonto por haber ido a por el rey supremo —dice Hyacinthe.

—Sigo pensándolo —confirma Oak.

El exhalcón le lanza una mirada frustrada.

—Admito que soy impulsivo. Cuando la maldición empezó a reformarse, cuando sentí que volvía a ser un halcón, pensé que si Cardan moría, la maldición también lo haría. Lo culpé a él.

Oak se muerde la lengua. Hyacinthe aún no ha llegado a la parte del favor.

—Hay algo que quiero saber, pero no soy lo bastante astuto para descubrirlo. Tampoco estoy tan bien relacionado. —Parece que odiara admitirlo—. Pero a ti engañar te resulta tan fácil como respirar, apenas tienes que pensarlo.

—Y quieres...

—Venganza. Pensaba que era imposible, pero Madoc me contó algo diferente —dice Hyacinthe—. Debería importarte, ¿sabes? También tienes una deuda de sangre con ella.

Oak frunce el ceño.

—El príncipe Dain mató a Liriope y está muerto. Sé que quieres encontrar a alguien a quien castigar...

—No, el príncipe ordenó que la mataran —aclara Hyacinthe—. Pero no fue él quien administró el veneno. No fue él quien burló a mi padre mientras la vigilaba. Ni el que os dio por muertos a los dos. Esa es la persona a la que aún puedo matar, por el bien de mi padre.

Oak había supuesto que Dain había administrado el veneno. Que se lo habría puesto en una bebida. O vertido en los labios mientras dormía a su lado. Nunca había imaginado que su asesino siguiera vivo.

—Así que encuentro a la persona que la envenenó. O lo intento, al menos, y tú me quitas la brida —dice Oak—. Acepto.

—Tráeme la mano del responsable de su muerte —dice Hyacinthe.

—¿Quieres una mano?

Oak levanta ambas cejas.

—Esa, sí.

No tiene tiempo de negociar.

—De acuerdo.

Hyacinthe esboza una extraña sonrisa, y al príncipe le preocupa haber tomado la decisión equivocada, pero es demasiado tarde para cuestionarla.

—En nombre de Grimsen... —comienza Hyacinthe y Oak mete la mano en el bolsillo de la capa en busca de la daga que encontró. Tiene la piel húmeda a pesar del frío. No está seguro de que el soldado no vaya a utilizar la orden para hacer una cosa diferente a liberarlo. Si es así, intentará degollarlo antes de que termine de hablar.

Probablemente ni siquiera tenga tiempo. Se le crispan los dedos.

—En nombre de Grimsen, que la brida no te ate más —dice Hyacinthe.

Oak acerca la daga a la correa, pero no se corta. Se hace un corte en la mejilla por el esfuerzo. Un momento después, sin embargo, consigue soltar la brida con manos temblorosas. Se la quita de la cara y la tira al suelo. Siente las hendiduras de las correas en la mejilla. No tan profundas como para dejarle cicatrices, pero lo bastante apretadas como para dejar marcas.

—Un objeto monstruoso —dice Hyacinthe mientras se inclina para recoger la brida. La llevó el tiempo suficiente para odiarla, quizás incluso más que Oak—. ¿Ahora qué?

—Vamos al gran salón a recibir a los jinetes.

Oak se pasa los dedos por las mejillas y el frío lo alivia. No le agrada la idea de que Hyacinthe tenga la brida, pero aunque el príncipe pudiera arrebatársela, le da miedo incluso tocarla.

El soldado frunce el ceño.

—¿Y...?

—Me mostraré convincentemente feliz de ser el invitado de Wren —dice Oak—. Luego pensaré en cómo enviar al ejército de Elfhame de vuelta a casa.

—¿A eso lo llamas un plan? —Hyacinthe resopla—. No pueden vernos juntos, así que déjame ir primero. No quiero que nadie adivine lo que he hecho, por si no sale bien.

—Sería mucho más fácil entrar en el gran salón con tu ayuda —señala Oak.

—Seguro que sí —responde él.

El halcón se marcha y deja a Oak esperando. Recorre el Salón de las Reinas una vez más. Cuenta los minutos. Se pasa los dedos por la mejilla en busca de algún rastro de las correas. Hay algo, pero sutil, como las arrugas que deja una almohada al levantarse. Espera que las marcas desaparezcan pronto. Al cabo de un rato, ya no aguanta seguir esperando. Se levanta la capucha de la capa y, con la cabeza alta, camina hacia el gran salón.

Si hay algo que ha aprendido de Cardan es que la realeza inspira temor y el temor se puede convertir fácilmente en una amenaza. Con eso en mente, avanza con paso firme hacia los guardias.

Sobresaltados, levantan las lanzas. Dos halcones, a ninguno de los cuales reconoce.

Oak los mira con indiferencia.

—¿Y bien? —dice con un gesto impaciente de la mano—. Abrid las puertas.

Los ve dudar. Después de todo, va bien vestido y limpio. No lleva la brida. Y todos deben saber que ya no está detenido en las prisiones. Todos deben saber que Wren mató al último guardia que le puso un dedo encima.

—Los emisarios de Elfhame están dentro, ¿no? —añade.

Uno de los halcones asiente al otro. Juntos, abren las puertas dobles.

Wren está sentada en su trono; Bogdana y Hyacinthe la rodean, junto con un trío de halcones fuertemente armados.

Ante ella hay cuatro feéricos, a los que Oak reconoce. Sin armadura, Fantasma parece desempeñar el papel de un embajador. Va vestido con elegancia y el aspecto ligeramente humano de sus facciones hace que se vea mucho menos amenazador de lo que es.

Un embajador de verdad, Randalin, uno de los miembros del Consejo Orgánico, se calla en mitad de una frase ante la llegada de Oak. Conocido como el ministro de llaves, es bajo, tiene cuernos y viste aún más elegantemente que Fantasma. Por lo que el príncipe sabe, no es un luchador, y, dado el peligro, le sorprende que haya venido. Sin embargo, Jude nunca le ha tenido mucha simpatía, así que entiende por qué lo permitiría, incluso quizá lo alentara.

Detrás de ellos hay dos soldados. Reconoce a Tiernan al instante, a pesar del casco que le oculta el rostro. Supone que Hyacinthe también lo habrá reconocido. A su lado está Grima Mog, la gran generala que ha sustituido al padre de Oak. Una gorro rojo, como Madoc, y antigua generala de la Corte de los Dientes. Nadie conoce las defensas de la Ciudadela mejor que ella, así que a nadie le resultaría más fácil atravesarlas.

A medida que Oak se acerca, todos se ponen en guardia. La mano de Tiernan se dirige automáticamente a la empuñadura de su espada en un estúpido rechazo a la diplomacia.

—Hola —dice el príncipe—. Veo que habéis empezado sin mí.

Wren levanta ambas cejas. *Buena jugada,* se la imagina diciendo. *Punto para ti.* Posiblemente justo antes de ordenar a sus guardias que le arranquen la cabeza como si fuera un corcho de vino.

Entonces Fantasma la apuñalará por la espalda. Y todos se cortarán en pedacitos unos a otros.

—Alteza —dice Garrett, como si fuera de verdad un embajador estirado que no conoce a Oak desde la infancia—. Después de haber recibido vuestro mensaje, esperábamos que estuviera presente. Estábamos cada vez más preocupados.

Wren dedica una mirada incisiva al príncipe ante la mención de un mensaje.

—Cuesta elegir el atuendo adecuado para una ocasión tan trascendental —dice Oak, con la esperanza de que lo absurdo de su plan lo ayude a venderlo—. Después de todo, no todos los días se anuncia un compromiso.

Todos lo miran atónitos. Incluso Bogdana parece haberse quedado sin habla. Sin embargo, no es nada comparado con la forma en que lo mira Wren. Como si fuera a inmolarlo solo con la fría llama verde de sus ojos.

Sin hacer caso de la advertencia, se acerca a su lado. Le da la mano y se quita del dedo un anillo para deslizarlo en el índice de ella, con el sigilo que le enseñó Cucaracha, el anillo que le enviaron en el vientre de una serpiente de metal encantada, para que sea creíble que ella lo ha llevado todo el tiempo.

Le sonríe.

—Ha aceptado mi anillo. Por lo tanto, me llena de alegría informar de que Wren y yo vamos a casarnos.

10

Oak no aparta la mirada de Wren. Podría negar sus palabras, pero guarda silencio. Con suerte, entiende que su *compromiso* podría evitar una guerra. O, ya que ella sostiene todas las cartas, tal vez le parezca divertido dejar que él las baraje un poco.

Un gruñido mudo escapa de lo más profundo de la garganta de Bogdana.

Hyacinthe le lanza una mirada acusadora que parece decir: *No me creo que me convencieras para que te ayudara con un plan tan estúpido.*

Esta era la apuesta. Que Wren no quisiera luchar. Que viera que el camino a la paz con Elfhame pasaba por seguirle la corriente.

—Qué sorpresa —dice Fantasma, con voz seca.

La mirada de Hyacinthe se desvía hacia él y su expresión se endurece, como si reconociera al espía y comprendiera el peligro de su presencia.

La mano de Tiernan aún no ha soltado la empuñadura de la espada. Grima Mog levanta las cejas. Parece esperar a que alguien le diga que es una broma.

Oak sigue sonriendo, como si las reacciones de todo el mundo hubieran sido de absoluto deleite.

Randalin se aclara la garganta.

—Permitidme ser el primero en felicitaros. Muy sabio asegurar la sucesión.

Aunque el razonamiento del consejero es algo confuso, el príncipe se alegra de tener cualquier aliado. Hace una reverencia superficial.

—A veces puedo ser sabio.

Fantasma enarca las cejas y alterna la mirada entre Wren y Oak.

—A vuestra familia le alegrará saber que estáis bien. Los informes... digamos que sugerían lo contrario.

Ante eso, Bogdana esboza una sonrisa dentada.

—Vuestro enamorado principito no podría estar mejor. Aceptad nuestra hospitalidad. Os ofrecemos alojamiento y comida. Pasad la noche aquí, luego tomad a vuestro ejército y volved a Elfhame. Tal vez podríais enviar al rey y la reina para una pequeña visita...

—No sabía que tuvieras poder para ofrecernos nada, bruja de la tormenta. —Grima Mog pronuncia las palabras de manera que casi parecen mostrar genuina confusión—. ¿No es la reina Suren la única que gobierna aquí?

—Por ahora —dice la bruja, con una inclinación de cabeza casi amable hacia Oak, como si quisiera indicar que gobernará junto a Wren en lugar de afirmar su propio poder.

Wren le hace un gesto a un sirviente y luego se vuelve hacia el ministro de llaves.

—Debéis de estar cansados después del largo viaje, y tendréis frío. Quizás os apetezca una bebida caliente antes de que os conduzcan a vuestras habitaciones.

—Será un honor aceptar vuestra hospitalidad —dice Randalin y se hincha como un pavo. Ha acompañado al ejército, así que debía de esperar que habría algún tipo de negociación que él dirigiría. Tal vez se había convencido de que sería una situación fácil de resolver, y se complace al creer que estaba en lo cierto—. Mañana deberemos discutir vuestros planes para volver a Elfhame. El regreso del príncipe con su futura esposa será una buena noticia y un motivo de celebración. Por supuesto, habrá que negociar un tratado.

Oak hace una mueca.

—Un tratado. Por supuesto.

No puede evitar desviar la mirada hacia Wren para intentar valorar su reacción.

Fantasma ladea la cabeza y la mira también.

—¿Estáis segura de aceptar la propuesta del joven príncipe? Puede ser un poco tonto.

A ella le tiemblan los labios.

Randalin jadea con sorpresa.

Oak dirige a Fantasma una mirada significativa.

—La cuestión es si aceptará que sea su tonto.

Wren sonríe.

—Estoy segura.

Oak la mira sorprendido, sin poder evitarlo. Intenta disimular la expresión, pero está convencido de que lo ha hecho demasiado tarde. Alguien ha tenido que verlo. Alguien tiene que saber que no está seguro de su amor.

—Después de todo, tenemos mucho en común —afirma Wren—. Sobre todo el amor por los juegos.

A ella también se le dan bien. Se da cuenta enseguida de su plan, mide su valor y le sigue la corriente. Llevan tanto tiempo enfrentados que ha olvidado lo fácil que les es trabajar juntos.

—Ya desentrañaremos los detalles del tratado en Elfhame —dice Randalin—. Será más fácil con todas las partes presentes.

—No sé si estoy preparada para abandonar mi Ciudadela —dice Wren y mira a Oak. Él nota que sopesa la decisión de dejarlo volver con ellos. Nota el cálculo en su rostro, la pregunta de si esa había sido su intención desde el principio.

Dos sirvientes entran en el salón portando una gran bandeja de madera con humeantes copas de plata.

—Por favor, tomad una —ofrece Wren.

No intentes envenenarlos, piensa Oak y la mira a los ojos, como si pudiera hablarle con la mirada. *Garrett te cambiará la copa y no te darás ni cuenta.*

El Fantasma toma la bebida humeante. Oak también levanta una y el metal le calienta la mano. Percibe aromas a cebada y alcaravea.

Randalin levanta su copa.

—Por vos, lady Suren. Y por vos también, príncipe Oak. Con la esperanza de que lo reconsideréis y os unáis a nosotros de vuelta a Elfhame. Vuestra familia insistirá en ello, alteza. Y tenía la intención de recordaros, si tenía la suerte de disfrutar de una audiencia con vos, lady Suren, que habéis hecho un juramento a la Corte Suprema.

—Si pretenden darme órdenes, que vengan aquí y lo hagan —dice Wren—. Aunque tal vez pueda barrer una promesa como haría con una maldición. Limpiarla como una telaraña.

Los feéricos la miran horrorizados ante la posibilidad de que alguien de Faerie no tenga que estar atado a su palabra. Oak nunca ha considerado que sus promesas fueran mágicas, pero supone que son una especie de atadura.

—No querréis empezar las cosas con mal pie —advierte Randalin, como si reprendiera a una alumna que ha dado una respuesta equivocada. El consejero parece no darse cuenta de lo rápido que la conversación podría derivar en violencia.

Grima Mog cruje los nudillos. Ella es muy consciente.

—Randalin… —empieza Oak.

Bogdana lo interrumpe.

—El consejero tiene razón —dice—. Wren debería casarse con el heredero de Elfhame con toda la pompa y las circunstancias apropiadas para tal unión. Viajemos juntos a las Islas Cambiantes.

Wren mira con dureza a la bruja de la tormenta, pero no la contradice. En cambio, toquetea con los dedos el anillo que lleva en la mano. Lo gira con ansiedad.

Oak recuerda la visita de Wren a los jardines de Elfhame años atrás, donde Jude la había recibido junto a lord Jarel, lady Nore y Madoc. Recuerda que uno de ellos había propuesto una tregua, cimentada con un matrimonio entre los dos.

Por entonces le tenía un poco de miedo, con sus dientes afilados. Aún no había dado el estirón que le sobrevino a los trece años y extendió su cuerpo como si fuera de goma; casi seguro que era más alta que él. No quería casarse con ella; no quería casarse con nadie y se sintió aliviado cuando Jude se negó.

Sin embargo, vio la expresión en la cara de Wren cuando Vivi la llamó *espeluznante*. La punzada de dolor, el destello de rabia.

Va a destruir Elfhame. Es para lo que ha nacido. Es lo que Bogdana cree, lo que la bruja quiere. Tal vez Wren también lo quiera un poco. Tal vez Oak haya cometido un error terrible.

No. Wren no podía saber que haría algo así.

Sin embargo, cualquier cosa que agrade a Bogdana es poco probable que sea una buena idea.

—No tenemos por qué partir de inmediato —insiste el príncipe—. Sin duda necesitarás tiempo para reunir tu ajuar.

—Tonterías —dice Bogdana—. Conozco a una bruja que le encantará a la reina Suren tres vestidos, uno para cada día en Elfhame antes de la boda. El primero será de los colores pálidos de la mañana, el segundo de los colores brillantes de la tarde y el último estará salpicado con las joyas de la noche.

—Tres días no serán suficientes —dice Randalin con el ceño fruncido.

—¿Ahora quién intenta retrasarlo? —espeta la bruja de la tormenta, como si el consejero hubiera cometido una grave ofensa—. Tal vez nada de esto sea necesario. Podría casarse con ella ahora mismo, con los aquí reunidos como testigos.

—No —dice Wren con firmeza.

Una pena, porque a Oak no le parece tan mala idea. Si se casaran, seguramente su hermana no intentaría arrasar la Ciudadela. Sus tropas tendrían que replegarse, mientras que Oak se guardaría el tallo de artemisa en el bolsillo para esperar el momento oportuno.

—No quisiéramos faltarle el respeto a la Corte Suprema —dice Wren—. Volveremos con vos a Elfhame, siempre y cuando retiréis a vuestro ejército de este territorio. Haremos los preparativos necesarios.

Fantasma sonríe enigmáticamente.

—Excelente. Randalin, vuestro barco es pequeño y rápido y está bien equipado para viajar con comodidad. Lo usaremos para volver a Elfhame y adelantarnos al ejército. Si esperáis estar listos en uno o dos días, enviaré el mensaje ahora mismo.

—Adelante —dice Wren.

—No, no es necesario —interrumpe Grima Mog con brusquedad—. Estoy aquí para negociar batallas, no retiradas. Volveré con mi ejército y les informaré de que no se derramará sangre mañana, ni posiblemente nunca. —Lo dice como si fuera a verse privada de un grato placer. Es una gorro rojo, así que es probable que así lo crea.

Su partida es también casi con seguridad una prueba, para ver si se le permite.

Mientras se marcha con paso firme, los demás beben el contenido de sus copas humeantes. Randalin pronuncia un discurso oficioso y confuso que en parte se compone de quejas por las incomodidades sufridas durante el viaje, de su lealtad al trono y a Oak, y de su convicción de que las alianzas son muy importantes. Cuando termina, se comporta como si hubiera negociado el matrimonio él mismo.

Después, los sirvientes se preparan para conducir a cada uno a sus habitaciones.

Fantasma llama la atención de Wren.

—Esperamos que elijáis sabiamente a vuestro séquito.

Dirige una mirada mordaz a la bruja de la tormenta.

Una sonrisita se dibuja en la comisura de los labios de Wren y deja al descubierto sus afilados dientes.

—Alguien tendrá que quedarse aquí y vigilar la Ciudadela.

Después de que los embajadores de Elfhame y sus guardias se hayan marchado, Wren pone una mano en el brazo de Oak, como si necesitara hacer algo para llamar su atención.

—¿Qué clase de juego es este? —Baja la voz, aunque Bogdana los observa de cerca. Hyacinthe y los demás guardias hacen como que no.

—Uno en el que nadie pierde tanto que tiene que tirar todas sus cartas —dice Oak.

—Solo retrasas lo inevitable.

Se aparta de él y las faldas se arremolinan a su alrededor.

Se pregunta cómo se habrá sentido al ver llegar al ejército de Elfhame. Parece haberse resignado a la batalla con cierta desesperanza, como si no se imaginara otra salida.

—Tal vez pueda seguir retrasándolo. —Envalentonado, camina tras ella y da un paso al frente para que se vea obligada a mirarlo—. O tal vez no sea inevitable.

Unos mechones de pelo azul claro le han caído por la cara, lo que reduce un poco la severidad del peinado. Sin embargo, nada alteraría la dureza de su expresión.

—Hyacinthe —dice.

Él se adelanta.

—Mi señora.

—Lleva al príncipe a sus aposentos. Y esta vez, asegúrate de que se quede allí.

No es una acusación, pero casi.

—Sí, mi señora —afirma Hyacinthe. Toma del brazo a Oak y tira de él en dirección al vestíbulo.

—Y trae la brida a mis aposentos inmediatamente después —añade Wren.

—Sí, mi señora —repite el soldado, con la voz marcadamente uniforme.

El príncipe lo acompaña de buen grado. Al menos hasta que entran en la escalera y Hyacinthe lo empuja contra la pared y le pone una mano en la garganta.

—¿Qué se supone que estabas haciendo exactamente? —espeta.

El príncipe extiende las manos en señal de rendición.

—Ha funcionado.

—No esperaba que... —empieza, pero parece incapaz de terminar la frase—. Aunque debería haberlo hecho, cómo no. ¿Crees que viajar a Elfhame la ayudará a usar menos su poder?

—¿Menos que en una guerra? —pregunta Oak—. Sí, lo creo.

—¿Y de quién es la culpa de que esté en esta situación?

—Mía —admite Oak con una mueca—. Pero no es solo mía. Tú le metiste en la cabeza a mi padre la idea de derrotar a lady Nore para poner fin a su exilio. Si Madoc no hubiera venido aquí, nada de esto habría ocurrido.

—Me culpas de los planes del antiguo gran general. Debería sentirme halagado.

—Mi hermana te habría ejecutado por tu participación en esos planes —dice Oak—. Si no te hubiéramos atrapado esa noche, en el mejor de los casos, te habría encerrado en la Torre del Olvido. Pero lo más probable es que te hubiera cortado la cabeza. Y luego la de Tiernan, por si fuera poco.

—¿Así es como justificas manipular a toda la gente que te rodea como si fueran las piezas de un tablero de ajedrez? —acusa Hyacinthe—. ¿Por qué es lo que más les conviene?

—¿A diferencia de ti, que no te importa cuánto tenga que sufrir Tiernan por tu bien? Supongo que crees que eso te hace honesto, en lugar de cobarde. —Oak ya no piensa en lo que dice. Está demasiado enfadado—. O tal vez sea que quieres causarle dolor. Tal vez aún estés furioso con él por no haberte seguido al exilio. Quizá hacer que sea desgraciado sea tu forma de vengarte.

El puñetazo de Hyacinthe lo hace trastabillar. Nota el sabor a sangre donde un diente se le ha clavado por dentro de la boca. *¿No hay ninguna situación en la que no sientas el impulso de empeorarla?*

—No tienes derecho a hablar de mis sentimientos por Tiernan. —La voz de Hyacinthe es descarnada.

Por un momento, en el fervor de la ira, Oak se pregunta qué pasaría si ahora dijera todas las cosas correctas, en lugar de las incorrectas. Hyacinthe se merecía que tuviera que gustarle.

Pero hacer justo lo contrario era demasiado satisfactorio.

—Llevas mucho tiempo queriendo pegarme. —Escupe sangre en los escalones de hielo—. Adelante.

Hyacinthe le propina otro puñetazo, esta vez en la mandíbula, y lo estampa contra la pared.

Cuando Oak levanta la vista, tiene la visión borrosa. *Ha sido una mala idea.* Le pitan los oídos.

De repente tiene miedo de no poder contenerse.

—Lucha, cobarde —dice Hyacinthe y le da otro puñetazo en el estómago.

Oak se lleva la mano al costado, a la daga que oculta allí, envuelta lo bastante apretada como para no perturbar la línea del jubón. No recuerda haber decidido desenvainarla hasta que la tiene en la mano, afilada y mortal.

Hyacinthe abre los ojos de par en par y Oak tiene mucho miedo de estar a punto de perder varios minutos otra vez.

Suelta la daga. Los dos se miran fijamente.

Oak siente el pulso de la sangre, esa parte de él que está ansiosa por un combate de verdad, que quiere dejar de pensar, dejar de sentir y de hacer nada que no sean los fríos cálculos de la batalla. Su conciencia de sí mismo parpadea como una luz, un aviso de que está a punto de apagarse y dar la bienvenida a la oscuridad.

—Vaya —dice una voz detrás del príncipe—. Esto no es lo que esperaba encontrar al salir a buscaros a los dos.

Se da la vuelta y se topa con Tiernan con la espada desenvainada. Un rubor le sube por el cuello a Hyacinthe.

—Tú —dice.

—Yo —responde Tiernan.

—Siéntete halagado. —Oak se limpia la sangre de la barbilla—. Creo que nos peleábamos por ti.

Tiernan mira a Hyacinthe con una frialdad aterradora.

—Golpear al heredero de Elfhame es traición.

—Menos mal que ya todo el mundo sabe que soy un traidor —gruñe Hyacinthe—. Aunque permíteme que te recuerde que esta es mi Ciudadela. Yo estoy a cargo de la guardia aquí. Soy quien hace cumplir la voluntad de Wren.

Tiernan se enfurece.

—Y yo soy responsable del bienestar del príncipe, estemos donde estemos.

Hyacinthe bufa.

—Y sin embargo lo abandonaste.

Tiernan tensa la mandíbula con contención.

—Supongo que no tendrás ninguna objeción a que el príncipe encuentre el camino de regreso a sus aposentos por su cuenta. Ocupémonos de lo que pasa entre nosotros sin él.

Hyacinthe fulmina con la mirada a Oak, tal vez pensando en que Wren le ha ordenado que se asegurase de que no vuelva a vagar por la Ciudadela.

—Me portaré bien —dice Oak y se dirige hacia las escaleras antes de que Hyacinthe decida detenerlo.

Cuando mira atrás, los dos soldados siguen observándose con una dolorosa desconfianza en un enfrentamiento que no cree que ninguno sepa cómo terminar.

Oak sube dos plantas antes de detenerse a escuchar. Si oye el tintineo del metal contra el metal, volverá. Debe de haberse perdido algo, porque Hyacinthe parece responder a Tiernan.

—¿Y dónde quedo yo en este recuento? —pregunta.

—Tres veces he dejado de lado mi deber por ti —dice Tiernan, tan enfadado como Oak nunca lo ha oído—. Y tres veces lo rechazaste. La primera, cuando fui a verte a las prisiones antes de que te juzgaran por haber seguido a Madoc. ¿Te acuerdas? Te prometí que, si te sentenciaban a muerte, encontraría la forma de sacarte de allí, costara lo que costara. La segunda, cuando persuadí al príncipe, a mi cargo, de que usara su poder para mitigar la maldición que ni siquiera habrías sufrido si tan solo te hubieras arrepentido de traicionar a la corona. Y no olvidemos la tercera, cuando te supliqué que llevaras la brida en lugar de terminar condenado a muerte por intento de asesinato. No me pidas que vuelva a hacerlo.

—Te he hecho daño —dice Hyacinthe. Oak cambia de posición en las escaleras para asomarse a mirar; tiene los hombros caídos—. Has ignorado tu deber más de lo que yo he sido capaz de ignorar mi rabia. Pero...

—Nunca estarás satisfecho —espeta Tiernan—. Te uniste a los halcones de Madoc y te volviste contra Elfhame, escupiste en la cara a la piedad, culpaste a Cardan, a Oak y a la madre muerta de Oak, a todos menos a tu padre. Ninguna venganza será nunca suficiente para ti, porque quieres castigar a su asesino, pero murió por su propia mano. Te niegas a odiarlo a él, así que has decidido odiar a todos los demás, incluido a ti mismo.

Tiernan no levanta la voz, pero Hyacinthe emite un sonido como si lo hubiera abofeteado.

—Incluido a mí —dice Tiernan.

—No, a ti no —dice Hyacinthe.

—¿No me has castigado por ser como él, por proteger a su hijo? ¿No me has odiado por ello?

—Creía que estaba condenado a perderte —dice Hyacinthe, con una voz tan floja que Oak apenas lo oye.

Durante un largo momento, se quedan en silencio.

Parece poco probable que vayan a terminar en violencia. Oak debería subir el resto de las escaleras. No quiere invadir su privacidad más de lo que ya lo ha hecho. Sin embargo, más le vale moverse despacio para que no oigan sus pezuñas.

—La felicidad nunca está garantizada —dice Tiernan con suavidad—. Pero puedes casarte con el dolor. Así, al menos, supongo que no hay sorpresas.

Oak se estremece ante esas palabras. *Casarte con el dolor.*

—¿Por qué me querrías después de todo lo que he hecho? —pregunta Hyacinthe, angustiado.

—¿Por qué quiere alguien a otra persona? —responde Tiernan—. No amamos porque la gente lo merezca, ni yo querría que me amaran porque fuera el más merecedor de una lista de candidatos. Quiero que amen tanto a mi peor yo como a mi mejor versión. Quiero que me perdonen mis defectos.

—Me cuesta más perdonar tus virtudes —dice Hyacinthe, con una sonrisa en la voz.

Entonces Oak sube las escaleras lo bastante lejos como para no oír el resto. Lo cual agradece, porque cuenta con que incluya muchos besos.

11

Cuando Oak era niño, a menudo lo atacaban fiebres que lo tenían en cama durante semanas. Se revolvía entre las mantas, sudando o temblando. Los sirvientes acudían a ponerle paños fríos en la frente o lo metían en baños aromatizados con hierbas malolientes. A veces Oriana se sentaba con él o algunas de sus hermanas iba a leerle.

Una vez, cuando tenía cinco años, abrió los ojos y se encontró a Madoc en la puerta, mirándolo con una extraña expresión calculadora en el rostro.

¿Voy a morir?, le preguntó.

Madoc se sobresaltó, perdido en sus pensamientos como estaba, pero la mueca de su boca seguía indicando algo sombrío. Se acercó a la cama y colocó su enorme mano sobre la frente de Oak, ignorando sus cuernecitos.

No, muchacho, dijo con seriedad. *Tu destino es engañar a la muerte como el pequeño granuja que eres.*

Y como Madoc no podía mentir, Oak se sintió reconfortado y volvió a dormirse. Aquella noche se le pasó la fiebre, porque cuando se despertó estaba de nuevo bien y listo para hacer travesuras.

Esta mañana, Oak se siente otra vez como un granuja que engaña a la muerte.

Despertar rodeado de calor y suavidad es un lujo tan delicioso que las quemaduras y magulladuras no bastan para mellar su placer. Nota un regusto en la lengua que, de algún modo, es el sabor del propio sueño, como si se hubiera adentrado tanto en el mundo onírico que se hubiera traído consigo una pizca de él.

Se mira el dedo meñique, ahora desnudo, y sonríe al techo de hielo. Llaman a la puerta y lo arrancan de sus pensamientos. Antes de que Oak tenga tiempo de darse cuenta de que no tiene puesta mucha ropa, Fernwaif entra con una bandeja y una jarra. Lleva un vestido casero marrón y un delantal, y el pelo recogido en un pañuelo.

—¿Todavía en cama? —pregunta y deja la bandeja sobre las mantas. Contiene una tetera y una taza, además de un plato con pan negro, mantequilla y mermelada—. Vais a partir con la marea.

El príncipe se siente extrañamente cohibido por dormir hasta tarde, aunque holgazanear a todas horas forma parte del personaje autoindulgente que ha interpretado durante años. No sabe por qué ese papel le resulta de repente sofocante esta mañana, pero así es.

—¿Nos vamos hoy?

Empuja la espalda contra el cabecero para sentarse erguido.

Fernwaif suelta una risotada mientras vierte agua en un cuenco sobre un lavabo.

—¿Nos echaréis de menos cuando estéis de vuelta en la Corte Suprema?

Oak no echará de menos el interminable aburrimiento y la desesperación de la celda, ni los aullidos del viento frío entre los árboles, pero se le ocurre que, aunque se alegra de volver a casa, una vez allí surgirán nuevas complicaciones a la hora de estar

con Wren. La Corte Suprema está plagada de intrigas y ambiciones. En cuanto el príncipe regrese, se verá inmerso en al menos
una conspiración. No tiene ni idea de si le será posible jugar a ser
el cortesano descuidado y alegre mientras intenta ganarse el favor de Wren.

Está aún menos seguro de si eso es lo que quiere ser.

—Tal vez el destino me traiga de nuevo a estos lares —dice
Oak.

—Mi hermana y yo esperaremos con ansia las historias de
los grandes banquetes y bailes —dice Fernwaif, con aire melan-
cólico—. Y de cómo honrasteis a nuestra señora.

Oak se imagina lo que Wren diría si al final se viera obligada
a intercambiar votos con él. *Te prometo fidelidad y juro arrancarte
las tripas si alguna vez me engañas.* Ah, sí, todo va de maravilla.

¿Qué fue lo que dijo Hyacinthe? *A ti engañar te resulta tan fácil
como respirar, apenas tienes que pensarlo.* Espera que no sea verdad.

No oye el giro de la cerradura cuando Fernwaif se marcha.
Supone que ya no tiene sentido restringir sus movimientos, cuando están planeando su partida.

Se levanta para salpicarse la cara con agua en el lavabo y se
peina el pelo hacia atrás. Consigue ponerse los pantalones de
lord Jarel antes de que unos pasos en las escaleras anuncien la
llegada de cinco caballeros. Para su sorpresa, visten la librea de
Elfhame, el escudo de los Greenbriar impreso en sus armaduras,
con la corona, el árbol y las raíces.

—Alteza —dice uno y Oak se siente desorientado al oír el
título pronunciado sin hostilidad—. Nos envía Grima Mog.
Nuestra comandante desea que le digamos que el barco espera
y que lo acompañaremos en su regreso a las islas.

También le han traído prendas más apropiadas para él, una
capa verde bordada en oro, unos guantes gruesos, una túnica y
unos pantalones de lana.

—¿Tenéis algo aquí que queráis que empaquemos? —pregunta uno de los caballeros. Tiene los ojos como los de una rana, dorados y grandes.

—Parece que he perdido la armadura y la espada —admite Oak.

Nadie cuestiona lo extraño de sus palabras. Nadie lo cuestiona en absoluto. Un caballero de orejas puntiagudas y el pelo del color de la luna le ofrece su propia espada curva, un alfanje, junto con su vaina.

—Os encontraremos una armadura entre nuestra compañía —dice.

—No será necesario —dice Oak, sintiéndose cohibido. Lo miran como si hubiera superado una prueba terrible, aunque deben de saber que está prometido—. Deberías conservar la espada.

—Devolvédmela cuando encontréis una mejor —dice el caballero y cruza la estancia hacia la puerta—. Os esperaremos en el vestíbulo.

Rápidamente, el príncipe se cambia de ropa. La tela desprende el aroma del aire que soplaba en el tendedero donde estaba colgada, a hierba dulce y el sabor salado del océano. Respirarlo hace que lo invada la nostalgia.

Fuera de la Ciudadela, esperan más soldados de Elfhame, abrigados con armaduras muy acolchadas y forradas en piel, con las capas ondeando a las espaldas. Miran a través de la nieve a los antiguos halcones.

Uno de ellos sujeta las riendas de Damisela. Las patas de su caballo están envueltas para protegerlas de la nieve y una manta le cuelga sobre el lomo. Cuando el príncipe se acerca, la yegua corre hacia él y le empuja el hombro con la cabeza.

—¡Damisela! —exclama Oak y acaricia el cuello del animal—. ¿Había un mensajero de la Ciudadela con ella?

El soldado parece sorprendido de que le pida información.

—Creo que sí, alteza. Cabalgó hasta el campamento ayer. Reconocimos a vuestra montura.

—¿Dónde se encuentra ese mensajero ahora?

Valen se puso violento cuando Oak dejó de usar activamente su encanto contra él, pero Valen ya odiaba a Oak de antes. Espera que Daggry haya sentido que su intercambio los beneficiaba a ambos. Espera que esté de camino a volver con ese amante por el que había sacrificado tantos años.

—No estoy seguro... —comienza el soldado.

Del interior del establo brota el estallido de un cuerno y sale rodando un carruaje abierto, tirado por alces. Es de madera negra y, más que de estar pintado, da la impresión de que lo hubieran chamuscado para que se vea así. Las ruedas son tan altas como uno de los soldados que están a su lado y los radios tan finos como el azúcar hilado. En la parte de atrás va encaramado un mozo de cuadra, vestido de blanco y con una máscara en forma de halcón. Un cochero con una máscara similar, esta de reyezuelo, va sentado en la parte delantera y azuza a los alces con un látigo.

Se detienen y abren la puerta del carruaje, en posición de firmes. Wren camina desde la Ciudadela sola, sin guardias ni damas de compañía. Lleva un traje negro y la corona de obsidiana de la Corte de los Dientes descansa sobre su cabeza. Lleva los pies descalzos, tal vez para demostrar que el frío no le hace daño o porque así lo prefiere. Después de todo, estuvo descalza durante muchos años en el bosque.

Deja que el mozo de cuadra la ayude a subir al carruaje, donde se sienta con la espalda recta. Su piel azul es del color de un cielo despejado. Su cabello ondea en una aureola salvaje alrededor de su rostro, y su vestido se agita, haciendo que parezca un ser elemental. Una feérica del aire.

La mirada de Wren se dirige a él una vez, luego la desvía.

El resto del séquito de Wren se reúne a su alrededor. Hyacinthe monta un ciervo grande y peludo, que parece mucho más práctico para abrirse paso por la nieve que los delicados cascos del corcel mágico de Oak. Media docena de halcones lo acompañan, vestidos con libreas de un gris merengue. Bogdana monta un oso, que se arrastra por los alrededores y pone nervioso a todo el mundo.

Tiernan cabalga hasta donde Oak ha montado a Damisela. Tiene la mandíbula tensa.

—Esto no pinta bien.

Randalin llega un momento después, con Fantasma a su lado.

—Vuestra prometida es realmente extraordinaria —dice el ministro de llaves—. ¿Sabéis que le han jurado lealtad dos antiguos reyes trol?

—Lo sé —dice Oak.

—Sería mejor que nos pusiéramos en marcha cuanto antes —dice Fantasma.

—Supongo —dice Randalin tras un largo suspiro, de algún modo ajeno al peligro que lo rodea—. Cuánta prisa teníamos por venir hasta aquí y ahora tenemos la misma prisa por marcharnos. A mí personalmente me interesaría probar algunos platos locales.

—Las cocinas están algo faltas de personal —comenta Oak.

—Voy a ver cómo está el séquito de la reina —dice Fantasma y cabalga en esa dirección.

—¿Cuándo llegaron los caballeros? —pregunta Oak a Tiernan, señalando a los feéricos que pululan alrededor el castillo.

—Esta mañana. Cortesía de Grima Mog. Para escoltarnos hasta el barco —dice Tiernan con suavidad, ya que Randalin está junto a ellos.

Oak asiente mientras lo medita.

El cuerno vuelve a sonar y se ponen en marcha.

Tardan más de una hora en llegar al muro de hielo construido por los reyes trol. A medida que se acercan, Oak se siente sobrecogido por la magnitud de la construcción.

Al otro lado, aguarda el ejército de Elfhame.

Centenares de hogueras salpican el paisaje, allí donde los soldados se agolpan en busca de calor. Varios caballeros están sentados solos en taburetes improvisados, puliendo sus armas, mientras que grupos más numerosos se reúnen para beber té de cebada y fumar en pipa. Aunque unos pocos gritan con alegría al ver a Oak, el príncipe nota algo desagradable en sus miradas cuando ven el carruaje de Wren.

Un fuerte sonido de metal contra metal resuena en la nieve y el grupo se detiene de sopetón. El oso de Bogdana gruñe. Los guardias de Wren se agolpan alrededor del carruaje y llevan las manos a las armas. Ella les dice algo en voz baja. El aire está cargado con una amenaza de violencia.

Grima Mog y un grupo de soldados acorazados avanzan hacia la procesión. Oak espolea a Damisela para acercarse a la gran generala, con el corazón acelerado.

¿Pretenden traicionar a Wren? ¿Hacerla prisionera? Si lo intentan, invocará su autoridad como el heredero de Cardan. Descubrirá el alcance de todos sus poderes. Hará algo.

—Saludos, príncipe Oak —dice Grima Mog. Lleva un sombrero adornado con sangre negra coagulada. El resto de su cuerpo está cubierto por una armadura y tiene una espada de dos manos atada a la espalda. Le tiende un pergamino sellado con una cinta y cera—. Esto explica a los reyes supremos que permaneceremos aquí hasta que se firme un tratado.

Todo el ejército, acampado en el frío más allá de la muralla, esperando y maquinando.

—Pronto llegarán noticias —promete Oak.

Grima Mog esboza una media sonrisa y el canino inferior asoma entre sus labios.

—Esperar es aburrido. No querréis que nos pongamos nerviosos.

Después, da un paso atrás y hace una señal. Su gente retrocede. Los soldados de Elfhame que formaban parte de la procesión de Oak se ponen en marcha de nuevo. Las ruedas del carruaje de Wren avanzan. El oso avanza.

Oak se siente inmensamente aliviado al dejar atrás al ejército.

A continuación, se acercan al Bosque de Piedra, cuyos árboles cuelgan pesados con sus extraños frutos azules. El viento silba entre las ramas con una melodía espeluznante.

Fantasma se acerca a Oak y tira de las riendas de su caballo.

—No sabía cómo interpretar tu nota —dice el espía en voz baja.

—Hablaba literalmente —responde Oak.

La escribió deprisa, sentado en el suelo del almacén, mientras Daggry lo observaba. Sin duda podría haberse expresado mejor, pero le pareció que había sido lo bastante claro:

> *Las cosas no son lo que parecen. Detén la batalla.*
> *Envía a alguien a la Ciudadela y te lo explicaré.*

—Aunque admito que no acabo de entender cómo lo has logrado —dice Fantasma—, estoy impresionado.

Oak frunce el ceño; no le gusta lo que el espía insinúa. Que su oferta de matrimonio no es sincera, que es un señuelo. Que el príncipe ha tendido una trampa. No quiere que Wren se convierta en su enemiga, ni en un blanco.

—Cuando uno está cautivado, es fácil ser cautivador —dice.

—Has preocupado a tus hermanas —replica Fantasma.

Oak se percata del plural. El espía ha fraguado una relación cercana con la gemela de Jude, Taryn, desde hace años, dejando la cuestión de cuán cercana como una fuente de especulaciones entre la familia.

—Deberían recordar lo que hacían cuando tenían mi edad —dice Oak. Jude lleva años preocupando al resto.

El espía esboza una media sonrisa.

—Tal vez eso fue lo que impidió que la reina suprema colgara a Tiernan de los dedos de los pies por haber seguido tu plan en vez de detenerte.

No me extraña que Tiernan estuviera tan tirante con Oak. Debían de haberlo interrogado, se sentiría insultado.

—Tal vez recordara que, si Tiernan me hubiera detenido, eso habría significado dejar morir a nuestro padre.

Fantasma suspira y ninguno de los dos habla durante el resto del trayecto hasta la orilla.

Un barco de madera pálida está anclado más allá de las piedras negras y las aguas poco profundas de la playa. Largo y esbelto, con la proa y la popa afiladas en puntas que se curvan como tallos de hojas, es una nave orgullosa. Dos mástiles se elevan desde la cubierta y, alrededor de sus bases, Oak distingue los montones de las velas blancas que se izarán para capturar el viento. El nombre *Caminante de la Luna* está grabado en letras talladas a lo largo de un costado.

Desde la otra dirección ve a los reyes trol, que caminan por la nieve hacia ellos. Su piel es del gris profundo del granito, plagada de lo que parecen grietas y fisuras. Sus rostros son más esculpidos que vivos, incluso cuando cambian de expresión. Uno tiene barba, mientras que el otro tiene la cara desnuda. Ambos portan armaduras de escamas viejas y hechas jirones, jaspeadas por el deslustre. Ambos tienen círculos de oro áspero y oscuro en las cejas. Uno lleva un garrote hecho con la mayor parte de un abeto, atado a un cinturón de cuero que debe de haberse cosido con las pieles de varios osos.

Oak detiene en seco a Damisela. Los demás también se paran; incluso el carruaje de Wren patina hasta frenar, los alces arañan el suelo y sacuden la cabeza como si desearan liberarse de sus arneses.

Wren se baja de un salto sin miedo y posa los pies descalzos en la nieve.

Sola, camina hacia ellos. El vestido se agita a su alrededor mientras el viento le revuelve el pelo.

Oak se baja del caballo y se clava las uñas en la palma de la mano. Quiere correr tras ella, aunque sabe que sería un momento terrible para socavar su autoridad. Aun así, le cuesta verla, pequeña y sola, ante esos seres enormes e inmemoriales.

Uno empieza a hablar en una lengua antigua. El príncipe aprendió un poco en la escuela de palacio, pero solo como un medio para leer libros igual de antiguos. Nadie la hablaba. También ha resultado que las pronunciaciones de su instructor estaban muy equivocadas.

Solo es capaz de entender lo esencial. Prometen vigilar sus tierras hasta que regrese. Acuerdan mantenerse alejados del ejército, pero no parece gustarles la idea. Oak no está seguro de cómo Wren los entiende —quizá Mellith conocía su lengua—, pero está claro que lo hace.

—Os confío estas tierras mientras estamos fuera —dice—. Y si no regreso, iréis a la guerra en mi nombre.

Los dos reyes trol se arrodillan y se inclinan ante ella. Un solemne silencio se apodera de todos los testigos. Incluso Randalin se ve más asombrado que encantado.

Wren toca la mano de cada uno de los reyes, que se levantan al sentir la presión de sus dedos.

Luego regresa descalza a su carruaje. A mitad de camino, mira a Oak. Él le dedica una sonrisa, una pequeña, porque aún sigue un poco aturdido. Ella no se la devuelve.

La comitiva avanza hacia la costa. El príncipe cabalga solo y no habla con nadie.

Al borde de las rocas negras, donde rompen las olas, Tiernan desmonta. Le dice algo a Fantasma, que hace una señal al barco con un gesto de la mano. Sueltan las amarras de un bote de remos para transportar a los pasajeros a bordo en grupos.

—Deberíais ir vos primero, alteza —dice Fantasma.

Oak duda y niega con la cabeza.

—Que vaya la comitiva de la reina.

Tiernan suspira molesto ante lo que sin duda considera una objeción a una opción razonable y segura. Oak es consciente de que parece que solo lleva la contraria porque sí, pero se niega a darles la oportunidad de zarpar una vez que él está a bordo, dejando a Wren en manos del ejército de Elfhame.

Fantasma le hace un gesto a Hyacinthe para indicar que el séquito de Wren tiene prioridad.

Es una sensación extraña, después de haber pasado semanas cautivo, ser consciente de que allí nadie tiene autoridad para obligarlo a hacer nada. La gente le ha concedido poder a Oak desde el comienzo del gobierno de Cardan y él lo ha evitado siempre desde el principio. Se pregunta si, después de haberse visto despojado de tantas opciones, por fin empieza a gustarle.

Hyacinthe le ofrece la mano a Wren para subir al bote. El conductor enmascarado se queda junto al carromato, aunque el lacayo baja y la acompaña; toma asiento en la parte delantera. El resto de los soldados permanecen en las rocas mientras el tripulante que ha remado hasta la orilla vuelve a soltar amarras.

Oak observa perplejo. Seguro que no piensa ir con tan pocos acompañantes.

La bruja de la tormenta se baja del oso. Con un giro de cabeza, se transforma en un enorme buitre. Suelta un chillido, vuela hasta el barco y se posa en lo alto del mástil. Entonces, como si respondieran a una señal invisible, los soldados de Wren se convierten en halcones. Se elevan por el cielo mientras el sonido del batir de las alas emplumadas resuena alrededor de Oak.

—¿Qué ha hecho? —murmura Tiernan.

A nadie en Elfhame le va a gustar esto. Wren no solo ha roto la maldición de los traidores, sino que la ha convertido en una bendición. Les ha concedido la capacidad de convertirse en su forma maldita a voluntad.

Los halcones vuelan hacia el barco y aterrizan en la botavara, donde, uno a uno, vuelven a caer a cubierta con forma de feéricos.

Oak se pregunta si Hyacinthe podrá hacer lo mismo. Va en el bote, así que tal vez no. Wren rompió su maldición antes de descubrir el alcance de su poder.

Cuando el bote de remos regresa, Oak sube acompañado de la mitad de los caballeros de Elfhame. En el barco, los marineros lo ayudan a subir y luego hacen una reverencia. El capitán se presenta; es un hombre enjuto con el pelo blanco y la piel del color de la arcilla.

—Bienvenido, alteza. Todos nos alegramos de que el rescate haya sido fructífero.

—A mí nadie me ha salvado —dice Oak.

El capitán mira en dirección a Wren y se le refleja un destello de inquietud en el rostro.

—Sí, lo entendemos.

Mientras se dirige a saludar al ministro de llaves, Oak admite para sí mismo que la cosa no ha salido muy bien.

A continuación se producen largas negociaciones sobre el alojamiento y el almacenaje, la mayoría de las cuales el príncipe ignora. Cuando las ondeantes velas blancas marcadas con el emblema de Elfhame se despliegan y el barco se adentra en el mar, el corazón se le acelera con la idea de volver a casa.

Y con lo que encontrará cuando llegue.

Ha detenido una guerra, o al menos la ha retrasado. Sin embargo, es consciente de que llevar a Wren al corazón de Elfhame pone en peligro a sus seres queridos. Al mismo tiempo, sacarla de su fortaleza y separarla de la mayoría de sus defensores la coloca en una posición igualmente vulnerable.

Ella lo sabe. Jude también. Debe tener mucho cuidado para que ninguna de las dos sienta que debe actuar en consecuencia.

Entiende, o al menos cree entender, por qué Wren ha aceptado su plan. Ha gastado mucho poder al liberar a los reyes trol de su maldición y un enfrentamiento con el ejército de Elfhame, un ejército que podía reponer soldados continuamente con las Cortes inferiores, sería casi imposible de ganar. Después de todo, con eso contaba cuando le puso el anillo en el dedo.

Después de meditarlo un poco, cree que también entiende por qué Bogdana quiere que vayan a Elfhame. Odia a los Greenbriar y odia a la Corte Suprema, sin embargo ha ansiado durante mucho tiempo ver a su hija en el trono. Si estuvo dispuesta a cambiar una parte de su propio poder para que Mellith fuera la heredera de Mab, entonces, por mucho que desee venganza, también debe anhelar una segunda oportunidad. Si Wren se casa con Oak, entrará en la línea de sucesión para ser la reina suprema. Tiene que ser una idea atractiva.

Por otra parte, tendrá a Cardan al alcance de la mano. Se acercará a él más de lo que sería posible de ninguna otra manera.

¿Y la propia Wren? Sospecha que se está aventurando en la Corte Suprema porque quiere que la Corte de los Dientes pase a ser suya oficialmente. Aunque, por supuesto, espera que una parte de todo también tenga que ver con él. Espera que al menos una parte de ella quiera ver a dónde va esto. La última vez que estuvieron juntos en la Corte de Elfhame, eran niños. Oak no había podido hacer mucho por ella. Ninguno de los dos es ya un niño y ahora puede hacerlo mejor. Puede demostrarle que le importa. Y hacer que se divierta un poco.

Claro que tendrá que evitar que su familia complique aún más las cosas. Jude querrá castigar a Wren por mantenerlo cautivo. Cardan probablemente seguirá un poco resentido si cree que Oak estaba conspirando contra él. Tal vez incluso piense que Wren forma parte de un nuevo complot.

Así que el príncipe tendrá que demostrar su lealtad a muchas personas, evitar que Bogdana haga daño a nadie y firmar un tratado antes de que estalle una batalla en el corazón de Elfhame. Por no mencionar que tendrá que hacerlo todo mientras le demuestra a Wren que no busca venganza y que, si ella lo perdona, no lo verá como una oportunidad para lastimarla.

No hay mejor momento que el presente para empezar. Oak cruza la cubierta para acercarse a ella. Dos halcones le cortan el paso.

—Es mi prometida —dice Oak, como si hubiera un malentendido.

—Deberías ser su prisionero —dice uno, lo bastante bajo como para que no lo oiga el contingente de Elfhame.

—Ambas cosas pueden ser ciertas —replica Oak.

Wren mira con el ceño fruncido tanto a los guardias como al príncipe.

—Lo recibiré. Quiero escuchar lo que tenga que decir.

Los guardias se alejan, pero no lo suficiente como para no oírla si los llama.

Oak sonríe e intenta encontrar un tono que comunique sinceridad.

—Mi señora, deseaba decirte cuánto me alegra que hayas decidido aceptar mi propuesta y regresar a Elfhame a mi lado. Espero que no te moleste demasiado la forma en que se te hizo la propuesta.

—¿Debería? —pregunta ella.

—Podrías considerarlo romántico —sugiere él, pero sabe lo que Wren piensa realmente: que todo es un juego. Y si le dijera lo contrario, se sentiría insultada de que la considerase una oponente tan pobre como para caer en una trampa así.

No es que no haya ninguna estrategia detrás de la proposición, pero se siente más como un bobo enamorado sin remedio que como un maestro estratega. Se casaría con ella de buena gana.

Ella le dedica una sonrisa fría.

—Me sienta como me sienta, mantendré mi palabra.

Aunque tú tal vez no, está implícito.

—No tenemos por qué estar siempre enfrentados —dice y espera que lo crea—. En ese sentido, esperaba que Bogdana no nos acompañara, ya que quiere asesinar al rey supremo, y a mí. Eso podría complicar nuestra visita.

Para su sorpresa, Wren mira al buitre con frustración.

—Lo sé —dice—. Le indiqué que se quedara, pero al parecer no fui lo bastante clara. Por eso se esconde ahí arriba. Si bajara, podría ordenarle que se fuera a casa.

—No puede esconderse de ti para siempre —dice Oak.

A Wren se le crispan las comisuras de los labios.

—¿Qué crees que encontraremos cuando lleguemos a Elfhame?

Una excelente pregunta.

—Los reyes supremos nos darán alguna clase de fiesta. Pero supongo que antes tendrán que disipar ciertas preocupaciones.

Se le levanta el labio y muestra los dientes afilados.

—Una forma educada de decirlo. Pero siempre eres encantador.

—¿Lo soy? —pregunta Oak.

—Como un gato holgazaneando al sol. Nadie espera que vaya a morder de repente.

—No es a mí al que le gusta morder —dice y se siente satisfecho cuando Wren se sonroja, lo bastante como para que el rosa destaque a través del azul pálido de su piel.

Sin esperar a que lo echen, acepta la victoria, hace una reverencia poco profunda y se marcha hacia Tiernan.

Los guardias lo miran con enfado. Probablemente lo culpen por lo de Valen. Tal vez lo culpen de todas las cosas de las que Valen lo culpó. ¿Llegará algún día en que Wren y él no estén enfrentados? Lo creyó lo suficiente como para decirlo, pero es un eterno optimista.

—Tienes un moretón en la cara —dice Tiernan.

Oak levanta la mano, cohibido, y tantea hasta que lo encuentra, a la izquierda de la boca. Combina con el bulto que tiene en la cabeza y las quemaduras del cuchillo de hierro que esconde bajo el cuello de la ropa. Está hecho un desastre.

—¿Cómo está mi padre? —pregunta.

—Le han permitido volver a Elfhame, tal como planeó —dice Tiernan—. Se dedica a darle a tu hermana muchos consejos no solicitados.

Que sea malo no significa que dé malos consejos. Es lo que Madoc le había dicho a Wren, aunque Oak no está tan seguro de estar de acuerdo. Aun así, su padre debe de estar bien, lo suficiente para comportarse como él mismo. Eso es lo que importa.

Deja escapar un suspiro de alivio y mira al horizonte, a las olas. Su mente vaga hasta la última vez que cruzaron aquellas aguas y cómo Loana intentó distraerlo con un beso para luego arrastrarlo a las profundidades acuáticas. Era la segunda vez que intentaba ahogarlo.

Si me ahogas una vez, la culpa es mía... Decide que no le gusta la dirección que están tomando sus pensamientos. Tampoco le gusta reconocer que tiene un gusto especial por las amantes; cuanto más peligrosas, mejor.

—¿Aún amas a Hyacinthe? —pregunta.

No es que nunca hablen de sentimientos, pero supone que no es lo segundo que Tiernan esperaba que le preguntara.

O quizá no es algo en lo que el soldado quiera pensar demasiado, porque se encoge de hombros. Cuando Oak no retira la pregunta, Tiernan sacude la cabeza, como si se sintiera incapaz de responder. Luego, finalmente, cede y habla.

—En las baladas, el amor es una enfermedad, una afección. Se contrae como un mortal contrae uno de sus virus. El tacto de una mano o el roce de unos labios y es como si todo tu cuerpo estuviera enfebrecido y luchara contra ello. Pero no hay forma de evitar que siga su curso.

—Es una visión extraordinariamente poética y horrible del amor —dice Oak.

Tiernan vuelve la vista al mar.

—Nunca me había enamorado, así que lo único que tenía eran las baladas para guiarme.

Oak guarda silencio y piensa en todas las veces en las que creyó estar enamorado.

—¿Nunca?

Tiernan resopla con suavidad.

—He tenido amantes, pero no es lo mismo.

Oak piensa en lo que siente por Wren y en cómo debería llamarlo. No desea escribir poemas ridículos para ella como ha hecho con tantas personas de las que creyó estar enamorado, pero sí ansía hacerla reír. No quiere dedicarle discursos solemnes ni gestos grandilocuentes y vacíos; no quiere entregarle una pantomima del amor. Sin embargo, empieza a sospechar que la pantomima es lo único que conoce.

—Pero… —dice Tiernan y vuelve a dudar mientras se pasa una mano por el corto pelo morado—. Lo que siento no es como en las baladas.

—¿No es una afición, entonces? —Oak levanta una ceja—. ¿Ni una fiebre?

Tiernan lo mira con exasperación, algo con lo que el príncipe está muy familiarizado.

—Es más bien la sensación de que he perdido una parte de mí y siempre la estoy buscando.

—¿Así que es como perder el móvil?

—Alguien debería arrojarte al mar —dice Tiernan, pero tiene un amago de sonrisa en la comisura de los labios. No parece alguien a quien le guste que le tomen el pelo. Su adustez es lo que a menudo hace que lo confundan con un caballero, a pesar de su formación como espía. Pero sí le gusta.

—Creo que está loco por ti —dice Oak—. Creo que por eso me dio un puñetazo en la boca.

Cuando Tiernan suspira y mira al mar, el príncipe sigue su ejemplo y guarda silencio.

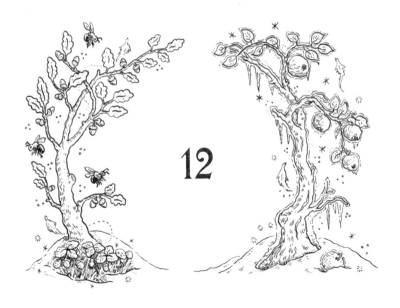

12

Se supone que deben pasar tres días navegando. Tres días antes de llegar a tierra en las islas, antes de que Oak tenga que enfrentarse a su familia otra vez.

Mientras el príncipe dormita en una hamaca bajo las estrellas la primera noche, oye a Randalin alardear en voz alta de que, por supuesto, había estado más que dispuesto a cederle su camarote privado a Wren, ya que una reina necesitaba intimidad para viajar, y que apenas le importunaban las privaciones. Por supuesto, ella había estado a punto de convencerlo de que no era necesario que se molestara, lo cual había sido muy amable por su parte. Luego había insistido en retenerlo allí durante varias horas para que comiera, bebiera y charlara con ella de las Islas Cambiantes y de su lealtad al príncipe, tras lo cual lo había elogiado en abundancia, incluso se podría considerar que en exceso.

Oak está seguro de que la velada de Wren ha debido de ser soberanamente aburrida y, sin embargo, no puede evitar desear haber estado allí, para compartir una mirada por encima de la cabeza del servil consejero, para verla ahogar una sonrisa ante sus ínfulas. Ansía sus sonrisas. El brillo de sus ojos cuando intenta contener la risa.

Ya no está encerrado en una celda, ya no tiene prohibido verla. Puede acercarse a la puerta de la habitación donde descansa y aporrearla hasta que le abra. Sin embargo, de algún modo, saber que puede hacerlo mientras teme no ser bienvenido hace que la sienta aún más lejos.

Así que se queda allí tumbado, escuchando a Randalin parlotear sin parar de su propia importancia. El consejero se calla solo después de que Fantasma le lance un calcetín hecho una bola.

La contención solo le dura una noche.

Entusiasmado por el éxito de la misión y seguro de su posición privilegiada con Wren, Randalin pasa gran parte del segundo día intentando convencer a todo el mundo de una versión de la historia en la que le sea posible atribuirse el mérito de haber negociado la paz. Tal vez incluso por concertar el matrimonio con Oak.

—Lady Suren solo necesitaba un poco de orientación. Sin duda veo en ella el potencial para llegar a ser una de nuestras grandes líderes, como las reinas de antaño —dice al capitán del barco cuando Oak pasa.

El príncipe desvía la mirada hacia Wren, en la proa. Lleva un vestido sencillo del color del hueso, salpicado del rocío marino, y los faldones ondean a su alrededor. Se aparta el pelo de la cara y se muerde el labio inferior mientras contempla el horizonte con unos ojos más oscuros e insondables que el mismo océano.

Sobre sus cabezas, el cielo luce de un azul profundo y brillante y el viento llena las velas.

—Se lo dije a Jude —prosigue Randalin—. Me propuso soluciones violentas, pero ya conoces a los mortales, y a ella en particular; no tiene paciencia. Nunca apoyé su ascensión. No tiene ningún parentesco con nosotros.

Oak aprieta la mandíbula y procura recordar que darle un puñetazo al consejero en su engreída cara cornuda no sería bueno. En vez de eso, intenta concentrarse en la sensación del sol sobre la piel y en la certeza de que las cosas podrían haber salido mucho peor.

Esa misma tarde, cuando Oak es convocado al camarote de Wren, se alegra particularmente de no haber golpeado a nadie.

No conoce al guardia que lo conduce hasta allí, pero ya ha tenido suficientes experiencias con los halcones como para que la mera visión del uniforme lo ponga nervioso.

Wren está sentada en una silla de madera blanca, junto a una mesa auxiliar de mármol y un sofá tapizado en color escarlata. Unos ventanucos redondos en lo alto de las paredes iluminan el espacio. Hay una cama empotrada en una esquina, con un armazón de madera que impide que los cojines se muevan con el oleaje, y una cortina entreabierta para proporcionar una mayor intimidad. Cuando Oak entra, ella hace un movimiento con la mano y el guardia se marcha.

Qué elegante, piensa el príncipe. *Debería tener una señal así con Tiernan.*

Por supuesto, duda que Tiernan se fuera si solo le hacía un gesto que bien podía ignorar.

—¿Puedo sentarme? —pregunta Oak.

—Por favor —dice ella, mientras gira ansiosamente con los dedos el anillo que le dio—. Te he citado para hablar de la disolución de nuestro compromiso.

El corazón se le hunde, pero mantiene un tono distendido.

—¿Tan pronto? ¿Damos la vuelta al barco?

Se acomoda sombríamente en el sofá.

Wren suelta un corto suspiro.

—Demasiado pronto, sí, estoy de acuerdo. Pero al final tendremos que romperlo. Entiendo lo que hiciste en la Ciudadela. Lograste evitar una batalla y un derramamiento de sangre con tus mentiras, y conseguiste librarte de mis garras. Fue una buena jugada.

—No puedo mentir —objeta Oak.

—Has vivido en el mundo de los mortales —dice Wren—, pero nunca has tenido una madre mortal. La mía habría llamado a lo que has hecho una mentira por omisión. Llámalo «truco» o «engaño», llámalo como quieras. Lo que importa es que este compromiso no puede prolongarse demasiado o acabaremos casados y tú, atado a mí para siempre.

—¿Un destino terrible? —pregunta.

Wren asiente con convicción, como si Oak por fin comprendiera la gravedad del problema.

—Te sugiero que permitas que tu familia te convenza de aplazar la ceremonia durante meses. Yo aceptaré, por supuesto. Concluiré mi visita a Elfhame y regresaré al norte. Le sugerirás encarecidamente a tu hermana que me entregue lo que una vez fue la Corte de los Dientes para gobernarla.

—¿Es lo que quieres? —pregunta él.

Ella se mira las manos.

—Antes pensaba que podría volver a mi hogar mortal, pero ahora me cuesta imaginarlo. ¿Cómo iban a verme otra vez como a aquella niña, cuando los asustaría, incluso sin conocer la naturaleza de mi magia?

—No tienen que verte como a una niña para quererte.

—Nunca me querrían tanto como quiero que me quieran —responde ella con dolorosa sinceridad—. Me irá bien en el norte. Soy apta para ello.

—¿Recuerdas…? —empieza, sin estar seguro de cómo hacer la pregunta—. ¿Recuerdas algo de cuando eras Mellith?

Wren comienza a negar con la cabeza, pero luego duda.

—Algunas cosas.

—¿Recuerdas que Bogdana fuera tu madre?

—Sí —dice, en voz tan baja que él apenas puede oírla—. Recuerdo que creía que me quería. Recuerdo cómo me entregó.

—¿Y el asesinato? —pregunta él.

—Estaba muy contenta de verla —dice Wren y se lleva los dedos a la garganta sin darse cuenta—. Casi no noté el cuchillo.

Por un momento, la tristeza de la historia lo deja sin palabras. Su propia madre, Oriana, es tan protectora con él que no se imagina verse arrancado de su lado, abandonado entre personas que lo odian lo suficiente como para planear su muerte. Sin embargo, recuerda cuando se sentaba a los pies de su cama y oía a Vivi explicar que era un milagro que Jude estuviera viva después de la forma en que su padre la había destrozado. Y desde el instante en que había sabido que tenía un primer padre, había sabido que esa persona había intentado matarlo.

Quizá no entendiera exactamente cómo se siente ella, pero comprende que el amor familiar no está garantizado y que, incluso cuando lo tienes, no siempre te mantiene a salvo.

Wren lo observa con ojos insondables.

—Siento que tener esos recuerdos debería cambiarme, pero no me siento muy cambiada. —Hace una pausa—. ¿Me ves diferente?

Oak nota la forma cuidadosa de su postura. Rígida, con la espalda erguida. Parece cautelosa, pero en el fondo se esconde un ansia. Una chispa de deseo que no puede ocultar, aunque no sabe si es por él o por el poder.

—Pareces más tú misma que nunca —dice.

Ve que lo considera y que no le desagradan sus palabras.

—Entonces estamos de acuerdo. Retrasaremos el intercambio de votos. Tu hermana tendrá una razón para mandarme de vuelta al norte con un reino propio y le haremos creer que su plan para separarnos ha funcionado. Camélate a todas las cortesanas que te plazca para que resulte más creíble. Ahoga cualquier sentimiento que tengas por mí en un nuevo amor, o en diez. —Dice lo último con sorna.

Oak se lleva una mano al pecho.

—¿Tú no tienes sentimientos que ahogar?

Wren agacha la mirada.

—No —dice—. No tengo nada de lo que quiera deshacerme.

Tras una cena a base de algas y berberechos, que el cocinero sirve en cuencos de madera sin cucharas, el capitán los invita a relajarse en cubierta y contar historias, como es tradición entre la tripulación. Wren llega con Hyacinthe a su lado y se ubica a una distancia prudencial del príncipe. Cuando sus miradas se cruzan, se coloca un largo mechón de pelo detrás de la oreja y le dedica una sonrisa vacilante. Le brillan los ojos verdes cuando uno de los miembros de la tripulación comienza a hablar.

Le encantan las historias. Oak lo recuerda, recuerda las tardes alrededor del fuego mientras viajaban hacia el norte. La recuerda hablando de Bex, su hermana mortal, y de sus juegos de fantasía. Recuerda cómo se reía cuando él le narraba sus propias travesuras.

El príncipe escucha a los miembros de la tripulación hablar de costas lejanas que han visitado. Uno habla de una isla con una reina con cabeza y torso de mujer y los apéndices de una enorme araña. Otro habla de una tierra tan mágica que hasta los animales hablan. Otro, de sus aventuras con los habitantes de Inframar y de cómo el capitán se casó con una selkie sin robarle la piel.

—Evitamos hablar de política —matiza el capitán tras una calada a una larga y delgada pipa hecha de hueso tallado.

En una pausa, la bruja de la tormenta se aclara la garganta.

—Tengo un cuento que contar —dice Bogdana—. Había una vez una chica con una caja de cerillas encantada. Cada vez que encendía una…

—¿Es una historia real? —interrumpe Fantasma.

—El tiempo lo dirá —responde la bruja y le dedica una mirada asesina—. Como iba diciendo, cuando la chica encendía una cerilla, se destruía algo de su elección. Esto hizo que todos los que ostentaban alguna clase de poder la quisieran de su lado, pero ella solo luchaba por aquello que consideraba correcto.

Wren se mira las manos y los mechones de pelo que caen le esconden el rostro. Oak supone que habrá una lección en el cuento, una que no gustará a nadie.

—Cuanto más terrible fuera la destrucción, más cerillas había que encender. Sin embargo, cada vez que la niña miraba en la caja de cerillas, había al menos unas cuantas nuevas dentro. Disponer de un poder tan vasto era una gran carga para la muchacha, pero era feroz y valiente, además de sabia, y sobrellevaba su carga con gracia.

Oak se fija en cómo Hyacinthe mira a la bruja con el ceño fruncido, como si no estuviera de acuerdo con la idea de que las «cerillas» de Wren sean tan fáciles de reemplazar. Cuando el príncipe piensa en la translucidez de su piel y en la oquedad bajo sus pómulos, se preocupa. Sin embargo, cree que Bogdana quiere creer que así es como funciona la magia de Wren.

—Entonces la chica conoció a un chico de rostro brillante y risa fácil. —La bruja de la tormenta entrecierra los ojos, una advertencia de lo que está por venir—. Y la muchacha se enamoró. Aunque no debía temer nada, temía que el muchacho se marchara de su lado. Ni la sabiduría, ni la ferocidad, ni la valentía la salvaron de su propio débil corazón.

Así que no iba a ser sobre la magia de Wren. Iba a ser sobre él. Estupendo.

—Nuestra chica tenía muchos enemigos, pero ninguno había podido con ella. Con una sola cerilla, hacía que los castillos se derrumbaran. Con un puñado de ellas, quemaba ejércitos enteros. Sin embargo, con el tiempo, el chico se cansó de todo eso y la convenció de que guardara la caja de cerillas y no luchara más. En cambio, viviría con él en una cabaña en el bosque, donde nadie sabría de su poder. Y aunque debería haber sido más lista, se dejó engañar e hizo lo que él quería.

Todo el barco se queda en silencio. Los únicos sonidos que se escuchan son el golpeteo del agua contra la madera y el agitar de las velas.

—Durante mucho tiempo, vivieron en lo que creían que era felicidad y, si la chica sentía que le faltaba algo, si sentía que para que él la amara debía ver a través de ella en vez de mirarla directamente, lo disimulaba.

Oak abre la boca para objetar y en el último momento se muerde la lengua. Si discutía con un cuento, solo conseguiría quedar como un tonto y, además, parecer culpable.

—Mas, con el tiempo, los enemigos de la chica la descubrieron. Se unieron para perseguirla y la encontraron desprevenida, atrapada en un abrazo de su amado. Aun así, en su inmensa sabiduría, siempre guardaba su caja de cerillas en un bolsillo del vestido. Al verse bajo amenaza, la sacó y encendió la primera, y los que la atacaban retrocedieron. Las llamas que los consumieron también consumieron la cabaña. Pero llegaron más enemigos. Encendió una cerilla tras otra y el fuego se extendió a su alrededor, pero no fue suficiente. Entonces la muchacha encendió todas las cerillas que quedaban a la vez.

Oak fulmina con la mirada a la bruja de la tormenta, pero parece demasiado absorta en su historia como para darse cuenta. Wren tira de un hilo de su vestido.

—Derrotó a los ejércitos y la tierra quedó calcinada. La muchacha ardió con ellos. Y el chico acabó recudido a cenizas antes de poder liberarse de sus brazos.

Un respetuoso silencio sigue a sus últimas palabras. Entonces, el capitán se aclara la garganta y pide a uno de sus tripulantes que saque un violín y toque una alegre melodía.

Cuando unos cuantos empiezan a aplaudir, Wren se levanta y se dirige a su camarote.

Oak la alcanza en la puerta, antes de que los guardias se den cuenta de sus intenciones.

—Espera —dice—. ¿Podemos hablar?

Ella inclina la cabeza y lo mira durante un largo rato.

—Adelante.

Uno de sus guardias se aclara la garganta y Oak se da cuenta bruscamente de que es Straun.

—Os acompañaré para asegurarme de que no...

—No es necesario —interrumpe ella.

Straun intenta evitar que se le refleje en el rostro cómo le escuecen las palabras. Oak casi siente lástima por él. Casi, si no fuera por el recuerdo de la tortura en la que participó.

Por eso, le dedica al guardia una amplia e irritante sonrisa mientras sigue a Wren a través del umbral de la puerta para entrar al camarote.

Dentro, encuentra la habitación tal y como estaba antes, excepto que se han extendido algunos vestidos sobre su cama y una bandeja con té descansa sobre la mesa de mármol.

—¿Así es tu poder? —pregunta Oak—. ¿Como una caja de cerillas?

Wren suelta una carcajada suave.

—¿De verdad es por eso por lo que me has seguido? ¿Para hacerme esa pregunta?

Oak sonríe.

—No es extraño que un joven quiera pasar tiempo con su prometida.

—Ah, así que es más teatro. —Recorre la estancia con elegancia, sin que el balanceo del barco la haga tropezar. Se dirige al sofá tapizado y se sienta, luego le indica con un gesto que se siente frente a ella. Una inversión de sus posiciones respecto de la última vez que había visitado esa habitación.

—Quiero pasar tiempo con mi prometida —dice mientras va a sentarse.

Wren le dedica una mirada de desdén, pero sus mejillas se tiñen de un rubor rosado.

—Tal vez mi magia sea como las cerillas del cuento, pero creo que también me quema a mí. Aunque aún no sé cuánto.

Oak aprecia que lo admita.

—Querrá que sigas usándola. Si he sacado algo claro de su historia, es eso.

—No pienso bailar a su son —dice Wren—. Nunca más.

Su padre ha sabido manipularlo con astucia, sin que Oak haya aceptado ni una vez ninguna de las propuestas de Madoc en voz alta.

—Y aun así no le has ordenado que volviera a casa.

—Estamos lejos de la orilla—dice Wren después un suspiro—. Y ha prometido portarse lo mejor posible. Ahora, para ser justos, ya que te he hablado de mi magia, háblame de la tuya.

Oak levanta las cejas, sorprendido.

—¿Qué quieres saber?

—Persuádeme de algo —dice ella—. Quiero entender cómo funciona tu poder. Quiero saber qué se siente.

—¿Quieres que te seduzca? —Le parece una idea terrible—. Eso sugiere mucha más confianza por tu parte de la que me has indicado que estás dispuesta a ofrecerme.

Wren se recuesta entre los cojines.

—Quiero comprobar si puedo romper el hechizo.

—Piensa en todas las cerillas quemadas.

—¿No te hará daño?

—Será poca cosa —dice ella—. Y a cambio, puedes obedecer una orden.

—Pero no llevo la brida —protesta él, esperando que no vaya a pedirle que se la ponga. No lo hará y, si es una prueba, la suspenderá.

—No —responde Wren—. No la llevas.

Seguir una orden voluntariamente suena interesante y no demasiado peligroso. Sin embargo, no sabe cómo minimizar su magia de gancanagh. Si le dice lo que ella más quiere oír y es una distorsión de la verdad, ¿entonces qué? Y si las palabras son las que él quiere decir, ¿cómo va a creerse que son verdaderas cuando han salido por primera vez de su boca como una persuasión?

—¿Lo estás haciendo?

Su cuerpo está ligeramente encorvado, como si se preparase para algún tipo de ataque.

—No, todavía no —dice y se ríe, sorprendido—. Tengo que hablar.

—Acabas de hacerlo —protesta ella, pero también se ríe un poco. Le brillan los ojos con picardía. No mentía al decir que a los dos les encantaban los juegos—. Hazlo ya. Me estoy poniendo nerviosa.

—Voy a intentar convencerte de que agarres esa taza de té —dice Oak y señala una vasija de barro con una base ancha y un poco de líquido aún en el fondo. Está sobre la mesa de mármol y, con todo lo que se balancea el barco al pasar sobre la marejada, le sorprende que no se haya deslizado hasta el suelo.

—Se supone que no tienes que decírmelo —dice ella con una sonrisa—. Así no lo conseguirás.

El desafío le produce un extraño regocijo. Ante la idea de que podría compartir esto con ella y podría ser divertido en lugar de horrible.

Cuando vuelve a abrir la boca, deja que broten las palabras de su lengua encantada.

—Cuando fuiste a Elfhame de niña —dice y su voz se torna extraña—, nunca llegaste a ver su verdadera belleza. Esta vez te mostraré los árboles blancos y plateados del Bosque Lechoso. Chapotearemos en el Lago de las Máscaras y veremos los reflejos de aquellos que se han mirado antes que nosotros. Te llevaré al Mercado de Mandrake, donde podrás comprar huevos de los que nacerán perlas que brillarán como la luz de la luna.

Nota que está relajada, recostada entre los cojines y con los ojos entrecerrados, como si soñara despierta. Y aunque él no ha elegido las palabras, planea llevarla a todos esos lugares.

—Estoy deseando presentarte a todas mis hermanas y recordarles que ayudaste a nuestro padre. Les contaré la historia de cómo derrotaste sin ayuda de nadie a lady Nore y recibiste valientemente una flecha en el costado. —No está seguro de lo que espera de su magia, pero no es ese torrente de palabras. Nada de lo que dice es falso—. Les contaré la historia de Mellith y cómo Mab la agravió, cómo te ha agraviado a ti y lo mucho que quiero…

Wren abre los ojos, húmedos con lágrimas no derramadas. Se incorpora.

—¿Cómo te atreves a decir esas cosas? ¿Cómo te atreves a burlarte de mí con todo lo que no puedo tener?

—No… —empieza Oak y por un momento no está seguro de si es él mismo el que habla. Si está usando su poder o no.

—Fuera —gruñe Wren y se pone de pie.

Él levanta las manos en señal de rendición.

—Nada de lo que he dicho es…

Wren le arroja la taza de té, que se estrella contra el suelo y trozos de cerámica salen volando.

—¡Fuera!

Mira horrorizado los fragmentos y se da cuenta de lo que eso significa. *Ha agarrado la taza. La he persuadido de que lo hiciera.* Ese es el problema de ser un orador de amor. A su poder no le importan las consecuencias.

—Me has dicho que me darías una orden después de que intentara persuadirte. —Da un paso hacia la puerta mientras el corazón le late de forma dolorosa—. Obedeceré.

Cuando pasa junto a Straun, el guardia suelta un bufido, como si creyera que Oak ha tenido su oportunidad y la ha desperdiciado.

El príncipe pasa casi toda la noche en cubierta, con la mirada perdida en el mar hasta que el alba asoma por el horizonte. Sigue allí cuando oye un grito a sus espaldas.

Al oírlo, se da la vuelta y se lleva la mano a la espada de la cadera. No encuentra el estoque fino como una aguja que está acostumbrado a empuñar, sino un alfanje prestado. La hoja curvada traquetea en la vaina cuando la saca, justo en el instante en que un grueso tentáculo negro se extiende por la cubierta.

Se retuerce en dirección al príncipe como un dedo incorpóreo que se arrastra hacia adelante. Oak retrocede varios pasos.

Otro tentáculo surge del agua, se enrosca en la proa y atraviesa una de las velas.

Un marinero trol, que ha visto interrumpida su partida de Fidchell con un ogro, se levanta y sube horrorizado a la jarcia. Se oyen gritos.

—¡Inframar! ¡Inframar nos ataca!

El océano se agita cuando siete tiburones salen a la superficie con tritones a horcajadas sobre sus lomos. Todos los tritones son de diferentes tonos de verde moteado y blanden lanzas dentadas.

Están cubiertos de escamas nacaradas y envueltos en cuerdas de algas. La expresión de sus ojos fríos y pálidos deja claro que han ido a luchar.

El capitán sopla una pipa torcida. Los marineros corren a sus puestos y comienzan a sacar enormes arpones de las escotillas situadas bajo la cubierta.

Los caballeros y los halcones se despliegan, espadas y arcos en mano.

—Súbditos de Elfhame —grita un tritón. Como los demás, va vestido con caracolas cortadas en forma de discos que se superponen para formar una especie de armadura de escamas, pero lleva los brazos desnudos, envueltos en brazaletes de oro, y el pelo recogido en gruesas trenzas decoradas con dientes de criaturas marinas—. Conoced el poder de Cirien-Croin, mucho mayor que el de la estirpe de Orlagh.

Oak da un paso hacia la borda, pero Tiernan lo agarra del hombro y se lo aprieta con fuerza.

—No seas tonto, no atraigas sus miradas. Quizá no te reconozcan.

Antes de que Oak tenga tiempo de discutir, Randalin alza la voz.

—¿Es ese tu nombre? ¿El nombre de tu monstruo? —Suena entre severo y al borde del pánico.

El tritón se ríe.

—El nombre de nuestro señor, que está ocupado con el cortejo. Nos envía con un mensaje.

—Entregadlo y seguid vuestro camino —dice Randalin y hace un gesto hacia el tentáculo—. Y sacad esa cosa de nuestra cubierta.

Oak localiza a Wren; no está seguro de cuándo ha salido de su camarote. La mira y recuerda la advertencia que le hizo el tritón al que liberó en la Corte de las Polillas, que se avecinaba una guerra por el control de Inframar. Loana también mencionó que había una competición por la mano de Nicasia y, en consecuencia, por su corona. Luego Loana intentó ahogarlo, lo que eclipsó la advertencia. Pero ahora lo recuerda claramente.

Wren abre los ojos, como si quisiera decirle algo. Probablemente, que están en problemas. Si deshace el tentáculo, podría deshacer todo el barco junto con él.

Al menos parece haberle sacado de la cabeza su desastroso juego.

—Vosotros sois el mensaje —dice el tritón—. Vuestros cuerpos, en el fondo del mar, mientras los cangrejos os arrancan los ojos.

Otro tentáculo surge de entre las olas y se desliza por el costado del barco. Esto pinta muy mal.

Siete tritones y un monstruo marino. La cosa de los tentáculos no parece tener ninguna inteligencia destacable. Por lo que Oak sospecha, ni siquiera ve lo que está agarrando. Si consiguen deshacerse de los tritones, existe la posibilidad de que, sin nadie que le ordene atacar, la criatura desaparezca. Por supuesto, también existe la posibilidad de que decida hacer pedazos el barco.

—Reina Suren —dice el tritón al verla—. Deberíais haber aceptado nuestra oferta y habernos entregado vuestro premio. Veo que habéis perdido vuestra guerra. Aquí os encontramos, en manos de vuestro enemigo. Si fuerais nuestra aliada, os salvaríamos, pero ahora moriréis con los demás. A menos que...

—Alteza —sisea Tiernan a Oak. Tiene la espada desenvainada y la mandíbula apretada—. Vete abajo.

—¿Y de qué servirá exactamente? —espeta él—. ¿Esperar hasta ahogarse mejorará la experiencia?

—Por una vez, solo por una... —empieza Tiernan.

Pero Oak ya ha tomado una decisión.

—¡Eh! —grita y avanza a zancadas hacia el tritón—. ¿Buscáis un premio? ¿Qué tenéis en mente?

Desde detrás de él, cree oír a Tiernan murmurar que estrangularlo tal vez sería una gentileza. Al menos sería una muerte piadosa.

—Príncipe Oak de Elfhame —dice el tritón con el ceño fruncido. Como si le pareciera demasiado fácil—. Os llevaremos ante Cirien-Croin.

—¡Maravilloso plan! —dice él—. ¿Sabías que me encadenó? Y ahora debo casarme con ella a menos que alguien me lleve. Subid a bordo. Vámonos.

La expresión de Wren se ha vuelto inexpresiva. Es imposible que crea que habla en serio, pero eso no significa que sus palabras no le calen hondo.

—No querréis ir con ellos —dice Randalin, porque Randalin es idiota.

El tritón hace una señal y seis de los tiburones se acercan nadando para que los demás tritones que llevan a sus espaldas puedan subir a cubierta. Uno tiene una red plateada en las manos. Brilla a la luz de la mañana.

Seis. Son casi todos.

—Llevaos también a la reina —ordena el líder de los tritones—. El resto dejádselo a Espiral de Acero.

Espiral de Acero. Debe de ser el monstruo.

—No vais a llevaros a nadie —dice uno de los caballeros—. Si abordáis el barco, os…

—Dejadlos que vengan —interrumpe Oak con una mirada significativa—. Tal vez se la lleven y nos dejen en paz al resto.

—Alteza —dice otro caballero, con un tono respetuoso pero hablando despacio, como si el príncipe fuera más tonto que el consejero—. Dudo mucho que ese sea su plan. Si así fuera, se la entregaría sin pestañear.

El príncipe mira a Wren y espera que no lo haya oído. Randalin le ha dado la mano e intenta arrastrarla hacia el camarote cercano al timón del barco, en lo que parece un acto de valentía por su parte.

—Tal vez podamos llegar a algún acuerdo —dice el comandante de los tritones—. Después de todo, ¿quién hablará del poder de Cirien-Croin si todos los que lo presencian están muertos? Nos llevaremos al príncipe y a la reina, luego Espiral de Acero liberará a los demás mientras nos ocupamos de nuestros asuntos.

Es un trato terrible. Tan malo que hasta Espiral de Acero tendría el buen juicio de rechazarlo.

—¡Claro, sí! —dice Oak alegremente—. Estoy deseando hablar con Cirien-Croin del cortejo de Nicasia. Tal vez tenga algunas ideas que ofrecerle. Mi medio hermano la sedujo, ya sabéis.

Un marinero cercano suelta una exclamación de sorpresa. Ninguno de ellos se atrevería a hablar así de ella mientras cruzaban sus aguas.

El comandante de los tritones, aún sobre el tiburón, sonríe y muestra unos dientes finos, como los de algún pez de aguas profundas. Los seis tritones de la cubierta se separan, cuatro se dirigen hacia Wren y dos al príncipe. No esperan que Oak sea difícil de someter, aunque se resista.

A medida que los tritones se acercan, siente un momentáneo despunte de pánico. La mayoría de las personas que van en el barco tampoco esperan que sea difícil dominarlo, o lo consideran poco más que un tonto. Es la reputación que se ha ganado a pulso. Una reputación que está a punto de tirar por la borda.

Intenta apartarlo de su mente para concentrarse en el momento. Los tritones están a metro y medio de él y a metro y medio de Wren cuando ataca.

Corta la garganta del primero y rocía la cubierta con una fina capa de sangre verdosa. Se da la vuelta y hunde el filo del alfanje en el muslo del segundo tritón, desgarrándole una vena. Más sangre. Demasiada. La cubierta se vuelve resbaladiza.

Las flechas vuelan. Los enormes arpones disparan.

Oak corre por la cubierta hacia los cuatro que se acercan a Wren. Un par de sus soldados se enfrentan a un tritón. Un halcón solitario vuela en forma de pájaro, aterriza detrás de otro enemigo y se transforma justo a tiempo de clavarle una daga en la espalda. La propia Wren lanza un cuchillo a otro enemigo que huye por la cubierta. Oak llega a tiempo para despachar al último arrancándole la cabeza de cuajo de los hombros.

Hay muchos gritos.

Desde lo alto del mástil, Bogdana desciende con sus alas negras. Oak mira hacia Wren.

En ese momento de distracción, un tentáculo sinuoso lo derriba y se le enrosca en la pantorrilla. Intenta zafarse, pero el tentáculo lo arrastra tan rápido que se golpea la cabeza con las tablas de madera.

Da una patada con una pezuña al mismo tiempo que clava la hoja del alfanje en la carne gomosa de Espiral de Acero y ensarta el tentáculo en la cubierta. La criatura se retuerce y suelta al príncipe, que se levanta sobre las pezuñas con paso tambaleante.

Tiernan corta el tentáculo e intenta separarlo del cuerpo del monstruo.

Con un estremecimiento, se despega de la cubierta. Sigue teniendo el alfanje clavado cuando aprisiona a Tiernan. Entonces lo arrastra hacia el mar.

—¡Tiernan! —Oak corre hacia la borda del barco, pero el guardia ya ha desaparecido bajo las olas.

—¿Dónde está? —grita Hyacinthe. Tiene la cara manchada de sangre negra y un arco en la mano.

Antes de que Oak diga nada, el exhalcón suelta el arco y salta por la borda. El océano se lo traga entero.

No, no, no. El pánico se apodera de Oak. Sabe nadar, pero no lo bastante bien como para sacarlos a los dos.

A su alrededor, se producen varios combates. Alguien abate al tritón que huye. Fantasma acuchilla otro enorme tentáculo en un intento por salvar a uno de los halcones caídos. Tres tentáculos más se enroscan alrededor de la proa. Por todas partes se oyen gritos. De algunos lugares, aullidos.

Oak también quiere gritar. Si Tiernan muere, será por su culpa.

Por eso no quería un guardaespaldas. Por eso nunca debieron darle uno.

El príncipe suelta una cuerda de una cornamusa, se rodea la cintura con un extremo y lo anuda. Una vez atado, el príncipe da un fuerte tirón para comprobar si soportará su peso.

Mira hacia las olas. Desde tan cerca, puede distinguir algunas formas que se mueven en las profundidades.

Se llena los pulmones y está a punto de saltar tras ellos cuando un relámpago atrae su atención de vuelta a la cubierta. Una niebla avanza hacia el barco y el oleaje se encabrita.

Bogdana ha traído una tormenta.

No se le ocurre nada menos útil.

Oak vuelve a inhalar aire antes de saltar y descender por el costado del barco. Cuando toca el agua con las pezuñas, Hyacinthe emerge a la superficie, con Tiernan inerte en sus brazos. Oak lo agarra de inmediato, aunque teme que sea demasiado tarde.

—Alteza —dice Hyacinthe, con alivio en la voz. La cabeza de Tiernan está desplomada sobre su hombro.

Las olas le salpican la cara a Oak, que se aferra a su guardaespaldas. El cielo se ha oscurecido. Un trueno retumba detrás de él y otro rayo brillante se refleja en los ojos de Hyacinthe.

El cuerpo de Tiernan le pesa. Trata de encontrar una forma de sujetarlo con seguridad para que no se le resbale, una forma de llevarlos a los tres de vuelta a la cubierta.

Se levanta con una mano. Sube unos centímetros, pero es lento y no está seguro de que su fuerza vaya a aguantar.

Entonces Garrett aparece y se asoma hacia abajo.

—Aguanta —dice—. Sujétalo.

El oleaje se estrella contra el costado del barco. Fantasma es más fuerte de lo que parece y, sin embargo, Oak nota cuánto le cuesta tirar de ellos hacia arriba. En cuanto pasan por encima de la borda, el príncipe rueda sobre la cubierta con Tiernan. Un marinero ya ha lanzado otra cuerda para subir a Hyacinthe.

Tiernan escupe agua y vuelve a quedarse quieto.

Cuando Oak levanta la vista, uno de los tentáculos se desliza por la cubierta hacia Wren. El viento atrapa su grito de advertencia. Intenta levantarse, pero es demasiado lento, y, de todos modos, no tiene espada. Hyacinthe, que acaba de llegar a la borda, grita horrorizado.

Wren levanta la mano. Al hacerlo, la piel de Espiral de Acero se despega del músculo y el tentáculo se queda flácido y arrugado. Un horrible temblor recorre el barco cuando todos los tentáculos se desprenden a la vez. Las tablas crujen.

El último de los tritones desaparece bajo las olas y en sus labios muere cualquier postrer provocación que pudiera haber proferido.

La bruja de la tormenta, en forma de buitre, emite un sonido gutural mientras vuela. El viento se intensifica y sopla a su alrededor, como si conjurara un escudo de lluvia y aire.

Wren tropieza y agarra el brazo de Oak. Él la rodea por la cintura y la mantiene erguida.

—Lo he matado.

Su piel tiene un aspecto ceroso.

Oak piensa en la historia de Bogdana. En que si el poder de Wren realmente funciona como unas cerillas, ella no para de agarrarlas a puñados y prenderles fuego a la vez.

—Matar es lo mío —dice—. Deberías buscarte otra cosa para ti.

El labio de Wren se levanta. Tiene la mirada un poco desenfocada.

El viento infla las velas y rompe cuerdas que ya estaban deshilachadas. El casco del barco parece elevarse por encima del azote de las olas.

Oak mira a Tiernan, inmóvil como una piedra, con Hyacinthe inclinado sobre él. Mira la sangre que baña la cubierta. A los halcones, caballeros y marineros heridos. Luego mira la mancha púrpura, no muy distinta de un moratón, que se arrastra sobre la piel azul de Wren.

El barco se eleva más. De repente, Oak se da cuenta de que está por encima de las olas.

Bogdana ha usado su tormenta para hacer volar el barco.

Si devoró los restos de los huesos de Mab, tal vez realmente haya recuperado una gran parte de su antiguo poder. Y tal vez realmente fuera la primera de las brujas.

Wren se apoya con más fuerza en él, el único aviso antes de que se desplome. La sujeta a tiempo y la levanta en brazos, con la cabeza apoyada en su pecho. Mantiene los ojos abiertos, pero brillan febriles y, aunque parpadea, no está seguro de que lo vea.

Algunos de sus guardias fruncen el ceño, pero ni siquiera Straun intenta impedir que Oak empuje la puerta de su habitación con una pezuña para llevarla dentro.

El sofá y la mesita están volcados. La alfombra está mojada y hay trozos de cerámica esparcidos por ella; los restos de la tetera se han unido a la taza de té rota.

Cruza la habitación y deposita a Wren con cuidado sobre las mantas; sus largos cabellos se derraman por la almohada. Sus profundos ojos verdes siguen vidriosos. Recuerda lo que le dijo

Hyacinthe sobre su poder. *Cuanto más deshace, más se descompone ella misma.*

Entonces Wren levanta la mano y le toca la mejilla. Sus dedos avanzan para enredarse en su pelo y se deslizan por su nuca hasta el hombro. Se queda muy quieto, temeroso de que, si se mueve, ella se sobresalte y se aparte. Nunca lo había tocado así, como si todo pudiera ser sencillo entre ellos.

—Tienes que parar —dice y su voz es poco más que un susurro. Su expresión refleja afecto.

Oak frunce el ceño, perplejo. Ha bajado la mano hasta su pecho y, mientras habla, abre la palma sobre su corazón. Él apenas se ha movido.

—¿Parar el qué?

—Ser amable conmigo. No lo soporto.

Se tensa.

Wren retira la mano y la deja caer sobre el colchón. La piedra azul del anillo que le dio destella.

—No… A mí no se me da bien fingir. No como a ti.

Si se refiere a su frialdad hacia él, se le da mucho mejor de lo que cree.

—Podemos parar. Podemos hacer una tregua.

—Por ahora —dice ella.

—Entonces hoy, mi señora, habla libremente —dice él y esboza lo que espera sea una sonrisa tranquilizadora—. Mañana podrás rechazarme.

Wren lo mira, con los ojos entrecerrados. Parece medio dormida.

—¿Es agotador ser encantador todo el tiempo? ¿O es que eres así?

Oak pierde la sonrisa. Piensa en la magia que se le escapa. Sabe controlar su encanto, en general. Más o menos. Sabe resistirse a usarlo. Y piensa hacerlo.

—¿Te has preguntado alguna vez si alguien te quiere de verdad? —pregunta ella, con esa misma voz tierna y desenfocada.

Sus palabras son como una patada en el estómago, sobre todo porque se da cuenta de que no pretende ser cruel. Y porque Oak no lo había pensado. En ocasiones se ha preguntado si la sangre de gancanagh ha hecho que los feéricos lo quisieran un poco más de lo que lo habrían querido en otras circunstancias, pero ha sido demasiado vanidoso para siquiera plantearse que pudiera afectar a Oriana o a sus hermanas.

Oriana, que quería tanto a su madre que tomó al hijo de Liriope y lo crio como si fuera suyo, arriesgando su vida en el proceso. Jude y Vivi, que sacrificaron su propia seguridad por él. Jude, que seguía haciendo sacrificios para asegurarse de que algún día fuera el rey supremo. Si la magia es la causa de esa lealtad, en lugar del amor, entonces es una maldición para la gente que lo rodea.

Al menos una parte de él debe de haberlo sospechado, porque, si no, ¿por qué mantenerse alejado? Se ha convencido de que era porque quería pagarles por todos los sacrificios que han hecho, que quería llegar a ser tan increíble como ellas, pero tal vez siempre ha sido por esto.

Le entran náuseas.

Se siente aún peor cuando su boca se curva inconscientemente en una sonrisa. Se ha convertido en una reacción automática al dolor, enmascararlo con una sonrisa. Oak, siempre risueño. Fingiendo que nada le duele. Una cara falsa que esconde un corazón falso.

No la culpa por lo que ha dicho. Alguien debería habérselo dicho mucho antes. ¿Cómo ha podido pensar que ella alguna vez llegaría a quererlo? ¿Quién va a amar a alguien que está vacío por dentro? ¿Alguien que roba amor en lugar de ganárselo?

El príncipe recuerda cómo yació en el suelo de la aldea de los troles, tras beber varias copas de licor mezclado con seta lepiota. Fue la última vez que sintió la mano de Wren en su mejilla sonrojada, su piel lo bastante fría en aquel momento como para ponerle la carne de gallina y mantenerlo aferrado a la conciencia.

Soy veneno, le había dicho entonces. Y no sabía ni la mitad.

Oak se queda junto a Wren hasta que ella se duerme. Luego la tapa con una manta y se levanta. El horror que sintió cuando pronunció esas palabras (*¿te has preguntado alguna vez si alguien te quiere de verdad?*) no se ha disipado, pero sabe ocultarlo. Con facilidad. Por primera vez, odia lo sencillo que le resulta. Odia esa capacidad de encerrarse tan estrechamente en su propia piel que nada real se filtra al exterior.

Sube el escalón. De pie en cubierta, mira el océano a lo lejos. Parece como si navegaran a través de un mar de nubes.

Algunos soldados intentan reparar la borda, destrozada por los tentáculos. Otros intentan allanar los trozos de madera astillada donde las puntas de lanza han perforado la cubierta, rodeados por tenues salpicaduras de sangre que estropean su color claro.

El barco vuela lo bastante alto como para que los marineros y los soldados puedan pasar los dedos entre las nubes y que la niebla les moje la piel. Lo bastante alto como para que las aves marinas vuelen a su lado; algunas incluso se posan en el mástil y las jarcias.

Bogdana está al timón. Su expresión es tensa y, cuando lo ve, entrecierra los ojos. Sin embargo, sea lo que fuere lo que quiera decirle, parece que no puede alejarse y dejar de controlar la tormenta que los impulsa.

Oak otea el barco hasta que divisa a Tiernan cerca del mástil, bajo la red que llega hasta la base de la vela. Tiene la cabeza apoyada en una capa, el pelo morado aún húmedo y tieso por la sal. Tiene los ojos cerrados y la piel muy pálida.

Hyacinthe está a su lado y el pelo oscuro le esconde el rostro. Cuando Oak se agacha junto a él, el exhalcón levanta la cabeza y revela una expresión de dolor. Parece que estuviera perdiendo sangre por una herida invisible.

—Se ha despertado lo necesario para hablarme —cuenta Oak, para que al menos no tenga que preocuparse por Wren—. Me ha dicho cosas muy desagradables sobre mí mismo.

—Respira —dice Hyacinthe y señala con la cabeza a Tiernan.

Durante un largo rato, observan el vaivén del pecho del guardaespaldas. Cada inhalación parece suponerle un gran esfuerzo. Mientras observa, el príncipe no confía en que otra respiración vaya a seguir a la anterior.

—Su lealtad hacia mí podría costarle la vida —dice.

Para su sorpresa, Hyacinthe niega con la cabeza. Acerca la mano al pecho del otro hombre y la posa sobre su corazón.

—El problema ha sido mi falta de lealtad hacia él.

Su voz es tan suave que el príncipe no está seguro de haber oído bien las palabras.

—No podrías haber… —empieza, pero Hyacinthe lo interrumpe.

—Podría haberlo amado más —dice—. Podría haber confiado más en su amor.

—¿De qué habría servido eso contra un monstruo? —pregunta Oak. Tiene ganas de discutir y espera que Hyacinthe le dé un motivo.

—¿No crees que lo que he dicho sea verdad?

—Claro que sí —dice Oak—. Deberías confiar más en su amor y rogarle que te diera otra oportunidad. Pero nada de eso le habría impedido ahogarse. Que saltaras tras él sí lo ha salvado.

—Y que tú estuvieras ahí para subirnos de vuelta a cubierta nos salvó a los dos. —Se recoge el pelo detrás de la oreja y suelta un suspiro tembloroso. No aparta la mirada de Tiernan mientras se mueve un poco—. Quizá ya haya tenido suficiente venganza. Tal vez no tenga que hacer las cosas tan difíciles. —Sin embargo, cuando Oak empieza a levantarse, el exhalcón lo mira—. Eso no significa que te libere de tu promesa, príncipe.

Cierto. Ha prometido cortarle la mano a alguien.

Cuando la tarde empieza a dar paso a la noche, Tiernan despierta por fin. Una vez que comprende lo sucedido, se enfurece tanto con Oak como con Hyacinthe.

—No deberías haber ido a por mí —le espeta a Hyacinthe y luego se vuelve hacia el príncipe—. Y tú mucho menos.

—Si apenas hice nada —dice Oak—. Aunque es posible que Hyacinthe haya luchado con un tiburón por ti.

—No es cierto. —A pesar de todas las palabras de amor de Hyacinthe, su actitud es huraña en la noche.

Oak se levanta.

—Os dejo para que lo habléis. O para que hagáis lo que os plazca.

El príncipe se acerca al timón, donde encuentra a Fantasma sentado solo, contemplando el ondear de las velas. Tiene un bastón a su lado. Igual que Vivi, Fantasma tuvo un progenitor humano y se nota en el color castaño arena de su pelo, un tono poco habitual en Faerie.

—Hay un cuento sobre brujas al que deberías prestar atención —dice Garrett.

—Ah, ¿sí?

Oak está casi seguro de que no le va a gustar.

Fantasma mira más allá del príncipe, al horizonte, donde el brillante resplandor del sol se desvanece en brasas.

—Se dice que el poder de una bruja proviene de la parte que le falta. Todas tienen una piedra fría, un fragmento de nube o una llama que nunca se apaga donde deberían tener el corazón.

Oak piensa en Wren y en su corazón, la única parte de ella que alguna vez fue de carne y hueso, y no cree que sea cierto.

—¿Y?

—Son tan diferentes del resto de los feéricos como los mortales lo son de las hadas. Y vas a llevar a dos de las más poderosas de su especie a Elfhame. —Fantasma le dedica una larga mirada—. Espero que sepas lo que haces.

—Yo también —dice Oak y suspira.

—A veces me recuerdas a tu padre, aunque dudo que te guste oírlo.

—¿Madoc? —Nadie se lo había dicho antes.

—Te pareces mucho a Dain en algunos aspectos —dice Fantasma.

Oak frunce el ceño. Que lo comparen con Dain no puede ser bueno.

—Ah, ya, mi padre, el que intentó matarme.

—Hizo cosas terribles y brutales, pero tenía potencial para ser un gran líder. Un gran rey. Igual que tú.

La mirada de Garrett es firme.

Oak resopla.

—No pienso liderar a nadie.

Fantasma asiente en dirección a Wren.

—Si es una reina y te casas con ella, entonces serás un rey.

Oak lo mira horrorizado, porque tiene razón. No se lo había planteado. Posiblemente porque sigue pensando que es poco probable que Wren siga adelante con la boda. También porque es tonto.

Al otro lado del barco, Hyacinthe conduce a Tiernan a un camarote. Recuerda que el exhalcón no lo ha liberado de su trato.

—Ya que conocías tan bien a Dain, ¿sabes decirme quién envenenó a Liriope?

Fantasma frunce el ceño.

—Pensaba que creías que había sido él.

—Es posible que alguien más lo ayudara —insiste Oak—. Otra persona deslizó la seta lepiota en su copa.

Garrett parece muy incómodo.

—Era un príncipe de Elfhame y el heredero de su padre. Tenía muchos sirvientes. Mucha gente dispuesta a ayudarlo con cualquier empresa que se propusiera.

A Oak no le gusta que muchas de esas palabras también podrían aplicarse a él.

—¿Alguna vez has oído algo sobre que hubiera alguien más involucrado?

Garrett guarda silencio. Como no puede mentir, el príncipe supone que sí.

—Dímelo —dice—. Me lo debes.

Fantasma aprieta los labios con expresión sombría.

—Debo muchas cosas a mucha gente. Pero esto lo sé. Locke conocía la respuesta que buscas. Sabía el nombre del envenenador, para lo que le sirvió.

—Soy más listo que Locke.

Sin embargo, en lo que piensa es en el sueño y en la risa del zorro.

Fantasma se levanta y se sacude las manos en los pantalones.

—No hace falta mucho para eso.

Oak no sabe si Garrett conoce el nombre o solo sabe que Locke lo conocía. Quizá Taryn haya compartido con él algunos de los secretos que le contara Locke.

—¿Lo sabe mi hermana?

—Deberías preguntarle —dice el espía—. Seguramente te estará esperando en la orilla.

El príncipe levanta la mirada y vislumbra las Islas Cambiantes de Elfhame a lo lejos, abriéndose paso entre la bruma que las envuelve.

La Torre del Olvido se eleva como un obelisco negro e imponente desde los acantilados de Insweal, y más allá se distingue la verde colina del palacio de Insmire. El resplandor del atardecer hace que parezca que está en llamas.

13

É *rase una vez una mujer tan hermosa que nadie era capaz de resistirse a ella.*

Así le contó Oriana la historia de Liriope a Oak después de que hubiera coronado a Cardan como el nuevo rey supremo. Le sonó como un cuento de hadas. De esos con príncipes y princesas que los mortales se contaban unos a otros. Sin embargo, ese cuento trataba de cómo a Oak le habían contado una mentira, y esa mentira era la historia de su vida.

Oriana era su madre y no lo era. Madoc era su padre y no lo era.

Érase una vez una mujer tan hermosa que nadie era capaz de resistirse a ella. Cuando hablaba, los corazones de quienes la escuchaban empezaban a latir solo por ella. Con el tiempo, llamó la atención del rey, que la convirtió en la primera de sus consortes. Mas el hijo del rey también la amaba y la quería para sí.

Oak no sabía lo que era una consorte y, como estaban en Faerie y allí el sexo no les avergonzaba, Oriana le explicó que era alguien a quien el rey quería llevarse a la cama. Si eran chicos, como Val Moren, era por puro placer. Si eran chicas, como ella, entonces era por placer, pero también podían aparecer bebés. Si era alguien de algún otro género, era por placer y la parte de los bebés era una posible sorpresa.

—Pero no tuviste ningún bebé del rey —dijo Oak—. Solo me tienes a mí.

Oriana sonrió y le hizo cosquillas en el pliegue del brazo; él chilló y se apartó.

—Solo a ti —reconoció—. Y Liriope tampoco iba a tener al hijo del rey. El bebé que llevaba en el vientre lo había engendrado su hijo, el príncipe Dain.

Cuando hablaba, los corazones de quienes la escuchaban empezaban a latir solo por ella. Con el tiempo, llamó la atención del rey, que la convirtió en la primera de sus consortes. Mas el hijo del rey también la amaba y la quería para sí. Sin embargo, cuando tuvo un hijo con ella, le entró miedo. Aunque el rey favorecía a su hijo, tenía otros hijos e hijas. Su favor podía cambiar si se enteraba de que el príncipe se había llevado a su consorte a la cama. Así que el hijo puso veneno en la copa de la mujer y la dejó morir.

—No lo entiendo —dijo Oak.

—La gente a veces es codiciosa con el amor —respondió Oriana—. No pasa nada si no lo entiendes, querido.

—Pero, si la amaba, ¿por qué la mató?

La historia hizo que Oak se sintiera extraño, como si su vida no le perteneciera del todo.

—Mi precioso niño —dijo su madre. Su segunda madre, la única que conocería—. Me temo que el príncipe amaba más el poder.

—Si alguna vez amo a alguien… —comenzó, pero no supo cómo seguir. *Si alguna vez amo a alguien, no lo mataré* era una promesa bastante pobre. Además, ya amaba a mucha gente. A sus hermanas. A su padre. A su madre. A su otra madre, aunque ya no estuviera. Incluso a los ponis de los establos y a los perros de caza que su padre le decía que no eran mascotas.

—Cuando ames a alguien —dijo Oriana—, sé mejor de lo que fue tu padre.

Oak se estremeció al oír la palabra *padre*. Había aceptado que tenía dos madres y que podía parecerse a Liriope o actuar como ella, porque le había legado una parte de sí mismo; sin embargo, hasta ese momento, nunca había pensado en el villano de la historia, el «hijo predilecto del rey», como en alguien con quien compartiera algo más que sangre.

Se miró las pezuñas. Los Greenbriar destacaban por sus rasgos animales. Debían de ser herencia de Dain, como sus cuernos. Tal vez junto con otras cosas que aún no veía.

—Yo...

—Y sé más cuidadoso que tu madre. Ella tenía el poder de saber lo que escondía el corazón de cualquiera y de decir las palabras que más querían oír.

Oriana lo miró.

Oak se quedó callado, asustado. A veces él también conocía esas palabras.

—No puedes evitar lo que eres. No puedes evitar ser encantador. Pero si te asomas a demasiados corazones ajenos, podrías perder el camino de vuelta al tuyo.

—No lo entiendo —dijo de nuevo.

—Podrías convertirte en la encarnación de lo que alguien... Por favor, eres tan joven que no sé cómo explicártelo. Podrías hacer que la gente te viera como quiere verte. Te sonará inofensivo, pero puede ser muy peligroso convertirse en todo lo que una persona quiere. La encarnación de todos sus deseos. Y más peligroso aún que te retuerzas para encajar en las formas que otros eligen para ti.

Oak la miró, todavía confuso.

—Ay, mi queridísimo niño. No todo el mundo tiene que quererte.

Oriana suspiró.

Pero a Oak le gustaba que todo el mundo lo quisiera. Le gustaba tanto que no entendía por qué querría que fuera de otra manera.

14

Da la impresión de que la mitad de la Corte ha acudido a ver cómo el barco aterriza en las aguas cerca del Mercado de Mandrake. Cuando el casco cae con un chapoteo, lanza salpicaduras al aire. La vela se orza y Oak se aferra a las jarcias para no dar tumbos por la cubierta como un borracho.

No le cuesta adivinar que los espectadores han acudido en parte para ver al príncipe heredero volver a casa y en parte para echar un vistazo a la nueva reina del norte, para determinar si Oak y ella están realmente enamorados y si todo esto desencadenará en un matrimonio o en una alianza, o si es el preludio de un asesinato.

El Consejo Orgánico espera al fondo de la multitud. Baphen, el ministro de estrellas, se acaricia una barba azul enhebrada con ornamentos celestiales. A su lado, Fala, el gran bufón, vestido de un variopinto púrpura, se arranca una rosa del mismo color del pelo y mastica los pétalos, como si llevara tanto esperando que necesitara un tentempié. Mikkel, el trol representante de las Cortes Oscuras, parece intrigado por el barco volador, mientras que la insectil Nihuar, representante de las Cortes Luminosas, parpadea confusa. Con esos ojos de insecto, a Oak siempre le ha parecido inquietantemente inescrutable.

La familia de Oak no está mucho más lejos. Las faldas de Taryn ondean a su alrededor con la última ráfaga de viento que ha impulsado el barco. Inclina la cabeza hacia Oriana mientras Leander corretea en círculos, tan inquieto como era Oak de niño, cuando jugaba mientras a su alrededor pasaban cosas aburridas e importantes.

Los marineros a bordo echan el ancla. Un puñado de barcos pequeños zarpan desde la costa de Insmire para llevar a los pasajeros a casa. Una colección de embarcaciones diversas, ninguna perteneciente a la armada, sino barcos de recreo. Uno tiene forma de cisne, dos están tallados para que parezcan peces y también hay un esquife plateado.

Mientras Oak observa, Jude sale de un carruaje. Tras diez años de reinado, no se molesta en esperar a que un caballero o un paje la ayude a bajar, como sería lo adecuado, sino que salta del carruaje sin más. Hoy tampoco se ha molestado en ponerse un vestido, sino que viste unas botas altas, pantalones ajustados y un jubón a modo de chaleco sobre una camisa tan holgada que bien puede habérsela tomado prestada a Cardan. El único indicativo de que es la reina suprema es la corona que lleva en la cabeza, o quizás el modo en que la multitud se calla a su llegada.

Cardan es el siguiente en salir del carruaje, luciendo todas las galas que ella evita. Lleva un jubón negro tan oscuro como su pelo, con líneas de espinas escarlata a lo largo de las mangas y en el pecho. Como si la sugerencia de ser espinoso no fuera suficiente, sus botas terminan en puntas como agujas. La sonrisa de su rostro transmite al mismo tiempo una grandeza real y aburrimiento.

Los caballeros se arremolinan a su alrededor, un reflejo de la alarma que ocultan las expresiones del rey y la reina.

Después de que las naves de recreo hayan alcanzado al barco, Hyacinthe baja y regresa con Wren a su lado. Se ha recuperado lo suficiente como para vestirse para la ocasión con un vestido de color gris nube, que centellea cuando se mueve. Sigue descalza, pero lleva el cabello trenzado en lo alto de la cabeza, entretejido con las púas de la corona de ónice dentada. Y aunque se apoya con fuerza en Hyacinthe, al menos está vestida y erguida.

—Yo cruzaré primero —informa Randalin al príncipe—. Vos vendréis a continuación, con la reina. Me he tomado la libertad de ordenar a vuestra escolta armada que espere en la retaguardia, con Bogdana. Por supuesto, si lo aprobáis.

La pregunta es claramente una formalidad. La orden ya está dada y la procesión preparada. Puede que el ministro de llaves haya estado inusualmente callado desde el ataque al barco, pero eso no ha reducido su pomposidad.

En otro tiempo, a Oak le habría divertido más que molestado. Sabe que el consejero es inofensivo. Sabe que su enfado es una reacción exagerada.

—Adelante —dice e intenta recuperar la calma.

Cuando el consejero se aleja hacia la orilla, Oak suspira y se acerca a Wren. Hyacinthe le susurra algo al oído y ella niega con la cabeza.

—Si estás bien… —empieza Oak.

—Lo estoy —lo interrumpe.

—Entonces, majestad —dice el príncipe—, ¿me permitís el brazo?

Ella lo mira, tan remota e impenetrable como la mismísima Ciudadela. Oak se siente un poco sobrecogido y luego enfadado en su nombre. Odia que tenga que llevar una máscara, sin importar cuánto le cueste, sin importar todo lo que ha sufrido.

Igual que tú.

Wren asiente y coloca la mano sobre la de él.

—Seré el monstruo más educado del mundo.

Por un momento, en el destello de sus ojos, la comisura levantada de su boca y el brillo de un diente afilado, atisba a la chica que viajó con él. La que era feroz y amable, ingeniosa y valiente. Pero entonces desaparece de nuevo, sumergida en una fría rigidez. Ya no se parece a la chica que amó en las semanas anteriores, sino a la que amó de niño.

Está nerviosa, piensa.

Mientras Oak la acompaña a tierra, hacia los espectadores, oye susurros.

La reina hechicera. La reina bruja.

Aun así, él es su príncipe. Los susurros se desvanecen cuando la multitud se separa complaciente a su alrededor. Tiernan y Hyacinthe los siguen, uno a cada lado.

Cuando Oak se acerca a su hermana, se inclina. Wren, que parece no estar segura de la etiqueta correspondiente, hace una reverencia superficial.

A pesar de la cantidad de magia que debe de haber necesitado para destruir al monstruo marino, a pesar de lo enferma que estaba después, se muestra serena.

—Bienvenido a casa, príncipe Oak —dice Jude con formalidad, y luego tuerce la boca en una sonrisa irónica—. Y felicidades por haber completado tu épica aventura. Recuérdame que te nombre caballero cuando tenga oportunidad.

Oak sonríe y se muerde la lengua. Está seguro de que tendrá mucho más que decirle más tarde, cuando estén a solas.

—Y la reina Suren de la antigua Corte de los Dientes —dice Cardan con voz sedosa—. Has cambiado bastante, aunque supongo que es normal. Felicidades por el asesinato de tu madre.

El cuerpo de Wren se tensa por la sorpresa.

Oak desea que Cardan deje de hablar, pero no tiene ni idea de cómo pararlo sin darle una patada o tirarle algo a la cabeza.

—La Ciudadela de la Aguja de Hielo está llena de pesadillas del pasado —dice Wren tras un rato de silencio—. Estoy deseando crear otras nuevas.

Cardan le dedica una media sonrisa de aprobación por la frase.

—Mañana al atardecer ofreceremos una cena para celebrar vuestra llegada. Y los esponsales, si los frenéticos mensajes que recibimos de Grima Mog eran ciertos.

La mente de Oak da vueltas mientras intenta averiguar si debería oponerse a alguna parte de lo que ha dicho.

—Efectivamente, estamos prometidos —confirma.

Jude lo mira y estudia su rostro. Luego se vuelve hacia Wren.

—Así que vas a ser mi nueva hermana.

Wren se estremece, como si las palabras fueran el primer movimiento de alguna clase de juego cruel. Oak quiere tenderle la mano, tocarle el brazo, tranquilizarla de alguna manera, pero sabe que no debe hacer que parezca que lo necesita.

Además, no está del todo seguro de lo que su hermana pretendía con esas palabras.

Al momento siguiente, el buitre negro aterriza en el suelo junto a ellos y se transforma en Bogdana. Las plumas oscuras se convierten en su vestido y su pelo.

Alrededor, se levanta el traqueteo de las espadas al desenvainar.

—Qué saludo tan apropiado, majestades —dice la bruja de la tormenta.

No se inclina. No hace una reverencia. Ni siquiera agacha la cabeza.

—Bogdana —dice Jude, y hay algo que bien podría ser admiración en su tono—. Tu reputación te precede.

—Qué agradable —dice la bruja—. Sobre todo porque salvé a vuestro barco de una destrucción segura.

Jude mira a Fantasma, luego se controla y se vuelve hacia Randalin.

—Es cierto, majestad —afirma el consejero—. Inframar nos atacó.

Un murmullo de sorpresa recorre la multitud.

Cardan levanta las cejas, escéptico.

—¿Inframar?

—Uno de los pretendientes de la reina Nicasia —aclara Randalin.

El rey supremo se vuelve hacia Oak con una sonrisa divertida.

—Tal vez les preocupaba que fueras a unirte a la competición.

—Querían enviar un mensaje —continúa el consejero, como si estuviera argumentando el caso—. Que la superficie debe mantenerse al margen y dejar que el mundo submarino resuelva sus asuntos de gobierno por sí mismo. Si actuamos de otro modo, nos habremos ganado un nuevo y poderoso enemigo.

—Su pobre visión de los tratados me da una pobre visión de ellos —dice Cardan—. Prestaremos ayuda a Nicasia, como ella nos ayudó una vez, y como juramos hacer.

Fue Inframar quien se unió al bando de Jude cuando transformaron a Cardan en serpiente, mientras Madoc y sus aliados conspiraban para hacerse con la corona y el trono, y mientras Wren se escondía en la habitación de Oak.

—Te agradecemos tu ayuda —dice Jude a Bogdana.

—Yo salvé el barco, pero Wren salvó a todos los que iban a bordo —dice la bruja y enrosca los largos dedos con un gesto posesivo en el hombro de la muchacha.

Wren se tensa por el contacto, o por el elogio.

—Y también salvó a nuestro padre —añade Oak, porque tiene que hacerle entender a su hermana que Wren no es su enemiga—.

Sin ella no habría podido llegar hasta Madoc, ni lo habría sacado de allí, aunque estoy seguro de que él ya te lo ha dicho.

—Me ha dicho muchas cosas —responde Jude.

—Espero que lo veamos en la boda —dice Bogdana.

Jude levanta las cejas y mira al rey supremo. Es evidente que pensaban que, por mucho que Oak estuviera prometido, un posible intercambio de votos era algo muy lejano.

—Hay varias celebraciones que deberían preceder…

—En tres días —dice Bogdana—. No más.

—¿O? —pregunta Cardan con ligereza. Un desafío.

—Basta —sisea Wren en voz baja. No puede reprender a la bruja delante de todos y Bogdana lo sabe, pero pasado cierto punto, tendrá que hacer algo.

La bruja de la tormenta pone ambas manos sobre los hombros de Wren.

—¿Príncipe?

Todos lo miran, sopesando su lealtad. Aunque se casaría con Wren en ese mismo instante si solo dependiera de él, no puede evitar pensar que cualquier cosa por la que Bogdana esté tan ansiosa no puede ser buena. Tal vez haya adivinado que Wren no tiene intención de seguir adelante.

—Me dolería esperar incluso tres días —dice con ligereza para desviar el tema—. Pero si es necesario, por el bien del decoro, mejor que las cosas se hagan correctamente.

—Hay rituales que cumplir —dice Jude—. Y hay que reunir a tu familia.

Está dando largas, como Wren esperaba.

Cardan observa la interacción. Sobre todo, observa a Oak. Sospecha del príncipe. Oak tiene que hablar con él a solas. Tiene que explicárselo todo.

—Os hemos preparado habitaciones en palacio… —empieza Jude.

Wren niega con la cabeza.

—No tenéis que molestaros por mí. Tengo medios para resguardar a mi propia gente.

De un bolsillo de su reluciente vestido gris saca la nuez blanca.

Jude frunce el ceño.

Oak entiende que Wren no quiera estar en palacio, donde podrían descubrir todas sus debilidades. Sin embargo, rechazar la hospitalidad de los gobernantes de Elfhame no habla bien de su lealtad.

Cardan parece distraído por la nuez.

—Pues muy bien, seré yo quien haga la pregunta obvia: ¿qué es eso?

—Si nos dejáis una extensión de hierba, mi gente y yo nos acomodaremos allí —dice Wren.

Jude mira a Oak y él se encoge de hombros.

—Por supuesto —dice la reina suprema y le hace un gesto a un guardia—. Despejad el espacio.

Algunos caballeros dispersan a la muchedumbre hasta que logran despejar una extensión de hierba cerca del borde de las rocas negras que dan al agua.

—¿Será suficiente espacio? —pregunta Jude.

—Más que suficiente —dice Bogdana.

—Sabemos ser generosos —dice Cardan, eligiendo las palabras con el claro objetivo de irritar a la bruja.

Wren se aleja unos pasos y arroja la nuez a un trozo de tierra musgosa mientras recita el verso en voz baja. Los gritos de asombro se levantan a su alrededor cuando un pabellón del color blanco de las plumas de los cisnes, con unas patas doradas como las de un cuervo, surge de la tierra.

Le recuerda a una de las tiendas del campamento de la Corte de los Dientes. Recuerda haber visto algo muy parecido cuando cortó las cuerdas que ataban a Wren a un poste. Recuerda haber escuchado la voz de Madoc por encima de las de los demás soldados, en parte con nostalgia y en parte con miedo. Echaba de menos a su padre. También le temía.

Se pregunta si a Wren también le recordará al campamento, instalado no muy lejos de donde se encuentran ahora. Se pregunta si detestará estar aquí.

Madre Tuétano fue quien le dio la nuez mágica. Quien tiene un puesto en el Mercado de Mandrake y le dio a Oak el consejo que lo mandó a ver a la bruja de espinas, quien a su vez lo envió directo a Bogdana. Lo pasaron de bruja en bruja, tal vez con un plan concreto en mente. Una versión concreta de un futuro compartido.

Esos pensamientos lo inquietan.

—Qué nuez más curiosa —dice Cardan con una sonrisa—. Si no quieres alojarte en palacio, no nos queda más remedio que enviaros un refrigerio y esperar a mañana para vernos de nuevo. —Le hace un gesto a Oak—. Confío en que tú no lleves también una casita en el bolsillo. Tu familia está deseando pasar un rato contigo.

—Dame un segundo —dice el príncipe y se vuelve hacia Wren.

Es casi imposible decirle algo significativo con tantos ojos pendientes de ellos, pero no piensa irse sin prometerle que la verá pronto. Necesita que sepa que no la está abandonando.

—¿Mañana por la tarde? —dice—. Vendré a buscarte.

Ella asiente una vez, pero su expresión parece preparada para la traición. Lo entiende. Aquí él tiene poder. Si fuera a hacerle daño, sería el momento ideal.

—De verdad que quiero enseñarte las islas. Podríamos ir al Mercado de Mandrake. Nadar en el Lago de las Máscaras. Hacer un pícnic en Insear, si te apetece.

—Tal vez —dice Wren y deja que le dé la mano. Incluso deja que le bese la muñeca.

No sabe qué pensar del temblor de sus dedos cuando los suelta.

Después lo conducen a palacio, seguido por Tiernan, mientras Randalin se queja a gritos de las incomodidades del viaje ante los reyes supremos.

—Insististe en ir al norte —recuerda Jude al consejero.

En cuanto cruzan las puertas del palacio de Elfhame, Oriana abraza a Oak con fuerza.

—¿En qué estabas pensando? —pregunta y él se ríe, porque es exactamente lo que esperaba que dijera.

—¿Dónde está Madoc? —pregunta en el espacio entre que su madre lo suelta y Taryn lo envuelve en otro abrazo.

—Probablemente esperándonos en la sala de guerra —dice Jude.

Leander se acerca a Oak y exige que lo alce en brazos. Aúpa al niño y le da vueltas, y es recompensado con su risa infantil.

Cardan bosteza.

—Odio la sala de guerra.

Jude pone los ojos en blanco.

—Apuesto a que está discutiendo con el segundo al mando de Grima Mog.

—Bueno, si hay una pelea de verdad, entonces es distinto —dice Cardan—. Pero si solo se trata de empujar muñequitos de madera por los mapas, se lo dejaré a Leander.

Al oír su nombre, el niño se acerca.

—Estoy aburrido y tú también —dice—. ¿Juegas conmigo? —Es en parte una petición y en parte una exigencia.

Cardan le toca la cabeza, con el oscuro cabello cobrizo peinado hacia atrás.

—Ahora no, diablillo. Tenemos que hacer cosas aburridas de adultos.

Oak se pregunta si Cardan verá a Locke cuando lo mira. Se pregunta si verá al niño que Jude y él no tienen, y que parece que no tendrán pronto.

Cuando ella se vuelve a mirarlo, Oak levanta una mano para adelantarse a lo que su hermana esté a punto de decirle.

—¿Puedo hablar con Cardan un momento?

El rey supremo lo mira con los ojos entrecerrados.

—Tu hermana tiene prioridad y le gustaría pasar un rato contigo.

Al pensar en la reprimenda de Jude y luego en las de todos los demás miembros de la familia que le esperan, se siente agotado.

—Llevo casi dos meses fuera y estoy pegajoso por la sal —dice—. Quiero darme un baño, ponerme mi propia ropa y dormir en mi propia cama antes de que empecéis a gritarme.

Jude resopla.

—Elige dos.

—¿Qué?

—Ya me has oído. Puedes dormir y luego bañarte, pero estaré allí en cuanto termines, sin importarme un comino que estés desnudo. Puedes bañarte y ponerte ropa limpia, y verme antes de irte a dormir. O puedes dormir y cambiarte de ropa, sin bañarte, aunque reconozco que es la opción que menos me gusta.

La mira con exasperación. Ella le sonríe. En su mente, siempre ha sido primero su hermana, pero en ese momento le es imposible olvidar que también es la reina de Elfhame.

—Está bien —dice—. Baño y ropa. Pero quiero café, y no del de setas.

—Tus deseos son órdenes para mí —responde ella, como la mentirosa que es.

—Explícamelo desde el principio —dice Jude, sentada en un sofá en los aposentos de Oak.

Tiene los brazos cruzados. En la mesa a su lado hay un surtido de pasteles, una jarra de café, leche tan fresca que aún está caliente y dorada, y varios cuencos de fruta. Los criados siguen trayendo más comida: tortas de avena, pasteles de miel, castañas asadas, quesos con cristales que crujen entre los dientes, tartas de chirivía glaseadas con miel y lavanda... y él no deja de comer.

—Después de que me marché de la Corte fui a buscar a Wren, porque sabía que podía comandar a lady Nore —empieza y se distrae cuando alguien le pone una taza de café caliente en la mano. Tiene el pelo mojado y el cuerpo relajado luego de remojarse en agua caliente. La abundancia que ha dado por sentada toda su vida lo rodea, familiar como su propia cama.

—¿Te refieres a Suren? —espeta Jude—. ¿La antigua reina niña de la Corte de los Dientes? A la que llamas por un bonito apodo.

Se encoge de hombros. *Wren* no es exactamente un apodo, pero entiende a su hermana. Su uso indica familiaridad.

—Tiernan dice que hace años que la conoces.

Nota en la cara de su hermana que cree que se arriesgó a lo tonto al reclutar a Wren para su misión, que es demasiado confiado y que por eso a menudo acaba con un cuchillo clavado en la espalda. Es lo que quiere que crea, lo que le ha hecho creer con mucho esfuerzo, pero aun así le escuece.

—La conocí cuando vino a Elfhame con la Corte de los Dientes. Nos escabullíamos y jugábamos juntos. Te dije entonces que necesitaba ayuda.

Los ojos oscuros de Jude lo miran con atención. Está escuchando todos los matices de sus palabras y aprieta los labios en una fina línea.

—¿Te escapabas con ella durante una guerra? ¿Cuándo? ¿Por qué?

Niega con la cabeza.

—La noche en que Vivi, Heather, Taryn y tú hablabais de serpientes y maldiciones y de qué hacer con la brida.

Su hermana se inclina hacia delante.

—Podrían haberte matado. Podría haberte matado nuestro padre.

Oak se sirve una torta de avena y empieza a partirla.

—He visto a Wren una o dos veces a lo largo de los años, aunque no estaba seguro de lo que pensaba de mí. Entonces, esta vez…

Nota el cambio en la cara de Jude, la ligera tensión de los músculos de sus hombros. Pero sigue escuchándolo.

—La traicioné —reconoce—. Y no sé si me perdonará.

—Luce tu anillo en el dedo —dice Jude.

Se lleva a la boca uno de los trozos desmenuzados de la torta de avena y saborea la mentira que no puede contar.

Su hermana suspira.

—Y ha venido aquí. Tiene que valer algo.

Y me tuvo prisionero. Pero no cree que a Jude eso vaya a conmoverla como prueba de que Wren se preocupa por él.

—¿De verdad tienes intención de seguir adelante con el matrimonio? ¿Es real?

—Sí —dice Oak, porque ninguna de sus preocupaciones tiene que ver con su propia voluntad.

Jude no parece contenta.

—Papá me explicó que tiene un poder único.

Oak asiente.

—Deshace cosas. Magia, sobre todo, pero no exclusivamente.

—¿Personas? —pregunta Jude, aunque si Cardan ha felicitado a Wren por la muerte de lady Nore, está claro que conoce la respuesta, lo que significa que ella también.

Aun así, su hermana quiere oírselo decir a él. Tal vez solo quiere que lo admita. Oak asiente.

Jude levanta una ceja.

—¿Y qué significa eso exactamente?

—Esparcir nuestras tripas por la nieve. O cualquier paisaje que tenga a mano.

—Encantador. ¿Y vas a decirme que es nuestra aliada? ¿Que estamos a salvo de ese poder?

Oak se lame los labios secos. No, no puede decirlo. Tampoco quiere confesar que le preocupa que Wren vaya a destruirse a sí misma sin querer.

Jude vuelve a suspirar.

—Voy a elegir confiar en ti, hermano mío. Por ahora. No hagas que me arrepienta.

15

Oak se despierta en su propia habitación, en medio de un desorden de lo más familiar. Los papeles cubren la cómoda y el escritorio. Los libros se amontonan en pilas desordenadas, metidos en las estanterías en ángulos extraños. En la mesita de noche, un volumen abierto boca abajo, con el lomo roto.

El príncipe no tiene ningún cuidado con los libros. Ya se lo han comentado sus tutores.

En la pared hay un *collage* de dibujos, fotografías y otros objetos de los dos mundos que ocupa. Un billete naranja brillante de una feria cuelga junto a una adivinanza en un trozo de pergamino encontrado en el esófago de un pez. Una servilleta con el número de un chico al que conoció en el cine escrito con bolígrafo. Una nota adhesiva con tres libros que quiere sacar de una biblioteca. Un collar de oro en forma de bellota, regalo de su primera madre a la segunda y que luego pasó a ser suyo, pegado con chicle a la pared. Una figurita de un zorro plateada con un cordel en el centro, gemela a la que tiene Wren. Un retrato de estilo manga de Oak hecho por Heather con rotuladores. Un boceto a lápiz de un retrato formal de la familia que cuelga en uno de los salones.

Todo está igual que cuando se fue. Mirar alrededor hace que se sienta como si el tiempo se encogiera, como si hubiera estado fuera solo unas horas. Como si debiera ser imposible haber vuelto tan cambiado.

Oye un ruido procedente de la sala de estar, fuera del dormitorio, otra parte de los aposentos que deberían ser solo suyos. Se despierta del todo, sale de la cama y lleva la mano en un acto reflejo a la daga que esconde bajo el colchón.

Está justo donde la dejó.

Se desliza pegado a la pared, con cuidado de que sus pezuñas no hagan ruido en el suelo de piedra. Se asoma por el hueco entre la puerta y el marco.

Madoc está recogiendo lo que queda de comida en la mesa.

Tras un suspiro de disgusto, por sí mismo, por su padre y por su aparente paranoia, clava la daga en la pared y se pone una túnica. Cuando sale, Madoc está sentado en un sofá y bebe café frío que ha sobrado de la noche anterior. Un parche en el ojo le cubre una cuarta parte de la cara y un bastón negro retorcido descansa sobre una mesa auxiliar. Los recuerdos del sufrimiento de su padre en la Ciudadela atenúan la rabia de Oak hacia él, pero no la disipan del todo.

—Estás vivo —dice Madoc con una sonrisa.

—Podría decir lo mismo de ti —señala Oak y se sienta frente a él. Lleva una bata bordada con un estampado de ciervos, la mitad atravesados por flechas y sangrando un hilo rojo sobre la tela dorada. Todo en Elfhame le parece surrealista y siniestro en este momento y los ciervos moribundos no ayudan—. Antes de que hagas ningún comentario sobre algo que yo haya hecho y que tú consideres arriesgado, te sugiero que recuerdes que tú hiciste algo más arriesgado y mucho más estúpido.

—Doy la lección por aprendida —dice Madoc, pero luego levanta los labios en una sonrisa—. Pero conseguí lo que quería.

—¿Te ha perdonado? —No se sorprende del todo. Después de todo, su padre está aquí en palacio.

El gorro rojo niega con la cabeza.

—Tu hermana ha anulado el exilio. Por ahora. —Resopla y Oak comprende que es lo único que Jude puede hacer sin que parezca que le concede un trato especial. Pero es suficiente.

—¿Y ya has terminado de maquinar? —pregunta.

Madoc agita una mano en el aire.

—¿Para qué necesitaría maquinar si mis hijos controlan todo lo que siempre quise para ellos?

En otras palabras, no, no ha terminado.

Oak suspira.

—Hablemos de tu boda. Sabes que hay varias facciones por aquí bastante entusiasmadas con ella.

Oak levanta las cejas. ¿La gente que quiere quitarlo de en medio?

—Si tuvieras a tu lado a una reina poderosa, sería más fácil apoyarte contra los actuales ocupantes del trono.

Debería haberlo sabido.

—Ya que no me he hecho destacar como un posible gobernante competente.

—Algunos feéricos prefieren la incompetencia. Su deseo es que sus gobernantes tengan suficiente poder para mantener el trono y suficiente ingenuidad para escuchar a los que los sentaron allí. Tu reina emana ambas cosas.

—Ah, ¿sí?

Madoc hablando de política es reconfortante por la familiaridad que supone, pero le molesta que haya identificado tan rápidamente las facciones de la Corte que se prestarían a la traición. Le preocupa cómo respondería su padre si alguna vez le diera la más mínima señal de que está interesado en convertirse en el rey supremo. Alto Rey. Le preocupa que el oro rojo tenga en buena estima su ingenuidad tanto como la de cualquier conspirador.

—Esta noche tantearán a tu reinecita —continúa su padre—. Se presentarán y se ganarán su favor. Intentarán congraciarse con su gente y halagarán su persona. Medirán cuánto odia a los reyes supremos. Espero que sus votos fueran férreos.

Oak no puede evitar recordar el momento en que le dijo a Randalin que tal vez podría romper sus votos como lo haría con una maldición. *Limpiarlos como una telaraña.* No le gusta pensar en cuánto intrigaría a su padre esa información.

—Será mejor que me vista.

—Llamaré a los criados —dice Madoc mientras recoge el bastón y se empuja para ponerse de pie.

—Sé arreglármelas —dice Oak con firmeza.

—Tienen que limpiar estos platos y traerte algo para desayunar.

Su padre ya se dirige al tirador que hay junto a la puerta. Como con tantas otras cosas, no es que Oak no pueda detenerlo, sino que le costaría tanto esfuerzo que no siente que valga la pena hacerlo.

La familia de Oak está acostumbrada a pensar en él como en alguien a quien hay que cuidar. Y a pesar de que Madoc sí sabía que era lo bastante peligroso como para sacarlo de la Ciudadela de la Aguja de Hielo, sospecha que se sorprendería de las maquinaciones del príncipe en la Corte.

Antes de que llame a un criado para que le preste una ayuda que no quiere ni necesita, regresa a su dormitorio y rebusca en el armario algo que ponerse. En cuanto termine con su padre, robará una cesta de comida de las cocinas e irá a la casita con patas de Wren, así que no le hace falta nada ostentoso. Elige una chaqueta verde de lana lisa y unos pantalones oscuros que le llegan hasta la rodilla. Quiere tentar a Wren para corretear por Elfhame. Dejar atrás a los guardias y también la política. Está decidido a hacerla reír. Mucho.

Unos fuertes golpes en la puerta lo hacen salir del dormitorio. A pesar de haberse atiborrado la noche anterior y de haberle dicho a su padre que no se molestara en pedir más comida, le rugen las tripas. Es probable que tenga que ponerse al día con unas cuantas comidas. Y también es probable que no pase nada por tomar este desayuno y no tener que molestarse en asaltar las cocinas.

—Ah —dice Madoc—. Debe de ser tu madre.

Oak mira al gorro rojo con expresión de traición. No iba a poder evitar a Oriana por mucho tiempo, pero podría haberse preparado un poco más. Y su padre podría haberlo avisado.

—¿Y el desayuno?

—Te habrá traído algo.

Deduce que tendrían alguna señal acordada para cuando Madoc hubiera terminado con Oak; el tirón de la campana, un sirviente que corriera a llamarla.

El príncipe suspira, abre la puerta y se aparta cuando su madre entra en la habitación. Lleva una bandeja en las manos. Encima hay una tetera y unos aperitivos.

—No te vas a casar con esa chica —dice Oriana y lo fulmina con la mirada. Deja la bandeja con brusquedad e ignora el fuerte ruido que provoca al golpear la mesa.

—Cuidado —advierte Oak.

Madoc se levanta, apoyándose en el bastón negro.

—Os dejo para que os pongáis al día.

Su expresión es suave, cariñosa. No huye del conflicto. Le encantan los conflictos. Pero tal vez no quiera ponerse en la posición de tener que decirle abiertamente a Oriana que sus prioridades no coinciden con las suyas.

—Mamá —dice Oak.

Oriana hace una mueca. Va vestida con un vestido blanco y rosa, con un volante espumoso en la garganta y en los extremos de las mangas. Entre los ojos rosados, la piel pálida y las alas en forma de pétalos en la espalda, a veces le recuerda a una flor, una boca de dragón.

—Suenas como un mortal. ¿Tan difícil es decirlo bien?

Suspira.

—Madre.

Le presenta la mejilla para que la bese y luego acerca el dorso de sus manos a sus labios.

—Mi precioso niño.

Oak sonríe automáticamente, pero sus palabras le duelen. Nunca antes había dudado de su amor por él; le había dado la vuelta a toda su vida, incluso se había casado con Madoc, solo para protegerlo. Sin embargo, si ese amor era forzado, consecuencia de un encantamiento, entonces no era real y tendría que encontrar la manera de liberarla de esa carga.

—Me preocupaste cuando te fuiste —dice—. Sé que adoras a tu padre, pero él no querría que arriesgaras la vida por salvarlo.

Oak se muerde la lengua para no contestar. Madoc no solo estaba dispuesto a dejar que Oak arriesgara su vida, sino que contaba con ello. Tal vez debería sentirse agradecido. Al menos estaba seguro de que los sentimientos de Madoc eran reales. Él mismo era demasiado manipulador para permitir que lo manipulara la magia.

—Lo veo bien.

—Mejor de lo que estaba. Aunque no descansa lo suficiente, claro. —Mira a Oak con impaciencia. Normalmente es muy estricta con el protocolo, pero sabe que en este momento no le interesan las charlas triviales. Lo único que le sorprende es que haya permitido que Madoc y Jude hablaran primero con él. Por supuesto, al ser la última en acorralarlo, tenía la ventaja de poder sermonearlo todo el tiempo que quisiera sin preocuparse por ser interrumpida—. Lo de irte de aventuras lo entiendo, aunque no me gustara la idea de que te pusieras en peligro, pero esto no. Ofrecerte en matrimonio a esa chica que no posee ninguna de las cualidades que alguien querría en una novia.

—A ver si lo entiendo —dice Oak—. ¿Te parece bien que quizás haya tenido que matar a mucha gente, pero crees que he elegido besar a la chica equivocada?

Oriana lo atraviesa con la mirada y le sirve un poco de té.

Oak bebe. El té es oscuro y aromático y casi le quita el sabor amargo de la boca.

—Estuviste en sus prisiones. He hablado con Tiernan muchas veces desde su vuelta. Le he hecho decenas de preguntas. Sé que le ordenaste que se marchara con Madoc para salvarlos a ambos. Así que, dime, ¿te casas con ella porque te importa o porque quieres salvar al mundo de ella?

Oak hace una mueca.

—No has valorado la posibilidad de salvarla a ella del mundo.

—¿Esa es tu razón? —pregunta Oriana.

—Me importa —dice Oak.

—Como príncipe heredero, tienes una responsabilidad con el trono. Cuando…

—No. —Un fino zarcillo de preocupación se despliega en su interior al pensar que su madre, igual que Madoc, podría volverse demasiado ambiciosa en su nombre—. No hay motivos para pensar que viviré más que Jude o Cardan. Ninguna razón para que llegue a llevar la corona.

—Admito que una vez temí esa posibilidad —dice Oriana—. Pero ahora eres mayor. Y tienes un corazón bondadoso. Serías una gran bendición para Elfhame.

—Jude lo está haciendo muy bien. También tiene un corazón bondadoso.

Oriana lo mira incrédula.

—Además, Wren es una reina por derecho propio. Si quieres que lleve una corona, ahí lo tienes. Si nos casamos, tendré una por defecto.

Se lleva uno de los aperitivos a la boca y lo muerde.

Oriana no se deja aplacar.

—No es para tomárselo a la ligera. Tu hermana, desde luego, no lo hace. Envió a su gente a buscarte en cuanto supo que habías ido tras tu padre. Y aunque no consiguieron atraparte, trajeron de vuelta a uno de tus compañeros de viaje, un kelpie.

—Jack de los Lagos —dice Oak, encantado, hasta que termina de procesar las palabras de su madre—. ¿Dónde está? ¿Qué le ha hecho?

Oriana se encoge de hombros.

—¿Qué decías de que tu hermana tiene un corazón bondadoso?

Suspira.

—Me queda claro.

—Arrastraron a Jack ante nosotros y lo obligaron a relatarnos todo lo que sabía de tu viaje y tus intenciones. Todavía está en palacio; es un invitado de la Corte, no un prisionero, no del todo, pero describió a Suren como más animal que muchacha, revolcándose en el barro. Recuerdo cómo era cuando era una niña.

—Una niña torturada es lo que era. Además, ¿cómo se atreve a llamar «animal» a nadie cuando se convierte literalmente en caballo?

Oriana aprieta los labios.

—Ella no es para ti —dice al cabo de un rato—. Siente pena por ella si quieres. Deséala si es necesario. Pero no te cases con ella. No permitiré que vuelvan a arrebatarte de nuestro lado.

Oak suspira. Le debe mucho a su madre. Pero esto no.

—Quieres gobernarme como si fuera un niño. Pero también quieres que sea un gobernante. Tendrás que confiar en mí cuando te digo que sé lo que quiero.

—Te has cansado de chicas mucho más fascinantes —dice Oriana y hace un gesto con la mano—. También de algunos chicos, si los rumores de la Corte son ciertos. Esa Suren tuya es aburrida, carece de gracia y de modales, y además...

—¡Basta! —exclama Oak y los sorprende a ambos—. No, nadie va a nombrarla maestra de festejos ni tendrá a toda la Corte comiendo de su mano. Es callada. No le gustan las multitudes, ni que la gente la mire, ni tener que pensar en qué decirles. Pero no veo qué tiene que ver eso con que la ame.

Por un momento, se quedan mirándose. Entonces Oriana se levanta para acercarse a su armario y rebusca entre la ropa.

—Deberías ponerte el de color bronce. Toma. —Sostiene un jubón brillante tejido con hilos metálicos, marrón como la sangre seca, con hojas de terciopelo cosidas como si las hubiera soplado una ráfaga de viento. La mayoría son de varios tonos de marrón y dorado, pero unas pocas verdes llaman la atención por su brillo—. Y tal vez las cubiertas doradas para los cuernos y las pezuñas. Son preciosas a la luz de las velas.

—¿Qué tiene de malo lo que llevo? —pregunta—. Voy a salir el resto de la tarde y esta noche solo toca cenar con la familia y una chica a la que no quieres que impresione.

Oriana le dedica una mirada incrédula.

—¿Cenar? No, querido. Esta noche se celebra un banquete.

16

Por supuesto, cuando Cardan invitó a Wren a cenar, no se refería a cenar juntos ante una mesa. Se refería a asistir a un banquete celebrado en su honor. *Cómo no.*

Oak había olvidado cómo funcionaban las cosas, cómo se comportaba la gente. Después de haber pasado tanto tiempo lejos de Elfhame, lo han vuelto a encorsetar en un papel en el que ya no recuerda cómo encajar.

En cuanto su madre termina de vestirlo, regañarlo y besarlo, consigue salir por la puerta. De camino a las cocinas, se cruza con su sobrino, que le pide que juegue al escondite y se marcha a perseguir a un gato de palacio cuando le da largas. Luego, mientras el príncipe prepara una cesta con comida, tiene que soportar que varios criados, entre ellos la cocinera, le hagan carantoñas. Por fin, tras conseguir una tarta, varios quesos y una botella de sidra encorchada, se escabulle, con las mejillas un poco escocidas de tantos pellizcos.

Sin embargo, el cielo de Insmire es del mismo azul que el pelo de Wren y, mientras se dirige a su cabaña, no puede evitar sentir esperanza.

Ha recorrido casi todo el camino cuando una muchacha sale de entre los árboles.

—Oak —dice Wren, sin aliento. Viste un sencillo vestido marrón que no tiene nada que ver con la grandiosidad de la ropa que ha llevado desde que asumió el trono de la Corte de los Dientes. Parece como si se hubiera puesto lo primero que encontró.

—Te amo —dice Oak, porque necesita decirlo directamente, para que ella no encuentre ningún atisbo de mentira en ello. Sonríe porque la chica ha atravesado el bosque corriendo para ir a buscarlo. Porque se siente ridículo y feliz—. Ven a hacer un pícnic conmigo.

Por un momento, Wren lo mira horrorizada. Los pensamientos del príncipe se bloquean, tambaleantes. Siente un dolor agudo en el pecho y se esfuerza por mantener la sonrisa en los labios.

No es que esperara que le correspondiera. Esperaba que se riera y quizá se sintiera un poco halagada. Que disfrutara de la idea de tener un poco de poder sobre él. Creía que le gustaba, aunque le costara perdonarlo. Pensaba que tenía que gustarle al menos un poco para querer tenerlo.

—Bueno —consigue decir mientras levanta la cesta con una ligereza que no siente—. Por suerte, aún nos queda el pícnic.

—Te enamoras con la facilidad de quien se mete en una bañera —dice Wren—. E imagino que te deshaces del sentimiento con un poco más de dramatismo, pero no menos facilidad.

Era la clase de palabras que venía dispuesto a oír.

—Entonces te pido que ignores mi arrebato.

—Quiero que deshagas el matrimonio —dice ella.

Respira hondo, dolido. No esperaba que echara sal en una herida tan reciente, aunque supone que no le ha dado ninguna razón para pensar que no lo haría.

—Me parece una respuesta excesiva a una declaración de amor.

Wren no sonríe.

—Aun así, hazlo.

—Hazlo tú —responde él con un sentimiento infantil—. Según recuerdo, en el barco, teníamos un plan. Si quieres cambiarlo ahora, adelante.

Ella niega con la cabeza. Aprieta los puños a los lados.

—No, tienes que ser tú. Si ni siquiera lo quieres, ¿verdad? No importa lo que digas que sientes. Lo que hiciste fue inteligente, lo que dijiste. Siempre has sido inteligente. Sigue siéndolo.

—¿Romper contigo? ¿Eso sería inteligente? —Suena frágil, resentido.

Wren parece dolida por su tono. No sabe por qué, pero eso le enfurece más que cualquier otra cosa.

—No debería haber venido aquí —dice ella.

—Puedes irte —recuerda él.

—No lo entiendes. —Lo mira con una expresión de dolor—. Y no puedo explicarlo.

—Pues parece que estamos en un callejón sin salida.

Se cruza de brazos.

Ella se mira las manos, apretadas con fuerza, con los dedos entrelazados. Cuando vuelve a mirarlo a los ojos, está apenada.

—Te veré en la fiesta —dice, en un intento por recuperar la dignidad. Luego se da la vuelta y se aleja hacia el bosque, antes de decir más cosas de las que luego se arrepienta. Antes de que ella aproveche la oportunidad para hacerle más daño. Se siente mezquino, petulante y ridículo.

Se frota un ojo con la palma de la mano y no mira atrás.

Mientras camina en dirección al Mercado de Mandrake con una cesta de pícnic en la mano, Oak se siente un perfecto idiota.

Varias personas se inclinan cuando pasa, como si compartir el mismo camino fuera un honor particular. Se pregunta si se sentiría menos incómodo si hubiera crecido exclusivamente en las islas y no estuviera acostumbrado a que en el mundo de los mortales no lo trataran como nadie especial.

Lo disfrutaba cuando era más joven. Le encantaba que todos los niños quisieran jugar con él, que todos le sonrieran.

Sin embargo, sabías que era falso. Eso fue parte de lo que te atrajo de Wren; ella te vio venir desde el principio.

Sin embargo, aunque ella lo tuviera calado, él no estaba seguro de entenderla. Bogdana había convocado a Madre Tuétano al norte y la bruja le había regalado a Wren aquella cabaña donde ella y su gente habían pasado la noche.

Madre Tuétano tenía que saber algo de sus planes.

El Mercado de Mandrake, en la punta de Insmoor, antes solo abría las mañanas de niebla, pero con el tiempo se ha convertido en un lugar más permanente. Allí se encuentra de todo, desde máscaras de cuero para disfraces hasta amuletos para la suela de los zapatos, tinturas de manzana del éxtasis, artesanos de pociones e incluso venenos.

Oak pasa por delante de puestos con figuras de animales extraños hechas con azúcar de arce y una encajera tejiendo calaveras y huesos en sus patrones. Un tendero que expone bandejas con copas de bellota llenas de un vino oscuro como la sangre. Otro que ofrece adivinar el futuro a partir del dibujo de un escupitajo en una página de pergamino fresco. Un duende que asa ostras frescas en una hoguera. El sol del mediodía lo tiñe todo de oro.

Igual que el crecimiento del mercado, los puestos y los tenderetes han dado paso a estructuras más permanentes. La casa de la Madre Tuétano es una robusta cabaña de piedra sin ningún rastro de la ostentosidad de unas paredes revestidas de caramelo. Delante, un jardín de hierbas crece salvaje y unas enredaderas atadas enmarcan la parte superior de una ventana de cristal de diamante.

Se arma de valor y golpea los tablones de madera.

Se oye movimiento del otro lado y la puerta se abre, chirriando sobre bisagras secas. Madre Tuétano aparece en el umbral, con sus patas engarradas, como las de un ave rapaz. Tiene el pelo gris como la piedra y lleva un largo collar de piedras talladas con símbolos arcaicos, que desconciertan a la vista si se los mira demasiado tiempo.

—Príncipe —dice con cierta sorpresa—. Vais demasiado elegante para una visita a la pobre Madre Tuétano.

—¿Acaso alguna grandeza sería suficiente para honrarte adecuadamente? —pregunta él con una sonrisa.

La bruja resopla, pero Oak se da cuenta de que está un poco complacida.

—Pasad, entonces. Narradme vuestra aventura.

Oak pasa a su lado para entrar en la cabaña. Un fuego suave arde en la chimenea y delante descansan varios tocones, junto a una silla de madera. A un lado, hay otra silla raída y, a sus pies, en una cesta, un puñado de utensilios para tejer amontonados. La lana parece recién hilada, pero no ha sido cardada lo suficiente como para eliminar todos los restos de abrojo. En la pared, un gran armario pintado contiene una serie de objetos que no merece la pena observar con detenimiento. Pequeños esqueletos cubiertos de una fina capa de polvo. Líquidos viscosos a medio secar en frascos antiguos. Alas de escarabajo, brillantes como gemas. Un cuenco con nueces, unas cuantas que se agitan, y una avellana que rueda de un lado a otro. Detrás del armario, un pasadizo conduce a una habitación trasera, tal vez un dormitorio.

La bruja lo insta a sentarse en la silla de madera junto al fuego, con el respaldo tallado en forma de búho.

—¿Un té? —ofrece.

Oak asiente por cortesía, aunque empieza a sentir que ha estado nadando en té desde que ha vuelto a casa.

Madre Tuétano llena una jarra con la tetera que cuelga sobre el fuego y le sirve una taza. Es una especie de mezcla, con aroma a algas y anís.

—Qué amable —dice Oak, porque a los feéricos no les gusta que desestimen sus esfuerzos con un simple agradecimiento y se toman la hospitalidad muy en serio.

Ella sonríe y él se fija en un diente roto. La bruja se sirve una taza y la usa para calentarse las manos.

—Veo que el consejo que os di fue útil. Vuestro padre ha vuelto. Y vos habéis ganado un premio.

Oak asiente, aunque siente que pisa terreno inestable. Si habla de Wren, considera desdeñoso llamarla *premio*, como si fuera un objeto, pero no se le ocurre a qué otra cosa podría referirse. Tal vez Madre Tuétano tenga una razón para aparentar que Wren no le importa demasiado.

—Lo que me trae a buscar de nuevo tu orientación.

La bruja levanta las cejas.

—¿Sobre qué tema, príncipe?

—Te vi en la Ciudadela de Hielo —dice él.

Se pone rígida.

—¿Y qué?

Oak suspira.

—Quiero saber por qué Bogdana te llevó allí. Qué esperaba que hicieras.

El silencio se extiende durante un largo rato. En él, resalta el hervor del agua y el ruido de las nueves al moverse en el armario.

—¿Sabíais que tengo una hija? —pregunta la bruja al cabo de un rato.

Oak niega con la cabeza, aunque cuando lo dice, le suena haber oído algo así. Quizás alguien le haya mencionado antes a la hija, aunque el contexto se le escapa.

—Intenté engañar al rey supremo para que se casara con ella.

Ah, cierto. Ese era el contexto. Madre Tuétano le dio a Cardan una capa que, cuando la usa, lo vuelve inmune a la mayoría de los golpes. Se dice que está tejida con seda de araña y pesadillas, y aunque Oak no tiene idea de cómo fue posible, no duda de la veracidad de esa afirmación.

—Así que tienes cierto interés en que tu sangre gobierne.

—Me interesa que gobierne mi especie —corrige ella—. Me hubiera gustado ver a mi hija con una corona en la cabeza. Es muy guapa y bastante hábil con los dedos. Pero me alegraría ver a cualquier hija de una bruja en el trono.

—No pretendo ser rey supremo —informa él.

Ella sonríe, bebe un sorbo de té y no dice nada.

—¿Wren? —insiste el príncipe—. ¿La Ciudadela? ¿La petición de Bogdana?

La bruja ensancha la sonrisa.

—Las brujas fuimos los primeros feéricos, antes de que los habitantes del aire bajaran y reclamaran su dominio, antes de que los seres del mar emergieran de las profundidades. Nosotras, como los troles y los gigantes, procedemos de los huesos de la tierra. Y poseemos la magia antigua. Pero no gobernamos. Tal vez nuestro poder ponga nerviosas a las otras hadas. No es de extrañar que la bruja de la tormenta se sintiera tentada por la oferta de Mab, aunque al final el coste fuera alto.

—Y ahora le guarda rencor a mi familia —añade él.

Madre Tuétano resopla, como si le hiciera gracia el eufemismo.

—Así es.

—¿Y tú? —pregunta Oak.

—¿Acaso no he sido una súbdita leal? —replica ella—. ¿No he servido bien al rey supremo y a su reina mortal? ¿No os he servido, príncipe, lo mejor que he podido?

—No lo sé. ¿Lo has hecho?

Se levanta, ofendida, para disimular que no responde; tal vez no se atreva a hacerlo.

—Creo que es hora de que os vayáis. Seguro que os necesitan en palacio.

Oak deja la taza de té sin tocar y se levanta de la silla. Madre Tuétano es intimidante, pero él es más alto que ella, y de la realeza. Espera que su aspecto sea más formidable de lo que siente.

—Si Bogdana planea actuar contra Jude y Cardan y colaboras con ella, el castigo no valdrá la recompensa que te haya prometido.

—¿Es así? Abundan los rumores sobre vuestras lealtades, príncipe, y las compañía que frecuentáis.

—Soy leal al trono —dice—. Y a mi hermana, la reina.

—¿Y al rey? —pregunta Madre Tuétano, con los ojos ardientes como el pedernal.

La mirada de Oak no vacila.

—Mientras no se enfrente a Jude, seré su fiel siervo.

La bruja frunce el ceño.

—¿Y la chica? ¿Qué lealtades le debéis? ¿Le daríais vuestro corazón?

Una pregunta siniestra, dado lo que sabe de la historia de Mellith.

Vacila, porque quiere responder con sinceridad. Se siente atraído por Wren. Consume todos sus pensamientos. La áspera suavidad de su voz. Su tímida sonrisa. Su mirada inquebrantable. El recuerdo de las finas y tenues hebras de su cabello bajo sus manos, la cercanía de su piel, su respiración entrecortada.

El recuerdo de cómo discutieron en aquella larga mesa de la Ciudadela, tan familiar y parecida a muchas de sus comidas familiares. Pero el escozor de su confesión rechazada sigue fresco.

—Le daría todo lo que quisiera de mí.

Madre Tuétano levanta las cejas, divertida. Luego su sonrisa se atenúa.

—Pobre Suren.

Oak se lleva una mano al corazón.

—Me siento ofendido.

La anciana suelta una risotada.

—No me refiero a eso, muchacho tonto. Debería haber sido una de las brujas más grandes, heredera del vasto poder de su madre. Una creadora de tormentas por derecho propio, una fabricante de objetos mágicos tan gloriosos que la nuez que le regalé sería a su lado una simple baratija. Pero en vez de eso, su poder se ha vuelto del revés. Solo puede absorber magia, romper maldiciones. Sin embargo, la única maldición que no puede romper es la suya propia. Su magia está deformada. Cada vez que la usa, le hace daño.

Oak piensa en la historia que contó Bogdana, de una chica cuya magia ardía como cerillas, y considera que la propia magia de la bruja de la tormenta no funciona de esa manera. Tal vez se sintiera agotada después de haber hecho volar el barco, pero no enferma. Cuando Cardan sacó una isla entera del fondo del mar, no se desmayó después.

—¿Por eso Bogdana te hizo ir al norte? ¿Para intentar arreglarlo?

La anciana duda.

—¿Debo pedirle a alguien del Consejo que venga a inspeccionar qué pociones y polvos guardas en tu alacena?

La bruja ríe en respuesta.

—¿De verdad le haríais algo así a una pobre anciana como yo, con la que ya tenéis una deuda? Sería de muy mala educación.

La mira irritado, pero tiene razón. Está en deuda con ella. Y es un feérico, lo bastante educado en el mundo de las hadas como para considerar que los malos modales son un crimen peor que el asesinato. Además, la mitad del Consejo probablemente sea cliente de Madre Tuétano.

—¿Puedes deshacer la maldición de Wren?

—No —reconoce—. Que yo sepa, no se puede deshacer. Cuando el poder de la muerte de Mellith se usó para maldecir a Mab, el corazón de la niña se convirtió en el sello de dicha maldición. ¿Cómo llenar algo que devora todo lo que se le pone dentro? Tal vez podáis responder a la pregunta. Yo no puedo. Ahora volved a palacio, príncipe, y dejad a la vieja Madre Tuétano con sus cavilaciones.

Ya debe de estar llegando tarde al banquete.

—Si ves a Bogdana, asegúrate de darle recuerdos de mi parte.

—Podréis dárselos vos mismo muy pronto —dice la bruja.

Cuando llega al palacio, el salón bajo la colina está lleno de feéricos. Como predijo, llega tarde.

—Alteza —dice Tiernan y empieza a caminar a su lado.

—Espero que hayas descansado —dice Oak. Intenta que no parezca que acaban de rechazarlo, fingir que no tiene ninguna preocupación en el mundo.

—No es necesario. —Tiernan habla con la voz entrecortada y frunce el ceño, pero como lo frunce tan a menudo, al príncipe le cuesta distinguir si indica algo más que su desaprobación habitual—. ¿Dónde has estado esta tarde?

—Me he escapado un rato al Mercado de Mandrake —dice Oak.

—Podrías haberme llevado —sugiere Tiernan.

—Podría —reconoce Oak afablemente—. Pero he pensado que no estarías en plena forma tras haber estado a punto de ahogarte, o que tal vez estarías ocupado.

Tiernan frunce el ceño.

—Ninguna de las dos cosas.

—*Esperaba* que estuvieras ocupado.

Oak echa un vistazo alrededor. Cardan está recostado en el trono sobre el estrado, con una copa entre los dedos que parece a punto de derramarse en cualquier momento. *Cardan.* Tiene que hablar con él, pero no puede hacerlo aquí, delante de todo el mundo, delante del pueblo feérico, cuando cualquiera podría ser parte de la conspiración de la que el príncipe necesita renegar.

Jude está cerca de Oriana, que gesticula con las manos mientras habla. No ve a ninguno de los demás miembros de su familia, aunque eso no significa que no estén allí. Hay mucha gente.

—Hyacinthe ha cometido traición tres veces —dice Tiernan—. Deberías dejar de hablar de él.

Oak levanta una ceja, un truco que está casi seguro de haberle robado a Cardan.

—No recuerdo haber mencionado a Hyacinthe en absoluto.

Como era de esperar, eso irrita aún más a Tiernan.

—Te traicionó y ayudó a encarcelarte. Te golpeó. Intentó matar al rey supremo. Deberías echarme de tu servicio por lo que siento por él, no preguntar por el asunto como si fuera perfectamente normal.

—Pero si no pregunto, ¿cómo sabré lo suficiente para decidir si te despido o no? —Oak sonríe y se siente un poco más relajado. Tiernan ha dicho *lo que siento*, no *lo que sentía*. Quizás el romance de Oak esté condenado al fracaso, pero eso no significa que el del guardaespaldas no pueda funcionar.

Tiernan lo mira.

Se ríe.

—Si alguien quiere torturarte, lo único que tiene que hacer es obligarte a hablar de tus sentimientos.

Tiernan hace una mueca.

—En el barco... —empieza y luego parece pensárselo mejor—. Me salvó. Y me habló como si fuera posible... Pero estaba demasiado enfadado para escucharlo.

—Ah —dice Oak. Antes de que diga nada más, lady Elaine avanza hacia él entre la multitud—. Mierda.

Su ascendencia es mitad de criaturas fluviales y mitad de criaturas aéreas. Unas pequeñas alas pálidas le cuelgan de la espalda, translúcidas y veteadas como las de una libélula. Brillan como vidrieras. En la frente luce una corona de hiedra y flores, y su vestido es del mismo material. Es muy hermosa y desearía que se fuera.

—Avisaré a tu familia de que has llegado —dice Tiernan y se pierde entre la concurrencia.

Lady Elaine toca la mejilla de Oak con una mano delicada y de dedos largos. Por pura fuerza de voluntad, consigue no retroceder ni encogerse. Sin embargo, le sorprende cuánto se tensa ante su tacto. Nunca se había sentido así. Nunca le había costado meterse en el papel de bobalicón enamorado.

Tal vez sea más difícil ahora que lo es de verdad.

—Te han hecho daño —dice ella—. ¿Un duelo?

Oak resopla, pero sonríe para disimular.

—Varios.

—Las ciruelas magulladas son las más dulces —responde ella.

Sonríe con más facilidad. Empieza a recordar quién es. Oak, de la línea de los Greenbriar. Un cortesano, un poco irresponsable y muy impulsivo. Irresistible para los conspiradores. Sin embargo, fingir ineptitud le molesta más que antes. Le molesta que, si no hubiera fingido durante tanto tiempo, probablemente su hermana le habría confiado la misión que tuvo que robar.

Le molesta haber fingido tanto tiempo que no está seguro de saber ser otra cosa.

—Qué ingeniosa —dice a lady Elaine.

Ella, ajena a cualquier tensión, sonríe.

—He oído el rumor de que te has prometido en matrimonio con una criatura del norte. Tu hermana desea una alianza con la hija de una bruja. Para aplacar a las hadas solitarias.

A Oak le sorprende la historia, que consigue ser casi exacta y a la vez totalmente errónea, pero se recuerda que está en la Corte, donde los cotilleos son bienes valiosos y, aunque las hadas no pueden mentir, las historias pueden variar al contarlas.

—Eso no es del todo… —empieza.

Lady Elaine se lleva una mano al corazón. Sus alas parecen temblar.

—Qué alivio. Odiaría que tuvieras que renunciar a los placeres de la Corte, condenado para siempre a una cama fría en una tierra desolada. Ya has pasado fuera mucho tiempo. Ven a mis aposentos esta noche y te recordaré por qué nunca querrías dejarnos. Seré gentil con tus cortes y rasguños.

Oak se da cuenta de que no quiere gentileza. No está seguro de qué siente al respecto, aunque tampoco quiere a lady Elaine.

—Esta noche no.

—Cuando la luna alcance su cenit —dice ella—. En los jardines.

—No puedo… —intenta él.

—Deseabas conocer a mis amigos. Lo organizaré. Después, pasaremos un rato solos.

—Tus amigos —dice Oak, despacio. Sus compañeros de conspiración. Esperaba que sus planes se hubieran venido abajo, dados los rumores que corrían—. Algunos parecen tener la lengua muy suelta. Se ha cuestionado mi lealtad.

Justo después de esa declaración, Wren entra en el salón.

Lleva un vestido nuevo, uno que no se parece a nada que pudiera haber salido del armario de lady Nore. Es blanco entero, como un capullo de seda de araña, y se le pega al cuerpo de tal manera que deja entrever el tinte azulado de su piel. La tela le envuelve la parte superior de los brazos y se ensancha en las muñecas y los faldones, donde cae en jirones casi hasta el suelo.

En el halo salvaje de su pelo hay enredadas madejas de la misma seda de araña pálida y, sobre su cabeza, descansa una corona, no la de obsidiana negra de la antigua Corte de los Dientes, sino una hecha de carámbanos, cada uno formado por una espiral imposiblemente fina.

Hyacinthe va a su lado, sin sonreír, con un uniforme negro.

Oak ha visto a su hermana reinventarse a los ojos de la Corte. Mientras que Cardan lidera con su cruel y frío encanto, el poder de Jude proviene de la promesa de que, si alguien la contraría, simplemente le cortará la garganta. Es una reputación brutal, pero ¿siendo humana, habría conseguido respeto por nada menos?

Aunque nunca se ha preguntado cuánto tuvo que pagar Jude por esa leyenda, cuánto de sí misma tuvo que desaparecer en ella, ahora sí se lo pregunta. No es el único que ha interpretado un papel. Tal vez nadie de su familia vea a los demás con claridad.

La mirada de Wren recorre la habitación y el alivio se refleja en su rostro cuando lo encuentra. Oak sonríe antes de recordar el rechazo. Pero no antes de que ella le devuelva una diminuta sonrisa y su mirada se desvíe hacia la mujer que lo acompaña.

—¿Es ella? —pregunta lady Elaine y Oak se da cuenta de lo cerca que está. De cómo sus dedos se aferran a su brazo con posesividad.

El príncipe se obliga a no dar un paso atrás y a no soltarse del agarre. No serviría de nada y, además, ¿por qué debería preocuparle no herir los sentimientos de Wren? Ella no lo quiere.

—Debo excusarme.

—Esta noche, entonces —dice lady Elaine, aunque él no llegó a aceptar—. Y tal vez todas las noches siguientes.

Mientras se marcha, es consciente de que no tiene a nadie a quien culpar más que a sí mismo de que haya ignorado sus palabras. Oak es quien ha hecho que todos lo vean como a un cabeza hueca fácil de manipular. Quien se dedica a acostarse con cualquiera que crea que le servirá para descubrir quién planea traicionar a Elfhame. Y, para ser justos, con muchos otros, para ayudarlo a olvidar cuántos feéricos han muerto por su culpa.

Se ha escondido incluso de quienes más le importan.

Tal vez por eso Wren no pueda amarlo. Tal vez por eso le resulte tan creíble la posibilidad de que haya hechizado a todos en su vida para que se preocupen por él. Después de todo, ¿cómo va alguien a amarlo cuando nadie lo conoce de verdad?

17

La multitud debería resultarle familiar, pero el ruido de la gente retumba fuerte y ajeno en sus oídos. Intenta librarse de la sensación y darse prisa. A su madre le molestará que vuelva a llegar tarde y ni siquiera Jude y Cardan van a sentarse en un banquete en su honor sin él, lo que significa que no pueden empezar oficialmente hasta que llegue a la mesa.

Sin embargo, no deja de distraerse con lo que le rodea. Oye el nombre de su padre en ciertos labios. El suyo en otros. Escucha a los cortesanos especular sobre Wren y la llaman la reina del invierno, la reina bruja, la reina de la noche.

Se fija en Randalin. El hombrecillo con cuernos bebe de una enorme copa de madera tallada y charla con Baphen, cuya barba rizada brilla con una nueva selección de adornos.

Pasa junto a mesas con vinos de distintos colores, dorados, verdes y violetas. Val Moren, el antiguo senescal y uno de los pocos mortales de Elfhame, está junto a una de ellas, riendo solo y girando en círculos como si jugara a un juego infantil en el que intenta comprobar cuánto tarda en marearse.

—Príncipe —grita—. ¿Caeréis conmigo?

—Espero que esta noche no —responde Oak, pero la pregunta resuena con un eco inquietante en su mente.

Pasa junto a una mesa con pichones asados, con demasiado aspecto de pájaro para su gusto. Al lado hay varias tartas de puerros y setas, así como un montón de manzanas enanas que está colocando un grupo de sílfides.

Su amigo Vier lo ve y levanta una jarra.

—A tu salud —grita y se acerca para pasarle el brazo por los hombros—. Tengo entendido que te has ganado una princesa del norte.

—Eso es un poco exagerado —dice Oak mientras se libra del brazo de su amigo—. Pero debo ir con ella.

—¡Sí, no la hagas esperar!

El príncipe se adentra de nuevo entre la gente. Vislumbra un destello de metal y se gira en busca de una espada, pero es solo una mujer caballero que lleva una sola manga de su armadura sobre un vestido vaporoso. Cerca de ella hay varias damas de la Corte con enormes racimos de gipsófila a modo de pelucas. Pasa junto a hadas con capelinas musgosas y vestidos que terminan en ramas. Elegantes caballeros con túnicas bordadas y jubones de corteza de abedul. Una muchacha de piel verde con branquias lleva una cola en el vestido lo bastante larga como para engancharse de vez en cuando en las raíces al pasar. Mientras la contempla, se da cuenta de que no es una cola, sino la caída de su pelo.

Cuando llega a la mesa real, Wren está frente a su hermana y Cardan. Debería haber llegado antes.

La chica capta su mirada mientras se acerca. Aunque su expresión no cambia, le parece notar un atisbo de alivio en sus ojos.

Jude los observa a ambos. Sin embargo, después de dos meses fuera y un largo descanso que le ha servido para aclararse las ideas, en lo que más se fija es en lo joven que parece Jude. Es joven, pero nota una diferencia entre Taryn y ella. Tal vez se deba a que Taryn ha estado en el mundo de los mortales más recientemente y ha alcanzado la edad que le corresponde. O que tener un hijo pequeño es agotador y no parece mayor sino más bien cansada.

Al instante siguiente, se pregunta si habrá sido la fastuosidad del momento lo que lo ha hecho pensar eso. Aunque otra parte de él se pregunta si Jude seguirá siendo tan mortal como antes.

Se inclina ante su hermana y Cardan.

—Wren nos estaba hablando de sus poderes —dice Jude con dureza—. Y le pedimos que nos devolviera la brida que te llevaste prestada.

Se ha perdido algo y no ha sido bueno. ¿Se ha negado?

—He enviado a uno de mis soldados a buscarla —dice Wren, una respuesta a la pregunta que no ha formulado en voz alta.

Tal vez solo estén molestos por el recordatorio de cuántos traidores a Elfhame sirven en la Corte de los Dientes. Si es así, deben de sentirse el doble de ofendidos cuando un halcón desciende sobre la sala en picado y se convierte en hombre al aterrizar. Straun.

El antiguo carcelero de Oak le dedica una mirada de suficiencia mientras le tiende la brida a Wren.

El príncipe aún es capaz de evocar la sensación de las correas en la piel. Aún recuerda la impotencia que sintió cuando le ordenó arrastrarse. Cómo lo miró Straun, cómo se rio.

Wren le quita la brida al soldado y deja que repose sobre su palma.

—Es un objeto maldito.

—Como todas las creaciones de Grimsen —dice Jude.

—No lo quiero —dice Wren—. Pero tampoco os lo entregaré.

Cardan levanta las cejas.

—Una declaración audaz que hacer a tus gobernantes en el corazón de su Corte. ¿Qué propones?

En las manos de Wren, el cuero se deshace y se encoge. La magia se desprende de él como un trueno. Las hebillas caen al suelo.

Jude da un paso hacia ella. Todos en el salón los miran. El ruido de la destrucción ha atraído su atención como un grito.

—La has deshecho —dice la reina mientras mira los restos que quedan.

—Ya que os he robado un regalo, os daré otro. La reina suprema tiene un *geis*, uno que me sería bastante fácil eliminar.

La sonrisa de Wren es afilada. Oak no está seguro de la naturaleza del *geis*, pero, por la chispa de pánico en el rostro de Jude, es evidente que no quiere que desaparezca.

La oferta flota en el aire durante un largo rato.

—Cuántos secretos, esposa —dice Cardan con suavidad.

La mirada que Jude le devuelve bien podría descascarillar la pintura.

—No es solo el *geis*, también media maldición —dice Wren a su hermana—. Te envuelve, pero no logra atraparte del todo. Te corroe.

La sorpresa en la cara de Jude es innegable.

—Pero no terminó de hablar…

Cardan levanta una mano para detenerla. La burla desaparece de su voz.

—¿Qué maldición?

Oak supone que el rey supremo se toma muy en serio las maldiciones, dado que a él mismo lo maldijeron a convertirse en una serpiente gigante y venenosa.

—Pasó hace mucho tiempo. Cuando íbamos a la escuela de palacio —dice la hermana de Oak.

—¿Quién te maldijo? —pregunta Cardan.

—Valerian —escupe Jude—. Justo antes de morir.

—Justo antes de que lo mataras, querrás decir—corrige Cardan y sus ojos oscuros relucen con algo que se parece mucho a la furia. Aunque Oak no está seguro de si va dirigida a Jude o a esa persona muerta hace mucho.

—No —replica ella, sin mostrar ni un ápice de miedo—. Ya lo había matado. Solo que él aún no lo sabía.

—Puedo quitar la maldición y dejar el *geis* —dice Wren—. Como veis, puedo ser bastante útil.

—Eso parece —dice el rey supremo, sus pensamientos perdidos en la maldición y el tal Valerian—. Una alianza útil.

Oak deduce que esto significa que Wren ha optado por seguir fingiendo que está dispuesta a casarse con él.

La chica levanta la mano, extiende los dedos hacia Jude y hace un movimiento como si agarrara algo con fuerza. Luego cierra el puño.

Su hermana jadea. Se toca el esternón y ladea la cabeza para ocultar el rostro.

El caballero de la reina, Fand, desenvaina la espada y el brillo del acero refleja la luz de las velas. Alrededor, las manos de los guardias se dirigen a las empuñaduras.

—¿Jude? —susurra Oak y da un paso hacia ella—. Wren, ¿qué has…?

—Si la has herido… —empieza Cardan, sin apartar la vista de su esposa.

—Le he quitado la maldición —dice Wren, con voz uniforme.

—Estoy bien —gruñe Jude, con la mano aún en el pecho. Se acerca a una silla, no la de la cabecera de la mesa, no la suya, y se sienta—. Wren me ha hecho un gran regalo. Tendré que meditar mucho sobre qué darle a cambio.

Las palabras ocultan una amenaza. Cuando mira alrededor, Oak comprende el motivo.

Wren ha deshecho la brida sin permiso y la maldición sin avisar, y ha revelado algo que Jude había querido mantener oculto, pero además ha hecho que los reyes supremos parecieran débiles ante su Corte. No estaban en el estrado, donde todos podrían haberlos visto, pero aun así había suficientes cortesanos escuchando y observando para que se extendieran los rumores.

Los reyes supremos están indefensos ante la magia de Wren.

Wren les ha hecho un favor y ahora están en deuda con ella.

Ha hecho con Jude lo que Bogdana hizo con ella en la Ciudadela, con más atino.

Pero ¿con qué fin?

—Aportas un elemento de caos a una fiesta, ¿eh? —dice Cardan con ligereza, pero su mirada es feroz. Levanta una copa de la mesa—. Es evidente que tenemos muchos temas que tratar en lo concerniente al futuro. Pero por ahora, disfrutemos de la comida. Brindemos por el amor.

La voz del rey supremo resuena como un timbre que exige atención. Cerca, las copas se alzan. Alguien pone una copa de plata labrada en la mano del príncipe. Un sirviente entrega otra a Wren, ya llena hasta el borde con un vino oscuro.

—El amor —continúa Cardan—. Una fuerza que nos obliga a ser unas veces mejores y otras peores. Una fuerza capaz de atarnos a todos. Algo que deberíamos temer y, sin embargo, es lo que más deseamos. Lo que nos une esta noche y os unirá a los dos muy pronto.

Oak mira a Wren. Su expresión es pétrea. Aferra la copa con tanta fuerza que tiene los nudillos blancos.

Cardan esboza una media sonrisa y, cuando su mirada se desvía hacia Oak, inclina un poco más la copa. Bien podría ser un desafío.

No quiero tu trono. Desearía poder decirlo en voz alta, sin importarle si alguien lo oye, sin importarle que el momento se vuelva incómodo. Sin embargo, los conspiradores van a revelarse ante él justo después de medianoche; vale la pena esperar un día.

Fantasma, junto a Randalin, levanta su propia copa en dirección a Oak. No muy lejos de ellos, junto a Taryn y Leander, Oriana no brinda. De hecho, parece contemplar la posibilidad de verter el vino en el suelo.

Todo va de maravilla.

Oak se vuelve hacia Wren y se da cuenta de lo pálida que se ha puesto.

Piensa en su mirada febril a bordo del barco y en cómo tuvo que llevarla a la cama. Si se desmaya ahora, todo su esfuerzo habrá sido en vano; cómo se obligó a levantarse para caminar hasta la orilla, el intercambio con su hermana, todo para nada. La Corte la verá débil. Odia admitirlo, pero su familia también.

Sin embargo, es imposible que esté bien. Ya estaba débil después de haber roto la maldición de los reyes trol antes de que se fueran. Luego destrozó al monstruo y ahora esto. Piensa en las palabras de Madre Tuétano, en cómo el poder de bruja de Wren, un poder de creación, se ha vuelto del revés.

—Me gustaría disfrutar de un momento a solas con mi prometida —dice Oak y le tiende una mano—. Un baile, tal vez.

Wren lo mira con los ojos desorbitados. La ha puesto en una situación difícil. No puede rechazarlo y, sin embargo, probablemente se esté preguntando cuánto tiempo más será capaz de mantenerse erguida.

—Vamos a comer pronto —objeta su madre, que se ha acercado sin que él se diera cuenta.

Oak hace un gesto de despreocupación.

—Es un banquete y, ahora que el brindis ya está hecho, no es necesario que estemos aquí para probar todos los platos.

Antes de que nadie más pueda objetar, rodea la cintura de Wren con el brazo y la conduce hasta el suelo.

—Tal vez sigamos andando hasta alguna esquina para sentarnos un rato —dice cuando han avanzado unos pasos.

—Bailaré —espeta ella, como si respondiera a un desafío. No era lo que Oak pretendía, aunque ha actuado tan pobremente que no es de extrañar que lo haya parecido.

Se maldice a sí mismo y toma una de sus manos entre las suyas. Tiene los dedos fríos y le aprieta. Siente cómo se obliga a relajarse.

La guía por los pasos que le enseñó en la Corte de las Polillas. El baile no es muy apropiado para la música, pero no importa. Ella apenas recuerda los pasos y a él apenas le importa. Su piel tiene el mismo aspecto pálido y ceroso que en el barco. Los mismos moratones alrededor de la boca y los ojos.

La aprieta contra él para que nadie la vea.

—Estaré bien en un momento —dice mientras Oak da una vuelta con ella entre sus brazos.

Wren da un paso en falso, pero él la sujeta y la mantiene erguida.

—Sentémonos en un rincón oscuro —dice—. Descansemos un rato.

—No —niega ella, aunque ahora es él quien sostiene todo su peso—. Ya veo cómo me miran.

—¿Quiénes? —pregunta Oak.

—Tu familia. Me odian. Quieren librarse de mí.

Quiere contradecirla, pero se obliga a considerar sus palabras. Mientras lo hace, continúa con el baile. Con una mano en su cintura y otra en su espalda, mantiene sus pies sobre el suelo y aprieta su cuerpo contra el suyo. Mientras no se desmaye del todo, mientras no ladee la cabeza, parecerá que se mueven juntos.

Hay una parte de verdad en los temores de Wren. Su madre le escupiría a los pies si encontrara una forma de hacerlo que no contradijera su firme sentido de la etiqueta. Y aunque Jude parece tener dudas, asesinaría a Wren con sus propias manos si pensara que su muerte serviría para proteger a las personas que le importan. Ni siquiera tendría que desagradarla para ello.

—Mi familia cree que tiene que protegerme —dice y las palabras le saben agrias.

—¿De mí? —pregunta ella. Su rostro están menos pálido y magullado. Incluso asoma un atisbo de diversión.

—Del mundo cruel y terrible.

Curva los labios. Lo mira.

—¿No saben de lo que eres capaz?

Oak respira hondo e intenta encontrar una respuesta.

—Me quieren —dice, aunque sabe que no es suficiente.

—¿A cuántas personas cree Jude que has matado? —pregunta Wren.

Estaba el guardaespaldas que lo traicionó. Eso fue imposible de ocultar. También aquel duelo en el que se metió con el otro amante de Violet. *Dos.* Jude podría haber adivinado algunos otros, pero no cree que lo haya hecho.

Por supuesto, no quería que lo hiciera. Entonces, ¿por qué le molesta tanto? ¿Y a cuánta gente había matado? ¿A veinte? ¿A más?

—¿Y tu padre? —pregunta Wren para llenar el silencio.

—Él sabe más —dice Oak, una traición en sí misma.

Es el problema de ser hijo de Madoc. El gorro rojo sabe entender a la gente y comprende a sus hijos mejor que a nadie. Cuando no se deja cegar por la ira, es terriblemente perspicaz.

Ve en Oak lo que nadie más ve. El deseo desesperado e imposible de pagar todo lo que le debe a su familia. ¿Lo ha usado Madoc para manipularlo? Sin duda. Muchas veces.

Sonríe a Wren.

—Tú sabes de lo que soy capaz.

—Un pensamiento aterrador —dice, pero no parece disgustada—. Debería haber entendido mejor lo que hiciste por tu padre y por qué. Quería que fuera sencillo. Pero mi… Bex… —Un ataque de tos se traga sus palabras.

—Tal vez te apetezca beber algo. ¿Vino aguado?

Ella esboza una sonrisa trémula.

—Solo agua, si no ofende a nadie. Lo que he bebido en el brindis se me ha subido un poco a la cabeza.

Ambos saben que no es la razón por la que se siente débil, pero le sigue la corriente.

—Por supuesto. ¿Quieres…?

—Ya puedo mantenerme en pie —dice.

La acerca a una silla y la suelta. Si lo necesita, puede al menos agarrarse al respaldo. Recuerda lo débil que se sintió después de salir de sus mazmorras. Ayudaba tener algo en lo que apoyarse.

Oak se aleja a regañadientes para ir hasta la mesa más cercana con bebidas. Todavía están sacando la comida de las cocinas, aunque en la mesa real casi todo el mundo está ya sentado. Mientras sirve agua en un vaso, observa que unos cuantos cortesanos se agolpan alrededor de Wren y parecen querer seducirla. La observa esbozar una sonrisa perfectamente cortés, entrecerrar los ojos, escuchar.

No puede evitar pensar en las palabras de Madoc. *Esta noche tantearán a tu reinecita. Se presentarán y se ganarán su favor. Intentarán congraciarse con su gente y halagarán su persona. Medirán cuánto odia a los reyes supremos.*

—Príncipe —dice Fantasma y pone una mano en el hombro de Oak, lo que hace que se estremezca—. Necesito hablar contigo un momento.

Oak alza las cejas.

—Aún no le he preguntado a Taryn por Liriope, si es por eso.

Garrett no lo mira a los ojos.

—Otros asuntos han ocupado mi atención. He oído algo por casualidad y he estado siguiendo un rastro, pero quiero advertirte que no salgas a vagar solo. Mantén a Tiernan a tu lado. Nada de citas. Nada de heroicidades. No...

Se traga las palabras cuando Jack de los Lagos se acerca. El kelpie parece aliviado y tan malhumorado como cuando le juró lealtad a Oak.

—Perdonad la interrupción —dice el kelpie—. O no. No me importa. Necesito al príncipe.

—Qué atrevido —dice Fantasma.

—A menudo lo soy —dice el kelpie con voz sedosa.

Probablemente no sabe que está provocando a un maestro asesino.

Probablemente.

—Tomo nota de la advertencia —dice Oak a Fantasma.

El espía suspira.

—Mañana tendré más información para ti, aunque quizá no sea la que quieres oír.

Después, se aleja entre la multitud.

El príncipe mira a Wren. Está hablando con otro cortesano, con la mano apoyada en el respaldo de la silla.

Se obliga a volver su atención hacia el kelpie.

—Creo adivinar el propósito de esta conversación. Sí, ayudaré. Ahora, debo volver con mi prometida.

Jack resopla.

—No he venido a quejarme. Vuestra hermana me aterrorizó solo un poco.

—Entonces, ¿qué es lo que quieres?

—Anoche vi un encuentro de lo más interesante —dice Jack—. Bogdana y un hombre de piel dorada. Llevaba un gran baúl. Lo abrió para mostrarle el contenido, luego lo volvió a cerrar y se lo llevó.

Oak recuerda al brujo de piel dorada de la Ciudadela. Fue el que no le dio un regalo a Wren.

—¿Y no tienes ni idea de lo que había dentro?

—Por supuesto que no, príncipe. Tampoco me pareció un tipo que fuera a tomarse bien que alguien como yo lo siguiera.

—Te agradezco que me lo cuentes —dice Oak—. Y me alegro de verte.

Jack sonríe.

—Comparto el sentimiento, aunque ya podría estar lejos de aquí si le hablaras bien de mí a vuestra hermana para que me libere.

Ante eso, Oak se ríe.

—¿Así que al final sí que deseas quejarte?

—No quisiera malograr vuestra buena disposición —dice Jack y mira alrededor, incómodo—. Tampoco quisiera que esa mala disposición se volviera contra mí. No obstante, no me adapto bien a vuestra casa.

—Hablaré con mi hermana —promete.

De vuelta con Wren, ve a Taryn hablando con Garrett. Distingue a Madoc entre la multitud, apoyado en su bastón. Leander está contando un cuento y el gorro rojo escucha a su nieto con una atención que parece embelesada.

Piensa en lo rara que es su familia. Madoc, que asesinó a los padres de Jude y Taryn, y sin embargo lo consideran su padre. Madoc, que estuvo a punto de matar a Jude en un duelo. Que estuvo a punto de usar a Oak para acceder al trono y luego gobernar a través de él.

Y Oriana, que siempre fue fría con sus hermanas, incluso con Vivi. Que no confiaba en Jude lo suficiente como para dejar a Oak a solas con ella cuando eran niños, pero luego le pidió que diera su vida para protegerlo.

Y Vivi, Taryn y Jude, todas diferentes, pero todas inteligentes, decididas y valientes. Luego está Oak, que sigue intentando averiguar dónde encaja.

Cuando el príncipe se acerca a Wren, se aclara la garganta.

—Tu agua —dice cuando está cerca, lo bastante alto como para que los cortesanos que la rodean se excusen.

Le ofrece la copa y ella bebe con sed.

—Me he entretenido —dice a modo de disculpa.

—Yo también —responde Wren—. Deberíamos volver a la mesa de tu familia.

Odia que tenga razón, pero le ofrece el brazo.

Wren lo acepta y se apoya un poco en él.

—Cuando dijiste que me amabas… —Empieza como una pregunta, pero no llega a terminarla.

—Por desgracia, no puedo mentir —dice mientras la guía por el vestíbulo, con una sonrisa en los labios—. Espero que intentes encontrarles la gracia a mis sentimientos. Yo también me esforzaré por hacerlo.

—Pero… ¿no quieres vengarte? —pregunta ella, con voz aún más suave que antes.

La mira de sopetón y se toma unos segundos para meditar la respuesta.

—Un poco —admite—. No me importaría que el dramatismo de la escena se revirtiera y tú suspiraras por mí mientras yo me muestro distante.

Wren se ríe con sorpresa.

—Eres la persona menos distante que conozco.

Oak hace una mueca.

—Mis sueños aplastados de nuevo.

Ella deja de sonreír.

—Oak, por favor. He cometido un error. He cometido muchos y necesito…

Se detiene.

—¿Qué necesitas?

Por un momento, cree que va a responder. Luego niega con la cabeza.

En ese momento, los músicos dejan de tocar. El resto de los cortesanos comienzan a dirigirse hacia las mesas del banquete.

Oak conduce a Wren de vuelta a su silla. Como era de esperar, la hoja con su nombre está colocada frente a él, en un lugar de honor, junto a Cardan. Su propio asiento está a dos de Jude, junto a Leander. Un desaire.

Está casi seguro de que no era ahí donde estaba antes de irse.

Un sirviente se acerca con empanadas en forma de trucha.

—Os gustará —les dice Taryn a Leander y a él—. Hay una moneda dentro de uno de los platos y, si la encontráis, recibiréis un favor.

El rey supremo está conversando con Wren, quizás hablándole también de la moneda. Oak nota el esfuerzo que hace para no encogerse sobre sí misma.

Sirven láminas de champiñones, asadas y brillantes con una salsa dulce. A continuación, peras estofadas junto a bandejas de queso. Pasteles de semillas. Nata dulce y fresca. Habas, todavía en la vaina. Llegan empanadas más extravagantes. Tienen forma de ciervo, de halcón, de espada o de corona, cada una con un relleno diferente. Perdiz estofada en especias. Moras y avellanas, endrinas encurtidas, malva.

Cuando vuelve a mirar a Wren, nota que se tapa la boca mientras come, como si quisiera ocultar el filo de sus dientes.

Se produce un ruido en la entrada, un estruendo de armaduras y los guardias se ponen firmes. La bruja de la tormenta ha llegado, con horas de retraso, un vestido negro hecho jirones que le cuelga como una mortaja y una sonrisa que refleja una amenaza.

Bogdana mete la mano en la empanada en forma de ciervo. Tiene la piel manchada de rojo por el jugo de las endrinas cuando la saca, con una moneda entre los dedos.

—Tendré mi favor, rey. Quiero que Wren y el heredero se casen mañana.

—Pediste tres días —recuerda Cardan—. A lo que no dimos respuesta.

—Y serán tres días —dice Bogdana—. Ayer fue el primero y mañana será el tercero.

Oak yergue la espalda. Mira al otro lado de la mesa, esperando a que Wren la detenga. Espera que diga que no quiere casarse con él.

Sus miradas se cruzan y la de ella refleja algo parecido a una súplica. Como si quisiera romperle el corazón en público y al mismo tiempo tener alguna garantía de que no se lo reprochará.

—Adelante —dice.

Pero ella guarda silencio.

Jude y Cardan comparten una mirada. Su hermana se levanta, alza la copa y se dirige a Oak.

—Esta noche, organizaremos un banquete en el salón para celebrar vuestros esponsales. Mañana habrá una cacería después del mediodía y luego bailaremos en Insear. Al final de la noche, le haré a tu novia una pregunta sobre ti. Si se equivoca, el matrimonio se retrasará siete días. Si contesta bien, os casaremos en el acto, si sigue siendo vuestro deseo.

Bogdana frunce el ceño y abre la boca para hablar.

—Acepto las condiciones —dice Wren en voz baja, antes de que la bruja de la tormenta responda por ella.

—Yo también —dice Oak, aunque nadie le ha preguntado. Aun así, no es más que una representación—. Siempre y cuando sea yo quien le proponga la pregunta a mi prometida.

Wren se muestra asustada. Su madre parece como si quisiera apuñalarlo con el tenedor. Es imposible interpretar la expresión de Jude, dada la tensión de sus facciones.

Oak sonríe y sigue sonriendo.

No cree que lo contradiga en público. No cuando Bogdana ha atraído tanto la atención.

—Que así sea, hermano —dice la reina suprema y se sienta de nuevo—. La elección será tuya.

18

Poco después, Wren se levanta y se excusa.

Al salir, se detiene junto a Oak y le susurra al oído.

—Nos vemos en los jardines a medianoche.

Él asiente con un ligero escalofrío. Ya se está alejando de la mesa y le roza ligeramente el hombro con los dedos mientras se va. La bruja de la tormenta la mira, se levanta y la sigue; sus movimientos son pura amenaza.

Oak ya tiene dos citas. La luna alcanzará su cenit aproximadamente una hora después de la medianoche, así que las dos están demasiado cerca como para que pueda ir fácilmente de una a otra. Sin embargo, le resulta imposible negarse a ver a Wren. Cuando se quedaron solos en la pista de baile del salón, sintió como si volvieran a ser amigos. Y algo iba obviamente mal. Wren le dijo que ha cometido errores; ¿podría tener algo que ver con permitir que Bogdana la acompañara? La bruja de la tormenta quiere que se casen, y pronto, pero él no está seguro de por qué Wren no le dice que eso no va a suceder.

¿Será porque el poder de Wren está tan débil que teme perder si tiene que luchar?

Sería fácil posponer los esponsales. Hacerle una pregunta de la que no conozca la respuesta o pronunciarla de tal manera que le sea fácil fingir equivocarse.

¿Quién es mi hermana favorita?

¿Cuál es mi color predilecto?

¿Podrás perdonarme algún día?

Vale, quizá la última no.

De reojo, se da cuenta de que Tiernan se ha acercado a Hyacinthe. Ambos permanecieron en las inmediaciones de la mesa real durante toda la cena y el exhalcón no siguió a Wren a la salida, sino que se quedó atrás, con aire inseguro.

—Te deseo —oye decir a Tiernan. Se le escapa una sonrisa al oírlo, pero también le sorprende la dureza de la admisión. Suena casi como una acusación.

—¿Y qué vas a hacer al respecto? —pregunta Hyacinthe. Tiernan resopla.

—Suspirar, supongo.

—¿No te cansas de eso? —Hyacinthe podría haber dicho las palabras como una burla, pero suena verdaderamente agotado. Un hombre que ofrece una tregua después de una larga batalla.

—¿Qué otra opción hay? —La voz de Tiernan es áspera.

—¿Y si te dijera que puedes tenerme? Tenerme y quedarte conmigo.

—Nunca podré competir con tu rabia contra Elfhame —dice Tiernan.

—¿Espiando a escondidas, príncipe? —pregunta Fantasma cuando se sienta al otro lado de Leander.

Oak se vuelve hacia él, con expresión culpable. Le hubiera gustado oír lo que Hyacinthe iba a decir a continuación.

—Me estoy portando tal y como deseabas —dice Oak—. No me he ido por mi cuenta. Nada de heroicidades. Incluso una pizca de trabajo de espía.

Garrett pone los ojos en blanco.

—Solo han pasado un puñado de horas. Si logras aguantar toda la noche, me impresionarás.

Como Oak no piensa pasar la noche sin escabullirse, no dice nada.

—Enséñame el truco —dice Leander a Fantasma y los interrumpe.

—¿Qué truco?

La sonrisa de Garrett es indulgente. Sorprende ver el cambio en su comportamiento. Pero conoce a Leander desde que nació. Garrett y Taryn se hicieron íntimos antes de la Batalla de la Serpiente, posiblemente incluso antes de la muerte de Locke. Vivi y Heather, e incluso el propio Oak, creen desde hace tiempo que son amantes, pero después del desastroso primer matrimonio de su hermana, no lo ha admitido en voz alta.

—El de las monedas.

Oak sonríe. Conoce algunos de esos trucos. Cucaracha se los enseñó cuando era apenas un poco mayor que Leander.

Garrett mete la mano en el bolsillo y saca una moneda de plata. Sin embargo, antes de que haga nada, Madoc se acerca y se apoya con pesadez en el retorcido bastón negro.

—Mis muchachos —dice el gorro rojo y le pone una mano en la cabeza a Leander. El niño se vuelve y le sonríe.

Fantasma deja la moneda delante de Leander.

—¿Qué tal si practicas y me enseñas lo que has aprendido? —sugiere y luego se levanta.

—Pero… —protesta el niño con un quejido en la voz.

—Mañana te volveré a enseñar el truco.

Después de dedicarle una mirada mordaz a Madoc, abandona la mesa.

Oak frunce el ceño. No tenía ni idea de lo incómodo que se sentía Fantasma cerca de Madoc, aunque, claro, el gorro rojo llevaba años en el exilio. Nunca los había visto juntos. Leander recoge la moneda, pero no hace nada más con ella.

—¿Así que vas a seguir adelante con este matrimonio? —pregunta Madoc al príncipe.

—Todos averiguaremos la respuesta mañana.

Cuando Oak parecerá más que nunca un cortesano caprichoso y frívolo al hacerle a Wren una pregunta que no podrá responder para que así se posponga el compromiso.

El gorro rojo levanta las cejas.

—¿Te has preguntado por qué la bruja está a favor de la unión? Está claro que su padre lo toma por tonto.

—Si lo sabes, tal vez deberías decírmelo.

Madoc mira en la dirección por donde se ha ido Fantasma.

—Esperemos que los espías de tu hermana descubran algo. Aunque hay cosas peores que aprender a gobernar en el duro norte.

Oak no se lo discute. Está harto de discutir con su padre.

Sin embargo, cuando Madoc se aleja, le enseña a Leander todos los trucos con monedas que conoce. Se pasa el disco de plata entre los nudillos, lo hace desparecer detrás de la oreja del niño y reaparecer en su vaso de néctar.

—¿Te ha parecido que a Garrett no le cae bien tu abuelo? —dice Oak mientras le devuelve la moneda.

Leander intenta hacer rodar el disco sobre los nudillos, pero se le resbala y cae al suelo. Salta de la silla para buscarlo.

—Sabe cómo se llama —dice el chico.

Por un momento, Oak no está seguro de haber oído bien.

—¿Cómo se llama?

—El nombre secreto de Garrett —dice Leander.

—¿Cómo lo sabes? —Ha sido demasiado brusco, porque el niño se sobresalta. El príncipe suaviza la voz—. No estás en ningún lío. Solo me he sorprendido.

—Lo he oído hablar con mamá.

—¿Fantasma es su nombre secreto? —pregunta Oak, para asegurarse.

Leander niega con la cabeza.

—Ese es solo su nombre en clave.

Oak asiente y vuelve a mostrarle el truco a Leander mientras la cabeza le da vueltas. No había ninguna razón para que Garrett le revelara su nombre verdadero a Madoc. Ninguna en absoluto.

Pero entonces recuerda las palabras de Fantasma en el barco: *Locke conocía la respuesta que buscas. Sabía el nombre del envenenador, para lo que le sirvió.*

¿Se lo habría dicho Locke a Taryn durante su desastroso matrimonio? ¿Se lo habría dicho ella a Madoc? No, Fantasma no le habría perdonado algo así. Tal vez Locke le revelara el nombre a Madoc directamente, pero ¿por qué?

Mira al otro lado de la mesa, a Taryn, inmersa en una conversación con Jude. No importaba cómo hubiera sucedido. Lo que importaba era lo que significaba.

Sabían que Garrett había asesinado a su madre. Que fue él quien le había dado la seta lepiota. Siente calor y frío por todo el cuerpo y tiembla de rabia.

¿Creían que no merecía saber la respuesta? ¿Que era demasiado joven?

¿O no se lo dijeron porque no les parecía que lo que Garrett había hecho tuviera nada de malo?

A medianoche, los jardines están a rebosar de plantas de floración nocturna, iluminadas por la luz de la luna. La piel azul de Wren es del mismo color que los pétalos de una flor y, al entrar en el claro, parece tan lejana como una estrella en el cielo.

Oak aún no se ha recuperado de lo que ha descubierto. La idea de que alguien a quien conoce, alguien a quien aprecia, intentara matarlo. La traición a su familia.

—¿Querías verme? —pregunta a Wren, mientras piensa si ha sido buena idea presentarse en el estado en que se encuentra.

—Quería —dice ella con una sonrisa socarrona—. Quiero.

Recuerda cómo era ser niño con ella. Se siente tentado de proponerle un juego. Se pregunta si podría conseguir que corriera con él por la hierba.

—Fue un error haberte encerrado en mis prisiones —dice.

Es tan inesperado que se ríe.

Wren pone una mueca.

—De acuerdo, reconozco que es obvio.

—No voy a juzgarte —dice Oak. No con toda la sangre que le mancha las manos—. ¿Significa esto que me perdonas?

Ella levanta una ceja, pero no lo niega.

—¿Qué tal si lo dejamos en que por fin hay paz entre nosotros?

Con esas palabras, el príncipe consigue arrancarle una sonrisa.

—¿Paz?

—¿Ni siquiera eso? —Oak se lleva una mano al pecho, como si estuviera herido. Bajo los dedos, siente el palpitar de su corazón.

—No soy una persona pacífica —responde Wren—. Y tú tampoco.

Le encanta que sepa que no es pacífico. Le encanta que no piense que es amable. No sabe cómo, pero desde el principio pareció reconocer algo en él que nadie más ve, ese núcleo interior de dureza, de frialdad.

Nunca la convenció de que era un héroe. Tal vez la convenció a medias de que era un tonto, pero nunca por mucho tiempo.

Wren supo ver más allá de su actuación y sus sonrisas. Oía los acertijos y las intrigas que su lengua encantadora trataba de ocultar.

Por eso, cuando lo besó, sintió que lo besaban *a él*. Quizá por primera vez.

También le encanta cómo lo mira ahora, como si la fascinara. Como si se sintiera atraída por él. Como si tuviera una oportunidad.

A pesar de que no quiera casarse con él. A pesar de que no lo ame.

Wren respira hondo.

—Esto es precioso.

Oak mira alrededor, a los jardines repletos de flores. Prímulas de noche doradas, alfombras de polemonios con diminutos capullos blancos, pálidas flores de luna, todo tipo de plantas púrpuras con aroma nocturno y las grandes flores plateadas de los cactus. Acerca la mano a una.

—¿Sabías que se llaman reinas de la noche?

Wren niega con la cabeza y sonríe.

—A veces he soñado con este lugar.

Piensa en el comentario de que crearía nuevas pesadillas y guarda silencio. Cuando lo mira, su rostro refleja vulnerabilidad, aunque su voz es afilada.

—Podrías haberme retenido aquí, en Elfhame, pero dejaste que tu hermana me enviara lejos. —Wren dirige la mirada a la flor y le habla a ella en vez de al príncipe—. Me diste un lugar seguro por primera vez después de que me arrancaran de mi no familia, y luego me lo arrebataste.

Quiere oponerse e insistir en que la ayudó. Intercedió ante su hermana. La escondió de la Corte de los Dientes. Sin embargo, aunque sí que hizo esas cosas, dejó de hacerlas. Ayudó un poco y después asumió que ya había hecho suficiente.

—Nunca se me ocurrió pensar que no tenías un hogar al que volver.

No lo entendió. No preguntó.

—Te aburriste conmigo —acusa Wren, pero no hay calor en su voz. Es evidente que lo cree y que lo ha creído durante mucho tiempo. Ni siquiera cree que se lo reproche.

—Te habría escondido en mis habitaciones para siempre si hubiera pensado que era lo que querías —jura—. Pensé mucho en ti desde entonces. Lo cual debes saber, ya que aparecí en tu bosque unos años después.

Está claro que ella quiere objetar.

—Entonces fuiste tú la que me echó —concluye Oak y observa cómo la expresión de ella cambia a una de exasperación.

—¿Crees que lo hice porque no me gustabas? —Lo mira sin vacilar—. ¡Lo hice para ayudarte! Si te hubieras quedado en el bosque conmigo, en el mejor de los casos tu familia habría venido a arrastrarte de vuelta a Elfhame. Te habría perdido de nuevo y tú no habrías conseguido nada.

—Así que pensaste… —empieza, pero ella lo corta.

—Y en el peor, y el más probable, alguno de los enemigos de los que me hablaste te habría encontrado. Y estarías muerto.

Su lógica es alarmantemente sólida, aunque no le gusta reconocerlo. Debió de parecerle muy dramático que apareciera en su bosque de aquella manera. Dramático y muy muy tonto. El típico niño mimado y descerebrado de la realeza.

—¿Por qué no me lo dijiste?

—¡A lo mejor lo hice, pero nunca escuchas! —grita.

La desesperación en su voz desentona con la conversación que están teniendo.

—Ahora te escucho —dice él, desconcertado.

—No es seguro —replica Wren—. Ni antes ni ahora.

—Lo sé.

—No soy segura. No puedes confiar en mí. No...

—No necesito seguridad —dice y se inclina para tocarle el pelo.

Ella no se mueve y lo mira con los labios ligeramente entreabiertos, como si no se creyera lo que está pasando.

Entonces la besa. La besa como lleva queriendo hacerlo durante días y semanas, durante lo que parece una eternidad.

No es un beso delicado. Siente sus dientes en la lengua, sus labios secos. Siente cómo le clava las afiladas uñas en el cuello. Se estremece por la sensación. No quiere delicadeza igual que no quiere seguridad.

La quiere a ella.

Wren tira de él hacia abajo hasta que quedan arrodillados en los jardines. Oak se siente mareado por el deseo. A su alrededor, los pétalos de las flores nocturnas se abren y un espeso aroma perfuma el aire.

—¿Quieres...? —empieza a preguntar, pero ella ya se está subiendo el vestido.

—Quiero —dice—. Ese es el problema. Quiero, quiero y quiero.

—¿Qué quieres? —pregunta Oak, con voz suave.

—Todo. Encántame. Desgárrame. Destrózame. Ve demasiado lejos.

Él se estremece ante sus palabras y niega con la cabeza.

Ella continúa y susurra con la boca pegada a su piel.

—No lo comprendes. Soy un abismo que nunca se llenará. Soy hambre. Soy necesidad. No puedo saciarme. Si lo intentas, te tragaré. Me lo llevaré todo de ti y querré más. Te usaré. Te vaciaré hasta que no seas más que una cáscara.

—Pues úsame —susurra el príncipe, con la boca en su garganta.

Luego los labios de Wren buscan los de él y no vuelven a hablar durante mucho tiempo.

Wren está tumbada a su lado, con la cabeza apoyada en su hombro, cuando el movimiento de las ramas lo alerta.

—Viene alguien —dice Oak mientras busca con la mano los pantalones y también el cuchillo.

Ella se levanta de un salto, se pone el vestido e intenta que no se note mucho que ha estado revolcándose por el suelo.

Por un instante, sus miradas se cruzan y ambos sonríen sin poder evitarlo. La situación es algo absurda, los dos vistiéndose a toda prisa para que no los descubran. Ninguno de los dos se siente capaz de fingir otra emoción que no sea alegría.

—Alteza —dice lady Elaine y frunce el ceño al entrar en el claro—. Veo que tenías demasiadas citas esta noche.

Sus palabras le borran la sonrisa a Oak. Había quedado con ella y no ha prestado atención al cenit de la luna. No ha prestado atención a nada que no fuera Wren. Dejaron de importarle las conspiraciones y los planes, ni siquiera las mentiras de su familia.

Después de años de ocultar todo su ser para convertirse en el señuelo perfecto para lo peor de Elfhame, de repente se olvidó de ser esa persona.

—Salida de la luna, salida del sol, amanecer, atardecer, cenit —dice con la mayor ligereza posible. Lo único que podría empeorar este momento es actuar como si se sintiera atrapado—. Lamentablemente, me cuesta precisar los tiempos imprecisos. Mis disculpas. Espero que no hayas esperado mucho.

Wren alterna la mirada entre lady Elaine y Oak, sin duda sacando sus propias conclusiones.

—Eres la chica de la Corte de los Dientes —dice la cortesana. La luz de la luna hace destacar la telaraña de sus alas.

—Soy la reina de lo que una vez fue la Corte de los Dientes. —La expresión de Wren es pétrea y, a pesar de tener el vestido abierto por detrás y hojas enredadas en el pelo, resulta bastante temible—. Prometida del príncipe de Elfhame. ¿Y tú eres?

Lady Elaine parece tan asombrada como si hubiera mordido una pera y la hubiera encontrado llena de hormigas. Se acerca a Oak y lo rodea con el brazo.

—Soy Elaine. Lady Elaine, cortesana de la Corte del Musgo, en el oeste, y antigua amiga del príncipe. ¿No es así?

—A pesar de todas las penalidades a las que la someto —asiente él, evitando dar una confirmación real.

Wren esboza una sonrisa fría.

—Creo que volveré al banquete. ¿Te importa ajustarme la parte de atrás del vestido?

Lady Elaine la atraviesa con la mirada.

—Por supuesto. —Oak tiene que ocultar la sonrisa mientras se ubica detrás de Wren y recoloca los cordones.

Mientras se prepara para irse, Wren vuelve a mirar a lady Elaine.

—Espero que te regale una experiencia la mitad de agradable que la que me ha regalado a mí.

Oak tiene que contener una carcajada.

Cuando Wren se marcha, lady Elaine se vuelve hacia él, con las manos en las caderas.

—Príncipe —dice con la severidad de una maestra de la escuela de palacio.

Está harto de que lo traten como a un tonto, como si necesitara *un poco de orientación*, como había dicho Randalin de Wren. Tal vez sea un tonto, pero es uno de otro tipo.

—No tenía muchas opciones —protesta y se encoge de hombros. Procura elegir bien las palabras—. A fin de cuentas, es mi prometida. No es fácil librarse de alguien.

La boca de lady Elaine se relaja un poco, aunque no va a dejarlo correr tan fácilmente.

—¿Esperas que me crea que querías librarte de ella?

La verdad es que sería conveniente que lo pensara.

—No quiero insultarla —dice Oak, malinterpretando la pregunta a propósito—. Pero ibas a presentarme a tus amigos y, en fin, hace mucho que no te veo.

—Tal vez sea hora de que me expliques este compromiso —replica ella.

—Aquí no. —Le resulta demasiado extraño intentar engañar a lady Elaine en el mismo lugar en el que ha estado con Wren—. ¿Dónde ibas a llevarme?

—Íbamos a encontrarnos en la linde de la Arboleda Torcida —explica mientras camina a su lado y se abre paso por uno de los senderos—. Pero ya se habrán ido. Esto es peligroso, Oak. Se están arriesgando mucho por tu beneficio.

Se percata de que no ha dicho *por tu bien*, aunque está seguro de que es como quiere que interprete las palabras.

—Wren es poderosa —dice Oak y se odia a sí mismo—. Sería útil.

—Ya me lo han dicho —dice ella con amargura y para sorpresa del príncipe—. Que has sido inteligente al forjar esta alianza y que tener a la bruja de la tormenta a su lado nos coloca a todos en una posición más ventajosa.

Por un segundo, siente la tentación de explicarle que Bogdana nunca se pondrá de parte de nadie con su linaje, pero ¿qué sentido tendría? No le importa lo que crea mientras sirva para que la haga aceptar a Wren y llevarlo con el resto de los conspiradores.

—Te hará infeliz —dice lady Elaine.

—No todas las alianzas son felices —responde él y toma su manos entre las suyas.

Ella le acaricia la mejilla.

—Pero tú tienes muy poca experiencia con el sacrificio. Siempre has estado lleno de alegría. ¿Cómo soportarás que esa felicidad se atenúe?

Se le escapa una risotada y tiene que pensar rápido para disimular el motivo.

—¿Lo ves? Aún puedo ser feliz. Lo seguiré siendo, aunque me case.

—Tal vez este plan nos exija demasiado a todos —dice lady Elaine y Oak lo comprende. El plan de ella implica estar a su lado, ser como mínimo una especie de consorte gobernante, y se vendrá abajo si se casa con Wren. Si no puede asumir ese papel, entonces no le interesa jugarse el pellejo.

Se vuelve hacia ella y lo asalta una especie de desesperación. Si ella se rinde, los conspiradores se esfumarán, volverán a sus madrigueras y no descubrirá nada.

Puede arreglarlo. Usará su lengua de miel con ella. Siente las palabras en los labios, listas para salir. Si dice las cosas correctas, si la atrae a sus brazos, volverá a creer en el plan. La convencerá de que Wren no significa nada, que será su consejo el que escuche una vez que esté en el trono. Incluso podrá persuadirla para que lo lleve a conocer a los conspiradores, aunque tal vez no sea esta noche.

Sin embargo, si no hace nada, entonces renunciará a la traición. Tal vez el plan se desmorone y se convierta en una ociosa conversación de descontento y nada más. Entonces no la encerrarán en una torre, ni la maldecirán para convertirla en paloma, ni la ejecutarán en un espectáculo sangriento.

Le da un apretón en la mano. Le dedica una última sonrisa triste. Tal vez todo pueda terminar y todos puedan vivir.

—Quizá tengas razón —dice—. La tristeza no va conmigo.

19

Oak se despierta con miedo en el corazón. Mientras saborea una sustancia parecida al café hecha con dientes de león tostados y picotea un trozo de pastel de bellota, la cabeza le da vueltas. Sus pensamientos alternan entre el recuerdo de Wren en sus brazos, sus ojos brillantes y sus dientes afilados, besándose como si quisieran meterse bajo la piel del otro; lady Elaine y el fracaso de sus planes; y lo que ha descubierto sobre Fantasma.

Envenenó a la madre de Oak.

La envenenó para que él muriera.

¿Cómo podía mirarlo a los ojos cuando, de no ser por Oriana, de no ser por un golpe de suerte, bien podría haber sido el asesino del príncipe?

Lo irrita pensar en Taryn y en Jude, viéndolo entrenar con él, permitiendo que Fantasma le diera palmaditas en el hombro o le corrigiera la posición del brazo al blandir la espada.

No sabe por qué, la traición de Taryn es la que más le duele. Jude siempre ha estado limitada por su posición y la política, mientras que Madoc lo ha estado por su naturaleza. Oak creía que Taryn era la bondadosa, la que quería un mundo más amable.

Tal vez solo quería uno más fácil.

Golpea con una pezuña la mesa baja; la cafetera y la bandeja caen al suelo, la vajilla se rompe y los pasteles salen despedidos en todas direcciones. Da otra patada que astilla una de las patas de madera y todo el mueble se derrumba.

Si su madre entrara, fruncíría el ceño, lo llamaría «infantil» o «petulante». Llamaría a los criados para que limpiaran. Ignoraría la razón que pudiera tener para estar enfadado.

Es lo que hace su familia. Ignoran todo lo que les resulta incómodo. Hablan de traiciones y asesinatos. Pasan por alto las manchas de sangre y los duelos. Esconden todos los huesos bajo la alfombra.

Desde que ha tenido edad suficiente para comprender por qué tenía que ser él quien le pusiera la corona sanguínea a Cardan o vivir con Vivi y Heather en el mundo mortal, lejos de sus padres, no ha sido capaz de pensar en sus hermanas sin ser consciente de la deuda que tenía con ellas. De los sacrificios que han hecho por él. Todo lo que nunca podrá devolverles. Por eso le resulta totalmente nuevo pensar en ellas y sentir rabia.

Entonces vuelve a pensar en Wren. En su expresión de horror cuando le dijo que la amaba. En su advertencia de anoche, después de que la besara, mientras ella le clavaba las uñas en la nuca.

En la Ciudadela de la Aguja de Hielo actuó sin pensar, tratando de conquistarla a pesar del peligro. Luego ideó un plan desesperado para evitar un conflicto cuando estaba claro que Elfhame consideraba a Wren una enemiga peligrosa.

Cuando ella accedió a volver a casa con él, creyó que le vendría bien alejarse de la Ciudadela. Wren había pasado mucho tiempo pensando únicamente en sobrevivir y, digan lo que digan de las islas, están llenas de vino y canciones y otras indulgencias perezosas.

Sin embargo, desde que llegaron, está diferente. Por supuesto, también podría decir que ha estado diferente desde que le confesó su amor.

Siempre has sido inteligente, le dijo cuando le pidió que rompieran. *Sigue siéndolo.*

¿Creerá que si es ella quien lo deja, Elfhame le arrebatará la corona por romperle el corazón?

Sin embargo, no consigue sacarse de encima la sensación de que intentaba comunicarle algo más grave. ¿Alguien estará usando algo contra ella para detener el matrimonio? ¿Alguien de su séquito? ¿Alguien de su propia familia? Duda que sea Bogdana, que tanto parece apoyar la unión.

Aunque tal vez sí fuera la bruja de la tormenta, ¿tal vez amenazara a Wren si se desviaba del camino? Pero, si ese era el caso, ¿por qué no decírselo directamente a Oak?

Llaman a la puerta. Un segundo después, se abre y entra Tatterfell. Lo mira con el ceño fruncido mientras sus ojos de tinta observan los restos de la mesa.

—Déjalo —dice el príncipe—. Y ahórrate también los sermones.

La mujer aprieta los labios. Había sido sirvienta en casa de Madoc para pagar una deuda, luego se había trasladado a palacio con Jude, posiblemente como espía de su padre. Nunca le ha caído bien. Es impaciente y propensa a los pellizcos.

—La partida de caza es hoy —dice—. Y después esa farsa en Insear. Han preparado tiendas para que os cambiéis, pero aún tenemos que elegir qué ropa enviar.

—No necesito tu ayuda para eso —replica él. *Esa farsa en Insear.* Las palabras resuenan en su cabeza.

El hada lo mira con sus brillantes ojos negros.

—Deberíais vestiros como si esperaseis intercambiar votos, aunque haya pocas posibilidades de ello.

La mira con el ceño fruncido.

—¿Y eso por qué?

La sirvienta resopla, se acerca al armario y saca una túnica de color burdeos oscuro bordada con hojas doradas y unos pantalones de un marrón intenso.

—No me corresponde especular sobre los planes de mis superiores.

—Y sin embargo… —dice Oak.

—Y sin embargo, si yo fuera Jude —dice Tatterfell mientras saca unos pantalones de montar de color gris ratón—, querría casaros con la nueva reina de Inframar. Sería una alianza mejor y, si vos no os casáis con ella, otro conseguirá esa alianza.

El príncipe piensa en la contienda por la mano de Nicasia de la que les hablaron. La que Cirien-Croin intentaba evitar con el ataque.

—Cardan la cortejó, ¿verdad?

Tatterfell calla un momento.

—Otra buena razón para que vuestra hermana os case con ella. Además, he oído que dejó al rey supremo por Locke. Os parecéis mucho a él.

Oak frunce el ceño mientras ella lo insta a quitarse la camisa de dormir.

—Jude no suele esperar mucho de mí.

—No sé yo —dice Tatterfell—. He oído que se os considera todo un vividor.

Quiere objetar, pero tiene que sopesar que es factible que Jude entienda que sería ventajoso que se casara con Nicasia. Quizá sí le parecería una buena solución a Cardan, que ha oído rumores de la traición de Oak.

Por otra parte, si Jude quería que compitiera para ser rey de Inframar, ¿la conduciría eso a actuar contra Wren? ¿La presionaría para romper los esponsales mientras fingía permitirlos? En tal caso, la presionaría para ocultarle su interferencia a Oak y tendría suficiente poder para respaldar cualquier amenaza.

Dados los secretos que ya guardaba, si era lo que está haciendo, tal vez nunca se enteraría.

Vestido de gris ratón, mientras Tatterfell se ocupa de llevar su ropa para la noche a Insear, Oak se dirige a los establos. Desde allí, cabalgará hasta el Bosque Lechoso, donde pretende determinar la verdadera razón por la que Wren quiere que sea él en particular quien rompa el compromiso.

Al acercarse a Damisela, encuentra a Jack de los Lagos esperándolo. El kelpie está en forma de persona, vestido de marrón y negro, con trozos de algas colgando de los bolsillos del pecho. En una oreja lleva un áspero aro de oro.

—Hola —saluda Jack y se aparta el pelo de los ojos.

—Mis disculpas —dice Oak y apoya una mano en el mando de una espada que insistió en atarse al cinto—. Aún no he tenido tiempo de hablar con mi hermana sobre ti.

El kelpie se encoge de hombros.

—Mi obligación para con vos es mayor que la vuestra para conmigo, príncipe. He venido a saldar parte de esa deuda, si me es posible.

—¿Has presenciado más encuentros clandestinos? —pregunta Oak.

—Soy un corcel. Subíos a mi lomo y cabalguemos juntos en la cacería.

Oak frunce el ceño, pensativo. Jack es caprichoso y aficionado a los chismorreos. Sin embargo, el juramento que le hizo una vez era sincero y, en este momento, se siente escaso de aliados. Alguien en quien confiar es prácticamente una bendición.

—¿Te preocupa algo?

—No me gusta este lugar —dice Jack.

—Es un nido de víboras —coincide Oak.

—Es toda una proeza distinguir las serpientes amistosas de las otras.

—Ah —dice el príncipe—. Todas son amistosas hasta que muerden.

—Tal vez no me necesitéis hoy —dice el kelpie—. Pero, si se diera el caso, allí estaré.

Oak asiente. La preocupación de Jack hace que sus propias inquietudes se vuelvan aún más reales.

Agarra una silla de montar.

—¿De verdad no te importa?

—Mientras no me metáis nada entre los dientes —dice Jack y se transforma en la última palabra. Donde un segundo antes había un muchacho, aparece un caballo negro de dientes afilados. El brillo de su pelaje es de un color verde turbio y sus crines ondulan como el agua.

Oak sube a su lomo y sale cabalgando. Tiernan lo espera fuera de los establos del palacio en su propio corcel blanco. Le echa un vistazo a Jack y levanta las cejas.

—¿Te has vuelto loco? ¿Vas a volver a confiar en él?

Oak piensa en lo que le prometió a Hyacinthe en la Ciudadela: la mano del responsable de la muerte de Liriope. Piensa en Tiernan, cuya felicidad aplastaría si cumpliera con el encargo, aun suponiendo que pudiera hacerlo. Considera lo horrible que sería y todas las consecuencias que seguirían.

—No te preocupes —dice—. Ya no estoy seguro de confiar en nadie. Ni siquiera en mí mismo.

Llegan al Bosque Lechero y avanzan a caballo bajo las pálidas ramas plateadas cubiertas de hojas blanquecinas. Allí, la alta burguesía de la Corte se reúne con sus atuendos de montar. Cardan cabalga un corcel negro con flores trenzadas en las crines. Él mismo viste un jubón con cuello alto y un dibujo entrecruzado cosido en la tela oscura. Aparte de los botones brillantes con forma de escarabajo, tiene un aspecto muy serio.

Taryn va vestida de lila, con una chaqueta con mangas largas de tulipán, calzones y botas, y monta un poni moteado. Fantasma está a su lado, vestido de gris oscuro, y casi parece más un caballero, pertrechado con su librea, que un compañero.

Oak siente una punzada de rabia al verlo. Una rabia que se traga. Por el momento.

Al lado del rey supremo, Jude va en un sapo de montar, con un vestido del color de la nata descremada con unas mangas abullonadas. Encima, viste un chaleco fino, bordado en oro, que le cubre el pecho. Clava unas botas marrones, altas hasta la pantorrilla, en los estribos. No lleva corona, sino el pelo recogido hacia atrás.

Intenta juzgar por su expresión y su lenguaje corporal si está conspirando contra él. Si ha actuado a sus espaldas y amenazado a Wren. Pero Jude es una mentirosa consumada. Le es imposible saberlo y preguntar sería inútil. Lo único que conseguiría es avisarla de que Wren le había dicho algo.

Mientras lo medita, se da cuenta de que Cardan lo observa. Todavía no puede explicarle su verdadero papel en esta ni en las otras conspiraciones. No se atreve a mostrarse vulnerable ante ninguno de ellos. Además, si empieza a contar la historia, lady Elaine se enfrentará al mismo destino que habría tenido si no hubiera renunciado a la traición la noche anterior. Sin duda la interrogarían.

Piensa en la fría losa de piedra y en Valen sobre él y se estremece.

Desearía confiar en su hermana como antes. Desearía estar seguro de que ella confía en él.

Se da la vuelta y mira a los sirvientes que cargan cestas y mantas en las monturas para el pícnic que los cortesanos celebrarán cuando se aburran de la caza.

—Es imposible que atrapemos al ciervo plateado —dice un hombre con un sombrero con una pluma y un arco largo. Va montado en un corcel castaño de delicados cascos—. Ni mucho menos con dos mortales entre nosotros. Espantarán a las bestias con el ruido que hacen.

Quiere que Jude lo oiga y así es. Le dedica una sonrisa letal.

—Siempre hay pájaros que cazar en los árboles. Incluso algunos halcones.

La referencia a los soldados de Wren no pasa desapercibida. Algunos de los feéricos se muestran incómodos. Otros, ansiosos.

—O podríamos echar a suertes el juego del zorro —continúa ella con una sonrisa—. Es un buen deporte y ya he jugado antes.

Ha sido el zorro, pero ellos no lo saben. El hombre del sombrero emplumado se pone nervioso.

—Un paseo a caballo por el Bosque Lechero es un placer en sí mismo.

—No podría estar más de acuerdo —responde ella.

Randalin hace sonar un cuerno para atraer la atención de todos.

Oak se fija en que lady Elaine le susurra algo a lady Asha, la madre de Cardan. Cuando la cortesana se percata de su presencia, se da la vuelta sin mirarlo.

El ambiente entre la multitud cambia y las voces se aquietan. Se gira para ver entrar a Wren y a Bogdana, montadas no en corceles sino en criaturas mágicas hechas de palos, ramas y zarzas. Se mueven como caballos, pero a Oak le recuerdan a las monturas de hierba por su extrañeza.

Inconscientemente, se inclina hacia atrás e insta a Jack a alejarse. Su presencia lo molesta, no solo porque ha luchado contra criaturas como ellas antes y ni siquiera porque eran las bestias de lady Nore, conjuradas a partir de los huesos de Mab, sino porque iban a bordo del barco y no las vio en ningún momento.

Otro secreto.

Wren lleva un vestido de color oro pálido. Luce un velo hecho de cadenas, engastado con aguamarinas. Le cubre el pelo y le cae sobre las mejillas y la barbilla, casi hasta la cintura. Lleva las riendas de una brida formada con una fina cadena que rodea la boca del caballo. Aunque su aspecto es majestuoso e incluso nupcial, frunce el ceño y se mira las manos, con los hombros encorvados. Parece atormentada.

En cambio, Bogdana viste otra mortaja oscura, hecha jirones en algunas partes y que se ondea a su paso con la brisa. Su expresión es de satisfacción.

Su llegada es recibida con murmullos de admiración. Los cortesanos elogian a las bestias y les pasan la mano por los flancos.

Tal vez no vaya a conseguir respuestas de su hermana, pero eso no significa que no pueda encontrarlas en otra parte. Presiona suavemente con la rodilla en el flanco del kelpie y lo guía hacia Wren.

—¿Ese es...? —Wren frunce el ceño.

—Jack de los Lagos —dice Oak y acaricia el cuello del caballo—. Una criatura de lo más alegre.

Wren curva los labios en un gesto que podría confundirse con una sonrisa, pero no llega a serlo del todo.

—Esta noche debo hacerte una pregunta—comenta Oak—. ¿Qué pasará si es imposible responder incorrectamente?

—¿Me atarías al matrimonio contra mi voluntad? —Nada en su tono da a entender la existencia de la noche anterior, sus miembros enredados, sus respiraciones agitadas. Sus deseos elocuentes y susurrados.

Se siente culpable por no decirle la verdad; no la obligará a hacer nada que no desee. Pero necesita saber si es verdad que algo va mal.

—¿Debo declarar que me dejé llevar primero por un capricho y luego por otro? —pregunta, tan despreocupado como siempre. Si el escudo de ella es la frialdad, el suyo es la alegría.

—¿No se lo creerían? Además, podrías decirle a la Corte que hemos discutido. —Wren mira por encima del hombro, como si temiera que alguien los oyera—. Estaría más que dispuesta a hacerlo ahora mismo. Una pelea espectacular.

Oak levanta las cejas.

—¿Y de qué iría esta supuesta discusión?

—Lady Elaine, tal vez —ofrece Wren—. Su naturaleza voluble. Podría hablar del tema, en voz muy alta.

El príncipe pone una mueca.

—Necesitaba sacarle información.

—¿Y la conseguiste?

Oak frunce el ceño.

—No soy lo que pretendo ser aquí en la Corte. Creía que ya lo sabías.

—No seas necio —dice ella—. No importa lo que yo crea, solo que...

—¿Qué?

Oak espera que termine la frase, pero ella niega con la cabeza y finge una tos. Bogdana se vuelve a mirarlos.

Durante un largo rato, cabalgan en silencio.

—Supongo que vas a decirme que esta discusión ha sido suficiente —dice Oak un tiempo después. La conversación tiene algo raro—. Jack podría difundir los detalles, dada su afición a los cotilleos.

El kelpie emite un relincho parecido al de un caballo y agita la melena para objetar.

—Supongo que también vas a decirme que lo de anoche no significa nada —continúa el príncipe.

Wren se tensa.

—¿Qué importa? A pesar de tu declaración de amor, ¿de verdad puedes decirme que quieres casarte conmigo?

—¿Qué pasa si quiero? —pregunta él.

—Eso tampoco importa —dice y su voz es como el chasquido de un látigo.

Oak toma aire.

—Esta noche…

—Esta noche es demasiado tarde —interrumpe ella, angustiada—. Tal vez ya sea demasiado tarde.

Después, tira de las riendas de su corcel de ramas y se aleja de él.

La persigue, seguro de que alguien la está manipulando o amenazando. Es evidente que no puede decírselo directamente o ya lo habría hecho. Pero ¿cómo va nadie a obligar a alguien tan poderoso como ella?

Ve a Taryn dirigir su caballo hacia el lado de Wren y oye a su hermana comentarle cuánto le gusta su atuendo. Observa cómo Bogdana guía su corcel de ramas hacia Randalin. El consejero tiene la sabiduría de temerla y empieza a charlar con ella alegremente.

Algunos cortesanos han avanzado rápido en busca de presas para la caza, pero muchos más deambulan sobre sus monturas, sumidos en la conversación. Algunos llevan sombrillas de flores, plumas o incluso telarañas.

Oak cabalga a su lado, perdido en sus pensamientos, hasta que suena un cuerno que indica el comienzo del pícnic.

Baja del lomo de Jack y sigue a los demás al campamento. Los sirvientes han desplegado una serie de mantas y cestas de diferentes diseños, junto con sombrillas e incluso músicos. Si la presencia de mortales o del numeroso grupo todavía no ha espantado al ciervo plateado, unas cuantas baladas asesinas seguro que lo harán.

Hay empanadas de pato, jarras de vino sin abrir, tartaletas de moras junto a montones de castañas asadas, y un pan tan ligero y esponjoso que la mantequilla fría lo desharía como un pañuelo.

Oriana se acerca a Oak y le tiende una taza de té de trébol rojo.

—Apenas hablé contigo anoche —dice.

—Nos sentamos a la misma mesa, madre —recuerda el príncipe.

Se engancha de su brazo. Es tan pequeña que parece imposible que alguna vez lo haya llevado en brazos.

—¿Se te ha ocurrido la pregunta para la chica?

Niega con la cabeza.

—Pregúntale por tu recuerdo más preciado —dice con picardía—. O quizá su secreto más profundo.

—Son preguntas inteligentes —responde Oak—. Parecen difíciles, pero bien podría ser capaz de adivinar ambas cosas. No es mala sugerencia.

Su madre frunce el ceño y se complace con una pizca de malicia de haber vuelto sus palabras contra ella. Sin embargo, al menos está seguro de que, dado lo obvia que es al instarlo a que se aleje, no está manipulando en secreto a Wren.

—¿Esperas que persiga la mano de Nicasia en su lugar? —pregunta, pensando en la teoría de Tattcrfell.

Oriana abre los ojos como platos.

—Por supuesto que no. Eso sería una locura.

—No creerás que mi hermana quiere…

—No —corta su madre—. No sería capaz. No sobreviviría allí abajo.

Si Jude planea casarlo con Nicasia, no ha comenzado el proceso de subyugar a Oriana. Y aunque, siendo la reina suprema, puede hacer lo que le venga en gana, sería lógico pensar que se lo habría mencionado al menos una vez.

Se recuerda que no puede estar seguro. Ahora mismo, no puede estar seguro de nada.

Taryn se ha quedado junto a Wren. Hablan junto al caballo de Fantasma. Por un momento, piensa en acercarse y vaciar el té de trébol rojo sobre la cabeza de su hermana.

Hyacinthe se acerca a Oak y le hace señas con las cejas levantadas.

El príncipe besa la mejilla de su madre.

—¿Lo ves? Después de haber considerado Inframar, lo demás no se ve tan malo.

Entonces la deja y se dirige hacia donde Hyacinthe lo mira con el ceño fruncido.

—Te oí anoche —dice Hyacinthe, en voz baja.

Podría significar muchas cosas.

—¿Y?

—Con tu sobrino.

Oak da un respingo. Debería haberse dado cuenta de que, si él podía espiar a Tiernan y a Hyacinthe, lo contrario también era posible.

—¿Ibas a cumplir lo que te pedí? —pregunta el exhalcón—. ¿O eres un cobarde que deja libre al asesino de tu madre?

Oak no ha cesado de preguntarse sobre las traiciones más cercanas, pero antes o después tendrá que responder a esa cuestión.

—Creía que ya te habías cansado de la venganza.

—No hablo de mí —recuerda Hyacinthe—. Y te dije que no te liberaba de tu juramento.

Eligiendo el peor momento posible, Fantasma avanza hacia ellos, con un odre de vino y dos copas de madera tallada en la mano. Claro, quería poner a Oak al corriente de lo que fuera que pretendía averiguar la noche anterior.

—Que se vaya —dice Hyacinthe.

—Sabe algo —objeta Oak.

—Haz que se vaya o lo atravieso a puñaladas —sisea en voz baja.

—¿Una copa de vino de miel, príncipe? —ofrece el espía mientras sirve una copa para él y otra para sí mismo. Mira a Hyacinthe—. Me temo que solo tengo estas dos, pero si traes la tuya, te serviré.

Las mejillas de Oak se calientan y los oídos le rugen como cuando se deja llevar por el instinto y lucha sin miramientos. Acepta la copa y se la bebe. Le sabe demasiado dulce y empalagosa en la boca.

Fantasma bebe la suya de un trago y pone una mueca.

—No es un buen vino, pero es vino al fin y al cabo. Ahora, si me acompañas, por favor.

—Me temo que ahora no puedo hablar —dice el príncipe a Garrett.

El espía debe de notar algo en su voz. Con expresión perpleja, dice:

—Ven a buscarme cuando estés listo, pero que sea pronto. Cabalgaré un poco hacia el norte para que estemos solos. Cuando terminemos, hablaremos con tu hermana.

—Estás empuñando la espada —susurra Hyacinthe a Oak mientras Fantasma se marcha.

Oak se mira la mano, sorprendido de encontrarla enroscada alrededor de la empuñadura. Se sorprende al ver que le tiembla un poco.

—Tengo que seguirlo —dice el príncipe—. Alguien está manipulando a Wren.

—¿Qué? ¿Quién? ¿Cómo? —pregunta el exhalcón.

—No lo sé.

Hyacinthe mira en la dirección por donde se ha ido Garrett. Los cortesanos siguen sentados en las mantas, así que no hay posibilidad de que la cacería vaya a reanudarse pronto. Oak necesita averiguar qué ha descubierto el espía.

Fantasma ya ha desaparecido en el bosque y se ha escurrido entre los troncos blancos.

Tras dedicarle una mirada a Wren y recordarse que debe mantener la calma, el príncipe vuelve a montar en el kelpie y sigue al espía. La cabeza le da vueltas. Tiene que controlarse. Seguro que lo que sea que sepa lo ayudará a comprender las restricciones que pesan sobre Wren y su artífice.

Cabalga un poco más y se mira la mano, que ha empezado a temblarle. Aún tiene la sensación de estar bajo el agua. También siente una ráfaga demasiado familiar.

Seta lepiota.

Lo han envenenado.

Piensa en el vino de miel, lo bastante dulce para ocultar el sabor.

Vino de miel que le sirvió Fantasma.

Suelta una carcajada. Con todo lo que el espía sabe del asesinato, por lo visto desconoce que este es el único veneno al que Oak es inmune. Si no hubiera optado por la simetría de terminar el trabajo como lo había empezado, el príncipe podría estar muerto.

Desenvaina la espada.

Va a matar al espía. Garrett cree saber de lo que es capaz, pero no conoce sus otras lecciones, las de Madoc. No sabe en lo que se ha convertido bajo la tutela de su padre. No sabe a cuánta gente ha matado ya.

Insta a Jack a avanzar hacia el norte a través de las zarzas, más allá de las columnas de árboles pálidos. Al cabo de un rato, llega a un claro. El kelpie se detiene en seco. Por un momento, Oak no comprende lo que está viendo.

Entre una maraña de lianas, yace un cuerpo.

Se baja del lomo del kelpie para acercarse. La boca del hombre está manchada de púrpura. Tiene los ojos abiertos y mira fijamente al cielo del mediodía, como si estuviera perdido en la contemplación de las nubes.

—¿Garrett? —dice mientras se inclina para sacudirlo.

Fantasma no se mueve. Ni siquiera parpadea.

Lo agarra por el hombro. Nota el cuerpo del espía duro bajo los dedos, más parecido a la madera fosilizada que a la carne.

Muerto. El hombre que asesinó a su madre. El espía que le había enseñado a moverse en silencio, a ser paciente. Que balanceaba a Leander sobre los hombros. El amante de Taryn. El amigo de Jude.

Muerto. Imposiblemente muerto.

Lo que significa que Garrett no envenenó a Oak. Compartió con él el vino envenenado, sin saberlo.

¿Podría ser obra de Hyacinthe? Tal vez considerara apropiado encargarse del espía con el mismo veneno que él había usado para matar a Liriope, una simetría poética. Y si sabía que Oak no moriría por ello, no tendría la deferencia de impedirle beber una dosis de la seta. No le importaría que sufriera un poco.

Sin embargo, si no había sido Hyacinthe, entonces todo se reducía a la cuestión de qué había descubierto Fantasma. Lo que quería contarle a Oak. Lo que tenían que decirle a Jude. Lo que no podía esperar.

20

Oak se ve rodeado por un tumulto de guardias. ¿Ha gritado? ¿Lo ha hecho Jack? El kelpie está junto al príncipe, pero no recuerda cuándo dejó de ser un caballo. El ruido y la confusión son un reflejo de sus pensamientos. La gente grita y él se marea.

O tal vez sea la seta lepiota que aún le ralentiza la sangre.

Jack insiste en que han encontrado a Fantasma así y alguien dice que es terrible y un montón de palabras sin sentido que se mezclan en la mente del príncipe.

Taryn grita, un sonido agudo. Está de rodillas junto al espía y lo sacude. Cuando levanta la vista hacia Oak, su mirada carga con tanto dolor y acusación que tiene que apartar los ojos.

Lo odiaba, piensa. Pero ni siquiera está seguro de que eso sea cierto. Nunca conoció a Liriope y sí conocía a Garrett. *Debería haberlo odiado. Quería odiarlo.*

Pero no lo ha matado.

No lo ha matado, pero podría haberlo hecho. Lo habría hecho. ¿Habría sido capaz? Jude se acerca a Taryn y pone una mano en los hombros de su gemela. Aprieta en un gesto tranquilizador.

Cucaracha se inclina para inspeccionar el cuerpo y, cuando uno de los guardias intenta detenerlo, es Cardan quien les dice que lo dejen en paz. Oak ni siquiera se había dado cuenta de que Cucaracha iba en la cacería.

Taryn se tumba junto al cadáver de Garrett y el pelo le cubre la cara.

Una lágrima se acumula en la comisura de su ojo y le moja las pestañas.

Cardan se arrodilla junto a ella y acerca la mano al pecho de Garrett. Taryn lo mira.

—¿Qué haces? —No parece contenta, pero nunca se han llevado bien.

—La seta lepiota ralentiza el cuerpo —dice y mira un segundo a Cucaracha, que casi seguro fue quien se lo enseñó—. Pero lo ralentiza despacio.

—¿Quieres decir que no está muerto? —pregunta su hermana.

—¿Aún se puede hacer algo? —pregunta Jude casi al mismo tiempo.

—No en el sentido en que esperas —responde Cardan a la pregunta de su mujer e ignora la de Taryn. Se vuelve hacia Randalin y la multitud y hace un gesto exagerado con la mano—. Dispersaos. Fuera.

Los cortesanos se alejan y vuelven a sus caballos, acompañados de un zumbido de rumores en el aire. El ministro de llaves se queda con el ceño fruncido junto a Oriana. Algunos feéricos más parecen creer que la orden no los incluye a ellos. Cucaracha también se queda, pero es prácticamente de la familia.

Oak se obliga a retroceder y se apoya en el tronco de un árbol. Para él, el veneno no había sido mucho, pero aún siente el entumecimiento que le hormiguea en los dedos de las manos y los pies. No está seguro de si se caería al suelo si intentara incorporarse.

Wren cruza el espacio para llegar a su lado. Bogdana permanece en el borde del claro, medio oculta por las sombras.

—Tú también tendrás que moverte —dice Cardan a Taryn.

—¿Qué le vas a hacer? —pregunta ella y cubre su cuerpo como si quisiera protegerlo del rey supremo.

Cardan levanta las cejas.

—Vamos a ver si funciona.

—Taryn —dice Jude mientras le da la mano a su hermana y tira de ella para levantarla—. No hay tiempo.

Cardan cierra sus ojos de bordes dorados y, a pesar de toda su extravagancia, en ese momento recuerda a uno de los cuadros de los reyes de antaño, trasladado de algún modo al reino de los mitos.

A su alrededor, las flores silvestres brotan de los capullos. Los árboles tiemblan y dejan caer las pálidas hojas. Las zarzas se enroscan en formas inverosímiles. Hay un zumbido en el aire y luego, de la tierra, las raíces se levantan y se convierten en el tronco robusto de un árbol alrededor del cuerpo de Garrett.

Taryn emite un chillido agudo. Cucaracha suspira, con asombro en la mirada. Oak siente lo mismo.

La corteza envuelve a Garrett y las ramas se despliegan, brotando con hojas y fragantes flores del mismo color lila de la ropa de Taryn. Un árbol, distinto de todos los que crecen en el Bosque Lechoso, se eleva del suelo y envuelve el cuerpo de Fantasma. Las ramas se extienden hacia el cielo y una lluvia de pétalos cae a su alrededor.

Donde estaba Garrett, ahora solo está el árbol.

El rey supremo abre los ojos y exhala un suspiro entrecortado. Los cortesanos que quedan han retrocedido varios pasos. Están boquiabiertos por la sorpresa, tal vez habiendo olvidado su dominio de la tierra que pisan.

—¿Es...? —empieza Jude, con los ojos brillantes.

—He pensado que, si el veneno hace que cada parte de él se vuelva lenta, podía convertirlo en algo que pudiera vivir así —dice Cardan con un escalofrío—. Pero no sé si eso lo salvará.

—¿Será así para siempre? —pregunta Taryn, con la voz un poco quebrada—. ¿Vivo pero encarcelado? ¿Muriendo, pero sin morir?

—No lo sé —insiste Cardan, con una crudeza que hace que Oak recuerde cuando quedó atrapado en la alcoba real y lo oyó hablar con Jude. Es la voz real de Cardan, la que usa cuando no está actuando.

Taryn pasa la mano por la áspera corteza y las lágrimas le brotan entre sollozos.

—Sigue perdido para mí. Se ha ido. Y quién sabe si estará sufriendo.

Oak siente la mano de Wren en la suya, sus dedos fríos.

—Ven —dice y, cuando tira de él, por fin se incorpora. Camina un poco inestable sobre las pezuñas y ella entrecierra los ojos. Ya lo ha visto envenenado antes.

—Descubriremos quién ha sido —dice Jude a su gemela, con voz firme—. Lo castigaremos, te lo prometo.

—¿No lo sabemos ya? —dice Taryn entre lágrimas y la voz se le quiebra. Mira a Wren—. La vi junto a su caballo.

—Wren no tiene nada que ver con esto —dice Oak y le aprieta los dedos—. ¿Qué motivo podría tener?

—La reina Suren quiere destruir Elfhame —interviene uno de los cortesanos que quedan—. Como quería su madre.

Jude no habla, pero Oak se da cuenta de que la idea de que Wren haya podido tener algo que ver no le es indiferente. Para empeorar las cosas, la propia Wren no lo niega. No dice nada. Se limita a escuchar las acusaciones.

Niégalo, quiere decirle. Pero ¿y si no puede?

Justo entonces, un grito atraviesa el aire. Un buitre da una vuelta y aterriza pesadamente en el hombro de Wren. La bruja de la tormenta.

—¿Príncipe? —llama Tiernan mientras mira al buitre con recelo.

—Deberíamos abandonar este lugar —dice Randalin—. Todo este ajetreo no va a servir de nada.

Bomba los fulmina a todos con la mirada.

—¿Qué ha comido o bebido? Deberíamos aislar el veneno.

—Estaba en el vino de miel —dice Oak.

La espía se vuelve hacia él y el pelo ondula alrededor de su rostro en forma de corazón.

—¿Cómo lo sabes?

El príncipe no quiere confesar esta parte en voz alta, ni siquiera delante de una multitud pequeña, pero no ve otra salida.

—Bebí un poco.

Los demás cortesanos se sobresaltan.

—¡Alteza! —protesta Randalin.

—Y sin embargo, seguís en pie —dice una ninfa—. ¿Cómo es posible?

—Habrá probado apenas un sorbo —miente Jude—. Hermano, tal vez sea hora de alejarse y descansar.

Tal vez sería mejor que salieran del bosque. Se siente algo inestable sobre las patas. Se siente algo inestable, punto.

—¿Crees que soy responsable? —susurra Wren, con la mano aún en la suya.

No, claro que no, quiere decirle, pero no está seguro de poder pronunciar las palabras.

¿Ha envenenado a Fantasma? ¿Lo habría hecho por el bien de Hyacinthe, si él le hubiera pedido ayuda? ¿El espía había descubierto un secreto tan grande que ella habría estado dispuesta a protegerlo, aunque costara una vida?

—Creeré lo que me digas —dice Oak—. No buscaré el engaño en tus palabras.

Wren observa los cambios en su expresión, casi con seguridad buscando el engaño en las palabras de él.

El buitre se mueve y lo mira con unos ojos negros como perlas. Los ojos de Bogdana, cargados de rabia.

—Lo siento —dice Wren.

Las garras de la bruja se hunden en su espalda con fuerza suficiente para atravesar la carne. Un hilo de sangre le mancha el vestido, pero su expresión no cambia.

Está seguro de que siente el dolor. Así debía de ser en la Corte de los Dientes. Así es como soporta todo lo que hace. Sin embargo, no entiende por qué permite que Bogdana la lastime de ese modo. Ahora es ella quien tiene la autoridad y el poder.

Algo va muy mal.

—Tienes que decirme qué está pasando —requiere en voz baja—. Lo arreglaré. Te ayudaré.

—No soy yo quien necesita que la salven.

Wren le suelta la mano.

—Ha sido ella —insiste Taryn—. O ella o esa bruja que la acompaña o el caballero traidor que intentó matar a Cardan. Quiero que arresten al caballero. Quiero que arresten a la chica. Quiero a la bruja en una jaula.

Randalin parpadea varias veces, sorprendido.

—¿No vais a decir nada? Decidles que no habéis sido vos —dice.

Pero, de nuevo, ella guarda silencio.

El ministro de llaves balbucea un poco mientras intenta digerirlo todo.

—Mi querida niña, debéis hablar.

Cardan se vuelve hacia Wren.

—Te agradecería que fueras con mis caballeros. Tenemos preguntas para ti. Tiernan, demuestra tu lealtad y acompáñala. Te encargo personalmente que no la pierdas de vista.

El guardaespaldas mira alarmado a Oak.

Wren agacha la mirada, como si su perdición fuera inevitable.

—Como ordenéis.

—Majestad —intenta Tiernan y frunce el ceño—. No puedo abandonar mi cargo…

—Ve —dice Oak—. No la pierdas de vista, como ha dicho el rey supremo.

Sin embargo, entiende por qué Tiernan está preocupado. Alejarlo puede significar que Cardan no quiere que Oak tenga a nadie para luchar a su lado cuando lo interrogue.

Randalin se aclara la garganta.

—Si se me permite, sugiero que nos traslademos a Insear. Las tiendas ya están montadas y se han enviado guardias. No estaremos tan al descubierto.

—¿Por qué no? —dice Cardan—. Un lugar perfecto tanto para una fiesta como para una ejecución. Tiernan, lleva a la reina Suren a su tienda y espera con ella allí hasta que la convoque. Que no entre nadie más.

El buitre que lleva en el hombro salta al cielo batiendo las alas negras, pero Wren no protesta.

Oak se pregunta si podría detenerlos. Lo duda. No sin muchas muertes.

—Déjame ir con ella —dice Oak.

Jude se vuelve hacia él y enarca las cejas.

—No lo ha negado. Sigue sin negarlo. Te quedas con nosotros.

—Quiero que los demás encontréis a Hyacinthe y me lo traigáis a mi tienda en Insear —ordena Cardan al resto de sus caballeros.

—¿Por qué no sospechar de mí? —exige Oak, alzando la voz.

Taryn suelta una risa seca, incoherente con las lágrimas que manchan sus mejillas.

—Qué ridiculez.

—¿Lo es? Yo encontré el cuerpo —insiste el príncipe—. Después de todo, tengo motivos.

—Explícate —dice Cardan y aprieta los labios en una línea sombría.

Jude parece intuir lo que se avecina. Hay demasiada gente alrededor, guardias, cortesanos, Randalin y Baphen.

—Lo que Oak tenga que decirnos, que nos lo cuente en privado.

—Pues entonces, partamos —dice Cardan.

Pero él no quiere callarse. Tal vez sea el veneno en su sangre o la pura frustración del momento.

—Asesinó a mi primera madre. Es la razón por la que murió y vosotros dos... Todos me lo ocultasteis.

El silencio se instala entre los cortesanos como una ráfaga de viento.

El príncipe siente el delirante placer de romper las reglas. En una familia de embusteros, decir la verdad en voz alta, donde cualquiera pudiera oírla, es una transgresión masiva.

—Me permitisteis tratarlo como a un amigo, mientras sabíais que estábamos escupiendo sobre la memoria de mi madre.

Tras la última palabra, se extiende un largo silencio. Oriana se lleva una mano blanca a la boca. Ella tampoco lo sabía.

Por fin, es Cardan quien toma la palabra.

—Tienes razón. Tenías un excelente motivo para intentar matarlo. Pero ¿lo has hecho?

—Os insto a todos —interrumpe Randalin—, aunque solo sea por discreción, a que vayamos a las tiendas de Insear. Tomaremos un poco de té de ortiga y nos calmaremos. Como bien ha dicho la reina, esta no es una conversación para tener en público.

Jude asiente. Tal vez sea la primera vez que está de acuerdo en algo con Randalin.

—Si mi familia se saliera con la suya, es una conversación que no tendríamos nunca —espeta Oak.

Entonces, en el otro lado del Bosque Lechoso, se eleva un grito.

Unos segundos después, un caballero entra en el claro, con aspecto de haber corrido hasta allí.

—Hemos encontrado otro cuerpo.

La mayoría de los cortesanos que quedan se ponen en movimiento en dirección al grito y Oak los sigue, aunque aún se siente inestable. Al menos saben que está envenenado. Si se cae, nadie hará muchas preguntas.

—¿Quién? —pregunta Jude.

No tienen que ir muy lejos, antes de que Oak vea el cuerpo y su hermana obtenga su respuesta.

Lady Elaine, tendida en el suelo, con una de las alas medio aplastada al caer del caballo rozándole el bajo de las faldas. Lady Elaine, con la mejilla manchada de barro. Los ojos abiertos. Los labios morados.

Oak niega con la cabeza y da un paso atrás. Se tapa la boca con la mano. Dos personas envenenadas... Tres, si se cuenta a sí mismo. ¿Por la conspiración?

Cardan lo observa con una expresión ilegible.

—¿Amiga tuya?

Cucaracha se acerca a Oak y le pone una mano de garras verdes en la espalda.

—Vayamos a Insear, como ha dicho el ministro de llaves. Estás disgustado. La muerte es desagradable.

Oak lo mira con recelo y el duende levanta las manos en señal de rendición mientras lo observa con gesto comprensivo.

—No tuve nada que ver con el asesinato de Liriope ni he tenido nada que ver con estos —dice Cucaracha—. Pero no puedo afirmar que nunca haya hecho nada malo.

Oak asiente despacio. Él tampoco.

Vuelve a montarse en Jack, que se ha convertido de nuevo en caballo. El duende se sube a un poni gordo y moteado de baja altura. Detrás de él, alguien dice que es imposible que la fiesta continúe como estaba previsto. Oak piensa en Elaine, tendida en el suelo. Elaine, que era peligrosamente ambiciosa y tonta. ¿Y si le había dicho a los demás conspiradores que quería dejarlo y esta había sido su recompensa?

Vuelve a pensar en Wren y las garras del buitre clavadas en su piel. Su expresión inerte. Sigue intentando comprender por Wren lo soporta sin gritar ni devolver el golpe.

¿Tendrá algo que ver con el envenenamiento de Garrett y Elaine? Fue un tonto al llevar a Wren allí. Cuando llegue a las tiendas de Insear, irá a buscar la suya. Luego los sacará a ambos de las islas y de este nido de víboras. Lejos de Bogdana. Lejos de su familia. Tal vez podrían vivir en el bosque delante de la casa de su familia mortal. Cuando estaban en su misión, le había dicho que le gustaría visitar a su hermana. ¿Cómo se llamaba? Bex. Comerían bayas y mirarían las estrellas. O tal vez Wren quiera volver al norte, a la Ciudadela. También le parecerá bien.

—¿Desde cuándo lo sabes? —pregunta el duende.

Oak tarda un poco en entender a qué se refiere.

—¿Lo que hizo Garrett? No hace mucho. —Sobre sus cabezas, las abejas negras del Bosque Lechoso zumban mientras llevan néctar a su reina. La luz del sol de la tarde tiñe de dorado los pálidos árboles. Aprieta la mandíbula—. Alguien debería habérmelo dicho.

—Alguien lo hizo —dice Cucaracha.

Leander, supone, lo cual no cuenta como tal. También Hyacinthe, aunque no lo sabía todo. No quiere culpar a ninguno en voz alta, no a alguien que le irá con la historia a su hermana. Entiende lo que pretende Cucaracha, acercándosele a solas, lo suficiente como para evitar la trampa. Se encoge de hombros.

—¿Lo envenenaste? —pregunta el espía.

—Pensaba que él me había envenenado —dice el príncipe y niega con la cabeza.

—Nunca —afirma el duende—. Se arrepentía de lo que le había hecho a Liriope. Intentó compensar a Locke dándole su verdadero nombre. Pero Locke no era una persona a la que confiar algo así.

Oak se pregunta si Garrett trató de compensarlo también a él, sin que nunca se percatara. Al enseñarle a usar la espada, al ofrecerse voluntario para ir al norte cuando el príncipe se metió en problemas, al acudir a Oak con información antes de revelársela a Jude. No le gustaba tener razones para sentir otras cosas que no fueran rabia, pero no por ello no era verdad.

—Quería decirme algo —dice Oak—. No tenía que ver con esto. Otra cosa.

—Cuando os dejemos en Insear, echaré un vistazo en su parte de la guarida. Si tenía sentido común, lo habrá dejado por escrito.

En la linde del Bosque Lechoso, pasan junto al Lago de las Máscaras. Oak mira hacia el agua. Nunca ve su propio rostro, siempre el de otra persona, alguien del pasado o del futuro. Hoy ve a una ninfa rubia que ríe mientras salpica a otra persona: un hombre vestido de negro con el pelo encanecido. Al no reconocer a ninguno, aparta la vista.

En la costa los esperan varias embarcaciones, pálidas y estrechas, con altas proas y popas curvadas hacia arriba, de modo que parecen lunas crecientes flotando sobre sus lomos. Todas van tripuladas por guardias con armaduras. Mientras el sol se oculta bajo el océano en el horizonte, Oak mira hacia Insear, pertrechada con tiendas para las festividades que se avecinan, hacia las centelleantes luces del Mercado de Mandrake y, más allá, hacia la Torre del Olvido, de un negro intenso que contrasta con el cielo rojo y dorado.

Cucaracha y él suben a uno de los botes, junto con Jack, que ha cambiado a su forma bípeda. Un guardia al que no reconoce los saluda con la cabeza e iza la vela. Unos instantes después, cruzan a toda velocidad el corto tramo de mar.

—Majestad —dice el guardia—. Han montado las tiendas para que podáis refrescaros. La vuestra está marcada con el signo de su padre.

El príncipe asiente, distraído.

Cucaracha se queda en el bote.

—Averiguaré lo que sabía Fantasma, si puedo —dice con aspereza—. No te metas en líos.

Oak no sabría contar cuántas veces le habían dicho lo mismo. No cree haber escuchado nunca.

En Insear hay un bosquecillo de pabellones y otras carpas elaboradas. Busca entre ellas la de Wren e intenta en vano escuchar el sonido de su voz o la de Tiernan. No oye a ninguno de los dos y tampoco ve el escudo de la luna y la daga de Madoc marcando una tienda para él.

Todo va mal. Ve los hilos individuales, pero no distingue la red que tejen y no queda mucho tiempo.

Tal vez ya sea demasiado tarde. ¿No fue lo que dijo Wren?

Seguro que no se refería al veneno.

No soy yo quien necesita que la salven.

Aparta el pensamiento. No, era imposible que se refiriera a eso. No podía ser responsable del asesinato de lady Elaine, y probablemente del de Garrett, porque dudaba que convertirlo en árbol sirviera de nada.

Mientras Oak y Jack caminan, divisa una tienda con la solapa abierta y a Tatterfell dentro. Pero no es el escudo de Madoc el que está estampado en el exterior. El príncipe frunce el ceño ante la marca hasta que comprende lo que está viendo. El escudo de Dain. La gente no suele referirse a él como el hijo de Dain, aunque a estas alturas es bien sabido de dónde viene su sangre Greenbriar. Si Oriana lo ve, le va a dar un ataque.

Se pregunta quién habrá sido. Su hermana no. Cardan tampoco, a menos que sea una forma indirecta de recordarle su lugar. Pero le parece demasiado velado. Cardan es sutil, pero no hasta el punto de la confusión.

Entra. La tienda está amueblada con alfombras que cubren la roca y los parches de hierba. Hay una mesa atestada de botellas de agua, vino y zumos de fruta. Unas velas ahuyentan las sombras. Tatterfell levanta la vista mientras extiende su muda de ropa en un sofá bajo.

—Llegáis pronto —dice—. ¿Y este quién es?

Jack se acerca para darle la mano y le hace una profunda reverencia.

—Su corcel y a veces compañero, Jack de los Lagos. Es un honor, encantadora dama. Quizá bailemos juntos esta noche.

La hadita se sonroja, un aspecto muy distinto a su habitual malhumor.

Oak mira el jubón de color burdeos, elegido horas antes. Todavía se siente algo desorientado por la seta lepiota que recorre su organismo, pero sus movimientos se van volviendo menos rígidos y más seguros.

—Debéis vestiros para la fiesta —dice Tatterfell.

Oak abre la boca para informarla de que muy probablemente no habrá ninguna fiesta, pero entonces recuerda que la sirvienta calificó esta noche como una farsa. ¿Sabría algo? ¿Tendría algo que ver?

Necesita pensar con claridad, pero es muy difícil con el veneno todavía adormeciéndole la mente. Casi seguro que Tatterfell no había planeado ningún asesinato. No obstante, se pregunta si los envenenamientos tendrían como objetivo detener la ceremonia.

La teoría se derrumba tras un mínimo escrutinio. Si querían parar la boda y tenían a Wren controlada de alguna manera, ¿no bastaba con presionarla para que cortase con él? Quienesquiera que fuesen.

Se deshace de las ropas de la cacería y se pone las nuevas, más formales, mientras la cabeza le da vueltas. En pocos segundos, Tatterfell le limpia el polvo y el barro de las pezuñas. Como si fuera a su boda de verdad.

Se abre la puerta de la tienda y entran dos caballeros.

—Los reyes supremos solicitan vuestra presencia en su tienda antes de que comiencen las celebraciones —dice uno.

—¿Está Wren allí? —pregunta Oak.

El caballero que ha hablado niega con la cabeza. Parece ser al menos parte gorro rojo. El otro caballero tiene rasgos más élficos y los ojos oscuros. Se lo ve inquieto.

—Decidles que iré enseguida —dice Oak.

—Me temo que debemos escoltaros ahora.

Eso explica el nerviosismo.

—¿Y si no accedo?

—Debemos llevaros de todos modos —dice el caballero elfo, con expresión angustiada.

—Ah, pues entonces, adelante —dice Oak y camina hacia ellos. Podría usar su encanto para disuadir a los caballeros, pero no cree que valga la pena. Jude enviaría a más soldados y estos dos se meterían en un problema.

El príncipe procura no mirar a Jack. Dado que no se ha mencionado al kelpie, no tiene por qué ir y estará más seguro así. Un relámpago atraviesa el cielo, seguido de un trueno. Aún no ha empezado a llover, pero el aire huele a agua. El viento también se levanta y azota las faldas de las tiendas. Oak se pregunta si Bogdana tendrá algo que ver. Desde luego, estaba de mal humor.

Piensa otra vez en Wren y en las garras clavadas en su piel. En sus palabras en los jardines. *No soy segura. No puedes confiar en mí.*

No le queda más remedio que cruzar Insear detrás de los caballeros. Pasan por donde han colgado guirnaldas de helechos, glicinas y setas en los árboles, y los músicos afinan los violines, mientras unos cuantos cortesanos que han llegado demasiado temprano eligen bebidas de una gran mesa dispuesta con botellas de todas las formas, tamaños y colores.

Uno de los caballeros aparta la solapa de una pesada carpa de color crema y oro.

Dentro hay dos tronos, aunque ninguno está ocupado. Jude y Cardan están junto a Taryn y Madoc. Cardan lleva ropas blancas y doradas, mientras que Madoc viste de un rojo intenso, como si fueran los palos opuestos de una baraja. Taryn sigue con las ropas de la cacería y tiene los ojos irritados e hinchados, como si no hubiera dejado de llorar en ningún momento. Oriana está sentada en una esquina, entreteniendo a Leander. Oak piensa en su propia infancia y en cómo su madre lo mantuvo alejado de múltiples conversaciones peligrosas, escondiéndolas tras ella y distrayéndolo con un juguete o un caramelo.

Sabía que era un gesto de amor, pero también lo dejaba vulnerable.

Están presentes tres miembros del Consejo Orgánico. Pala, el bufón; Randalin y Nihuar, representante de las Cortes Luminosas. Los tres tienen un aspecto sombrío. Hyacinthe también está allí, sentado en una silla, con el rostro pétreo y desafiante. Oak percibe el pánico que intenta ocultar.

La tienda está rodeada por guardias, a ninguno de los cuales conoce. Todos tienen cara de estar esperando una ejecución.

—Oak —dice Jude—. Bien. ¿Estás listo para hablar?

—¿Dónde está Wren? —pregunta.

—Excelente pregunta —responde su hermana—. Esperaba que tú lo supieras.

Se miran en silencio.

—¿Se ha ido? —pregunta él.

—Y Tiernan con ella. —Jude asiente—. Entenderás por qué tenemos mucho de qué hablar. ¿Has organizado su fuga?

Oak respira hondo. Hay muchas cosas que debería haberle contado a lo largo de los años. Hacerlo ahora será como arrancarse la piel a tiras.

—Habrás oído muchas cosas sobre mí y las compañías que frecuentaba antes de irme al norte con Wren. Lady Elaine, por ejemplo. Mis razones no eran las que podrías suponer. No soy...

Fuera, se produce un estruendo y el viento aúlla.

—¿Qué es eso? —exclama Taryn.

Cardan entrecierra los ojos.

—Una tormenta —dice.

—Hermano —insiste Jude—. ¿Por qué la trajiste aquí? ¿Qué te prometió?

Oak recuerda haberse quedado atrapado en la lluvia y los truenos del poder de Bogdana, recuerda cómo su corcel salió volando de debajo de él. Todo esto augura un desastre.

—Cuando estábamos en nuestra misión, engañé a Wren —dice—. Me guardé información que no me correspondía.

No puede evitar notar el eco de su propia protesta en las palabras. Su familia le ha ocultado cosas del mismo modo que él se las ocultó a ella.

—¿Y?

Jude frunce el ceño.

Busca las palabras adecuadas.

—Y se enfadó, así que me metió en una mazmorra. Lo que parece un poco extremo, pero estaba en proceso de solucionarlo. Y entonces tú… reaccionaste de forma exagerada.

—¿Exagerada? —repite Jude, claramente indignada.

—¡Iba a solucionarlo! —insiste Oak, más alto.

Percibe un movimiento por el rabillo del ojo y dos saetas atraviesan la tienda en dirección a Jude. Oak se agacha y desenvaina la espada.

Cardan levanta la capa para cubrir a Jude, la capa que le hizo Madre Tuétano, encantada para desviar las hojas de las armas. Las flechas caen al suelo como si hubieran golpeado una pared en lugar de simple tela.

En el instante siguiente, el rey supremo se tambalea hacia atrás, sangrando. Un cuchillo le sobresale del pecho. Cae de rodillas y se cubre la herida con las manos, como si la sangre que se filtra entre sus dedos fuera una vergüenza.

Randalin retrocede, engreído y satisfecho. Es su daga la que atraviesa el pecho del rey.

—Bajad las armas —grita dubitativo un soldado y da un paso adelante. Por un momento, Oak no está seguro de qué lado están. Entonces se fija en cómo están posicionados. Siete soldados se acercan al ministro de llaves; dos son los caballeros que lo acompañaron desde su tienda.

Comprende de golpe por qué le son desconocidos. Es una trampa.

Es la conspiración que esperaba que lady Elaine le revelara. Si no hubiera faltado a su encuentro en los jardines, si no hubiera estado tan dispuesto a creer que todo había terminado cuando la propia Elaine se dio por vencida, si no hubiera partido para salvar a su padre en primer lugar, tal vez podría haberlo descubierto. Y haberlo frustrado.

Recuerda al consejero ensalzando la sabiduría de su compromiso con Wren, recuerda cómo presionó a la familia real para que viniera inmediatamente a Insear después de la cacería. Recuerda cómo Randalin se las arregló para celebrar una reunión a solas con Bogdana y Wren.

El ministro de llaves estaba moviendo las piezas mientras se portaba de forma tan pomposa e irritante que nadie se lo tomaba en serio. Y Oak había caído en la trampa. Había subestimado a Randalin de la forma más tonta posible al caer en el mismo truco que él usaba con los demás.

Jude ayuda a Cardan a tumbarse y se arrodilla a su lado, con la espada en la mano.

—Te rajaré la garganta —promete a Randalin.

—Una puñalada de la dama de espadas —dice Fala, con sentimiento—. La sangre de un traidor es caliente, pero se derrama igualmente.

Taryn tiene una daga en la mano. Madoc, peligroso solo con las garras de sus manos, ha adoptado una posición de combate. Oak se levanta y se coloca a su lado.

—Deberías haberme escuchado —dice Randalin a Jude desde la distancia de seguridad que ha procurado mantener entre ellos, detrás de uno de sus soldados—. Los mortales no están hechos para sentarse en nuestros tronos. Y Cardan, el menor de los príncipes de los Greenbriar, patético. Pero todo se remediará. Tendremos un nuevo rey y una nueva reina. Ninguno de vuestros caballeros está aquí para salvaros. No podrán llegar a la isla mientras la tormenta arrecie. Y arreciará hasta que estéis muertos.

Oak parpadea.

—Has hecho un trato con Bogdana. Eso es lo que Fantasma quería demostrar, es lo que pensaba que no me gustaría.

Por Wren. Por ella había creído que no le gustaría.

—Deberías estar agradecido —dice Randalin al príncipe—. He convencido a Bogdana de que te perdonase la vida,
aunque eres de la estirpe de los Greenbriar y su enemigo. Gracias a mí, te sentarás en el trono con una poderosa reina feérica
a tu lado.

—Wren nunca… —empieza, pero no está seguro de cómo
terminar. ¿Estaría de acuerdo con el asesinato de su familia?
¿Quería ser la reina suprema?

No puedes confiar en mí.

No soy yo quien necesita que la salven.

Randalin se ríe.

—No se opuso. Y tú tampoco, si mal no recuerdo. ¿No le
hablaste a lady Elaine de tu resentimiento hacia el rey supremo?
¿No alentaste el complot para que te condujera al trono?

Se le revuelve el estómago al oír las palabras. Saber que la
tormenta es culpa de alguien a quien él ha traído aquí. Ver el
cuerpo de Cardan tendido en un charco de rojo, inconsciente y
tal vez muerto. Pensar en los ojos abiertos y fijos de Fantasma.
Ver cómo lo observan ahora sus hermanas y cómo su madre
aparta la mirada.

—Envenenaste a Garrett —dice Oak.

Randalin se ríe.

—Le di el vino. No tenía por qué beberlo. Pero se acercó demasiado a descubrir nuestros planes.

—¿Y Elaine? —pregunta.

—¿Qué otra opción tenía? —dice Randalin—. Quería dejarlo.

Y le sirvió vino de la misma urna que el espía le convenció
de que era seguro beber.

Expresar el deseo de querer dejarlo era cómo Oak planeaba
hacer que Elaine y sus amigos se volvieran contra él. Igual que
había derrotado a otros conspiradores: con un intento de asesinato y exponiéndolos por ellos en vez de como traidores. Pero

ella no había sabido que eso la condenaría. Debería haberla advertido.

Y ahora su familia cree que él formaba parte de todo. Lo ve en sus caras. Lo que es peor, al traer a Wren aquí, tal vez lo haya hecho.

Tal vez era lo que Wren quería cuando aceptó venir a Elfhame. Vengarse de él. Vengarse de los reyes supremos, que la despojaron de su reino y la enviaron lejos sin ayuda ni esperanza. La corona que se le prometió a Mellith.

Wren, a quien creía amar. A quien creía conocer.

Ahora comprende que ha aprendido las lecciones de la traición, hasta la médula de sus huesos.

No puede ofrecer ninguna disculpa que vayan a creerse, no tiene forma de explicarlo. Ya no.

Siente que algo se rompe dentro de él. Desenvaina la espada.

—No seas tonto —dice Randalin con el ceño fruncido—. Todo esto es por ti.

Un rugido familiar retumba en los oídos de príncipe y esta vez se entrega a él con impaciencia. Sus miembros se mueven, pero tiene la sensación de verse a sí mismo desde muy lejos.

Apuñala el estómago del guardia que tiene más cerca y le hace un corte bajo la coraza. El hombre grita. Pensar que estos soldados creían que estaba de su lado, que sería su rey, lo enfurece aún más. Se da la vuelta con un revés de la espada. Alguien más grita, alguien que conoce, y lo insta a detenerse. Ni siquiera aminora la marcha, sino que desvía una saeta y dos guardias más lo rodean. Le arrebata una daga de la vaina a uno de ellos y la usa para apuñalar al otro mientras esquiva una estocada.

Oak siente que pierde la conciencia, que se sumerge en el trance de la lucha. Es un alivio dejarse llevar, igual que lo es cuando permite que las palabras adecuadas se deslicen por su lengua en el orden correcto.

Lo último que siente el príncipe antes de que su conciencia se desvanezca por completo es un cuchillo en la espalda. Lo último que ve es su espada atravesando la garganta de un enemigo.

Se encuentra con la espada presionada contra la de Jude.

—¡Para! —grita ella.

Oak se tambalea hacia atrás y deja caer la espada. Su hermana tiene sangre en la cara, una fina salpicadura. ¿La ha atacado?

—Oak —dice ella, ya sin gritar, y es entonces cuando se da cuenta de que está asustada. Nunca ha querido que le tuviera miedo.

—No voy a hacerte daño —dice. Y es verdad. Al menos, cree que probablemente sea verdad. Las manos han empezado a temblarle, pero eso es normal. Le pasa mucho, después.

¿Seguirá pensando que es un traidor?

Jude se vuelve hacia Madoc.

—¿Qué le has hecho?

El gorro rojo la mira desconcertado y luego lo contempla a él con curiosidad.

—¿Yo?

Oak observa la habitación, con la adrenalina de la batalla aún corriendo por sus venas. Los guardias están muertos. Todos y de formas nada limpias. Randalin también. Él tampoco es el único que sostiene una espada ensangrentada. Hyacinthe también tiene una, cerca de Nihuar, como si acabasen de estar espalda con espalda. Fala está sangrando. Cucaracha y Bomba están juntos, tras haber aparecido de entre las sombras, y los dedos de la espía aprietan un cuchillo curvo de aspecto amenazante. Incluso Cardan, que se apoya en el trono para mantenerse erguido, tiene un puñal en la mano con la hoja roja, aunque con la otra mano se aprieta el pecho, que también está manchada de escarlata.

Cardan no está muerto. El alivio casi hace que caiga de rodillas, si no fuera porque sigue sangrando y está pálido.

—¿En qué has convertido a Oak? —exige Jude a Madoc—. ¿Qué le has hecho a mi hermano?

—Es diestro con la espada —dice el gorro rojo—. ¿Qué quieres que diga?

—Estoy perdiendo la paciencia casi tan rápido como la sangre —dice Cardan—. Que tu hermano haya matado a Randalin no significa que debamos olvidar que era el centro de toda esta conspiración y que sigue siéndolo de lo que sea que estén planeando Bogdana y Wren. Sugiero que lo encerremos donde no resulte tan tentador para los traidores.

El príncipe localiza a Oriana, que aún abraza a Leander con gesto protector. Mantiene la cara del niño pegada a sus faldas para que no vea los cuerpos masacrados. Su madre tiene una expresión de angustia. Siente el impulso irrefrenable de ir hasta ella y enterrar la cara en su cuello como habría hecho de niño. Para comprobar si lo aparta.

Querías que te conocieran, espeta su mente, lo cual no es ningún consuelo.

Wren le describió una vez lo que temía que pasaría si se revelaba ante su familia. Cómo imaginaba que la rechazarían cuando vieran su verdadero rostro. Oak simpatizó con ella, pero hasta este momento no había comprendido el horror de que todas las personas que más te quieren en el mundo te miren como si fueras un extraño.

Encántalos. El pensamiento no solo es inútil, está mal. Sin embargo, la tentación lo acaricia. *Haz que te miren como antes. Arréglalo antes de que se rompa para siempre.*

Un escalofrío lo recorre.

—No es culpa de papá ni de nadie que se me dé bien matar —se obliga a decir y mira a Jude a los ojos—. Ha sido mi elección. Y no te atrevas a decirme que no debería haberlo hecho. No después de lo que tú te has hecho.

Está claro que su hermana estaba a punto de decirle algo parecido, porque se le atragantan las palabras.

—Se suponía que...

—¿Qué? ¿Que no debía tomar las mismas decisiones que habéis tomado todos los demás?

—Tenías que tener una infancia —grita ella—. Tenías que dejar que te protegiéramos.

—Ah —interviene Cardan—. Pero él tenía ambiciones más elevadas.

La mirada de Madoc es impasible. ¿Cree que Oak es un traidor? Y si es así, ¿aplaude la ambición o desprecia el fracaso?

—Creo que es hora de marcharnos de esta isla. —Cardan intenta sonar despreocupado, pero es incapaz de ocultar que siente dolor.

La lluvia sigue azotando la tienda. Taryn se acerca a la entrada y mira hacia afuera. Niega con la cabeza.

—No creo que podamos atravesar la tormenta. El consejero tenía razón al menos en eso.

Jude se vuelve hacia Hyacinthe.

—¿Y cuál ha sido tu papel en todo esto?

—Como si fuera a hacerte a ti alguna confidencia —espeta él.

—Matadlo —ordena Cardan.

—Hyacinthe ha luchado de tu lado —protesta Oak.

El rey suelta un suspiro agotado y agita una mano adornada con cordones.

—Está bien, atadlo. Encontrad a la chica y a la bruja y matadlas, al menos, a ellas. Y quiero que encierren al príncipe hasta que resolvamos esto. Encerrad también a Tiernan, si es que vuelve.

Lo siento, dijo Wren antes de separarse en el Bosque Lechoso.

Le advirtió que no confiara en ella y luego lo traicionó. Conspiró con Randalin y Bogdana. Permitió que Oak se engañara creyendo que alguien la controlaba, cuando ella ostentaba todo el poder.

Había sido inteligente tenerlo persiguiendo sombras.

Esa era la parte del rompecabezas que no había sabido resolver; cómo iba cualquiera de ellos a controlarla, cuando ella podía deshacerlos a todos. La respuesta debería haber sido obvia, pero no había querido creerlo. No la estaban controlando.

Un misterio con un vacío en el centro.

—Disparad en cuanto la veáis —dice Jude, como si fuera a ser así de sencillo.

—¿Dispararle? Deshará las flechas —dice Oak.

Jude levanta las cejas.

—¿Todas las flechas?

—¿Veneno? —sugiere su hermana.

El príncipe suspira.

—Tal vez.

Si no se dedicara a beberse todos los venenos que le ponían delante, tal vez lo sabría.

—Encontraremos su punto débil —asegura su hermana—. Y la derrotaremos.

—No —interviene Oak.

—¿Vas a volver a defender su inocencia? ¿O la tuya? —pregunta Cardan con voz sedosa y suena otra vez como el chico al que Taryn y Jude odiaban, aquel a quien Hyacinthe no creía diferente de Dain. El que arrancaba las alas de las espaldas de las ninfas y hacía llorar a su hermana.

—No tengo intención de defenderme —dice Oak y se inclina para recoger la espada del suelo—. Esto es culpa mía. Es mi responsabilidad.

—¿Qué pretendes? —pregunta Jude.

—Voy a ser yo quien le ponga fin —dice Oak—. Tendréis que matarme para detenerme.

—Voy contigo —dice Hyacinthe—. Por Tiernan.

El príncipe asiente. Hyacinthe cruza la tienda para colocarse detrás del príncipe. Al unísono, se dirigen a la puerta, con las espadas desenvainadas.

Jude no ordena a nadie que les corte el paso. No se enfrenta a Oak. Sin embargo, en sus ojos ve que considera que su hermano pequeño, aquel al que ama y haría cualquier cosa por proteger, ya está muerto.

21

Oak y Hyacinthe se lanzan en medio de una tormenta de una ferocidad aterradora. La niebla es tan espesa que el príncipe ni siquiera ve la orilla de Insmire y las olas se han convertido en unos gigantes imponentes que asolan la costa y muerden las rocas y la arena.

Bogdana ha aislado Insear de toda ayuda posible al imposibilitar la llegada de los soldados de Elfhame y de cualquiera que pudiera socorrerlos. Y ahora la bruja de la tormenta espera con Wren alguna señal de que la familia real ha muerto.

Sin embargo, hay un problema en su plan. Oak no se ha casado con Wren. Tal vez Randalin pensara que nadie encontraría el cuerpo de Fantasma ni el de Elaine, o que a nadie le importaría. No debió creer que las festividades de la víspera se convertirían en una investigación. Pero como las cosas no habían sucedido así, el asesinato de los reyes supremos no iba a darle un acceso automático al trono a Wren. Aún lo necesitaba.

Mientras camina por la playa, empapado, Oak tiembla con tanta fuerza que le resulta difícil distinguir el frío de la rabia.

Se ha convertido en el tonto que ha pasado tanto tiempo fingiendo ser. Si no se hubiera enamorado, nadie estaría en peligro. Si no hubiera creído en Wren, si no le hubiera prometido estar de su lado y no hubiera inventado todas las excusas posibles por ella, entonces los planes de Randalin habrían quedado en nada.

Lo peor es que la ama todavía.

Pero no importa. Le debe lealtad a su familia, sin importar sus secretos. A Elfhame en sí mismo. Le guste o no ser el príncipe, aceptó el papel, con todos sus beneficios y obligaciones. No será él quien ponga a su pueblo en peligro. Y sea lo que fuere lo que Wren pudo sentir una vez por él, le es imposible creer que fuera capaz de hacer todo esto a menos que ese sentimiento haya desaparecido. Él lo destruyó y no fue capaz de arreglarlo. Algunas cosas rotas siguen rotas.

El príncipe corre bajo la tormenta y el frío le corta a través de las finas ropas de gala.

—Vamos —apremia a Hyacinthe por encima del estallido de los truenos y le hace un gesto con el brazo para señalar una tienda en la que quiere que se metan.

Marcada con el escudo de un cortesano de la Corte de Rowan, está vacía. Oak se limpia el agua de la cara.

—¿Y ahora qué? —pregunta Hyacinthe.

—Encontramos a Wren y Bogdana. ¿Se te ocurre dónde podrían ir? Algo habrás oído estos últimos días. —A medida que la adrenalina de la batalla se desvanece, se da cuenta de que una línea de dolor le palpita en la espalda donde recuerda que lo apuñalaron. También le parece que tiene un corte superficial en el cuello. Pica.

—Y si las encontramos —dice Hyacinthe—. Entonces, ¿qué?

—Las detenemos —dice Oak mientras aparta el dolor y el pensamiento de lo que supondrá hacerlo—. No pueden estar muy lejos. Bogdana tiene que estar lo bastante cerca para controlar la tormenta.

—Tengo una deuda con Wren —dice Hyacinthe—. Le juré lealtad.

—Tiene a Tiernan —recuerda Oak.

El hombre aparta la mirada.

—Estarán en Insmoor.

—¿Insmoor? —repite Oak. La isla más pequeña, aparte de en la que se encuentran ahora. La ubicación del Mercado de Mandrake y poco más.

—Bogdana volvió a convertir la cabaña en una nuez antes de la cacería y se la guardó en el bolsillo. Nos dijo que quizá tendríamos que reunirnos con ella en Insmoor.

Así que los demás halcones estarían allí. Eso complica las cosas, aunque no le importará tener la oportunidad de enfrentarse a Straun. Además, Wren no puede deshacerlo sin arruinar sus planes de gobernar en el proceso.

—Sé cómo llegar a Insmoor —dice.

Hyacinthe lo mira un largo rato en el que parece comprender su plan.

—No hablarás en serio.

—Más que nunca —dice Oak y se sumerge de nuevo en la tormenta.

Le castañetean los dientes cuando llega a la tienda marcada con el escudo de Dain. Tatterfell y Jack están dentro, acurrucados lejos de las solapas, que se abren sin parar y dejan entrar la fría lluvia.

—Jack, me temo que vuelvo a necesitar tu ayuda —dice Oak.

—A vuestro servicio, mi príncipe —dice el kelpie e inclina la cabeza—. Prometí seros útil y lo seré.

—Después de esto, tu deuda conmigo estará más que saldada. No me deberás nada. Quizás incluso seas tú el que tenga un favor que reclamarme.

—Me encantaría —dice Jack con una sonrisa socarrona.

—Quiero que me lleves bajo las olas hasta la orilla. ¿Tienes alguna forma de hacer que siga respirando en el trayecto?

Jack lo mira con los ojos muy abiertos.

—Por desgracia, no puedo ayudaros. A los de mi especie no nos preocupa mucho la vida de nuestros jinetes.

Hyacinthe mira a Oak con incredulidad.

—No, más bien os deleitáis con sus muertes y luego los devoráis. ¿Serás capaz de controlarte con el príncipe a cuestas?

No era algo que hubiera preocupado a Oak antes, pero no le gusta el destello de deleite que cruza el rostro de Jack de los Lagos ante la mención de «devorar».

—Puedo mantener los dientes alejados de la dulce carne del príncipe, pero si quieres acompañarnos, no aseguro nada —dice Jack.

—Voy con vosotros —dice Hyacinthe—. Tienen a Tiernan.

Oak esperaba que lo hiciera. No está seguro de poder hacerlo solo.

—Nada de morder a Hyacinthe.

—¿Ni siquiera un bocadito? —pregunta Jack con petulancia—. Me complicáis mucho mantener la alegría, alteza.

—Aun así —dice Oak.

—¿Qué se os ha perdido en esta tormenta? —pregunta Tatterfell y le clava el dedo en la tripa—. ¿Estáis sangrando?

—Puede —dice y se toca el cuello con un dedo. Duele, pero le duele más la espalda.

—Quitaos la camisa —ordena el hada y lo mira con intensidad.

—No hay tiempo —responde él—. Pero si tienes algo que sirva de atadura, lo usaré para llevar la espada. Se me ha caído la vaina en algún sitio.

Tatterfell pone los ojos en blanco.

—Nadaré todo lo rápido que pueda —dice Jack—. Pero podría no ser suficiente.

—Puedes salir a la superficie a medio camino —sugiere Oak—. Recuperaremos el aliento y seguiremos adelante.

Jack lo considera unos segundos, como si fuera en contra de su propia naturaleza. Sin embargo, al cabo de un rato, asiente. Hyacinthe frunce más el ceño.

Tatterfell ata la espada y se la ciñe a la cintura al príncipe con tiras rasgadas de sus ropas viejas. También le cose la herida de la espalda y lo amenaza con meterle el dedo en la llaga si se mueve.

—Eres despiadada —dice él.

Ella sonríe como si le hubiera hecho un cumplido encantador.

Después, se preparan para volver a enfrentarse al viento y la lluvia y Oak, Jack y Hyacinthe se dirigen a la orilla.

En la playa, Jack se transforma en un caballo de dientes afilados. Se agacha y espera a que se amarren a él. Oak enrolla una cuerda rescatada de la tienda alrededor del pecho del kelpie y luego alrededor de Hyacinthe para sujetarlo con firmeza al lomo. Luego se ata a sí mismo y enrolla la cuerda una última vez en torno a sus vientres para que queden firmemente ligados el uno al otro.

Cuando Oak mira el rugir de las olas, empieza a dudar de la inteligencia de su plan. Apenas se distinguen las luces de Insmoor en la tormenta. ¿Será capaz de aguantar la respiración todo el tiempo que Jack considere que necesita?

Pero no hay vuelta atrás. Nada a lo que volver, así que intenta inhalar hondo y exhalar despacio. Infla los pulmones tanto como puede.

Jack galopa hacia las olas. El agua helada salpica las piernas de Oak. Se agarra a la cuerda y respira por última vez antes de que el kelpie los sumerja a todos en el mar.

El frío del océano le apuñala el pecho. Por un instante casi le arranca el aire, pero consigue no jadear. Abre los ojos en el agua oscura. Siente la presión creciente y aterrorizada del agarre de Hyacinthe en el hombro.

Jack avanza deprisa por el agua. Al cabo de un minuto, está claro que no es lo bastante rápido. Los pulmones de Oak zumban; se siente mareado.

El kelpie tiene que salir a la superficie. Tiene que hacerlo ya. Ya. Aprieta con fuerza las rodillas en el lomo de Jack.

El agarre de Hyacinthe en su hombro se afloja, sus dedos se alejan. Oak se concentra en el dolor de la cuerda que le corta la mano. Intenta mantenerse alerta. Intenta no respirar. Intenta no respirar. Intenta no respirar.

Hasta que ya no aguanta más y el agua lo aplasta.

22

Salen a la superficie con brusquedad y Oak se ahoga y tose. Oye a Hyacinthe carraspear detrás de él. Una marejada le golpea en la cara, el agua se cuela por su garganta y lo hace toser más.

Jack asoma la cabeza por encima de las olas y tiene las crines pegadas al cuello. Una especie de membrana le cierra los ojos y les concede un aspecto nacarado. Una mirada hacia la orilla le asegura a Oak que están a más de medio camino de Insmoor. Sin embargo, ni siquiera es capaz de recuperar el aliento, y mucho menos de retenerlo. Le duele el pecho, sigue tosiendo y las olas no dejan de golpearlo.

—Oak —consigue resollar Hyacinthe—. Ha sido un mal plan.

—Si morimos, te comerá a ti primero —dice Oak con voz ronca—. Así que más te vale vivir.

Demasiado pronto, el kelpie comienza a descender, al menos lo bastante despacio para que a Oak le dé tiempo a inspirar. Es una respiración superficial y está casi seguro de que no será capaz de retenerla hasta llegar a la orilla. Ya le arden los pulmones.

Es el único modo de cruzar, se recuerda y cierra los ojos.

Jack sale a la superficie una vez más, el tiempo justo para que Oak vuelva a inhalar. Luego se deslizan hacia la orilla, donde chocan contra las olas.

El kelpie sale despedido hacia delante y se estrella en el fondo arenoso. Oak y Hyacinthe son arrastrados con él. Una roca afilada roza la pierna del príncipe. Intenta soltarse de la cuerda, pero está bien tensada.

Jack consigue llegar a la playa, no sabe cómo. Otra ola los golpea por el costado, el kelpie se tambalea y se transforma en muchacho. La cuerda se afloja. Oak se arrastra por la arena. Hyacinthe también cae y el príncipe se da cuenta de que no está consciente. Le gotea sangre de un corte en la frente, donde debe de haberse golpeado con una roca.

Oak le pasa el hombro por debajo del brazo e intenta alejarlo de la orilla. Antes de llegar muy lejos, una ola lo hace tropezar y cae de rodillas. Arroja su cuerpo sobre el de Hyacinthe para evitar que el mar vuelva a reclamarlo.

Poco después, se levanta y arrastra al exhalcón tras él. Jack agarra el otro brazo de Hyacinthe y juntos tiran del hombre hasta la hierba blanda, antes de desplomarse a su lado.

Oak empieza a toser otra vez, mientras Jack consigue poner a Hyacinthe de lado. El kelpie le da una palmada en la espalda y vomita agua de mar.

—¿Cómo…? —articula a duras penas Hyacinthe cuando abre los ojos.

Jack le hace una mueca.

—Los dos os empapáis muy rápido.

Sobre sus cabezas, el cielo es de un azul claro y uniforme, las nubes pálidas y esponjosas como ovejas. Solo cuando Oak vuelve la vista hacia Insear ve la tormenta, una espesa niebla que rodea la isla y crepita con relámpagos mientras una capa de lluvia difumina todo lo que hay más allá.

Tras unos minutos tumbado en la hierba para convencerse de que sigue vivo, Oak se levanta sobre las pezuñas.

—Conozco este lugar. Voy a explorar, a ver si logro encontrarlas.

—¿Qué se supone que debemos hacer mientras tanto? —pregunta Hyacinthe, aunque parece demasiado ahogado para hacer gran cosa.

—Esperad aquí —indica Oak—. Te avisaré si encuentro a Tiernan.

Hyacinthe asiente, diría que con alivio.

Insmoor es conocida como la Isla de Piedra porque, en cuanto te alejas del Mercado de Mandrake, está cubierta de rocas y todo se vuelve salvaje. Aquí los arbóreos deambulan entre gruesas lianas de hiedra, sus cuerpos cubiertos de corteza lentos como la savia. Los pájaros chillan desde los árboles. Es un buen lugar para que Wren y Bogdana se escondan. Es probable que muy pocos soldados y aún menos cortesanos se tropiecen con ellas en este sitio. Pero Oak ha vivido en Elfhame gran parte de su vida y conoce bien los caminos. Sus pezuñas avanzan sin hacer ruido por el musgo y se mueven rápidas sobre la piedra. Se desplaza en silencio entre las sombras.

A cierta distancia, ve un grupo de halcones posados en los árboles. Debe de estar acercándose. Se mantiene oculto y espera que no lo descubran.

Da unos pasos más y se detiene, sorprendido. Wren está sentada en una roca, con las piernas recogidas hacia el pecho y los brazos rodeándolas. Se clava las uñas en la piel de las pantorrillas y tiene una expresión angustiada, como si, aunque planeara la perdición de la familia real, no lo estuviera disfrutando. Es agradable, supone, que traicionarlo no le sea divertido.

Usar los encantos de su boca le resulta fácil esta vez, no le cuesta activar el ronroneo de su tono.

—Wren —dice con suavidad—. Te estaba buscando.

Ella levanta la vista, sorprendida. Ya no lleva el tocado y el pelo suelto le cae por la espalda.

—Creía que estabas…

—¿En Insear, esperando nuestra boda?

Su expresión se vuelve desconcertada un momento, pero luego se aclara. Se baja de la roca y da un paso hacia él, como en trance.

No es capaz de obligarse a odiarla, ni siquiera ahora.

Pero sí puede obligarse a matarla.

—Podemos intercambiar nuestros votos aquí mismo —dice.

—¿Podemos?

Hay una extraña nostalgia en su voz. ¿Por qué no iba a haberla? Tiene que casarse con él si quiere ser la reina suprema de Elfhame. Le está prometiendo exactamente lo que quiere. Así funciona su poder, a fin de cuentas.

Levanta la mano para acariciarle la mejilla y ella se frota contra su palma como si fuera un gato. La áspera seda de su pelo resbala entre sus dedos. Es una agonía tocarla así.

Lleva la espada en el cinto, aún atada en la vaina improvisada. Lo único que tiene que hacer es sacarla y clavarla en su corazón centenario.

—Cierra los ojos —dice.

Wren lo mira con una desolación que le corta el aliento. Después obedece.

La mano de Oak desciende hasta la empuñadura de su hoja de aguja. Aprieta el pomo frío y húmedo. Desenvaina.

Mira el acero brillante, lo bastante luminoso como para ver el rostro de Wren reflejado en él.

Le vuelven a la cabeza las palabras de Fantasma a bordo del barco, volando sobre el mar. *Te pareces mucho a Dain en algunos aspectos.*

También recuerda un antiguo pensamiento: *Si alguna vez amo a alguien, no lo mataré,* una promesa demasiado obvia como para tener que decirla en voz alta.

No quiere ser como su padre.

Ojalá su mano siguiera temblando, pero está perfectamente firme.

Siempre has sido inteligente. Sigue siéndolo. Es lo que Wren le dijo cuando lo instó a romper el compromiso. Necesita el matrimonio si pretende gobernar después de que Cardan y su hermana hayan muerto. Sin embargo, si él hubiera puesto fin a los esponsales cuando ella se lo pidió, habría sido imposible lograrlo.

No puedes confiar en mí.

¿Por qué advertirlo? ¿Para despistarlo? ¿Para ponerle un enigma delante y que no se diera cuenta de otro? Era un plan complicado y arriesgado, mientras que esperar a que cumpliera con su deber y se casara con ella como había dicho que haría era uno sorprendentemente sencillo, con muchas posibilidades de salir bien.

Recuerda a Wren en el Bosque Lechoso, ante el cuerpo de Fantasma. Taryn la acusó de haberlo envenenado. ¿Por qué no negarlo? ¿Por qué dejar que todos sospecharan de ella? Randalin admitió haberlo hecho y la instó a declarar su inocencia. Entonces la bruja de la tormenta clavó sus garras en la piel de Wren. Todo ello le brindó una buena excusa a la familia real para hacer más preguntas.

No soy yo quien necesita que la salven.

Le había parecido una declaración del todo condenatoria, cuando las saetas empezaron a volar por Insear. Pero si no era una burla por el asesinato de su familia que Randalin estaba planeando, entonces había que salvar a otra persona. A Oak, no; él era una pieza necesaria. ¿Fantasma? ¿Lady Elaine?

Recuerda algo más, durante el banquete. *Debería haber entendido mejor lo que hiciste por tu padre y por qué. Quería que fuera sencillo. Pero mi… Bex…*

Wren no terminó de hablar por culpa de un ataque de tos. Que bien podría ser una consecuencia de la enfermedad que le causaba usar su magia. O tal vez hubiera intentado decir en voz alta algo que un juramento le impedía decir.

Mi hermana. Bex.

No soy yo quien necesita que la salven.

Tal vez Oak lo haya entendido todo mal. Tal vez ella no sea su enemiga. Tal vez ha hayan obligado a tomar una decisión imposible.

Wren ama a su familia mortal. Tanto que dormía en el suelo cerca de su casa solo para seguir a su lado. Tanto que no hay nada que no estuviera dispuesta a hacer para salvar a su madre, su padre o su hermana. Nadie a quien no sacrificaría, incluida ella misma.

Sabe lo que se siente con un amor así.

Oak siempre se había preguntado por qué lady Nore y lord Jarel habían dejado con vida a la familia mortal de Wren, dado lo que sabía de su crueldad. ¿No habrían disfrutado más borrando cualquier posibilidad de felicidad para Wren? ¿Matando a los miembros de su familia uno por uno delante de ella para luego beberse sus lágrimas?

Sin embargo, ahora comprende su utilidad. ¿Cómo iba Wren a rebelarse cuando siempre tenía algo más que perder? Un hacha que nunca caía. Una amenaza que se repetía una y otra vez.

Cuánto debió de alegrarse Bogdana al encontrar a Bex aún viva y aprovechable. Wren abre los ojos y lo mira.

—Al menos serás tú —dice—. Pero será mejor que te des prisa. Esperar es la peor parte.

—No eres mi enemiga —responde Oak—. Nunca lo has sido.

—Y, sin embargo, aquí estás, con la espada desenvainada —susurra ella. No le falta razón.

—Acabo de comprenderlo. Tiene a tu hermana, ¿verdad?

Wren abre la boca, pero luego vuelve a cerrarla. No importa; el alivio en su expresión es respuesta suficiente.

—Y no puedes decírmelo —adivina Oak—. Bogdana te hizo pronunciar todo tipo de juramentos para asegurarse de que no revelaras su juego. Te obligó a prometer que seguirías adelante con el matrimonio, así que la única salida era que yo te rechazara. Escondió a Bex, para que no pudieras deshacerlos todos y liberarla. La dejó con alguien a quien ordenó que se librase de ella si la bruja de la tormenta aparecía muerta. Lo único que podías hacer era intentar ganar tiempo. Intentar advertirme.

Su única esperanza era que fuera lo bastante listo.

Y si no lo era, tal vez esperaba que al menos le impidiera tener que hacer lo peor que Bogdana le había ordenado. Aunque la única forma de detenerla fuera con una espada.

Aunque nunca había querido volver a confiar en él, no le había quedado más remedio.

Wren parpadea con los ojos húmedos, las pestañas negras y espinosas. Mete la mano en un bolsillo del vestido y saca la nuez blanca.

—Tiernan está atrapado en la cabaña. Llévatela. Es lo único que puedo ofrecerte. —Sus dedos le rozan la palma de la mano—. No soy tu enemiga, pero si no puedes ayudarme, la próxima vez que nos encontremos, podría serlo.

No es una amenaza. Ahora lo entiende. Le está diciendo lo que teme.

El príncipe prácticamente se estrella con Jack y Hyacinthe cuando salen de la playa. El kelpie grita y lo mira con gesto acusador.

—Tengo a Tiernan —dice Oak sin aliento.

Hyacinthe levanta ambas cejas y lo mira como si se hubiera golpeado la cabeza, fuerte.

—No, conmigo no —aclara—. Lo llevo en el bolsillo.

Así debieron de llevar los caballos de palo sin que los vieran en el barco. Y cualquier otra clase de suministro siniestro que pudieran necesitar. Armas y armaduras, sin duda. Y no había razón para que Wren tuviera que saberlo.

—¿Y vuestra reina? ¿Está…? —Jack se pasa un dedo por la garganta.

—Bogdana tiene a su hermana mortal —dice Oak—. La está chantajeando.

—¿Dónde la tiene? —pregunta Hyacinthe—. ¿Cuándo va a empezar a tener sentido todo esto?

La primera es la pregunta importante. Y Oak cree tener la respuesta.

Cuando se acerca al Mercado de Mandrake, Oak disfruta de una vista espectacular de la tormenta que azota Insear. Las calles están vacías. Los mercaderes se apiñan en sus casas, probablemente rezando por que las olas no suban demasiado y los rayos no caigan demasiado cerca. Hyacinthe sigue al príncipe con la nuez en el bolsillo y Jack va en la retaguardia.

Juntos llegan a la cabaña de Madre Tuétano, cuyo tejado de paja está cubierto de musgo. Oak se detiene frente a la puerta mientras los otros dos rodean la parte de atrás de la casa. Al mirar dentro, la ve sentada en un tocón ante el fuego, hurgando en un cubo que cuelga sobre las llamas.

Aporrea la puerta de la bruja. Madre Tuétano frunce el ceño y vuelve a atender el fuego. Oak vuelve a golpear con el puño. Esta vez la bruja se levanta. Con el ceño fruncido, se acerca a la puerta sobre sus garras de pájaro.

—Príncipe. —Entrecierra los ojos—. ¿No se supone que deberíais estar en una fiesta?

—¿Puedo pasar?

Ella retrocede para dejarlo entrar en la habitación.

—Menuda tormenta estamos teniendo.

Madre Tuétano cierra la puerta tras de sí y echa el cerrojo. Oak se acerca a la ventana y mira hacia Insear mientras quita el pestillo sin hacer ruido. No ve más que lluvia y niebla y espera con ansia que su familia no esté peor que cuando la dejó.

—Tienes retenida a la hermana de Wren por Bogdana, ¿verdad? —pregunta mientras se da la vuelta y camina hacia la parte de atrás de la cabaña—. Tu amigo el de la piel dorada fue quien la secuestró, pero tú eres la que tiene su casa aquí, así que eres quien la guarda, ¿me equivoco?

La bruja levanta las cejas.

—Cuidado con las acusaciones que lanzáis a Madre Tuétano, príncipe de Elfhame. Queréis que siga siendo vuestra amiga, ¿verdad?

—Prefiero descubrir su traición —dice y abre la puerta que conduce a la habitación de atrás.

—¿Cómo os atrevéis? —exclama ella cuando entra en su dormitorio.

Una cama con dosel descansa contra una pared, las sábanas extendidas y arregladas. Unos cuantos huesos yacen en una esquina, viejos y secos. Hay un escritorio con una calavera encima de varios libros. Junto a la cama descansa una taza de té, lo bastante vieja como para que una polilla muerta flote en el líquido.

Oak ignora a la bruja y empuja una de las otras dos puertas. Una es un baño, con una gran bañera de madera en medio de la habitación y una bomba de agua al lado. Al otro lado hay un desagüe. Y un gran baúl, como el que describió Jack.

Lo abre. Vacío.

Madre Tuétano aprieta los labios.

—Cometéis un gran error, muchacho. Lo que sea que creáis que tengo, ¿merece la maldición que os echaré?

Tan enfadado como está, no duda.

—¿No me has traicionado ya una vez, cuando sabías exactamente dónde estaba el corazón de Mellith y me enviaste a dar vueltas como un tonto de todos modos? Soy el príncipe Oak de la estirpe de los Greenbriar, pariente de los reyes supremos y heredero de Elfhame. Tal vez deberías tener miedo.

La sorpresa se dibuja en el rostro de la bruja. Se queda en mitad del pasillo, mirándolo mientras abre la última puerta. Otra cama, esta con almohadas de punto descuidadas, como si las hubiera hecho un niño. Estanterías en la pared, con libros en las baldas. Algunos parecen tan antiguos como los tomos apilados en la habitación de Madre Tuétano, otros son más nuevos y menos polvorientos. Incluso hay algunos ejemplares de bolsillo que claramente proceden del mundo de los mortales. Debe de ser la habitación de la hija.

Pero Bex no está.

—¿Dónde está?

—Venid —dice Madre Tuétano—. Sentaos. Estáis temblando. Un poco de té os vendrá bien.

Oak siente que le hierve la sangre. Si está temblando, no es de frío.

—No tenemos tiempo para esto.

Sin embargo, la bruja vuelve a ocuparse del caldero sobre el fuego. En el agua flota algo que parecen algas. Sumerge el cucharón de madera y sirve dos raciones de té en tazas de cerámica. La de Oak tiene una cara gritando.

Madre Tuétano sorbe el té. Los nervios del príncipe chisporrotean como cables pelados bajo su piel. Randalin está muerto y la señal que Bogdana planeaba recibir como confirmación de que había asesinado a la familia real no va a llegar. Al final, la bruja de la tormenta se dará cuenta y pondrá en marcha la siguiente fase de su plan. Wren será incapaz de detenerla. Tal vez tenga que ayudarla. Tiene que encontrar a Bex antes de que eso ocurra.

La habitación está igual que antes: tocones, una silla de madera ante el fuego y una silla raída a un lado. El mismo curioso armario pintado con la colección de alas de escarabajo, pociones y venenos. Las mismas nueces que resuenan dentro de un cuenco. El pasadizo que conduce al resto de la casa vacía.

—¿Qué podéis ofrecer a Madre Tuétano a cambio de lo que buscáis? —pregunta la bruja con tono meloso.

Oak considera a las brujas seres insondables, diferentes a los demás feéricos. Creadoras de objetos, forjadoras de maldiciones. En parte brujas, en parte diosas. Solitarias por naturaleza, según sus instructores. Pero ha oído la historia de Bogdana y Mellith. Y recuerda el deseo de Madre Tuétano de que Cardan se casara con su hija.

Quizá no siempre tan solitarias. Tal vez no del todo extrañas.

—Quiero salvar a Wren —dice.

—Un pajarito. Atrapado en una tormenta.

Oak la mira con decisión.

—Tienes una hija. A la que querías casar con el rey supremo. Me hablaste de ella.

Madre Tuétano suelta un resoplido.

—Eso fue hace mucho tiempo.

—No tanto. Apuesto a que no has olvidado el insulto de los cortesanos que pensaban que la hija de una bruja no era digna de un trono.

Hay un gruñido en su voz.

—Será mejor que tengáis cuidado si esperáis obtener algo de mí. Y más vale que no intentéis usar palabras dulces conmigo. Me gustan, pero me gustará aún más arrancaros la lengua.

Oak ladea la cabeza con reconocimiento.

—¿Qué quieres a cambio de Bex?

La bruja resopla.

—No habéis encontrado a la chica. ¿Y si no hay ninguna?

—Dame tres intentos —dice él, aunque no está nada seguro de poder lograrlo—. Tres intentos de adivinar dónde la has puesto y, si acierto, me la entregas.

—¿Y si falláis? —Le brillan los ojos. Sabe que está intrigada.

—Entonces volveré aquí en luna nueva y te serviré durante un año y un día. Fregaré el suelo. Lavaré el caldero y te cortaré las uñas de los pies. Mientras no perjudique a nadie, haré todo lo que me pidas como sirviente en tu casa.

Siente cómo el aire cambia a su alrededor, siente que las palabras son las adecuadas. No ha usado su encanto de la forma habitual, pero se permite sentir las contorsiones que el poder espolea, el deseo de retorcerse para complacer a Madre Tuétano. Su parte de gancanagh sabe que se creerá más astuta que él, que su orgullo la instará a aceptar la apuesta.

—¿Lo que sea que te pida, príncipe de Elfhame? —Su sonrisa se ensancha y se muestra encantada con la anticipación de su humillación.

—Siempre y cuando me equivoque tres veces —dice él.

—Intentadlo entonces —acepta—. Hasta donde sabéis, bien podría haberla convertido en la tapa de una olla.

—Me sentiría muy estúpido entonces, si esa no fuera mi primera sugerencia —dice Oak.

Madre Tuétano parece muy complacida.

—Error.

Dos intentos. Se le dan bien los juegos, pero le cuesta pensar cuando siente que el tiempo se acaba, mientras oye la tormenta a lo lejos y el traqueteo de las...

Piensa en la casita de nogal blanco y en Tiernan. Recuerda quién le hizo el regalo a Wren. Se levanta y camina hacia el armario.

—Está atrapada en una de las nueces.

La rabia cruza por un instante el rostro de Madre Tuétano, pero pronto se ve reemplazada por una sonrisa.

—Muy bien, príncipe. Ahora decidme cuál.

Tiene que haber al menos media docena en el cuenco.

—Lo he adivinado correctamente —protesta Oak—. He acertado la respuesta.

—Ah, ¿sí? —replica la bruja—. Sería como decir que la he convertido en una flor sin estar seguro de si es una rosa o un tulipán. Elegid. Si os equivocáis, perdéis.

Oak abre el armario, saca el cuenco y va a la cocina a por un cuchillo.

—¿Qué hacéis? —grita Madre Tuétano—. ¡Dejad eso!

Oak selecciona una avellana y clava la punta de la hoja en la veta de la cáscara. Se abre de golpe y por la habitación se esparcen un montón de vestidos, cada uno de un color diferente. Caen con suavidad al suelo.

—¡Dejad eso! —grita la bruja cuando agarra otra avellana—. Ahora mismo.

—¿Me darás a la chica? —replica Oak—. Porque no me hace falta que la saques. Las abriré todas una por una y las destruiré en el proceso.

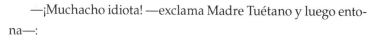

—¡Muchacho idiota! —exclama Madre Tuétano y luego entona—:

Atrapado dentro sin escapatoria
Un destino en forma de bellota
Una espera eterna entre las sombras

El mundo se agranda y se empequeñece al mismo tiempo. La oscuridad lo rodea. Efectivamente, se siente bastante idiota. Y muy desorientado.

Dentro de la nuez, las paredes son curvas y pulidas hasta alcanzar un brillo similar al de la caoba. El suelo está cubierto de paja. Una luz tenue emana desde todas partes y ninguna a la vez.

Detrás de él oye un grito ahogado. Al darse la vuelta, lleva la mano a la espada y tiene que hacer un esfuerzo para no desenvainarla.

Hay una chica mortal entre un montón de cestas, barriles y jarras, apoyada en la pared curva de la prisión. En la penumbra, tiene la piel del marrón pálido de las primeras hojas de otoño y lleva un abrigo blanco que la envuelve. Tiene los brazos cruzados, como si se abrazara a sí misma en busca de consuelo o calor, o para evitar desmoronarse.

—No grites —dice Oak y levanta las manos para demostrarle que están vacías.

—¿Quién eres y por qué estás aquí? —pregunta la chica.

Oak toma aire e intenta pensar qué debe decir. No quiere asustarla, pero por la forma en que le mira las pezuñas y los cuernos, es probable que ese barco ya haya zarpado.

—Me gustaría creer que vamos a ser amigos —dice—. Si me dices quién eres, yo haré lo mismo.

La chica mortal duda.

—Una bruja me trajo aquí para ver a mi hermana. Pero aún no la he visto. La bruja me dijo que tiene problemas.

—Una bruja… —repite él. Se pregunta hasta qué punto la chica es consciente del tiempo que ha pasado—. ¿Eres la hermana de Wren, Bex?

—Bex, sí. —Se le escapa una sonrisa—. ¿Conoces a Wren?

—Desde que éramos bastante jóvenes —dice y Bex se relaja un poco—. ¿Sabes lo que es? ¿Sabes qué soy yo?

—Hadas. —*Monstruos*, dice su expresión—. Llevo serbal conmigo todo el tiempo. Y hierro.

Cuando Oak era niño y vivía en el mundo de los mortales con su hermana mayor, Vivi, le hacía mucha ilusión enseñarle magia a su novia, Heather. Se quitó el hechizo de ocultación y se quedó destrozado cuando ella lo miró horrorizada, como si no fuera el mismo niño al que llevaba al parque o hacía cosquillas. Había creído que la noticia sería como un regalo sorpresa, pero resultó ser un susto de muerte.

No comprendía entonces lo vulnerable que puede ser un mortal en Faerie. Debería haberlo sabido, después de haber vivido con dos hermanas mortales. Debería, pero no fue así.

—Bien hecho —dice y piensa en cómo quemaban las barras de hierro de la Ciudadela—. Serbal para romper hechizos y el hierro para quemarnos.

—Tu turno —dice Bex—. ¿Quién eres?

—Oak.

—El príncipe —replica Bex con certeza y toda la amabilidad desaparecida de su voz.

Asiente.

La chica avanza dos pasos y le escupe a los pies.

—La bruja me habló de ti —dice Bex—. Dice que robas corazones y que ibas a robar el de mi hermana. Que si alguna vez te veía, debía huir.

Acostumbrado a gustarle a la gente, o al menos a tener que ganarse la antipatía, se sorprende un poco.

—Yo nunca… —empieza, pero la chica ya está en la otra punta de la habitación y se pega a la pared curva como si fuera a perseguirla.

Se oye un ruido lejano, fuerte y agudo. Las paredes tiemblan.

—¿Qué es eso? —pregunta Bex y se tambalea.

—Mis amigos —dice Oak—. Espero.

Una luz brillante parpadea y la prisión se inclina hacia un lado. Bex cae contra él y ambos aparecen en el suelo de la cabaña de Madre Tuétano. Hyacinthe apunta a la bruja con una ballesta. La ventana que Oak desbloqueó está abierta y Jack también está dentro. El kelpie se agacha para recoger una bellota, intacta.

Madre Tuétano frunce el ceño.

—Qué panda de maleducados —gruñe.

—¡La habéis encontrado! —dice Jack—. Qué chiquilla tan apetitosa… Quiero decir, encantadora.

Bex se levanta de un salto y se saca del bolsillo trasero una llave inglesa de aspecto viejo; debe de ser el hierro al que se refería. Parece estar pensando en golpear al kelpie en la cabeza con ella.

En dos zancadas, Oak cruza la habitación. Cubre la boca de la chica con la mano lo bastante fuerte como para que los dientes se le claven en la palma.

—Escúchame —dice y se siente como un matón, casi con toda seguridad porque se está comportando como tal—. No voy a hacerle daño a Wren. Ni a ti. Pero no tengo tiempo para pelear contigo, ni para perseguirte si huyes.

La chica se resiste y patalea.

Él se inclina y le susurra al oído:

—He venido por el bien de Wren y voy a llevarte con ella. Si intentas escapar de nuevo, recuerda esto: la forma más fácil de hacer que te comportases sería hacer que me ames y seguro que no quieres eso.

332 👑 EL TRONO DEL PRISIONERO

No debe de quererlo, porque se relaja entre sus brazos.

Le quita la mano de la boca y ella se aparta, pero no grita, sino que lo estudia mientras respira con dificultad.

—Debería haber sabido que algo iba mal cuando supiste mi nombre —dice Bex—. Wren nunca te lo habría dicho. Dice que saberlo te daría poder sobre mí.

Suelta una carcajada sorprendida.

—Ojalá —dice y luego pone una mueca de dolor. Debería haber encontrado una forma mejor de expresarlo, una que no lo hiciera parecer un verdadero monstruo. Pero no le queda más remedio que continuar—. Necesitas el nombre completo de alguien, su verdadero nombre. Los mortales no tienen de eso. No como nosotros.

La mirada de Bex se desplaza hacia la puerta de la cabaña y luego regresa, pensativa.

—Wren está en problemas —dice Oak—. Algunas personas están usando tu seguridad para obligarla a hacer lo que quieren. Lo que implicará matar a mucha de mi gente.

—Y quieres usarme para detenerla —acusa Bex.

Es una forma desagradable de decirlo, pero cierta.

—Sí. No quiero que hagan daño a mis hermanas. No quiero que nadie salga herido. Tampoco Wren, ni tú.

—¿Vas a llevarme con ella? —pregunta Bex.

Oak asiente.

—Entonces iré contigo. Por ahora.

El príncipe mira a Madre Tuétano.

—Te concederé un favor, por lo que te debo. Si sobrevivo, no informaré a los reyes supremos de que formaste parte del plan de Bogdana contra ellos. Pero mi deuda estará saldada.

—Y si ella gana, ¿entonces qué?

—Entonces estaré muerto —responde Oak—. Y serás libre de escupir sobre el musgo y las rocas donde yazca mi cuerpo, si te apetece.

En ese momento, la puerta principal se parte en dos. El olor a ozono y madera quemada llena el aire. La bruja de la tormenta está en el umbral, como invocada al pronunciar su nombre.

Un rayo crepita entre sus manos. Tiene los ojos desorbitados.

—¡Tú! —grita Bogdana cuando ve a Bex junto al príncipe.

—Llevad a la mortal con Wren —ordena Oak a Jack y Hyacinthe mientras desenvaina la espada—. ¡Marchaos!

Luego se abalanza sobre la bruja de la tormenta.

La electricidad golpea la espada y le quema los dedos. A pesar del dolor, se las arregla para atacar y le corta la capa.

Por el rabillo del ojo, Oak ve a Jack levantar a Bex en brazos y sacarla por la ventana. Desde el otro lado, Hyacinthe la agarra.

Bogdana estira los dedos como dagas hacia él.

—Voy a disfrutar arrancándote la piel a tiras.

El príncipe levanta la espada y bloquea la mano de la bruja. Luego se agacha hacia la izquierda. Bogdana avanza otro paso.

Para entonces, Hyacinthe y Jack ya se han perdido de vista, Bex con ellos.

Se le ocurre un movimiento arriesgado, pero que podría funcionar. Uno que podría llevarlo con Wren más rápido que ninguna otra cosa.

—¿Y si me rindo? —pregunta.

Nota la breve vacilación de la bruja.

—¿Rendirte?

—Envainaré la espada e iré contigo de buena gana. —Se encoge de hombros y baja el arma unos centímetros—. Si prometes llevarme directamente ante Wren, sin trucos.

—¿Sin trucos? —repite Bogdana—. Tiene gracia, viniendo de ti.

—Quiero verla —dice él y espera sonar convincente—. Quiero oír de sus labios lo que ha hecho y lo que quiere. Y no querrás dejarla sola demasiado tiempo.

Bogdana lo mira con expresión socarrona.

—De acuerdo, príncipe. —Alarga la mano y le pasa las garras por la mejilla, tan suavemente que solo le rozan los moratones—. Si no puedo tener a la hermana, entonces tú serás mi premio. Y te habré exprimido bien para cuando acabe contigo.

23

Bogdana le rodea la muñeca con las garras mientras lo empuja hacia el agua y la tormenta.

—Pensaba que íbamos a volver con Wren —dice Oak.

—Ah, ¿creías que seguía en Insmoor? No, la he llevado a Insear. Estábamos allí juntas cuando Madre Tuétano me mandó una señal.

Debería haber sospechado que la bruja tendría una forma de hacerle saber a Bogdana que su rehén iba a ser liberada, por lo que lamenta haber sido generoso con ella. Lo único que seguramente consiga como agradecimiento será una maldición.

—¿En Insear? —dice, centrándose en lo importante. Si Wren y Bogdana estaban en Insear, ¿qué implicaba eso para su familia?

—Vamos —dice ella mientras baja del borde de las rocas.

Un remolino de viento la atrapa y la levanta, igual que atrapó y levantó el barco. La túnica de la bruja de la tormenta ondea. Da un fuerte tirón de la muñeca de Oak. El príncipe la sigue y camina sobre lo que parecen nudos y remolinos de aire.

La niebla se disipa y las gotas de lluvia dejan de caer a su paso mientras el viento las arrastra sobre el mar.

Minutos después, aterrizan en las rocas negras de Insear. Oak resbala y casi se cae al intentar recuperar el equilibrio.

Frente a él, están Wren y Jude.

Están enfrentadas, su hermana sostiene una espada en una mano y le brillan los ojos. Casi todo el cabello castaño se le ha soltado de las trenzas y le cuelga suelto y húmedo alrededor de la cara. Tiene las mejillas sonrosadas por el frío y la parte inferior del vestido rasgada, como si quisiera asegurarse de que no la entorpecerá.

Wren lleva la misma ropa de la cacería, la misma que en Insmoor. Le queda holgada, como si hubiera menos de ella, como si se hubiera consumido. Tiene los pómulos más afilados y los huecos de debajo más pronunciados. Su expresión es tan sombría como el cielo encapotado por la lluvia. Como cuando iba a dejar que la apuñalara.

Detrás de su hermana hay otros cuatro feéricos. Cucaracha tiene una daga en una mano y una herida reciente en la frente. Dos caballeros arqueros que reconoce empuñan arcos largos. El último es un cortesano, vestido de terciopelo y encaje, con el pelo y la barba trenzados y un mazo en las manos. Todos están calados hasta los huesos.

En el lado de Wren hay más de diez soldados, con armaduras, espadas al cinto y arcos en las manos.

—Jude —dice Oak, pero no parece oírlo.

Mientras observa, Wren se lanza a por Jude y estira la mano hacia su espada desenvainada. La sangre de la chica mancha el acero desnudo donde el filo le roza la palma. Sin embargo, antes de que la hoja llegue a crear una herida más profunda, antes de que Jude tenga tiempo de arrancársela de las manos, el metal empieza a fundirse. Se amontona en el suelo, sisea al tocar el agua y se enfría, dejando unas formas metálicas irregulares. Deshecha.

Jude da un paso atrás y suelta la empuñadura como si quemara.

—Buen truco.

Su voz no suena muy firme.

—Veo que lo tienes todo controlado, hija mía —dice Bogdana—. Tengo al príncipe. ¿Dónde está el rey supremo?

—Disparad —ordena Jude, ignorando a la bruja y concentrándose en los halcones que se transforman en soldados—. Disparad a todos los enemigos.

Las flechas vuelan y surcan el aire en un arco hermoso y mortal. Antes de que caigan, Wren levanta una mano. Hace un movimiento casi imperceptible, como si apartara un mosquito. Las flechas se parten y se dispersan como ramitas atrapadas en el viento.

Jude ha sacado dos dagas del corpiño, ambas curvadas y afiladas como navajas.

Oak se aleja de Bogdana, con la mano en la empuñadura de su propia espada.

—¡Alto! —grita.

La bruja de la tormenta lo mira con desdén.

—No seas tonto, muchacho. Estás rodeado.

Varios de los halcones cargan los arcos y, aunque Oak cree que Wren no quiere más muertes, si disparan, no está nada seguro de que vaya a impedir que las flechas de sus propios arqueros impacten. Mermaría su poder y los halcones no se lo tomarían bien.

—Tengo a tu hermana —dice, porque es lo único importante. Es lo que ella necesita saber—. Tengo a Bex.

Wren se da la vuelta, con los ojos muy abiertos y el pelo pegado al cuello. Entreabre los labios y ve sus dientes afilados.

—Nos la ha robado —grita Bogdana—. No creas nada de lo que diga. La usará para encadenarte, niña.

Jude los mira, con las cejas levantadas.

—¿Chantaje, hermano? Impresionante.

—Eso no es... —empieza él.

—Tienes que tomar algunas decisiones —interrumpe Jude—. Los halcones obedecen a tu dama. Pero tal vez ella quiera ver tu cabeza en una pica tanto como la bruja de la tormenta. Dale la mano y podría tomar tu vida.

Bogdana responde antes de que Oak pueda hacerlo.

—Ah, reina de Elfhame, ya ves lo inútiles que son tus armas. Estás casada con el hijo infiel de un linaje de infieles. Tu corona fue asegurada con la sangre de mi hija.

—Mi corona fue asegurada con la sangre de muchos. —Jude se vuelve hacia sus arqueros—. Preparad otra descarga.

—No podrás herirnos tan fácilmente con palos puntiagudos —dice Wren, pero sigue mirando a Oak. Tiene que ser consciente de que esta es su familia, y él tiene la suya.

La magia de Wren la desgarró por dentro antes de llegar a Elfhame. Solo el día anterior se había desplomado en brazos de Oak. No podrá detener las flechas para siempre. No está seguro de lo que podrá hacer.

—Randalin está muerto —dice el príncipe a la bruja de la tormenta—. Conspiró contra Elfhame. Envenenó a Fantasma. Planeó este golpe mucho antes de intentar involucraros en él. No hay razón para dejar que os arrastre con él.

—No dejes que te manipule —dice Bogdana, como si fuera a Wren a quien intentaba convencer—. Quiere utilizarte, igual que quería Randalin; Randalin, que quería ayudar al príncipe a subir al trono. ¿Ves la recompensa que el consejero recibió por su lealtad? ¿Esta es la persona en la que quieres confiar para que no use a tu hermana contra ti?

Oak creía que, en cuanto Bex estuviera a salvo, Wren sería libre del control de Bogdana. Y lo es, pero eso no significa que sea libre del todo. Él tiene a Bex. Puede controlarla igual que hacía la bruja. Podría hacer que se arrastrara a sus pies con tanta seguridad como si la brida se le clavara en la piel.

No sabe cómo convencerla de que no es lo que pretende.

—Te importa tu hermana. A mí la mía. Acabemos con esto. Dile a Bogdana que detenga la tormenta. Diles a los halcones que se retiren. Hagamos que todo termine.

Bogdana bufa.

—Le entregó la mortal a Jack de los Lagos. Es probable que ya la haya ahogado.

Wren abre los ojos de par en par.

—No es verdad.

—Va a traerla hasta ti —dice Oak, consciente de lo mal que suena. No solo eso, sino que no está seguro de que sea posible que Jack lleve a Bex hasta allí, si es que consiguen adivinar dónde están. Él mismo casi se ahoga al cruzar.

—¿Te lo crees, niña? —espeta Bogdana—. Se habrían alegrado si una de esas flechas te hubiera atravesado el corazón. Encontremos al rey y rajémosle la garganta. Que los halcones vigilen al príncipe.

Es posible que Oak sea capaz de desenvainar y atacar antes de que Bogdana pueda detenerlo, pero si Wren ordena a los arqueros que disparen, estará muerto. No tiene ninguna capa mágica tras la que esconderse.

Jude cambia de postura.

—Matad a cualquiera que se acerque a esa tienda —ordena a sus pocos feéricos—. Y tú, reinecita, será mejor que no interfieras. Si Oak tiene a tu hermana, asumo que la querrás de vuelta en una pieza.

—No ayudas, Jude —protesta él.

—Se me olvidaba —dice ella—. No estamos en el mismo bando.

—¿Escondes al rey supremo? —pregunta Bogdana—. Debe de ser el cobarde que todos dicen, si permite que luches sus batallas por él.

Oak ve la rabia que cruza el rostro de Jude y observa cómo se la traga.

—A mí no me importa luchar.

Pero Cardan no es un cobarde. Aunque estaba herido, se hizo con un arma cuando los caballeros de Randalin los atacaron. Tiene que estar muy malherido para no estar aquí ahora, para no haberle entregado a Jude su capa. Sangraba cuando Oak se fue, pero estaba consciente. Estaba dando órdenes.

—Así que antes de que empiece la batalla y todos tengamos que elegir bando, tengo una pregunta. —La mirada de Jude se intensifica. Oak se da cuenta de que los está entreteniendo, pero no tiene ni idea de lo que pretende ganar con ello—. Si tanto querías el trono para Wren, ¿por qué no dejaste que se casaran? Iba a casarse con el príncipe Oak esta misma noche, ¿no? ¿No habría sido un camino directo al trono? Después de convertirse en reina suprema, lo único que tendría que hacer es lo que pretendía hace años: arrancarle la garganta.

Tal vez su hermana solo quería recordarle que no confiara en Wren.

—Como si fueras a permitir que el príncipe Oak llegara al trono —dice Bogdana con desdén.

—En general, un heredero no necesita permiso para llevarse la herencia —dice Jude—. Por supuesto, quizás hayas actuado porque no tenías elección. Quizá Randalin se puso en marcha sin consultarte. Tú querías que se celebrara el matrimonio, pero él actuó antes de que lo consiguieras.

Bogdana curva los labios.

—¿Crees que me importa la traición de uno de tus consejeros? Las intrigas cortesanas tienen poca importancia para mí.

No, con Wren a mi lado, podría devolver Insear al fondo del mar. Podría hundir todas las islas.

Eso destruiría a Wren. La magia la desharía a ella junto con la tierra.

—Podemos morir todos juntos —dice Oak—. En un grandioso y glorioso acto final de estupidez digno de una balada.

A Wren le tiemblan las manos y las aprieta para disimularlo. Se da cuenta de que tiene los labios morados. Su piel está pálida y moteada, hasta el punto de que ya ni siquiera su color azul es capaz de ocultar que no está bien.

Deshacer la espada y las flechas debe de haberle salido caro y no tenía forma de saber si era lo único que había hecho desde la cacería.

—Fui la primera de las brujas —insiste Bogdana y su voz retumba como el estruendo de las olas—. La más poderosa entre ellas. Mi voz es el aullido del viento, mi pelo la lluvia que azota, mis uñas el relámpago caliente que separa la carne del hueso. Cuando le entregué a Mab una parte de mi poder, tenía un precio. Quería que mi hija tuviera un lugar en la Corte, que se sentara en un trono y llevara una corona. Pero no fue lo que pasó. —Hace una pausa—. Una reina me engañó una vez. No volveré a dejarme engañar.

—Mab está muerta —dice Oak, tratando de razonar con ella. Espera ser capaz de encontrar las palabras reales, las verdaderas, las que sean persuasivas porque son correctas—. Tú sigues aquí. Y tienes a Wren de nuevo. Eres la que tiene todo que perder ahora y nada que…

—¡Silencio, muchacho! —grita Bogdana—. Ni se te ocurra usar tu poder conmigo.

—Me permite saber lo que quieres. —Mira a Wren—. No necesito hechizarte para decirte que esta no es la manera de conseguirlo.

Bogdana se ríe.

—¿Y si Wren quiere el trono? ¿Te harás a un lado mientras planea tomarlo? ¿La ayudarás? ¿Dejarás que tu hermana muera para demostrar ese amor que dices sentir por ella? —Se vuelve hacia Jude—. ¿Y tú? Fanfarronea todo lo que quieras, pero solo tienes a cuatro feéricos detrás de ti y la mitad seguramente esté pensando en traicionarte. Ah, y un hermano cuya lealtad está en duda. Tu gente no querrá enfrentarse a unos soldados que los triplican en número, todos los cuales pueden disparar a voluntad mientras no les devolvéis ni la más mísera flecha. Recompensaría gratamente la audacia si alguno matara al rey de Elfhame...

—¿Y si te entrego la cabeza de Oak en lugar de la de Cardan? —pregunta Jude de repente.

El príncipe se vuelve hacia su hermana. No hablará en serio. Pero los ojos de Jude son fríos y el cuchillo en su mano está muy afilado.

—¿Por qué iba a aceptar una oferta tan pobre? —pregunta la bruja de la tormenta—. Lo tuvimos durante meses. Podríamos haberlo ejecutado en cualquier momento. Yo misma podría haberlo matado en Insmoor hace menos de una hora. Además, ¿no acabas de recordarme lo fácil que sería establecer a Wren como la nueva reina suprema si se casara con tu heredero?

—Si Oak estuviera muerto, la estirpe de los Greenbriar se reduciría a la mitad —dice Jude—. La mera casualidad podría ocuparse del resto. Cardan está herido, quizá no sobreviva a la noche. Conspiré para abrirme paso hasta el trono, a pesar de ser mortal. Hazme tu aliada en su lugar. Soy la mejor apuesta. Conozco la política de Elfhame y soy lo bastante egoísta como para tomar decisiones prácticas.

Oak sabe que la oferta no va en serio. Pero no tiene tan claro que no quiera matarlo de verdad.

Qué tonto ha sido, hacerse pasar por enemigo de Cardan. ¿Cómo va a demostrarle ahora a su hermana que siempre ha estado de su lado? Que nunca conspiró con Randalin. Que intentaba atrapar a los conspiradores para que algo así nunca pudiera ocurrir.

¿Cómo va Jude a adivinar lo que planeaba hacer cuando no tiene ni idea de lo que ya ha hecho?

—Oak nunca lucharía contigo —dice Wren.

A Bogdana le brillan los ojos.

—Yo creo que sí. ¿Qué tal si le ofrezco un trato al príncipe? Si ganas, permitiré a Wren que te tenga como mascota. Te dejaré vivir. Incluso permitiré que te cases con ella, si así lo desea.

—Es muy generoso —dice él—. Dado que Wren ya es libre de casarse con quien quiera.

—No si estás muerto —responde Bogdana.

—¿Quieres que me enfrente a mi propia hermana? —pregunta y le tiembla la voz.

—Me encantaría. —Los labios de Bogdana dibujan una sonrisa sombría y horripilante—. Reina suprema, no aceptaré la cabeza del príncipe sin más, cortada por alguno de tus soldados. Igual que a mí me engañaron para que asesinara a mi propia sangre, me parece justo ver cómo matas a la tuya. Pero perdonaré al que acabe con el otro. Que la reina abdique de su trono y no la perseguiré. Podrá regresar al mundo mortal y vivir el breve lapso de sus días.

—¿Y Cardan? —pregunta Jude.

La bruja de la tormenta se ríe.

—¿Qué te parece? Llévatelo contigo y te dejaré ventaja.

—Hecho —dice Jude—. Siempre y cuando dejes que me lleve a mi gente también.

—Si ganas —dice Bogdana—. Si huyes.

—No hagas esto —susurra Wren.

Oak da un paso adelante. La cabeza le da vueltas. Ignora cómo lo mira Wren, como si fuera un cordero directo al matadero, demasiado estúpido para huir.

Mientras se acerca a su hermana, una flecha se clava en el suelo a su lado desde el campamento de Jude. Un disparo de advertencia.

Al menos espera que haya sido un disparo de advertencia y no un tiro fallido.

—Príncipe Oak —dice Jude—. Últimamente te dedicas a tomar decisiones de lo más peligrosas.

Respira hondo.

—Entiendo por qué piensas que planeaba traicionar...

—Respóndeme en el campo de batalla —lo corta ella—. ¿Listo para nuestro duelo?

Wren se adelanta. La lluvia hace que el pelo largo y salvaje se le pegue a la garganta y al pecho.

—Oak, espera.

Bogdana la agarra del brazo.

—Déjalos que resuelvan sus asuntos familiares por su cuenta.

Wren se libera.

—Te advertí que no podrías mantenerme a tu merced. No sin Bex.

—¿Eso crees? —dice la bruja de la tormenta—. Niña, tendré mi venganza, y eres demasiado débil para detenerme. Ambas lo sabemos. Igual que sabemos que los halcones me seguirán en cuanto te derrumbes. Y te aseguro que lo harás; te excediste al romper la maldición de los reyes trol y otra vez en el barco, y ya has usado tu poder dos veces hoy. No te queda nada para enfrentarte a mí. Apenas te queda suficiente para mantenerte en pie.

Jude se está ajustando el vestido; se lo corta para atarse los lados de la falda y convertirlos en unos pantalones improvisados. ¿A qué estará jugando?

Si no estuvieran aislados en Insear, el ejército de Elfhame abatiría sin dificultad a Bogdana, a Wren y a sus halcones. Sin embargo, mientras la tormenta de la bruja los tenga atrapados y Wren siga deteniendo las flechas, Jude no podrá mantenerlos alejados de la tienda de Cardan para siempre.

Sin embargo, Jude jamás abdicará. Jamás huirá, ni siquiera si Cardan estuviera muerto.

Por supuesto, si Cardan estuviera muerto, bien podría culpar a Oak.

Quiere ver vacilación en el rostro de su hermana, pero su expresión le recuerda a la de Madoc antes de una batalla.

Alguien te acabará matando. Mejor que sea yo.

El príncipe piensa en el niño que fue, malcriado y vanidoso, siempre causando problemas. Le avergüenza pensar en cómo destrozaba las cosas en el apartamento de Vivi, llorando por su madre, cuando lo habían llevado allí para protegerlo. Le avergüenza más pensar en haber hechizado a su hermana y en el placer que había sentido al ver el rojo escozor en su mejilla después de que se abofeteara a sí misma. Sabía que dolía y, más tarde, se sintió culpable.

Pero no entendía el orgullo de Jude y cómo la avergonzó. No era consciente de que ese era el peor de los crímenes.

Jude atribuye la mayoría de sus peores impulsos a su padre y perdona las provocaciones de Oak. También perdona a Oriana, que nunca le hizo un hueco en su corazón a una niña mortal que había perdido a su madre.

Aun así, toda esa ira y todo ese resentimiento tienen que estar en alguna parte. Esperando el momento.

—Dicen que Madoc le ofreció un duelo al rey —afirma Bogdana—. Pero fue demasiado cobarde para aceptar.

—Debería habérmelo preguntado a mí —dice Jude, sin inmutarse por el insulto a su amado.

—No quiero pelear contigo —advierte Oak.

—Claro que sí —dice Jude—. Van, tráeme mi espada favorita, ya que Wren ha estropeado la otra. La he dejado donde me he cambiado de ropa.

El príncipe se asoma para mirar a Cucaracha, que frunce los labios y se marcha hacia la tienda. Unos instantes después, regresa con una espada envuelta en una pesada tela negra.

—No formaba parte de la conspiración de Randalin —vuelve a intentar Oak.

Pero Jude apenas le dedica a su hermano una sonrisa sombría.

—Pues qué maravillosa oportunidad para demostrar tu lealtad y morir por tu rey.

Cucaracha desenvuelve una hoja, pero Oak apenas le presta atención. El pánico lo domina. No quiere luchar con ella. Y si lo hace, no quiere perder el control.

—Son espadas gemelas —dice Jude—. Certeza y Veraz. Veraz puede cortar cualquier cosa. Una vez atravesó la cabeza de una serpiente invulnerable y rompió una maldición. Ya ves por qué me gusta.

—No parece muy justo —dice Oak cuando por fin mira la espada. Está finamente elaborada y es tan hermosa como se podría esperar de un arma forjada por las manos de un gran herrero. Entonces lo comprende. Suelta el aliento de golpe.

Jude adopta una postura de combate. Es buena. Siempre lo ha sido.

—¿Qué te hace pensar que me interesa ser justa?

—De acuerdo —dice Oak—. Pero descubrirás que no soy un oponente fácil.

—Ya te he visto antes. Muy impresionante —responde su hermana—. Igual que tu astucia. Siento no haberme dado cuenta de todo mucho tiempo atrás.

—Acepto tus disculpas —dice Oak y asiente con la cabeza.

Jude se abalanza sobre el príncipe. Oak la esquiva con una finta para rodearla.

—¿Cardan está bien? —pregunta en voz baja.

—Tendrá una cicatriz impresionante —responde ella en un susurro—. No tan impresionante como varias de las mías, claro.

Oak suspira.

—Claro.

—En realidad está sacando a los cortesanos y a los sirvientes de Insear —continúa Jude en voz baja—. A través de Inframar. Su exnovia sigue siendo la reina allí. Los está guiando por las profundidades.

Oak mira hacia las tiendas. A aquella en la que Jude amenazó con matar a cualquiera que se acercara. Vacía.

—Dicen que el manejo de la espada es como un baile. —Jude alza la voz mientras blande su arma—. Uno, dos, tres. Uno, dos, tres.

—Se te da fatal bailar —dice Oak y se obliga a seguir consciente. No se perderá en la lucha. No se dejará llevar.

Su hermana sonríe y se le acerca; casi lo hace tropezar.

—A Wren la estaban chantajeando —dice el príncipe mientras esquiva un golpe por los pelos, distraído por pensar en qué decir para que lo entienda—. Lo que he dicho de su hermana.

—No estoy segura de que distingas a tus enemigos de tus aliados.

—Los distingo bien —replica—. Los halcones la siguen a ella.

—Dime que estás seguro —dice Jude—. Seguro de verdad.

Oak ataca y bloquea. Las espadas chocan. Si Jude estuviera luchando de verdad con Veraz, habría partido su espada por la mitad. Pero reconoció la espada que había traído Cucaracha; era Noctámbula, forjada por su padre mortal.

En cuanto Jude la levantó, Oak comprendió su juego.

Con los pocos soldados que tenían, era consciente de que necesitaban acercarse mucho al enemigo. Necesitaban la ventaja de la sorpresa.

—Estoy seguro —dijo.

—De acuerdo. —Jude presiona y lo obliga a retroceder, cada vez más cerca de la bruja de la tormenta—. Este baile es el único que se me da bien. Uno. Dos. ¡Tres!

Se dan la vuelta juntos. Oak coloca la punta de la espada a un lado de la garganta de Bogdana. La de Jude se sitúa en el otro lado.

Los halcones apuntan las armas hacia ellos. Tensan las cuerdas de los arcos. Al otro lado del claro, los caballeros de Elfhame se preparan para devolver una descarga de flechas. Si alguien dispara, tan cerca como están de Bogdana, es más que probable que alcancen a la bruja. Pero eso no significa que ellos no vayan a terminar igual.

—Me dice que podemos confiar en ti —dice Jude a Wren.

—Alto —ordena Wren a los halcones, con la voz un poco temblorosa. Oak nota en su rostro que, a pesar de todo, esperaba encontrarse una de sus espadas en la garganta—. Bajad las armas y la Corte Suprema hará lo mismo.

—¡Alejaos de ella! —grita una voz desde una de las tiendas y Bex aparece detrás. Está empapada y temblando, y cuando los ve, abre los ojos con sorpresa—. ¿Wren?

El horror le nubla la expresión cuando su hermana sale del refugio de la lona bajo la lluvia. Se lleva una mano a la boca en un acto reflejo para ocultar los afilados dientes. Nunca había querido que su familia la mirase y viera a un monstruo.

Oak nota que se balancea un poco, sin nada cerca a lo que poder agarrarse para mantenerse erguida. Ha gastado demasiada magia. Tiene que sentir que se deshilacha. Tal vez sea verdad.

—Bex —dice, en voz tan baja que duda que la chica vaya a oírla por encima de la tormenta.

La mortal da un paso adelante.

—Está aquí —dice Wren, asombrada—. Está bien.

—De eso nada —dice Bogdana—. Esa chica no es pariente tuya. Eres mi hija. Mía. Y tú, muchacho...

Un rayo cae del cielo hacia Oak. Él retrocede y levanta la espada por instinto, como si pudiera bloquearlo como cualquier golpe. Todo se vuelve blanco por un segundo. Entonces ve a Wren saltar delante de él, con el pelo alborotado por el viento. La electricidad centellea bajo su piel como si estuviera rellena de luciérnagas.

Ha parado el rayo.

Sonríe y suelta una risotada extraña.

Bogdana contrae los labios con un silbido de asombro. Pero se ha salido con la suya; Oak ya no tiene la espada en su garganta, incluso Jude ha dado un paso atrás.

La bruja de la tormenta niega con la cabeza.

—Encarcelaste al príncipe. Lo arrojaste a las mazmorras. Te engañó. No puedes confiar en él.

Wren cae de rodillas, como si las piernas que la sostienen desaparecieran.

—Ya basta —advierte Oak a Bogdana—. Se acabó.

—Ni se te ocurra elegirlo antes que a mí —espeta Bogdana, ignorándolo—. Tu hermana es una pieza más en el tablero. Usará a la chica mortal para manipularte y que hagas exactamente lo que él quiere, en lugar de usarla, como he hecho yo, para ayudarte a conseguir lo que te corresponde por derecho.

Corre mucho más peligro con él del que nunca podría correr conmigo.

Las manos de Wren aún chisporrotean con las secuelas del rayo.

—No dejas de advertirme de que otros me harán lo que tú ya me has hecho. Sé lo que es desear tanto algo que prefieres tener su sombra a no tener nada, aunque signifique que nunca tendrás lo auténtico. El amor no es así.

»Deberías haberme dejado elegir a mis aliados. Deberías haber confiado en cómo decidiría usar mis poderes. Pero no, decidiste traer aquí a mi no… a mi hermana. Decidiste mostrarle todas las cosas que temía que viera. La versión de mí que no quería que conociera. Y si me rechaza, estoy segura de que te regocijarás por ello, la prueba de que no tengo a nadie más que a ti.

Wren mira a Bex desde el barro.

—El príncipe Oak se asegurará de que vuelvas a casa.

—Pero… —protesta la muchacha.

—Confía en él —corta Wren.

—No, niña —enuncia Bogdana. Un trueno retumba. Las motas de polvo comienzan a arremolinarse a su alrededor—. Hemos llegado demasiado lejos. Es demasiado tarde. Nunca te perdonarán. Él nunca te perdonará.

Oak niega con la cabeza.

—No hay nada que perdonar. Wren intentó advertirme. Estaba dispuesta a morir para dejar de ser tu peón.

Bogdana sigue centrada en ella.

—¿De verdad crees que eres rival para mi poder? Has atrapado un rayo y ya te estás desmoronando.

Los halcones avanzan hacia su reina y apuntan a la bruja de la tormenta por primera vez.

Wren esboza una sonrisa débil.

—Mi destino nunca ha sido sobrevivir. Si hubiéramos seguido adelante con esta batalla y la que inevitablemente vendría después, si me hubieras obligado a aniquilar toda la magia que nos lanzaran, no habría quedado nada de mí. La magia que me mantiene unida habría acabado devorada.

—No... —intenta Bogdana, pero no puede decir el resto. Porque sería una mentira.

—Tienes razón en una cosa. Es demasiado tarde. —Wren abre los brazos, como si quisiera abrazar la misma noche. Al hacerlo, toda la tormenta, el viento en espiral y los relámpagos, la reconocen como su epicentro.

Oak se da cuenta de lo que pretende, pero no sabe cómo detenerla. Ahora comprende la desesperación que otros han sentido al verlo lanzarse de cabeza al peligro, sin pensar en las consecuencias.

—¡Wren, por favor, no!

Absorbe la tormenta, se bebe la lluvia que la azota y deja que su filtre en su piel. El viento le revuelve el pelo, hasta que todo se calma. Las nubes oscuras se disipan en su aliento hasta desaparecer.

La pálida luna vuelve a brillar sobre Elfhame. El viento ya no sopla. Las olas ya no arremeten contra la costa.

Con un último vestigio de su poder, Bogdana levanta una mano hacia Wren.

Un rayo atraviesa el cielo y la golpea en el pecho.

Wren se tambalea hacia atrás y se dobla por el dolor. Cuando alza la vista, le brillan los ojos.

Destellan con poder. Su cuerpo se eleva en el aire con el pelo flotando a su alrededor. Abre mucho los ojos. Flota en el cielo, iluminada desde dentro. Su cuerpo es radiante, tan brillante que se distinguen los palos entretejidos donde deberían estar los huesos, las piedras de sus ojos, los trozos dentados de caracolas que conforman sus dientes. Y su corazón negro, hecho de puro poder.

Oak siente una especie de fuerza gravitatoria que lo atrae hacia ella.

Siente cuándo se detiene.

24

Wren se desploma, con la piel amoratada y pálida, el pelo sobre la cara. Tiene los ojos cerrados. Está demasiado quieta para estar dormida.

Oak es incapaz de hacer nada más que mirarla. No puede moverse. No puede pensar.

Bex se arrodilla a su lado, le presiona el pecho y cuenta en voz baja.

—Vamos —murmura entre compresiones.

Bogdana se inclina para rozar con los dedos demasiado largos la mejilla de Wren. Sin poder, parece vieja. Incluso sus largas uñas parecen frágiles.

—Aléjate de ella, niña humana.

—Intento salvar a mi hermana —replica Bex.

Jude se coloca detrás de la mortal.

—¿Respira?

—La has destruido —acusa Oak. Sujeta la espada con tanta fuerza que siente cómo el filo de la empuñadura se le clava en la mano—. Tenías la oportunidad de deshacer lo que habías hecho, de salvar a tu única hija. Nadie te ha engañado esta vez. Has hecho lo que sabías que la mataría.

—Ella me traicionó —dice Bogdana, pero se le quiebra la voz.

—No te importaba —grita Oak—. La aterrorizaste para que obtuviera un poder que pudieras usar. Dejaste que los monstruos de la Corte de los Dientes la torturasen. Ahora está muerta.

La bruja entrecierra los ojos.

—¿Y tú, muchacho? ¿Acaso eres mejor? Tú la trajiste aquí. ¿Qué estarías dispuesto a hacer para salvarla?

—¡Cualquier cosa! —grita.

—¡No! —interviene Jude, casi a la vez, y se coloca entre la bruja y él—. Pues claro que no. —Agarra a su hermano por los hombros y lo sacude—. Deja de arrojarte al peligro como si tu vida no importara.

—Ella importa más.

—Tal vez sea posible despertar a Wren —dice Bogdana.

—Engáñame con esto y te enterraré, eso te lo juro —responde Oak.

—Se le ha parado el corazón. Pero los hijos de las brujas no necesitan un corazón que lata. Solo necesitan uno mágico.

Oak recuerda la advertencia de Fantasma en el barco. *Se dice que el poder de una bruja proviene de la parte que le falta. Todas tienen una piedra fría, un fragmento de nube o una llama que nunca se apaga donde deberían tener el corazón.*

Lo consideró una superstición. Incluso los feéricos temían a las brujas y a su poder, lo suficiente para inventarse leyendas. Y a Fantasma le preocupaba que Oak fuera a casarse con una.

El príncipe se agacha. Se arrodilla en la arena mojada al otro lado de Bex junto al cuerpo. La chica lo fulmina con la mirada mientras cuenta. Oak pone la mano en el pecho de Wren, desesperado por que la bruja de la tormenta tenga razón. Pero no siente ni el más mínimo rastro de un latido ni el movimiento de la respiración en sus pulmones. Lo que sí siente es magia. Un pozo muy profundo de ella en su interior.

Aparta la mano. No sabe qué pensar.

Madre Tuétano le dijo que la magia de Wren se había vuelto del revés. Un poder destinado a usarse para crear, deformado hasta que ya solo pudiera destruir, aniquilar y deshacer. Retorcido sobre sí mismo, una serpiente que se muerde la cola. Descomponer la tormenta y recibir dos rayos había sido más de lo que la magia podía devorar. Tal vez se hubiera desbordado.

Aunque había encendido todas las cerillas y se había quemado con ellas, tal vez algo nuevo aún podría resurgir de las cenizas.

¿Cuántas chicas como Wren puede haber, hechas de palos e imbuidas de un corazón maldito? Está hecha de magia, más que nadie.

—¿Qué la despertará? —pregunta.

—Eso no lo sé —dice Bogdana, sin mirarlo a los ojos.

Jude levanta las cejas.

—Muy útil.

Oak recuerda la historia que Oriana le contó hace tiempo sobre su madre. *Érase una vez una mujer tan hermosa que nadie era capaz de resistirse a ella. Cuando hablaba, los corazones de quienes la escuchaban empezaban a latir solo por ella.*

Pero ¿cómo iba a persuadir a alguien que tal vez ni siquiera fuera capaz de oírlo?

—Wren —dice y deja que el encanto le empape la voz—. Abre los ojos. Por favor.

No ocurre nada. Lo vuelve a intentar y despliega toda la fuerza de su lengua encantada. Los feéricos que los rodean lo observan con una intensidad nueva y extraña. El aire parece temblar. Bex jadea y se inclina hacia él.

—Vuelve a mí —dice.

Pero Wren sigue callada y quieta.

Oak libera su poder mientras se maldice en silencio. Mira a Jude con impotencia, y ella le devuelve la mirada y sacude la cabeza.

—Lo siento.

Es algo muy humano que decir.

El príncipe deja caer la cabeza hacia delante hasta que apoya la frente en la de Wren.

La rodea con los brazos y estudia la oquedad de sus mejillas, la delicadeza de su piel. Le presiona con un dedo el borde la su boca.

Oak creía que su magia consistía en encontrar lo que otras personas querían oír y decírselo como querían oírlo; sin embargo, desde que se ha permitido usar de verdad este poder, ha descubierto que se lo puede utilizar para hallar la verdad. Y por una vez, necesita decirle la verdad.

—Creía que el amor era fascinación, un deseo de estar cerca de alguien o de querer hacerlo feliz. Creía que pasaba sin más, como una bofetada en la cara, y desaparecía igual que se desvanece el escozor de un golpe así. Por eso me era fácil creer que podía ser falso o manipulado o influenciado por la magia.

»Hasta que te conocí, no entendía que, para sentirme amado, tengo que sentir que me conocen. Que, fuera de mi familia, nunca había amado de verdad, porque no me había molestado en conocer a la otra persona. Pero a ti te conozco. Tienes que volver a mí, Wren, porque nadie nos conoce salvo nosotros. Sabes por qué tú no eres un monstruo, pero yo podría serlo. Sé por qué arrojarme a una mazmorra significaba que aún había algo entre nosotros. Somos un desastre y estamos hechos un lío y no quiero pasar por este mundo sin la única persona de la que no puedo esconderme y que no puede esconderse de mí.

»Vuelve —repite y las lágrimas le queman el fondo de la garganta—. Quieres, quieres y quieres, ¿recuerdas? Pues despierta y toma lo que quieras.

Le besa la frente.

Se sobresalta cuando la oye respirar. Abre los ojos y, por un segundo, lo mira fijamente.

—¿Wren? —dice Bex y golpea a Oak en el hombro—. ¿Qué has hecho?

Luego se lanza a los brazos del príncipe y lo abraza con fuerza.

Jude los mira, con una mano en la boca.

Bogdana se queda atrás, con el ceño fruncido, quizá con la esperanza de que nadie se percate de que se ha rasgado las ropas con las uñas mientras esperaba.

—Tengo frío —susurra Wren y Oak siente una oleada de alarma. Antes caminaba descalza por la nieve sin que le doliera. Nunca la había oído quejarse ni de las temperaturas más gélidas.

Se levanta con ella en brazos. La siente demasiado ligera, pero se tranquiliza al notar su respiración en la piel, el movimiento de su pecho.

Pero sigue sin oír el latido de su corazón.

Tras detenerse la tormenta, todo Elfhame parece haber vadeado la distancia entre Insear e Insmire. Hay multitud de barcos y soldados. El segundo al mando de Grima Mog está ladrando órdenes.

Bex rescata una manta de una de las tiendas y Oak consigue envolver a Wren con ella. Luego la carga hasta un bote y ordena que los crucen de vuelta al otro lado para llevarla al palacio. El viaje es un torbellino de pánico, preguntas frenéticas y pasos lentos. Por fin, entran en sus aposentos. Para entonces, su cuerpo tiembla y Oak intenta que el terror no se le note en la voz mientras le habla con suavidad y le explica dónde están y que está a salvo.

Acuesta a Wren en su cama, la acerca al fuego y amontona todas las mantas que encuentra sobre ella. No parece surtir ningún efecto en sus estremecimientos.

Herbolarios y hueseros van y vienen. *Como una banshee*, dice uno. *Como un sluagh*, dice otra. *Como nada que haya visto antes*, dice un tercero.

La piel de Wren se va quedando seca y extrañamente opaca. Incluso su pelo está descolorido. Parece que se estuviera hundiendo en sí misma, tan profundo que no puede seguirla.

Oak pasa toda la noche y todo el día siguiente sentado a su lado; se niega a moverse mientras la gente entra y sale. Oriana intenta alejarlo de Wren para que coma algo, pero se niega.

Bex va y viene. Esa tarde, se queda un rato sentada, apretando la mano de su hermana y llorando como si ya estuviera muerta.

Tiernan les trae a los dos queso duro, té de hinojo y un poco de pan. También les trae noticias de Bogdana, que está detenida en las prisiones de Villa Fatua y pronto la trasladarán a la Torre del Olvido.

Bex se monta una cama en el suelo con cojines sueltos. Oak le entrega una de sus túnicas, tejida en oro y seda de araña.

Al caer la noche, Wren es apenas una cáscara de sí misma. Cuando le toca el brazo, lo siente como papel bajo los dedos. Un nido de avispas en lugar de carne. Retira la mano e intenta convencerse de algo que no sea lo peor.

—No está mejorando, ¿verdad? —dice la mortal.

—No lo sé —dice Oak. Le cuesta pronunciar las palabras, demasiado cerca de la mentira.

Bex frunce el ceño.

—Creo que he conocido a tu padre. Me habló de la Corte de los Dientes.

Debería saberlo todo sobre ese lugar, piensa Oak, pero no lo dice.

—Supongo que entiendo por qué Wren pensaba que no podía volver con mi familia, y no era porque... No sé, no porque no quisiera vernos.

—Estaba dispuesta a hacer lo que fuera por tu bien —Oak piensa en todas las formas en las que habrá intentado liberarlos de la trampa de Bogdana, en la desesperación que debió de sentir al darse cuenta de que iba a tener que elegir entre una muerte agónica para su hermana y la muerte de muchos otros.

—Ojalá... —dice Bex—. Ojalá hubiera hablado con ella cuando la vi colarse en casa por primera vez. Ojalá la hubiera seguido. Ojalá hubiera hecho algo.

En los últimos días, Oak se ha dedicado a elaborar una lista muy exhaustiva y condenatoria de todas las decisiones que podría haber tomado mejor. Se pregunta si debería reconocerlo en voz alta cuando Bex grita.

Se levanta como un resorte, sin estar seguro de lo que la mortal ha visto.

Entonces lo ve. Dentro de la cáscara de Wren, algo se mueve. Se agita bajo la piel.

—¿Qué es eso? —dice Bex y se arrastra hacia atrás hasta que choca con la pared.

Oak niega con la cabeza. La opacidad de la piel de Wren le recuerda de repente a las envolturas que dejan las arañas. Extiende una mano temblorosa...

Wren se vuelve a mover y esta vez la carne se desgarra. Emerge una nueva capa de piel, de un azul vibrante. Su cuerpo se abre como una crisálida.

Bex grita alarmada desde el suelo.

De su interior, brota una nueva Wren. Tiene la piel del mismo azul cerúleo, ojos del mismo verde suave. Incluso los dientes son los mismos, más afilados que nunca cuando separa los labios para tomar aire. Pero en la espalda tiene dos alas emplumadas, de un gris azulado claro en las puntas y plumas más oscuras cerca del cuerpo. Cuando se despliegan, son lo bastante grandes como para abarcarlos a él, a Bex y a Wren.

Se levanta, desnuda y renacida, y recorre la habitación con la intensa mirada de una diosa que decide a quién bendecir y a quién castigar.

Su mirada encuentra la del príncipe.

—Tienes alas —dice, asombrado y estúpido. Suena como si se hubiera dado un golpe en la cabeza. No se aleja mucho de cómo se siente.

La alegría y el asombro le han robado todo rastro de inteligencia.

—¿Wren? —susurra Bex.

La atención de la chica se desvía hacia su hermana y la mortal se estremece un poco bajo su peso.

—No tienes por qué tener miedo —dice Wren, aunque en ese momento resulta aterradora. Incluso Oak la teme un poco.

Bex toma aire y se levanta del suelo. Recoge una manta que se le ha caído, se la tiende a su hermana y luego fulmina a Oak con la mirada.

—Deberías dejar de mirarla como si nunca hubieras visto a una chica desnuda con alas.

Oak parpadea y se da la vuelta, avergonzado.

—Sí, claro —dice y se dirige a la puerta—. Os dejo solas.

Mira atrás una última vez, pero lo único que ve son plumas.

En el vestíbulo, un guardia lo intercepta en cuanto sale.

—Alteza —dice—. Tiernan se fue a descansar hace unas horas. ¿Queréis que mande a buscarlo?

—No es necesario —dice Oak—. Déjalo tranquilo.

El príncipe camina por el palacio como un sonámbulo aturdido, henchido de felicidad porque Wren esté viva. Tanto que, cuando se encuentra a Madoc en la sala de juegos, es incapaz de contener la sonrisa.

Su padre se levanta desde detrás de una mesa de ajedrez.

—Se te ve contento. ¿Eso significa...?

El tiempo, que de por sí los feéricos nunca lo calculan bien, se difumina por los bordes. No está seguro de cuánto lleva metido en esa habitación.

—Despierta. Viva.

—Ven, siéntate —dice Madoc—. Termina la partida de Val Moren.

Oak se desliza en la silla y frunce el ceño ante la mesa.

—¿Qué ha pasado?

Delante de Madoc hay varios peones capturados, un alfil y un caballo. Del lado de Oak, solo un peón.

—Se marchó cuando se dio cuenta de que iba a perder —dice el gorro rojo. Oak parpadea mientras mira la partida, demasiado agotado para visualizar ninguna jugada y menos una buena.

—Tu madre no está especialmente contenta conmigo ahora mismo —dice Madoc—. Tus hermanas, tampoco.

—¿Por mi culpa? —Tal vez fuera una consecuencia inevitable, pero se sentía culpable de haberla acelerado.

Madoc niega con la cabeza.

—Quizá tengan razón.

Eso lo alarma.

—¿Todo bien, papá?

Al contrario que Oriana, Madoc sonríe cuando usa el término humano. *Papá.* Tal vez le gusta más porque, cuando Jude y Taryn lo usaban, significaba que lo apreciaban de una manera que nunca hubiera creído que llegarían a hacer.

—Tener a esa chica mortal por aquí me ha hecho pensar.

Debe de resultarle extraño estar de vuelta en Elfhame, sin ser ya el gran general. Estar de nuevo en su antigua casa, sin sus hijos allí. Estar lejos de Insear mientras los demás estaban en peligro.

—¿En mis hermanas?

—En su madre.

Oak se sorprende. Madoc no suele hablar de su esposa mortal, Eva. Posiblemente porque la asesinó.

—¿ … ?

—No es fácil para los mortales vivir en este lugar. Tampoco lo es para nosotros vivir en su mundo, pero lo es un poco más. No debería haberla dejado sola tanto tiempo. No debería haber olvidado que podía mentir, ni que pensaba que su vida era breve y estaba dispuesta a arriesgar mucho por la felicidad.

Oak asiente. Cree que hay más y mueve un peón fuera del alcance de otra pieza.

—No debería haberme convencido de que cultivar un instinto asesino incontrolable no tendría ninguna consecuencia trágica. No debería haber sentido tanta ansia por enseñarte lo mismo.

Oak piensa en el miedo que sintió cuando su padre lo tiró al suelo años atrás, la bola de vergüenza que le provocaban ese terror y su propia debilidad, por cómo lo protegían sus hermanas y su madre.

—No —dice—. Probablemente no.

Madoc sonríe.

—Sin embargo, hay pocas cosas que cambiaría. Porque sin todos mis errores, no tendría la familia que tengo.

Mueve la reina hasta situarla en una posición que no parece suponer un peligro inminente.

Dado que Madoc casi con toda seguridad tendría la corona si no fuera por una de las hijas mortales de Eva, era toda una confesión.

Oak mueve un caballo para capturar uno de los alfiles indefensos de su padre.

—Me alegro de que estés en casa. Intenta que no te destierren otra vez.

Madoc mueve la torre.

—Jaque mate —dice con una sonrisa y se recuesta en la silla.

De vuelta a sus aposentos, Oak se detiene en los de Tiernan. Da unos golpecitos suaves para que, si está dormido, el sonido no lo despierte.

—¿Sí? —dice una voz. Hyacinthe.

Oak abre la puerta.

Tiernan y Hyacinthe están juntos en la cama. El primero tiene el pelo revuelto y el segundo parece muy satisfecho consigo mismo.

El príncipe sonríe y se sienta a los pies de la cama.

—No os robaré mucho tiempo.

Hyacinthe se incorpora para apoyarse en el cabecero. Tiene el pecho desnudo. Tiernan se levanta también y se cubre con una manta.

—Tiernan, te despido formalmente de mi servicio —dice Oak.

—¿Por qué? ¿Qué he hecho? —El hombre se inclina hacia adelante, sin preocuparse por la manta.

—Me has protegido —responde con toda sinceridad—. Incluso de mí mismo. Durante muchos años.

Hyacinthe se indigna.

—¿Es por mi culpa?

—No del todo —dice Oak.

—No es justo —replica el exhalcón—. He luchado a tu lado. Te rescaté de la casa de Madre Tuétano. Prácticamente te saqué de la Ciudadela. Incluso dejé que me convencieras para casi acabar ahogado por Jack de los Lagos. No seguirás pensando que voy a traicionarte.

—No lo pienso —reconoce el príncipe.

Tiernan frunce el ceño, confundido.

—¿Por qué me despides?

—Proteger a un miembro de la familia real no es un puesto al que se pueda renunciar. Pero deberías. No he dejado de arrojarme de cabeza al peligro, sin importarme nunca lo que pudiera pasar. No me di cuenta de lo destructivo que era hasta que Wren hizo lo mismo.

—Necesitas a alguien que...

—Te necesitaba cuando era niño —lo corta—. Aunque no quería admitirlo. Me mantuviste a salvo y tratar de no ponerte en peligro me hizo ser un poco más cauto, aunque no lo suficiente; pero sobre todo, fuiste mi amigo. Ahora los dos tenemos que tomar decisiones sobre el futuro y tal vez estas nos lleven por caminos distintos.

Tiernan respira hondo y medita las palabras.

Hyacinthe se queda boquiabierto. De todas las cosas por las que resentía a Oak, la más intensa era el miedo a que le arrebatara a Tiernan. Claramente nunca se le había ocurrido pensar que Oak no quisiera eso.

—Espero que siempre seas mi amigo, pero no podemos serlo de verdad si te ves obligado a tirar tu vida a la basura por culpa de mis malas decisiones.

—Siempre seré tu amigo —dice Tiernan con firmeza.

—Bien —dice Oak y se levanta. Ahora me marcho para que Hyacinthe no tenga nuevas razones para odiarme y para que podáis dormir, en un rato.

Se dirige a la puerta. Uno de los dos le tira una almohada a la espalda cuando sale.

Oak llama a la puerta de sus aposentos. Cuando ni Wren ni Bex responden, entra.

Tarda unas cuantas vueltas por la sala de estar, el dormitorio y la biblioteca en darse cuenta de que no está allí. La llama por su nombre y se sienta en el borde de la cama sintiéndose un tonto.

Una hoja de papel descansa sobre la almohada, arrancada de un antiguo cuaderno escolar. En ella, con trazo inseguro, hay una carta dirigida a él.

Oak:

Siempre he sido lo contrario a ti, tímida y salvaje mientras que tú eres puro encanto cortesano. Sin embargo, fuiste tú quien me sacó de mi bosque y me obligó a dejar de negar las partes de mí que intentaba ocultar. Incluida la parte que te deseaba.

Podría decirte lo fácil que me resultaba creer que era monstruosa a tus ojos y que lo único que podría tener nunca de ti era lo que pudiera tomar por la fuerza. Pero eso ya apenas importa. Sabía que estaba mal y lo hice de todos modos. Cambié la certeza de la posesión por lo que más ansiaba, tu amistad y tu amor.

Me voy con Bex a visitar a mi familia y luego volveré al norte. Si ya no solo puedo deshacer cosas, entonces es hora de aprender a crear. Sería cruel obligarte a mantener una promesa pronunciada bajo coacción, una propuesta de matrimonio ofrecida

366 EL TRONO DEL PRISIONERO

para evitar un derramamiento de sangre. Y aún más cruel sería obligarte a despedirte de mí con cortesía cuando ya te he quitado tanto.

Wren

Arruga el papel con el puño. ¿Es que no pronunció todo un discurso sobre cómo ella le había enseñado lo que era el amor? Sobre conocer y que te conozcan. Después de eso, ¿cómo...?

Ah, claro. Se lo dijo mientras estaba inconsciente.

Se desploma en una silla.

Cuando Jude manda a buscarlo, lleva casi toda la tarde mirando por la ventana y regocijándose en la miseria. Aun así, es la reina suprema y también su hermana, así que se pone algo presentable y va a los aposentos reales.

Cardan está tumbado en la cama, vendado y enfurruñado, con una bata magnífica.

—Odio estar enfermo —dice.

—No estás enfermo —replica Jude—. Te estás recuperando de una puñalada, o mejor dicho, de haberte arrojado encima un cuchillo.

—Tú habrías hecho lo mismo por mí —dice él como si nada.

—No, no lo habría hecho —responde Jude.

—Mentiroso —dice Cardan con cariño.

Jude respira hondo y se vuelve hacia Oak.

—Si de verdad es lo que quieres, tienes nuestro permiso oficial, como soberanos, para abdicar de tu posición como heredero.

Oak levanta las cejas, esperando el truco. Lleva diciéndole que no quiere el trono desde que tiene uso de razón. Durante años, su hermana siempre ha actuado como si fuera a cambiar de opinión.

—¿Por qué?

—Eres una persona adulta. Un hombre, aunque me gustaría seguir pensando en ti como un niño. Tienes que decidir tu propio destino. Tomar tus propias decisiones. Y yo tengo que permitírtelo.

—Gracias —dice con un nudo en la garganta. No es una expresión educada entre feéricos, pero Jude se merece oírlo. Las palabras no lo absuelven de ninguna deuda.

La ha defraudado y posiblemente también la haya hecho sentirse orgullosa. Su familia se preocupa por él de un modo demasiado complejo como para que sea consecuencia de un encantamiento y eso le supone un gran alivio.

—¿Por escucharte? No te preocupes. No pienso convertirlo en costumbre. —Se acerca a él, lo rodea con los brazos y apoya la barbilla en su pecho—. Eres muy alto. Es molesto. Antes podía llevarte a hombros.

—Ahora podría llevarte yo —ofrece Oak.

—Me dabas patadas con las pezuñas. No me importaría tener la oportunidad de vengarme.

—Ya lo creo. —Se ríe—. ¿Taryn sigue enfadada?

—Está triste —dice Jude—. Y se siente culpable. Como si fuera un castigo del universo por lo que le hizo a Locke.

Si eso fuera cierto, muchos merecerían un castigo mayor.

—No quería… No creo que quisiera a Garrett muerto.

—No está muerto —dice Jude con naturalidad—. Es un árbol.

Supone que debería ser un consuelo poder visitarlo y hablar con él, aunque no vaya a responder. Quizás algún día puedan romper el encantamiento, cuando ya no haya peligro. La esperanza en sí misma era una especie de consuelo.

—Tenías motivos para enfadarte. Te ocultamos secretos —continúa Jude—. Malos. Pequeños. Debería haberte contado lo que había hecho Fantasma. Debería habértelo dicho cuando capturaron a Madoc. Y tú también deberías haberme contado algunas cosas.

—Muchas —reconoce Oak.

—Lo haremos mejor —dice Jude y le da un golpe con el hombro.

—Lo haremos mejor —coincide él.

—Ya que lo mencionáis, me gustaría hablar un momento con Oak —dice Cardan—. A solas.

Jude lo mira sorprendida, pero luego se encoge de hombros.

—Estaré fuera, gritándole a alguien.

—Intenta no disfrutarlo demasiado —dice Cardan mientras ella sale.

Por un momento, se quedan callados. Cardan se levanta de la cama. Unos rizos negros despeinados le caen sobre los ojos y se aprieta el cinturón de la bata azul oscuro.

—Sospecho que mi hermana no quiere que te levantes —dice Oak, pero le ofrece el brazo. A fin de cuentas, es el rey.

Si se resbalara, a Jude le gustaría todavía menos.

Cardan apoya gran parte de su peso en el príncipe. Señala uno de los sofás bajos de brocado.

—Ayúdame a llegar hasta allí.

Se mueven despacio. Cardan pone una mueca de dolor y de vez en cuando suelta algún gemido exagerado. Cuando por fin consiguen llegar, se recuesta en una de las esquinas entre los almohadones.

—Sírveme una copa de vino, ¿quieres?

Oak pone los ojos en blanco.

Cardan se inclina hacia delante.

—Puedo ir a buscarla yo.

Superado, Oak levanta las manos en señal de rendición. Se acerca a una bandeja de plata que contiene varias garrafas de

cristal tallado y elige una medio llena de un licor oscuro de ci-
ruela. La vierte en una copa y se la tiende.

—Creo que ya sabes de qué va esto —dice Cardan tras un
largo trago.

Oak se sienta.

—¿Lady Elaine? ¿Randalin? ¿La conspiración? Puedo explicarlo.

Cardan rechaza sus palabras.

—Ya has dado más que suficientes explicaciones. Ahora me
toca hablar a mí.

—Majestad —reconoce Oak.

Cardan lo mira.

—Para alguien que es incapaz de mentir descaradamente,
tergiversas tanto la verdad que me sorprende que no grite de
agonía.

Oak ni siquiera se molesta en negarlo.

—Lo cual tiene mucho sentido, dado quién es tu padre... Y
tu hermana. Pero has conseguido engañarla incluso a ella. Lo
cual no le gusta admitir. No le gusta y punto, en realidad.

De nuevo, Oak no dice nada.

—¿Cuándo empezaste con las conspiraciones?

—No quiero... —empieza el príncipe.

—¿El trono? —termina Cardan por él—. Es evidente que no.
Nunca has vacilado en ese punto. Y si tus hermanas y tus padres
alguna vez imaginaron que cambiarías de opinión, es por sus
propias y dementes razones. Es lo único en lo que te has mantenido firme durante más de un puñado de años. Que sepas que
yo pensaba lo mismo cuando era príncipe.

Oak recuerda sin poder evitarlo el papel que tuvo en robarle
esa elección a Cardan.

—No, no sospecho que quieras ser el rey supremo —dice
y luego esboza una sonrisita retorcida—. Tampoco creía que

me quisieras muerto por alguna otra razón. Nunca lo he pensado.

Oak abre la boca y la cierra. ¿No se trata de eso?

¿No era eso lo que Cardan creía? Fue lo que le oyó decir a Jude en sus habitaciones del palacio, antes de que partiera para intentar salvar a Madoc.

—No estoy seguro de entenderlo.

—Cuando tu primer guardaespaldas intentó matarte, debería haber hecho más preguntas. Desde luego, debería haberlas hecho después de que murieran una o dos de tus amantes. Pero pensé lo mismo que los demás: que eras demasiado confiado y, por tanto, fácil de manipular. Que elegías mal a tus amigos y aún peor a tus amantes. Pero los elegías a ambos muy bien y con mucho cuidado, ¿verdad?

Oak se levanta y se sirve una copa de vino. Sospecha que va a necesitarla.

—Te escuché —dice—. En tus habitaciones, con Jude. Os oí hablar de Madoc.

—Sí —dice Cardan—. Con el tiempo, llegó a ser obvio.

Si no lo creyera imposible, pensaría que es culpa de tu hermano. Intenta recordar las palabras exactas que eligió el rey. *Se parece a ti más de lo que quieres ver.*

—No confiabas en mí.

—Después de haber pasado yo mismo mucho tiempo fingiendo ser un tonto —dice Cardan—, reconocí tu juego. Al principio no, pero mucho antes que Jude. No quería creerme y nunca me cansaré de alardear de que tenía razón.

—¿Así que no creías que estuviera confabulado con Randalin? Cardan sonríe.

—No —responde—. Pero no estaba seguro de cuáles de tus aliados estaban realmente de tu lado. Y más bien esperaba que nos dejaras encerrarte y protegerte.

—¡Podrías haberme dado alguna pista! —exclama.

Cardan levanta una ceja.

Oak niega con la cabeza.

—Ya, bueno, bien. Yo podría haber hecho lo mismo. Y te estabas desangrando.

Cardan hace un gesto para quitar importancia a sus palabras.

—Tengo poca experiencia en impartir sabiduría fraternal, pero sé mucho de cometer errores. Y de cómo esconderse detrás de una máscara. —Levanta la copa de vino—. Muchos dirían que todavía lo hago, pero estarían equivocados. Con aquellos a quienes amo, soy yo mismo. A veces, demasiado.

Oak se ríe.

—Creo que Jude no diría lo mismo.

Cardan toma un largo trago de vino oscuro, luciendo satisfecho consigo mismo.

—Claro que sí, pero sería mentira. —Levanta un dedo—. Pero lo más importante es que supe lo que hacías antes que ella. —Luego un segundo—. Y si decides que quieres arriesgar la vida, también podrías arriesgarte a sentir un poco de incomodidad e informar a tu familia de tus planes.

Oak suelta un largo suspiro.

—Lo tendré en cuenta.

—Por favor —dice Cardan—. Una última cosa.

El príncipe da un trago de vino aún más largo.

—¿Recuerdas que Jude te ha dado permiso para abdicar? Bueno, eso está muy bien, pero no puedes hacerlo de inmediato. Necesitaremos que seas nuestro heredero unos meses más.

—¿Meses? —repite y lo mira desconcertado.

Cardan se encoge de hombros.

—Más o menos. Tal vez un poco más. Para que la Corte sienta que hay alguna clase de seguro por si pasa algo mientras estamos fuera.

—¿Fuera? —Después de tantas sorpresas, Oak solo se siente capaz de repetir las palabras de Cardan—. ¿Quieres que siga siendo el heredero mientras os vais a algún lado? ¿Y luego podré renunciar, descoronarme o lo que sea?

—Justo eso —reconoce.

—¿Como unas vacaciones?

Cardan resopla.

—No lo entiendo —dice Oak—. ¿A dónde vais?

—Una misión diplomática —responde Cardan y se recuesta en los cojines—. Después de esa última ayudita, Nicasia nos ha exigido que honremos el tratado, que recibamos a sus pretendientes y seamos testigos de la batalla por su mano y su corona. Así que Jude y yo nos vamos a Inframar, donde asistiremos a muchas fiestas y pondremos todo nuestro empeño en no morir.

25

Oak pisa la corteza de hielo y su aliento forma nubes en el aire.

Va vestido con gruesas pieles, tiene las manos envueltas en lana y luego en cuero, incluso se ha cubierto las pezuñas, pero aún así siente el frío de este lugar. Tiembla, piensa en Wren y vuelve a temblar.

El Bosque de Piedra está diferente a como lo recuerda, más exuberante que amenazador. Ya no se siente atraído ni perseguido al atravesarlo. Intenta ver a los reyes trol al pasar, pero el paisaje se los ha tragado. Lo único que queda a la vista es el muro que erigieron.

Cuando se acerca, descubre una gran puerta de hielo, recién construida y abierta. La atraviesa. Al hacerlo, unos halcones levantan el vuelo, probablemente para anunciar su llegada.

En la lejanía, espera ver la misma Ciudadela que asaltó con Wren, aquella en la que lo encarcelaron, pero una nueva estructura ha ocupado su lugar. Un castillo hecho entero de obsidiana en lugar de hielo. La roca reluce como si fuera cristal negro.

En todo caso, resulta más imponente e imposible que antes. Más puntiaguda, desde luego.

La reina bruja. Piensa en aquellas palabras susurradas y es más consciente que nunca de por qué los feéricos temen esta clase de poder.

Oak pasa junto a bosquecillos hechos enteramente de hielo, con animales esculpidos en la nieve que se asoman entre las ramas. Le recuerda al bosque en el que encontró a Wren y se estremece. Como si hubiera recreado algunas partes de memoria.

Lo ha hecho todo con su magia. La magia que siempre debería haber sido su herencia.

Las puertas del nuevo castillo son altas y estrechas, sin aldaba ni picaporte. Empuja y espera algo de resistencia, pero la puerta se abre al contacto de su mano enguantada.

El vestíbulo negro que hay al otro lado está vacío, salvo por una chimenea lo bastante grande como para cocinar un caballo que crepita con llamas de verdad. Ningún criado lo recibe. Sus pezuñas resuenan en la piedra.

La encuentra en la tercera habitación, una biblioteca repleta de libros solo en parte, pero claramente construida para la adquisición de más.

Lleva un largo vestido de color azul oscuro. El pelo suelto le cae sobre los hombros. Va descalza. Está sentada en un sofá largo, con una novela en la mano y las alas extendidas. Al verla, siente un anhelo tan punzante que casi le duele.

Wren se incorpora.

—No te esperaba —dice, lo cual no es alentador.

Piensa en cuando la visitó en el bosque cuando eran niños y cómo lo obligó a marcharse por su propio bien. Tal vez sabiamente. Pero no está dispuesto a que vuelva a librarse de él así sin más.

Wren se acerca a una de las estanterías y desliza el libro de vuelta a su sitio.

—Sé lo que piensas —dice Oak—. Que no eres a quien debería querer.

Ella agacha la cabeza y un leve rubor le cubre las mejillas.

—Es cierto que no inspiras sueños de amor y seguridad —insiste él.

—¿Una pesadilla, entonces? —pregunta ella con una risita de autodesprecio.

—El tipo de amor que surge cuando dos personas se ven tal y como son —la corrige Oak y se acerca—. Aunque les dé miedo creer que es posible. Te adoro. Quiero jugar a juegos contigo. Quiero decirte todas las verdades que tengo. Y si realmente crees que eres un monstruo, entonces seamos monstruos juntos.

Wren se queda mirándolo.

—¿Y si te echo incluso después de este discurso? ¿Si no te quiero?

Oak duda.

—Entonces me iré —dice—. Te adoraré desde lejos. Compondré baladas sobre ti o algo por el estilo.

—Podrías obligarme a amarte —dice ella.

—¿A ti? —Oak resopla—. Lo dudo. No te interesa que te diga lo que quieres oír. De hecho, diría que me prefieres cuando soy menos encantador.

—¿Y si soy demasiado? ¿Si necesito demasiado? —pregunta con apenas un hilo de voz.

Oak respira hondo y su sonrisa desaparece.

—No soy bueno. No soy amable. Tal vez ni siquiera sea seguro. Pero lo que quieras de mí, te lo daré.

Por un momento, se miran el uno a la otra. Él ve la tensión en el cuerpo de ella. Sin embargo, sus ojos son claros, brillantes y abiertos. Wren asiente y una lenta sonrisa se extiende por sus labios.

—Quiero que te quedes.

—Bien —dice Oak y se sienta en el sofá a su lado—. Porque hace mucho frío ahí fuera y ha sido un largo paseo.

Wren apoya la cabeza en su hombro con un suspiro, deja que la rodee con el brazo y la abrace.

—Si todo hubiera salido bien aquella noche en Insear, ¿qué me habrías preguntado? ¿Un acertijo? —pregunta con los labios en su garganta.

—Algo así —dice él.

—Dímelo —insiste Wren y Oak siente la presión de sus dientes, la suavidad de su boca.

—Es uno complicado. ¿Estás segura?

—Se me dan bien los acertijos —responde ella.

—Lo que te habría preguntado, si no hubiera estado intentando manipular la situación para que pudieras escabullirte, es lo siguiente: ¿Considerarías casarte conmigo de verdad?

Lo mira, evidentemente sorprendida y con una pizca de desconfianza.

—¿En serio?

Le da un beso en el pelo.

—Si lo hicieras, estaría dispuesto a hacer el mayor de los sacrificios para demostrarte la sinceridad de mis sentimientos.

—¿Y cuál es? —pregunta ella, mirándolo.

—Ser el rey de un lugar en vez de huir de toda clase de responsabilidad real.

Wren se ríe.

—¿No preferirías sentarte junto a mi trono con una correa?

—Desde luego, me parece más fácil —admite—. Sería un excelente consorte.

—Entonces tendré que casarme contigo, príncipe Oak de la estirpe de los Greenbriar —dice Wren, con una sonrisa de dientes afilados—. Solo para hacerte sufrir.

AGRADECIMIENTOS

Doy las gracias a todas las personas que me han ayudado a lo largo del viaje hasta llegar a la novela que tienes en tus manos, en particular a Cassandra Clare, Leigh Bardugo y Joshua Lewis, que me ayudaron a trazarla por primera vez (rodeada de gatos); a Kelly Link, Sarah Rees Brennan y Robin Wasserman, que me ayudaron a replantear y reconsiderar la trama (aunque con menos gatos). También a Steve Berman, que me ofreció comentarios y ánimos durante todo el proceso y que lleva criticando mis libros desde antes de Tithe.

Gracias a las muchas personas que me dedicaron una palabra amable o un consejo necesario, y a todas las que querré matarme por haberme olvidado de incluirlas aquí.

Muchas gracias a todo el equipo de Little, Brown Books for Young Readers por volver a Elfhame conmigo. Gracias especialmente a mi increíble editora, Alvina Ling, y a Ruqayyah Daud, que me proporcionó una visión inestimable. Gracias a Crystal Castro por lidiar con todos mis retrasos. Gracias también a Marisa Finkelstein, Kimberly Stella, Emilie Polster, Savannah Kennelly, Bill Grace, Karina Granda, Cassie Malmo, Megan Tingley, Jackie Engel, Shawn Foster, Danielle Cantarella y Victoria Stapleton, entre otros.

Gracias a Hot Key Books en Reino Unido, especialmente a Jane Harris, Emma Matthewson y Amber Ivatt.

Gracias a mis editores de todo el mundo, tanto a los que he tenido el placer de conocer en el último año como a los que no. Y gracias a Heather Baror por mantenernos a todos en sintonía.

Gracias a Joanna Volpe, Jordan Hill y Lindsay Howard, que leyeron varias versiones de este libro y me hicieron sentir que iba por buen camino. Y gracias a todo el equipo de New Leaf Literary por hacer fácil lo difícil.

Gracias a Kathleen Jennings, por las maravillosas y evocadoras ilustraciones.

Y gracias, siempre, a Theo y Sebastian Black, por proteger mi corazón.

¿TE GUSTÓ
ESTE LIBRO?

Escríbenos a

puck@uranoworld.com

y cuéntanos tu opinión.

ESPAÑA /MundoPuck /Puck_Ed 📷/Puck.Ed

LATINOAMÉRICA 📘 🐦 📷/PuckLatam

▶/PuckEditorial

¡Gracias por vivir otra
#EXPERIENCIAPUCK!